DIANA PALMER

Una vez en París

Rosa de papel

Editado por Harlequin Ibérica.
Una división de HarperCollins Ibérica, S.A.
Núñez de Balboa, 56
28001 Madrid

© 2015 Harlequin Ibérica, una división de HarperCollins Ibérica, S.A.
N.º 4 - 1.10.15

© 1998 Diana Palmer
Una vez en París
Título original: Once in Paris

© 1999 Diana Palmer
Rosa de papel
Título original: Paper Rose
Publicadas originalmente por Mira Books, Ontario, Canadá
Estos títulos fueron publicados originalmente en español en 2000

Todos los derechos están reservados incluidos los de reproducción, total o parcial. Esta edición ha sido publicada con autorización de Harlequin Books S.A.
Esta es una obra de ficción. Nombres, caracteres, lugares, y situaciones son producto de la imaginación del autor o son utilizados ficticiamente, y cualquier parecido con personas, vivas o muertas, establecimientos de negocios (comerciales), hechos o situaciones son pura coincidencia.
® Harlequin, HQN y logotipo Harlequin son marcas registradas por Harlequin Enterprises Limited.
® y ™ son marcas registradas por Harlequin Enterprises Limited y sus filiales, utilizadas con licencia. Las marcas que lleven ® están registradas en la Oficina Española de Patentes y Marcas y en otros países.
Imagen de cubierta utilizada con permiso de Dreamstime.com.

I.S.B.N.: 978-84-687-6708-6
Depósito legal: M-25337-2015

ÍNDICE

Una vez en París... .7

Rosa de papel 233

UNA VEZ EN PARÍS...

DIANA PALMER

1

Una mujer de rojo, muy rubia y elegante, contemplaba La Mona Lisa junto a un hombre moreno mucho más alto mientras hacía un comentario ingenioso en francés. El hombre rio. Parecían tentados a quedarse unos momentos más ante el retrato, pero había una larga cola de turistas impacientes por ver la obra maestra de Da Vinci en el Louvre que expresaban sin reparos sus protestas por la espera. Uno de los visitantes dirigió una cámara con flash hacia el cuadro inmortal, que estaba situado detrás de varias lunas de cristal antibalas, hasta que un guardia lo divisó.

Brianne Martin, desde su posición ventajosa en un banco cercano, se interesaba tanto por los visitantes como por las obras de arte. Con sus pantalones cortos y camiseta sin mangas, los ojos verdes centelleantes, el pelo rubio recogido en una trenza y una mochila al hombro, parecía exactamente lo que era... una estudiante. Tenía prácticamente diecinueve años, y era alumna de una prestigiosa institución femenina de París. No se sentía muy integrada en su clase porque, al contrario que las demás estudiantes, no tenía antecedentes de riqueza y poder.

Sus padres pertenecían a la clase media, y solo gracias al segundo matrimonio de su madre con el magnate del petróleo Kurt Brauer, había tenido la oportunidad de disfrutar de aquel estilo de vida lujoso. Tampoco había sido su elección. A Kurt Brauer no le agradaba su hijastra, y como su nueva esposa Eve estaba embarazada, quería perder de vista a Brianne. Un internado en París parecía la elección ideal.

A Brianne le había dolido que su madre no protestara.

—Te lo pasarás bien, querida —había dicho Eve en tono esperanzador, sonriendo—. Y tendrás dinero de sobra para gastar, ¿no te agrada la idea? Tu padre nunca ganó más del salario mínimo. No sentía deseo alguno de superarse.

Comentarios como aquel solo sirvieron para empeorar la tensa relación entre Brianne y su madre menuda y rubia. Eve era una criatura dulce pero egoísta, siempre dispuesta a aprovechar la mejor oportunidad. Había perseguido a Brauer como un soldado en una campaña, incluido un sofisticado plan de ataque. Para sorpresa de Brianne, su madre se había casado y se había quedado embarazada apenas cinco meses después de la muerte de su adorado padre. De su pequeño pero acogedor apartamento en Atlanta, las mujeres Martin habían sido transplantadas a una mansión en Nassau, en las islas Bahamas.

Kurt Brauer era rico, aunque Brianne nunca había podido averiguar el origen exacto de sus ingresos. Al parecer, dirigía exploraciones de petróleo, pero por el despacho de Nassau que raras veces ocupaba, iban y venían hombres extraños y de aspecto temible. Tenía una casa en Nassau y chalés de playa en Barcelona y en la Riviera, y un yate para navegar de una a otra. Solía viajar en limusinas con chófer y gastarse cientos de dólares en comidas de restaurantes. Eve se hallaba en su elemento, adinerada por primera vez en su vida. Brianne se sentía desgraciada. Enseguida, Kurt vio en ella una amenaza y se libró de su hijastra.

Brianne contemplaba el Louvre con gran interés, como siempre. Había sido su refugio favorito desde su llegada a París, y estaba enamorada de aquel antiguo palacio. Acababa de sufrir una reforma a gran escala, y aunque algunos de los cambios no eran de su agrado, sobre todo las pirámides gigantescas de estructura moderna, le encantaban las exposiciones, y era lo bastante joven para no ocultar su entusiasmo por nuevos lugares y experiencias. Lo que carecía en sofisticación lo compensaba con alegría y espontaneidad.

Un hombre captó su atención. Estaba contemplando uno de los cuadros italianos, pero no con mucho entusiasmo. En realidad, no parecía verlo. Tenía los ojos sombríos y serenos y su rostro estaba muy tenso, contraído por el sufrimiento.

Le resultaba muy familiar. Tenía pelo grueso y ondulado con hilos plateados. Era alto, ancho de hombros y estrecho de caderas. Notó que sostenía un puro en la mano, aunque no estaba encendido. Tal vez supiera que no debía fumar entre aquellos tesoros tan preciados pero necesitara tener algo entre los dedos. Brianne solía comerse las uñas, sobre todo cuando estaba disgustada. Tal vez el puro le impidiera a él hacer lo mismo.

La idea le divirtió y sonrió. Parecía muy próspero. Llevaba una chaqueta de sport de color crema, pantalones blancos y camisa beis. Sin corbata. Tenía un delgado reloj de oro en la mano derecha y una alianza en el dedo anular izquierdo. Sostenía el puro con la mano izquierda, así que seguramente era zurdo.

Se volvió, y Brianne pudo ver su rostro amplio y bronceado. Tenía los labios firmes y delgados, la nariz corva y un hoyuelo en la barbilla. Las cejas eran espesas y negras, tan negras como sus ojos. Parecía fascinante...

y familiar. Pero no recordaba por qué... ah, sí. Su padrastro había ofrecido un banquete después de la boda para algunos socios suyos y aquel hombre había estado presente. Era un pez gordo en la construcción. Hutton. Eso era. L. Pierce Hutton. Dirigía Construcciones Hutton, S.A., una compañía especializada en construir plataformas perforadoras de petróleo y rascacielos dotados de alta tecnología. Era un arquitecto de cierta relevancia, sobre todo en círculos ecológicos, y los políticos conservadores no le profesaban ninguna simpatía porque se oponía a los métodos negligentes de protección medioambiental.

Sí. Se acordaba de él. Su esposa acababa de fallecer. Habían pasado tres meses desde entonces, pero no parecía haberse repuesto mucho.

Se acercó a él, atraída por su aspecto. Seguía contemplando el retrato como si quisiera pelearse con él.

—Es muy famoso, ¿no le gusta? —le preguntó, fascinada por su altura. Solo le llegaba al hombro, y Brianne era bastante alta. La miró con ojos fríos y entornados.

—*Je ne parle pas anglais* —dijo con voz gélida.

—Sí que lo habla —replicó—. Sé que no se acuerda de mí, pero estuvo en el banquete cuando mi madre se casó con Kurt Brauer en Nassau.

—Lo lamento por tu madre —dijo en inglés—. ¿Qué quieres?

Sus pálidos ojos verdes escrutaron su rostro.

—Quería decirle que siento lo de su esposa. Nadie la mencionó durante el banquete. Supongo que tenían miedo. Suele pasar, cuando se pierde a alguien. La gente intenta fingir que no ha ocurrido nada o se ponen colorados y murmuran algo entre dientes. Así fue cuando mi padre murió —recordó con expresión sombría—. Yo solo quería que alguien me abrazara y me dejara llorar —Brianne acertó a sonreír—. Supongo que eso nunca se le ocurre a nadie.

El hombre no se había ablandado lo más mínimo.

Paseó la mirada por el rostro de Brianne y la fijó en su nariz recta y pecosa.

−¿Qué haces en París? ¿Es que Brauer trabaja ahora en Francia?

Brianne movió la cabeza.

−Mi madre está embarazada. Soy un estorbo, así que me enviaron aquí a un internado.

Las cejas de Hutton chocaron entre sí.

−¿Entonces por qué no estás en clase?

Brianne hizo una mueca.

−Me he saltado economía del hogar. No quiero aprender cómo coser y hacer cojines, sino cuentas y hojas de cálculo.

−¿A tu edad?

−Ya casi tengo diecinueve años −le informó−. Soy un genio en matemáticas, siempre saco sobresalientes −le sonrió−. Algún día, cuando sea licenciada, lo acosaré pidiéndole trabajo. Juro que me escaparé de esta cárcel e iré a la universidad.

El hombre sonrió, aunque con desgana.

−Entonces, te deseo suerte.

Brianne volvió la cabeza hacia La Mona Lisa, donde la cola seguía siendo igual de larga y los murmullos de protestas cada vez más ásperos.

−Todos están impacientes por verla, y luego se asombran de que sea tan pequeña y esté detrás de tanto cristal −le confió−. Los he estado escuchando. Esperan ver un cuadro enorme. Supongo que les decepciona haber esperado tanto tiempo cuando no cubre toda una pared.

−La vida está llena de decepciones.

Brianne se volvió hacia él y lo miró a los ojos.

−Siento mucho lo de su esposa, señor Hutton. Me dijeron que llevaban casados diez años y que estaban muy enamorados. Debe de estar viviendo un infierno.

Hutton se cerró como una planta sensible.

−No hablo de asuntos privados...

−Sí, lo sé −lo interrumpió−. Solo es cuestión de

tiempo, pero no debería estar solo. A su mujer no le agradaría.

Hutton contrajo la mandíbula, como si estuviera haciendo un gran esfuerzo por controlarse.

–¿Señorita...?

–Martin. Brianne Martin.

–Con los años aprenderás que es mejor no ser tan franca con los extraños.

–Lo sé. Siempre me lanzo allí donde a los ángeles les da miedo pisar –sus ojos claros sonreían suavemente mientras lo miraba–. Es un hombre fuerte. Debe de serlo, para haber logrado tanto en la vida y no haber cumplido todavía los cuarenta. Todo el mundo tiene malas experiencias y partes oscuras. Pero siempre hay un poco de luz, incluso en la noche cerrada –levantó una mano cuando Hutton quiso hablar otra vez–. No diré nada más. ¿Cree que está proporcionado? –preguntó, señalando el cuadro del hombre y la mujer que Hutton había estado contemplando–. Él parece un poco, bueno, canijo, ¿no cree? Al menos para su estatura. Y ella está un poco exagerada, pero claro, el artista era un experto en desnudos orondos –exhaló un largo suspiro–. Lo que daría yo por tener sus atributos –añadió–. Lo mío no son más que dos mandarinas –miró la hora en su reloj, sin percatarse de que Hutton se había sorprendido y una sonrisa extraña había asomado a sus ojos–. Cielos, llegaré tarde a la clase de matemáticas, y esa no me la quiero perder. ¡Adiós, señor Hutton!

Corrió hacia las escaleras que conducían a la planta baja sin mirar atrás, con su trenza agitándose al aire igual que sus piernas largas y delgadas. Era flaca y poco elegante, pero a Hutton le había resultado una distracción deliciosa.

La joven había creído que le desagradaba el cuadro. Soltó una carcajada y bajó la vista al puro que sostenía, sin encender, en la mano izquierda. No había ido allí a ver cuadros, sino a contemplar la idea de zambullirse en el Sena al anochecer. Margo ya no estaba y lo había intentado una y otra vez, pero no podía soportar el futuro sin ella. Ya no vería sus ojos azules iluminándose con la risa, ni oiría su voz suave de acento francés mientras bromeaba sobre su trabajo. No sentiría su cuerpo tierno retorciéndose de éxtasis bajo el suyo en la penumbra de su dormitorio, ni oiría sus súplicas o sentiría las uñas hundiéndose ávidamente en su espalda mientras la llevaba a la cima una y otra vez.

Sintió lágrimas en los ojos y parpadeó para disiparlas. Tenía un agujero en el corazón. Nadie se había atrevido a hablarle desde el funeral. Prohibía que mencionaran su nombre en la mansión callada y vacía de Nassau. En su oficina, se mostraba agitado, implacable. Lo comprendían. Pero se sentía tan solo. No tenía familia ni hijos que lo consolaran. La mayor pena de todas había sido la incapacidad de Margo de concebir después de la pérdida de su primer hijo. No importaba, nunca había importado. Margo lo era todo para él, y él para ella. Habría sido maravilloso tener niños, pero no eran una obsesión. Margo y él habían vivido plenamente, siempre juntos, enamorados hasta el final. Junto a su lecho, mientras se consumía en un pálido esqueleto ante sus ojos angustiados, Margo siempre había pensado en él. ¿Estaba comiendo como era debido, durmiendo suficiente? Incluso pensó en el momento en que lo dejaría, cuando ya no estaría allí para cuidarlo.

–Nunca te pones un abrigo cuando nieva –protestó débilmente–, ni usas un paraguas cuando llueve. No te cambias de calcetines cuando se te mojan. Me preocupas tanto, *mon cher*. Debes cuidarte.

Y Pierce se lo había prometido, y llorado, y ella lo había mecido contra su delgado pecho mientras él sollozaba, sin vergüenza alguna, en el dormitorio que habían compartido.

–¡Dios! –gimió en voz alta, sintiéndose acosado por los recuerdos.

Un par de turistas lo miraron con recelo y, como si acabara de darse cuenta de dónde estaba, movió la cabeza para despejarla, dio media vuelta y bajó las escaleras hacia el sol ardiente de París.

Los sonidos rutinarios del tráfico, los cláxones y las conversaciones le devolvieron la sensación de normalidad. El ruido y la polución en el centro de París alteraban los nervios a unos ciudadanos ya tensos, pero a él no le molestaban. Cerró un puño en el bolsillo, luego lo relajó y buscó su mechero. Lo sacó y lo contempló, de pie como estaba en los peldaños de piedra que bajaban a la acera. Margo se lo había regalado en su décimo aniversario de boda. Estaba revestido en oro y tenía grabadas sus iniciales. Siempre lo llevaba encima. Deslizó el pulgar por la superficie lisa y el dolor le traspasó el corazón.

Encendió el puro, dio unas caladas y sintió cómo el humo lo ahogaba por un instante y luego lo calmaba. Inspiró y contempló el gentío de turistas que entraban en el Louvre. Disfrutando de sus vacaciones, pensó con enojo. El dolor lo estaba devorando y ellos eran todo sonrisas.

Entonces pensó en la joven, Brianne, y en lo que le había dicho. Qué extraño que una desconocida apareciera de repente a su lado y le sermoneara sobre cómo recomponer su corazón roto. Sonrió a pesar de la irritación. Era una joven agradable, no debería haber sido tan arisco con ella. Recordó que su madre se había casado con Brauer y se había quedado embarazada. Brianne había mencionado la dolorosa pérdida de su padre y el segundo e inmediato matrimonio de su madre. Ella sabía lo que era el dolor. Era un estorbo, había dicho, por eso la habían enviado a París. Pierce movió la cabeza. Al parecer, todo el mundo tenía problemas de algún tipo. Pero así era la vida.

Miró la hora en el Rolex de su muñeca con una sonrisa pesarosa. Tenía una reunión con algunos ministros del gabinete en menos de treinta minutos, y con los atascos que había en la ciudad en aquellos momentos, tendría suerte si solo se retrasaba media hora. Caminó hasta el bordillo y llamó a un taxi, resignado a llegar tarde.

Brianne entró a hurtadillas en el edificio y en su clase de matemáticas. Hizo una mueca cuando la altiva Emily Jarvis la vio y empezó a susurrar a sus amigas. Emily era una de las enemigas que había hecho en el poco tiempo que llevaba en aquella distinguida institución. Al menos, solo le quedaba un mes de clase y podrían enviarla a cualquier otro lugar. Con suerte, a la universidad. Pero por el momento tenía que soportar aquel colegio presuntuoso y el esnobismo de Emily y sus amigas.

Abrió su libro de matemáticas y escuchó la explicación de la profesora sobre álgebra avanzada. Menos mal que aquella clase le complacía. Y entendía las ecuaciones, aunque no entendiera la costura meticulosa.

Después de la clase, Emily se paró en el pasillo con sus dos secuaces. Provenía de una familia noble británica que podía remontar sus orígenes a la corte de los Tudor. Era rubia y hermosa y se vestía con prendas lujosas. Pero tenía una lengua viperina y era el ser humano más frío que Brianne había conocido.

–Has faltado a clase, se lo he dicho a *madame* Dubonne –anunció con una sonrisa ponzoñosa.

–Ah, no importa, Emily –contestó Brianne con una sonrisa igual de dulce–. Le conté lo que habías estado haciendo con el doctor Mordeau detrás del biombo en el aula de arte el martes después de clase.

Emily puso cara de estupefacción, pero antes de que pudiera replicar, Brianne le brindó una sonrisa descarada y se alejó por el pasillo. Siempre sorprendía a las demás estudiantes que, a pesar de su aspecto frágil, casi vulnerable, Brianne tuviese un espíritu fuerte y obstinado y un temperamento formidable. Las que pensaban que podían meterse con ella, pronto desechaban la idea. Y no había mentido sobre su confidencia a *madame* Dubonne. La cita descuidada de Emily con el profesor de arte del colegio, el doctor Mordeau, había llegado a oídos de varias alumnas, y a todas ellas les había desagradado la falta de discreción de la pareja. Cualquiera que hubiese entrado en el estudio podría haber oído lo que estaban diciendo, incluso sin que sus siluetas se percibieran tan claramente a través del delgado biombo.

Horas más tarde aquel día, el doctor Mordeau obtuvo un permiso prolongado por enfermedad y Emily no apareció en clase a la mañana siguiente. Una de las chicas la había visto irse en una limusina con chófer con todo su equipaje después del desayuno.

A partir de entonces, el colegio supuso un tormento más soportable para Brianne, ya que las anteriores seguidoras de Emily perdieron su influencia entre las alumnas y se comportaron debidamente. Brianne intimó con una joven de pelo cobrizo llamada Cara Harvey, que acababa de cumplir los dieciocho, y pasaban el tiempo libre yendo a galerías y museos. Brianne no quería reconocer que le habría gustado encontrar a Pierce Hutton en alguno de ellos, pero así era.

Aquel hombre corpulento la fascinaba... parecía sentirse tan solo... Nunca había sentido tanta compasión por nadie y le sorprendía un poco, pero no lo cuestionaba. Al menos, todavía no.

El día de su cumpleaños, Brianne fue sola al Louvre a última hora de la tarde para mirar el cuadro que Pierce Hutton había estado estudiando. Salvo Cara, que le había dado una tarjeta, nadie más la había felicitado por cumplir diecinueve años. Su madre había ignorado la fecha, como siempre. Su padre le habría enviado rosas o un regalo, pero estaba muerto. No podía recordar un cumpleaños más vacío que aquel.

Por una vez, el Louvre no consiguió levantarle el

ánimo. Giró en redondo, y la falda de su vestido largo hasta los tobillos la imitó. Tenía un motivo de color verde pálido que hacía que sus ojos parecieran aún más grandes, y con él llevaba una camiseta blanca de algodón y unos zapatos planos. Llevaba una pequeña riñonera porque era mucho más cómoda que un bolso, y el pelo suelto, largo, rubio, liso y grueso. Se lo echó hacia atrás con impaciencia. Le habría encantado tener el pelo rizado, como algunas de las chicas del colegio, pero era imposible, caía hasta su cintura como una cortina. Debería cortárselo.

Estaba oscureciendo y pronto tendría que regresar al internado. Derrocharía unos francos en un taxi, aunque no le daba miedo caminar por París de noche. Mientras escrutaba la calle, buscando un taxi con la mirada, un pequeño café captó su atención. Quería beber algo. Tal vez pudiera pedir una copa de vino, así se sentiría realmente adulta.

Entró en el local atestado y en penumbra y se dio cuenta enseguida de que era más un bar que un café, y además muy exclusivo. No tenía mucho dinero en su riñonera y aquel ambiente parecía estar fuera de su alcance. Con una leve mueca, se volvió para marcharse, pero una mano apareció de ninguna parte y atrapó su muñeca. Brianne lanzó una exclamación y vio los ojos negros que se entornaron ante su sobresalto.

–¿Te echas atrás? –le preguntó–. ¿No eres lo bastante mayor para beber?

Era L. Pierce Hutton. Su voz era grave y áspera, pero poco articulada. Una onda de su pelo grueso y negro le caía sobre la frente y respiraba de forma irregular.

–Hoy cumplo diecinueve –balbució.

–Estupendo. Entonces te designo como mi chófer oficial. Vamos.

–Pero no tengo coche –protestó Brianne.

–Ahora que lo pienso, yo tampoco. Bueno, en ese caso, no necesitamos un chófer oficial.

La condujo a una mesa de un rincón en la que una botella rectangular de whisky, medio vacía, descansaba junto a un pequeño vaso corto y uno más alto con soda. También había una botella de agua de Seltz y un cenicero con un grueso puro humeante.

–Supongo que te desagrada el humo del cigarro –murmuró mientras conseguía sentarse en el reservado sin caer sobre la mesa. Era evidente que llevaba allí un rato.

–Fuera, no me molesta –dijo–. Pero no es bueno para mis pulmones. Tuve neumonía el invierno pasado y todavía no me he recuperado del todo.

–Yo tampoco –dijo con respiración pesada mientras apagaba el cigarro–. Sigo sin recuperarme por dentro. ¿No dijiste que con el tiempo mejoraría? Pues eres una mentirosa, jovencita, porque no mejora. Crece como un cáncer en mi corazón. La echo de menos –su rostro se distorsionó y cerró los puños sobre la mesa–. Dios mío, cuánto la echo de menos.

Brianne se acercó a él. Estaban en un rincón aislado no visible por los demás clientes y lo rodeó con sus brazos. Ni siquiera tuvo que persuadirlo. En un segundo, sus grandes brazos rodearon su esbelta calidez y la apretaron contra su pecho, enterrando el rostro en su cuello y cerrando las manos sobre su espalda. Brianne sintió sus temblores, la humedad de sus ojos sobre su garganta. Lo meció lo mejor que pudo, porque era enorme, y murmuró palabras de consuelo a su oído.

Cuando sintió que se relajaba, empezó a sentirse incómoda y un poco avergonzada. Tal vez no le agradara que hubiese visto su vulnerabilidad.

Pero al parecer, a Hutton no le importó. Elevó la cabeza con un sonido áspero y le puso las manos sobre los hombros para mirarla con ojos lacrimosos pero no avergonzados.

–¿Te sorprende? Eres norteamericana, ¿verdad?, y en Norteamérica los hombres no lloran. Entierran sus emociones bajo una fachada de hombres duros y nunca ceden a la emoción –rio mientras se secaba las lágrimas–. Bueno, yo soy griego. Al menos, mi padre lo era. Mi madre era francesa y tengo una abuela argentina. Mi temperamento es latino y la emoción no me avergüenza. Río cuando soy feliz, lloro cuando estoy triste.

Brianne se metió la mano en el bolsillo y sacó un pañuelo de papel. Sonrió mientras le secaba las lágrimas.

–Yo también –dijo–. Me gustan tus ojos. Son muy negros.

–Los he heredado de mi padre, y de mi abuelo. Mi abuelo tenía buques petroleros –se inclinó hacia ella–. Los vendí todos y compré grúas y perforadoras.

–¿No te gustan los petroleros? –rio Brianne.

–No me gustan las fugas de petróleo –Hutton se encogió de hombros–. Así que construyo plataformas petrolíferas y me aseguro de que estén bien hechas para que no haya fugas –levantó su vaso y bebió un buen trago. Después, se lo pasó–. Pruébalo. Es whisky escocés del bueno, importado de Edimburgo. Es muy suave y está bastante diluido en soda.

Brianne vaciló.

–Nunca he tomado alcohol de ningún tipo –le confesó.

–Siempre hay una primera vez para todo.

–Está bien –Brianne se encogió de hombros–. Entonces, allá voy –tomó un buen sorbo, lo tragó y permaneció como una estatua con los ojos como platos y a punto de atragantarse. Exhaló con aspereza y contempló el vaso con estupefacción–. Cielos, parece gasolina.

–¡No seas sacrílega! –bromeó Hutton–. Niña, este whisky es muy caro.

–No soy una niña, tengo diecinueve años –le informó, y tomó otro sorbo–. Oye, no está tan mal.

Hutton puso el vaso fuera de su alcance.

–Ya basta. No quiero que me acusen de seducir a una menor.

—¿Lo harías, por favor? —preguntó Brianne alegremente—. Nunca lo he hecho, sabes, y siempre me he preguntado qué es lo que hace que las mujeres se quiten la ropa para los hombres. Contemplar las estatuas del Louvre no es la mejor educación sexual y, entre nosotros, *madame* Dubonne parece creer que es la cigüeña la que trae a los bebés.

Hutton elevó las cejas.

—Eres osada.

—Eso espero. Me ha costado mucho llegar a serlo —escrutó su rostro moreno con calma—. ¿Te sientes mejor?

—Un poco —se encogió de hombros—. Todavía no estoy bastante borracho, pero sí aturdido.

Brianne cubrió su amplia mano con los dedos. Era cálida y musculosa, y su vello oscuro se escondía bajo el puño de su camisa blanca. Tenía las uñas planas y cuadradas y cortadas a la perfección. Las tocó, fascinada.

Hutton bajó la vista y estudió sus dedos largos y elegantes de uñas cortas.

—No te pintas las uñas —reflexionó—. ¿Ni siquiera las de los pies?

Brianne lo negó con la cabeza.

—Tengo los pies demasiado regordetes, no resultan elegantes. Tengo pies y manos ágiles, pero no bonitos.

Hutton dio la vuelta a su mano y envolvió los dedos de Brianne.

—Gracias —dijo bruscamente, como si lo irritara tener que decirlo. Brianne sabía a qué se refería y sonrió.

—Todos necesitamos que nos consuelen de vez en cuando. Eres un hombre fuerte, lo superarás.

—Tal vez —repuso Hutton, encogiéndose de hombros.

—Ya lo creo que sí —dijo ella con firmeza—. ¿No deberías irte a casa? —le preguntó, mirando a su alrededor—. Hay una rubia de bote muy provocativa junto a la barra que te está lanzando miraditas. Da la impresión de querer llevarte a casa, hacerte el amor y robarte la cartera.

Hutton se inclinó hacia ella.

–No puedo hacer el amor –dijo en tono confidencial–. Estoy demasiado borracho.

–Creo que no le importaría.

Hutton sonrió lentamente.

–¿Y a ti? –inquirió–. Supón que me acompañas a casa y hago lo que esté en mi mano.

–Con esta cogorza no, gracias –contestó–. Mi primera vez va a ser como fuegos artificiales y explosiones y la *Obertura 1812*. ¿Cómo voy a conseguir eso de un hombre borracho?

Hutton echó la cabeza hacia atrás y prorrumpió en carcajadas. Tenía una risa agradable, grave, lenta y sonora. Brianne se preguntó si lo hacía todo con tanto corazón como cuando lloraba.

–Llévame a casa de todas formas –le dijo cuando dejó de reír–. Creo que estoy a salvo contigo –vaciló después de dejar los billetes sobre la mesa–. Pero tú tampoco puedes seducirme.

Brianne se llevó la mano al corazón.

–Lo prometo.

–Entonces, de acuerdo –se levantó, tambaleándose un poco, y frunció el ceño–. Ni siquiera recuerdo haber venido aquí. Cielos, creo que salí en mitad de unas negociaciones para un nuevo hotel.

–Seguirán negociando cuando vuelvas –rio Brianne–. Adelante, busquemos un taxi.

2

Pierce Hutton vivía en uno de los hoteles más modernos y lujosos de París. Buscó la llave en el bolsillo y se la dio al pasar al lado del portero, que los miró con recelo. Igual que el recepcionista, que se acercó a ellos mientras esperaban el ascensor.

–¿Le pasa algo, *monsieur* Hutton? –preguntó con énfasis.

–Sí, Henri, estoy muy borracho –contestó con voz vacilante. Su brazo se tensó alrededor de Brianne–. ¿Conoces a la hija de uno de mis socios, Brianne? Está estudiando en París. Me encontró en Chez Georges y me trajo a casa –sonrió–. Me salvó de una *femme du nuit* que había echado el ojo a mi cartera.

–Ah –dijo Henri, asintiendo, y sonrió a Brianne–. ¿Necesita ayuda, *mademoiselle*?

–Pesa bastante, pero creo que puedo arreglármelas sola. ¿Le importaría comprobar luego que se encuentra bien? Solo para quedarme tranquila –añadió con preocupación genuina.

El último rastro de sospecha de Henri se evaporó.

–Será un placer.

–*Merci beaucoup*. Y por favor, no me conteste con nada más que *il n'y a pas de quoi* –añadió enseguida–, porque eso es todo lo que sé de francés.

El recepcionista le sonrió justo cuando llegaba el ascensor.

–Espere, permítame que la ayude, *mademoiselle* –le dijo, y los ayudó a entrar en el ascensor, que afortunadamente estaba vacío salvo por el ascensorista, al que ordenó en un francés rápido que acompañara a *monsieur* Hutton a su suite–. Él la ayudará –le aseguró Brianne–. Y cuidaremos de *monsieur* cuando se haya ido.

–Entonces, no me preocuparé –le sonrió Brianne.

Henri asintió, pensando en lo amable que parecía la joven. ¡Y qué pelo rubio más glorioso!

Brianne subió en ascensor con Pierce y el ascensorista, que la ayudó a meter a Pierce en su suite. Maniobraron juntos para conducirlo al enorme dormitorio, decorado en color blanco y negro que parecía encajar con él.

La cama era de matrimonio y tenía cuatro postes que se elevaban como espectros hacia el techo. Lo tumbaron con cuidado y Pierce abrió los ojos al tiempo que se estiraba sobre la colcha negra.

–Me siento raro –murmuró.

–No lo dudo –reflexionó Brianne, y dio las gracias al ascensorista. El joven le sonrió y cerró la puerta al salir.

Los ojos negros de Pierce escrutaron el rostro sonrojado de Brianne.

–¿Crees que podrás ayudarme a desvestirme? –le preguntó. Brianne se sonrojó aún más.

–Bueno...

–Siempre hay una primera vez para todo –le recordó.

Brianne vaciló. No estaba en condiciones de hacerlo solo, había bebido demasiado. Y seguramente no recordaría su cara a la mañana siguiente.

Soltó los lazos de sus zapatos, se los quitó y tiró de

sus calcetines. Tenía unos pies bonitos, largos y elegantes, y muy grandes. Sonrió mientras rodeaba la cama y lo ayudaba a incorporarse. Le quitó la chaqueta y le desabrochó la camisa. Olía a jabón y a colonia caros, y bajo aquella camisa había un tórax amplio y bronceado con vello negro y grueso.

Lo tocó accidentalmente y sintió un hormigueo en la mano.

—Margo era virgen —dijo en voz baja—. Tuve que persuadirla para que se desnudara, y aunque me amaba con desesperación, al principio se resistió porque tenía que hacerle daño —tocó el rostro ruborizado de Brianne con delicadeza—. Supongo que ya no quedan muchas mujeres vírgenes hoy día. Margo y yo siempre nos salíamos de la norma, éramos muy tradicionales. No le hice el amor hasta que no nos casamos.

—¿Puedes mover el brazo...? Sí, así está bien —no quería oír aquello, pero era una audiencia embelesada. Tiró de la camisa y tuvo que controlarse para no admirar los brazos bronceados y fibrosos. No parecía un hombre que pasara mucho tiempo sentado detrás de un escritorio.

—Solo tienes diecinueve años —dijo exhalando el aliento con aspereza—. Si fueras mayor, creo que podría hacerte el amor. Eres muy bonita, pequeña. Tu pelo me excita... es tan largo y tan abundante —lo tomó en ambas manos y cerró los dedos—. Sexy.

—El tuyo tampoco está mal —dijo para mantener la conversación—. Bueno, no creo que pueda... —añadió, bajando las manos con vacilación a su cinturón.

—Claro que puedes —dijo en voz baja. Colocó sus manos sobre el cinturón y la ayudó a soltarle la hebilla mientras la miraba a los ojos. La guio por los botones y luego, deliberadamente, le colocó los dedos bajo la cintura de su ropa interior—. Ahora, tira —la persuadió, y arqueó la espalda para ayudarla.

Cientos de pensamientos de asombro, ultraje y deleite inundaron la mente de Brianne a medida que las prendas revelaban su cuerpo flexible y poderoso. No se parecía en nada al cuadro del Louvre. Era hermoso, una obra de arte en sí mismo, sin una estría o rastro de grasa por ningún lado. Un vello fino cubría su parte más íntima, y Brianne hizo una pausa cuando todavía tenía los pantalones en las rodillas para contemplar su virilidad.

Era de agradecer, pensó Pierce vagamente, que estuviera borracho, porque su expresión embelesada habría suscitado una erección inmediata en cualquier otro momento. Pero estaba demasiado relajado para sentir deseo, y se alegraba por el bien de la joven. Se permitió esbozar una sonrisa al imaginar cuál sería su expresión si lo viera plenamente excitado.

Claro que eso nunca ocurriría. Margo estaba muerta, y él también, por dentro y por fuera. El brillo de humor de sus ojos se disipó. Se recostó sobre las almohadas con un largo suspiro.

–¿Por qué mueren las personas? –preguntó con voz cansina–. ¿Por qué no viven eternamente?

Brianne salió de su trance y acabó de desnudarlo. Luego le cubrió las caderas con la colcha para ahorrarse más vergüenza.

–Ojalá lo supiera –le confió, y se sentó junto a él en la cama. Cubrió su mano con la suya allí donde reposaba sobre su pecho–. Ahora trata de dormir. Es lo mejor.

Pierce abrió sus ojos inquisitivos y atormentados.

–Solo tenía treinta y seis años. Hoy por hoy, eso no es nada.

–Lo sé.

Pierce dio la vuelta a su mano y atrapó la de Brianne para deslizarla sobre el vello grueso que lo cubría.

–Al parecer, hay caballeros de brillante armadura en ambos sexos –reflexionó con somnolencia–. ¿Dónde guardas tu lanza, hermosa Juana?

–En mi bolsillo. ¿Quieres verla?

Pierce sonrió.

–Me sienta bien estar contigo. Disipas mis nubarrones –la estudió–. Pero soy una mala influencia para ti.

–Solo fue un sorbo de whisky –le recordó.

–Y un desnudo completo –añadió alegremente–. Lo siento. Si hubiera estado más sobrio, no te habría puesto en una situación tan embarazosa.

–No ha estado tan mal. Y había visto el cuadro del Louvre, entre otros –carraspeó–. Realmente era... canijo, ¿verdad?

Pierce rio con puro deleite.

–Lo siento –Brianne retiró la mano y se puso en pie–. ¿Puedo traerte algo antes de irme?

Pierce movió la cabeza. Empezaba a dolerle a pesar del estupor.

–Estaré bien. Será mejor que regreses al internado. ¿Te metiste en líos por saltarte esa clase?

–Qué va –rio Brianne–. Terminaré el mes que viene.

–¿Y adónde irás después?

Pareció afligida por un momento antes de disimular su expresión.

–Ah, de vuelta a Nassau, supongo, a pasar allí el verano. En septiembre iré a la universidad, digan lo que digan, aunque tenga que pagarla de mi bolsillo. Ya llevo un año de retraso y no pienso esperar más.

–Pagaré tus estudios si tus padres no lo hacen –dijo, sorprendiéndose a sí mismo–. Podrás devolvérmelo cuando tengas tu licenciatura.

–¿Harías... eso por una total desconocida?

Pierce frunció el ceño ligeramente.

–¿Una total desconocida? ¿Cuando me has visto totalmente desnudo? –Brianne no acertó a responder–. Y es todo un logro, permíteme que te diga. Hasta ahora, Margo ha sido la única mujer que me había visto así –sus ojos volvieron a perder su brillo e hizo una mueca. Brianne le tocó la mejilla con los dedos a modo de consuelo.

–La envidio –dijo con sinceridad–. Debió de significar todo para ella ser amada de esa manera.

–Era mutuo –masculló.

–Sí, lo sé –retiró la mano con un pequeño suspiro–. Siento no poder suavizar tu dolor.

–No sabes cuánto me has ayudado –contestó con solemnidad–. El día que fui al Louvre estaba buscando la manera de reunirme con ella, ¿lo sabías?

Brianne movió la cabeza.

–Solo sabía que parecías muy solo y desalentado.

–Lo estaba. Suavizaste mi dolor. Hoy, volví a sentirlo y tú estabas allí –escrutó sus ojos claros–. No olvidaré que me has ayudado a salir del hoyo. Cualquier cosa que necesites, pídemela. Tengo una casa en Nassau, no muy lejos de la de Brauer. Cuando el ambiente se ponga demasiado tenso, siempre puedes venir a visitarme.

–Sería estupendo tener un amigo en Nassau –confesó. Pierce entornó los ojos.

–Yo no tengo ninguna amiga. Al menos, no la tenía –rio serenamente–. Y menos de tu edad.

Brianne sonrió.

–Yo iba a decir lo mismo.

–La gente hablará. Adelante, que hablen –tomó su mano y le dio un beso en la palma. Sus labios eran firmes y frescos sobre la leve transpiración de sus dedos–. Volveré a verte, Brianne.

–Lo sé –se puso en pie y sus ojos se posaron en su rostro moreno–. Tienes que mirar hacia el futuro, ¿sabes? –dijo con suavidad–. Llegará el día en que no resulte tan duro. Debe de haber cosas que no has hecho y que siempre has querido hacer, diseños que no has probado, proyectos aún incompletos.

Pierce se estiró, un poco dolorido.

–Durante los dos últimos años he cuidado de Margo mientras el cáncer la consumía. No es fácil aprender a vivir por mí mismo. No tengo a nadie a quien cuidar.

Brianne abrió los ojos como platos.

–A mí no me mires. Soy independiente.

–Eres un milagro –dijo de forma inesperada–. Tal vez los ángeles de la guarda existen de verdad y tú eres el mío. Pero es recíproco, me toca ser el tuyo. Escoge la universidad que quieras. Te admitirán, aunque sea Oxford, tengo contactos en todas partes.

Los ojos de Brianne centellearon.

–No pareces un hada madrina.

–Las apariencias engañan. Yo tampoco había visto a un padre confesor con melena rubia.

Brianne rio.

–Me voy –anunció.

–Adiós entonces. Y gracias.

–De nada. Merece la pena salvarte de ti mismo –se paró delante de la puerta y volvió la cabeza. Su expresión era un poco menos jubilosa–. Estarás... bien, ¿verdad? –preguntó–. Quiero decir, que no harás nada...

Pierce se incorporó sobre un codo.

–No voy a hacer nada –prometió con solemnidad.

–Cuídate.

–Tú también –repuso Pierce. Brianne abrió la puerta, vacilante.

–Sé que no quieres irte –dijo con voz grave y un poco brusca–. Pero debes hacerlo.

Volvió la cabeza para mirarlo con ojos enormes y curiosos.

–No lo entiendo –murmuró con preocupación.

–Sabemos más cosas el uno del otro en tan solo un rato que muchas personas en mucho tiempo –le explicó–. Es una clase de vínculo que yo tampoco he experimentado –sonrió con ironía–. No intentes comprenderlo, la amistad es un bien muy valioso pero escaso. Simplemente, acéptalo.

–Está bien –sonrió Brianne.

–Espera un momento. Pásame los pantalones.

–¿Vienes conmigo? –le preguntó, pasándoselos.

–Qué graciosa eres –murmuró en tono sombrío–. En

mi estado, me caería por el hueco del ascensor. No, quiero darte algo.

–¡Si intentas pagarme...!

–¿Quieres dejar de mirarme así? –gruñó, sacando una tarjeta de su cartera y arrojándola sobre la colcha–. Tiene mi número privado del hotel. Si te metes en líos, o si me necesitas, llámame.

Brianne la tomó y lo miró a los ojos.

–Siento haberte interpretado mal.

–¿Y por qué iba a pagarte? –le preguntó con irritación–. La clase de mujer en la que estás pensando hace un poco más que quitarle a un hombre los pantalones – Brianne lanzó una exclamación–. Sal –le dijo–, y llévate tu mente perversa contigo.

–No tengo una mente perversa –repuso en tono altivo.

–¡Ja!

Se metió la tarjeta en el bolsillo de su vestido y le sonrió.

–Debes de sentirte mejor, porque estás gruñendo otra vez. Ahora sí que me voy.

–Tanto mejor, si lo único que tienes que ofrecerme son insultos.

Brianne le lanzó una mirada furibunda desde el umbral.

–¿Te gustaría que volviera a Chez Georges y enviara aquí a esa mujer con los labios pintados para que echara un vistazo a tu cartera? Apuesto a que sabría qué hacer cuando te quitara los pantalones.

–Menuda libertina estás hecha –la acusó con suavidad.

–Y un día de éstos, yo también sabré qué hacer. Espera y verás.

–Brianne.

Se volvió con la puerta abierta.

–¿Qué?

La expresión de Pierce se tornó muy solemne.

–Ten cuidado con los tutores que buscas para esa asignatura en particular. Ten mucho cuidado.

–Ah, no tienes por qué preocuparte. Ya tengo alguien en mente.

–¿De verdad? ¿Quién? –preguntó con aspereza.

Brianne salió por la puerta y asomó la cabeza.

–Tú, cuando con el tiempo superes tu dolor –dijo con suavidad–. Creo que merecerá la pena esperar por ti.

Y mientras Pierce asimilaba aquella afirmación, Brianne cerró la puerta y lo dejó.

Nassau estaba repleta de turistas que paseaban a lo largo de la costa desde el nuevo complejo en Cayo Coral hasta el propio puerto de Nassau. Autobuses multicolores rodaban a gran velocidad, esquivando por los pelos a ciclomotores, coches y peatones. Brianne vagaba por el mercado en el muelle del Príncipe Jorge, admirando los bolsos, sombreros y muñecas coloristas de paja, pero lo único que compró fue un nuevo sombrero. Estaba hecho de cáñamo y tenía flores púrpuras tejidas en el ala. Al pagarlo, sonrió a la mujer del puesto, y luego se alejó para observar cómo salía un trasatlántico estadounidense de la bahía.

Estaba segura de que nunca se cansaría de ver entrar y salir a los enormes barcos del puerto. A menudo, también había buques militares, como el destructor estadounidense al final del embarcadero. Un grupo de marineros se filtraban entre los turistas de regreso al buque, parándose a admirar una bonita morena que estaba a bordo de un barco de turistas.

Era hora de almorzar, pero Brianne no estaba preparada para volver a casa. Claro que solo su madre y su hermanastro consideraban la villa de Kurt como su casa. El bebé, Nicholas, ya tenía un año de edad y era el centro de atenciones de su madre.

Brianne pasaba el menor tiempo posible en la villa.

Kurt había hospedado en la casa a un hombre de negocios conocido suyo, originario del Oriente Medio y casi de la edad de Pierce. Era alto, delgado y moreno, con cicatrices en una mejilla que le conferían un aspecto temible. Brianne deseaba no haberlo conocido. Se decía que Philippe Sabon tenía una obsesión perversa por las jóvenes inocentes. Era una especie de alto dignatario de una nación árabe subdesarrollada. La madre de Sabon era de ascendencia árabe y su padre era, supuestamente, francés pero de ascendencia turca. Se sabía muy poco sobre su turbio pasado. Tenía millones, pero le había hablado a Brianne de los pequeños vagabundos harapientos en los barrios bajos de Bagdad como si supiera de primera mano cómo vivían. De no ser por su reputación zalamera, tal vez Brianne habría disfrutado de su compañía.

Kurt no hacía más que emparejar a Brianne con Sabon a cada oportunidad que se le presentaba. Siempre se mostraba agradable, pero había algo en la forma en que Sabon la miraba que la ponía muy nerviosa. Quería que Kurt invirtiera en algún proyecto en su tierra natal, en Qawi, que estaba encajonada entre otras naciones pequeñas del Golfo Pérsico. Era la única nación que, hasta el momento, se había negado a explotar su potencial petrolífero. Su gobernante, un anciano jeque, era lo bastante viejo para recordar la dominación europea y no quería saber nada al respecto. Sabon lo había convencido de que la pobreza acérrima de su país estaba demasiado extendida para ser ignorada. Sabon era dueño de su propia isla, Jameel, a corta distancia mar adentro de Qawi. El nombre significaba «bella» en árabe.

Al parecer, Sabon había convencido a Kurt para negociar con un consorcio petrolífero en su nombre e incluso invertir en aquel plan para explotar la riqueza petrolífera de su país. Como ministro de aquella nación, aunque muchos decían que había comprado el cargo, Sabon tenía poder suficiente para llevar a cabo cualquier trato sobre propiedades que quisiera. Tenía el control de los derechos mineros del país. Le había dado a Kurt un interés parcial en ellos y Kurt había enviado una empresa de ingenieros de minas para que realizaran un estudio sobre el potencial petrolífero de aquella tierra virgen. Había sido un buen paso. Los ingenieros habían detectado una superabundancia de gas y petróleo sin perforar bajo las ardientes arenas del país. Lo único que necesitaban era más dinero para equipos de explotación, porque el consorcio petrolífero solo estaba dispuesto a proporcionar un porcentaje del capital requerido para la perforación, y al parecer, el tesoro nacional de Qawi no podía destinarse a la industria petrolífera. A Brianne aquello le resultaba extraño, pero a Kurt parecía no importarle mientras tuviera la titularidad de la mitad del potencial minero del país.

Kurt y Sabon habían combinado sus propios recursos y Kurt había persuadido al consorcio petrolífero para que se uniera a la empresa. Kurt tenía la mayor parte de su fortuna empeñada en ella, y esperaba ascender a la categoría de billonario, pero debía mantener a Sabon a su lado. Sabon ya había dejado caer que cualquier otro amigo rico del Oriente Medio estaría encantado de sustituir a Kurt en la tarea, y Kurt ya tenía comprometido demasiado dinero para retirarse. Se había dado cuenta de la fascinación que Sabon sentía por Brianne, y si ofrecerle a Brianne como cebo serviría para mantener a Sabon junto a él, estaba más que dispuesto a entregársela, con o sin su permiso.

Por todo Nassau circulaban historias sobre los apetitos perversos de Sabon. Por la forma en que la había mirado cuando se lo presentaron, Brianne se sintió como si la hubiera tocado bajo la ropa. La frialdad de la joven era un reto para Sabon, y ella lo encontraba aterrador. Había algo en sus ojos oscuros y penetrantes que la intimidaba. Pero era intachablemente decoroso y cortés, incluso encantador, algo que contradecía su reputación. Parecía un iceberg en que la mayor parte de su carácter estaba cuidadosamente oculta tras un escudo de reserva. La gente decía que era un pervertido, pero Brianne no podía discernir en él nada que reflejara perversión. Siempre parecía estar separado de los demás, solo. Buscaba a Brianne y la observaba en silencio, pero no había falta de respeto ni obscenidad en su actitud con ella. Tal vez, reflexionó, fuese su inexperiencia lo que le impedía ver la verdad sobre él.

Había oído que Sabon era enemigo de L. Pierce Hutton, que había denunciado públicamente el apoyo reciente de Sabon a una nación que estaba siendo constantemente sancionada por la comunidad mundial por su postura política agresiva. Pierce estaba convencido de que Sabon solo buscaba apoyo político en la región haciendo pública su amistad con aquel país. Quería riqueza y poder y no le importaba lo que tuviera que hacer para conseguirla. En eso se parecía a Kurt Brauer, pensó Brianne. Kurt no tenía remordimientos ni límites en su búsqueda de riqueza material. Y había algo muy turbio en sus fuentes de ingresos. Daba la impresión de no trabajar en nada en especial, aunque tenía contactos en las exploraciones petrolíferas. Pero los hombres que lo visitaban no le parecían petroleros, sino... bueno, asesinos.

La presencia continuada de Philippe Sabon en la villa y su inquebrantable escrutinio la ponían muy nerviosa. Brianne pasaba el mayor tiempo posible fuera de casa. Su madre pensaba que estaba reaccionando exageradamente al interés de un hombre mayor, y a Kurt no le importaba lo que su amigo y asociado estuviera tramando siempre que se beneficiara de ello económicamente. Brianne no tenía ningún aliado en aquella elegante casa de la bahía.

Pierce Hutton había regresado a la isla hacía tres meses, pero Brianne solo lo había visto una vez, la noche anterior, en una sofisticada reunión social a la que la habían llevado Kurt y su madre. Estaba realizando negocios a diestro y siniestro, y tenía mucho mejor aspecto, pero sus ojos todavía reflejaban cierto tormento. Y pareció incomodarse mucho al ver a Brianne.

Recordó cómo se había acercado a él con una sonrisa y cómo Pierce la había mirado con hostilidad y le había dado la espalda. Aquella reacción le había dolido horrores. Seguramente, Pierce solo había querido ser amigo suyo bajo los efectos del alcohol. Brianne había entendido el mensaje y lo había esquivado toda la noche. No se habían dirigido ni una sola palabra. Sin duda, era lo mejor que podía haber pasado, porque a Sabon le desagradaba Pierce y Kurt no se atrevería a hacer nada para irritarlo. Desde luego, no era probable que Pierce recibiera una invitación para ir a la villa de los Brauer mientras Sabon se alojara en ella.

Mientras contemplaba el gentío en el muelle del Príncipe Jorge, se dio cuenta de que el recuerdo de la hostilidad de Pierce la había mantenido despierta toda la noche. Había sido una tonta, pensó, al imaginar que había hablado en serio con media botella de whisky en el cuerpo. Realmente era ingenua para haber cumplido veinte años.

Recordó vívidamente su último cumpleaños, lo había pasado con Pierce. Aquel año no tenía aquella asociación mental tan agradable. Su madre y su padrastro le habían regalado un collar de perlas y su amiga Cara Harvey le había enviado un pañuelo desde Portugal, donde estaba pasando el verano con sus padres. Salvo por el regalo de Cara, había sido un cumpleaños insípido.

Sabon había querido ofrecerle una fiesta en su yate, pero ella enseguida había hallado un motivo para ir a la ciudad. Tenía visiones de que aquel libertino la secuestraba y la convertía en su esclava sexual. Había oído rumores sobre él que no excluían el secuestro.

El viento agitaba su pelo suelto y rubio alrededor de la camiseta de seda rosa sin mangas que llevaba puesta, en combinación con unas bermudas blancas y unas sandalias. Llevaba una riñonera para no tener que colgarse un bolso y se sentía joven y llena de vitalidad. De no ser por la situación en su casa, Nassau era todo lo que le pedía a la vida. Le parecía tan fascinante...

Mientras contemplaba cómo dos remolcadores hacían girar al trasatlántico blanco en una bahía que parecía demasiado pequeña para aquella operación, notó la presencia de una persona a su espalda, observándola. Se volvió y allí estaba Pierce, inmaculado con unos pantalones blancos y una camisa amarilla. Tenía las manos en los bolsillos y sus ojos negros seguían igual de borrascosos, pero la escrutaban con extraña intensidad.

–Hola, señor Hutton –dijo educadamente, con una sonrisa. La clase de sonrisa que le habría brindado a un conocido muy distante. Pierce también lo sabía. Sus hombros anchos se movieron mientras fijaba la vista en el navío.

–He recibido la visita de un hombre de negocios norteamericano –señaló con la cabeza el trasatlántico–. Acaba de irse en aquel barco.

Brianne no sabía qué decir. Asintió torpemente, se volvió, y echó a andar por el embarcadero de vuelta al muelle, con su melena larga ondeando a la brisa. Sabía que Pierce no quería saber nada de ella; se lo había dejado muy claro en la fiesta. Estaba deseosa por complacerle.

–Diablos, para ya.

Brianne se quedó inmóvil, pero no se volvió.

–¿Sí? –preguntó.

A su alrededor, los turistas pasaban de largo hablando y gesticulando animosamente. No muy lejos, el propietario de un barco estaba cantando una melodía aborigen, confiando en atraer más turistas con su talento. Brianne apenas era consciente del ruido, el corazón le latía con tanta fuerza que estaba temblando. Sintió el calor del cuerpo de Pierce a su espalda.

–He intentado olvidar París –dijo pasado un minuto.

–Tú y Humphrey Bogart –repuso Brianne con ironía.

–¿Cómo? Ah –rio–. Entiendo.

Entonces Brianne se volvió y se cuadró de hombros.

–Mira, no me debes nada. No quiero recompensa alguna, ni siquiera atención. Estoy bien. Creo que Kurt estará más que dispuesto a enviarme a la universidad para perderme de vista.

Pierce entornó los ojos.

–Eso no es lo que se comenta en la ciudad. He oído que quiere entregarte a su socio más reciente, a modo de fusión familiar.

Brianne perdió el color pero ni siquiera parpadeó.

–¿De verdad?

–No finjas –dijo con impaciencia–. Sé todo lo que pasa en Nassau.

Brianne sintió que se le helaba la sangre. Kurt no le había dicho ni una palabra al respecto, pero si se rumoreaba por la isla, tal vez fuera cierto. Se enderezó.

–Puedo cuidarme sola.

–¿Con diecinueve años?

–Veinte –lo corrigió–. Los cumplí esta semana.

–Está bien –repuso Pierce con un sonido ronco–, tal vez no seas tan niña después de todo. Y tal vez puedas cuidarte sola entre la gente de tu edad, pero cielo, tratándose de Kurt Brauer, por no hablar de Sabon, te enfrentas a las autoridades.

–¿Lo dices por experiencia?

Pierce arqueó una ceja y sonrió.

No quería decirle que en una ocasión había intervenido en un trato turbio que Brauer estaba pactando con un grupo terrorista para proporcionarles armas a cambio de que asaltaran una flota de buques petroleros rivales. La información no había ido más allá de su propio jefe de seguridad, Tate Winthrop, un antiguo detective del gobierno que había desbaratado los planes de asalto de Brauer. Winthrop era un siux con un pasado misterioso y amigos en algunos de los despachos más importantes de

Washington, D.C. Tenía fuentes de información con las que ni siquiera Pierce contaba.

Sonrió a Brianne.

—No he dicho que yo no pueda ganar, sino que tú no puedes. ¿Adónde vas con tanta prisa?

—Estaba pensando en ponerme el bañador y tumbarme en la playa durante un rato. Kurt es propietario del Hotel Britanny Bay y puedo usar las instalaciones. Guardo un traje de baño en la oficina.

—Ven a mi casa. Tengo una playa privada, puedes nadar allí.

Brianne recordó su actitud la noche anterior y vaciló.

—En realidad, no quieres estar conmigo.

—No —corroboró enseguida—. Pero necesitas a alguien, y yo soy lo único que tienes de momento.

Brianne se ruborizó con orgullo y enojo.

—¡Muchas gracias!

—No me rechaces —añadió pesadamente, y su mirada era de resignación mientras la observaba—. Eres todo lo que tengo.

La afirmación la conmocionó de la cabeza a los pies. Era el hombre más increíble que había conocido. Decía las cosas más profundas en los momentos más inesperados.

—Ya te he dicho —añadió— que no tengo familia. Era hijo único, y cuando Margo perdió al bebé también perdió la capacidad de concebir. Con la excepción de unos cuantos primos en Grecia, Francia y Argentina, todos ellos lejanos, no tengo familia. Ni amigos íntimos —metió las manos en los bolsillos de sus pantalones y contempló el agua turquesa de la bahía mientras hablaba—. Brianne, ¿de verdad crees que a alguien le hubiese importado un comino que me hubieran desplumado la noche en que me emborraché? —preguntó con pesar—. ¿Crees que a alguien le habría importado que me muriera allí mismo?

—A mí, sí.

–Lo sé, y eso no facilita las cosas. Eres demasiado joven.

–Y tú demasiado viejo –replicó, luego sonrió–. ¿Tanto importa?

Sus ojos negros la estudiaron con leve regocijo.

–Supongo que no. Vamos, tengo el coche ahí.

3

Se accedía a la villa de Pierce a través de una verja alta de hierro forjado que se abría electrónicamente mediante un mecanismo instalado en su Mercedes. El camino pavimentado de entrada estaba bordeado de enormes pinos con sus hojas espinosas y otros árboles en flor. En la arena que flanqueaba el camino había hibiscos en flor y vides de mar con hojas circulares que, según se decía, los esclavos habían utilizado a modo de platos en los tiempos de los barcos piratas.

Dos pastores alemanes enormes vivían en una caseta cerca de la casa principal.

–King y Tartar –dijo Pierce, señalando a los perros mientras pasaban junto a la verja de malla metálica que contenía a los animales–. Por la noche andan sueltos por la propiedad. Ni siquiera a mí me gustaría toparme con ellos.

Brianne sonrió.

–Supongo que teniendo en cuenta tus ingresos, no puedes permitirte correr riesgos.

–No. Tengo un jefe de seguridad que hace que los

miembros de la brigada de la Casa blanca parezcan unos chapuceros –la miró–. Te lo presentaré algún día. Es siux.

–¿Indio? –repuso Brianne, elevando las cejas.

–Indígena –le corrigió con una sonrisa–. Nunca lo llames indio. Habla cinco idiomas con fluidez y es abogado.

–No es un jefe de seguridad muy corriente.

–En absoluto. Todavía hay muchas cosas que no sé de él y lleva tres años trabajando para mí –paró el Mercedes delante de la casa, y mientras ayudaba a bajar a Brianne, un hombre de mediana edad y aspecto mediterráneo salió por la puerta, sonrió, y sustituyó a Pierce al volante.

–Arthur –dijo Pierce–. Suele conducir para mí. Meterá el coche en el garaje. Y esta es Mary –añadió, sonriendo a la bonita mujer negra de mediana edad que abrió la puerta–. Estaba aquí cuando compré la villa. Nadie cocina los caracoles de mar mejor que ella.

–Nadie excepto mi madre –corroboró Mary–. ¿Cómo está, señorita?

–Bien, gracias –dijo Brianne, y sonrió.

–¿Alguna llamada? –preguntó Pierce.

–Solo una, del señor Winthrop, pero dijo que no era urgente.

–Está bien. Estaremos en la piscina.

–Sí, señor.

Mary cerró la enorme puerta de madera detrás de ellos y Pierce condujo a Brianne por una arcada de piedra hasta una amplia piscina con una vista impactante del océano. Brianne se protegió los ojos del sol con la mano y contempló el promontorio donde los pinos ondeaban a la brisa y dos barcos estaban anclados junto a la orilla.

–Qué tranquilo es esto –comentó.

–Por eso me gusta.

Brianne se volvió a él. Pierce sacó una silla con cojín

de una mesa blanca de hierro forjado con sombrilla y le indicó que se sentara.

–¿Pasas mucho tiempo en la piscina? –preguntó con curiosidad.

–No mucho. Sé nadar, pero no me entretiene demasiado. Me agrada tomar el sol, porque me ayuda a pensar –hizo una seña a Mary, que se acercó con una bandeja cargada con dos bebidas de aspecto lechoso y un plato de pastas. Dejó la bandeja sobre la mesa y sonrió antes de dejarlos a solas en la piscina–. Mary hace pastas de té deliciosas –dijo, tomando su vaso–. Pruébalas.

Brianne tomó una y la dejó en el platito que Mary le había llevado. La saboreó con deleite.

–Está deliciosa –exclamó. Luego tomó su bebida y la probó, sorprendiéndose de que no contuviera alcohol. Pierce notó su expresión y rio.

–No voy a dar alcohol a una menor, ni siquiera en Nassau –murmuró.

–No soy exactamente una menor –le informó.

–Todavía no has cumplido los veintiuno –replicó. Paseó la mirada por su joven figura hasta su bonito rostro con un intenso escrutinio–. Eres joven, muy joven.

–La culpa la tiene una niñez demasiado protegida – su mirada se deslizó sobre él como unos dedos indagadores–. ¿Cuántos años tienes? –le preguntó bruscamente.

–Más que tú.

Brianne arrugó la nariz.

–¿Muchos más?

Pierce se encogió de hombros y tomó un sorbo de su bebida.

–Muchos más –sus ojos negros la miraron directamente–. Casi te doblo la edad.

–No lo pareces –le dijo con sinceridad. Tenía el físico de un hombre diez años más joven y apenas había rastros de plata en sus sienes. Le sonrió tristemente–. Supongo que no has pensado mucho en seducirme.

Pierce levantó ambas cejas.

—¿Perdón? —su tono habría arredrado a una mujer más débil, pero Brianne estaba hecha de mejor pasta.

—Lo comentamos en París —le recordó—. Claro que tú estabas tan borracho aquella noche que no puedo esperar que recuerdes nuestra conversación. Pero yo prometí que iba a esperarte —sonrió con picardía—. Y lo he hecho, a pesar de la tentación.

Pierce se detestó por preguntar:

—¿Qué tentación?

—Había un noble portugués muy atractivo en una de mis clases. Era mayor que todas nosotras, muy culto y correcto. Todas las chicas estaban locas por él, pero tenía una prometida esperándolo en casa —movió la cabeza.

—Y a ti te gustaba.

Brianne asintió y le sonrió.

—Mucho. Fue muy amable conmigo.

Pierce se carcajeó de forma gutural, y sus ojos reflejaron una emoción que Brianne no entendió.

—¿Por qué te ríes? —le preguntó.

—¿Crees que yo soy amable? —repuso en voz baja.

Brianne pareció perpleja.

—¿Amable? ¿Tú? ¡Señor, si eres peor que una barracuda!

La risa creció, grave y sonora.

—Bueno, al menos eres sincera.

—Lo intento —bajó la vista a su vaso con un suspiro—. Philippe Sabon me persigue, ¿sabes? —dijo con visible incomodidad—. Quería organizar una fiesta de cumpleaños para mí en su yate, y a mi padrastro le encantó la idea. Me negué y ahora no me habla. Pero los he oído hablar a los dos y me he puesto nerviosa.

Pierce no tenía que preguntar por qué Sabon estaba interesado en ella. Ya lo sabía. Dio vueltas al hielo en su vaso antes de tomar otro sorbo.

—Según tengo entendido, Sabon siente debilidad por las vírgenes —dijo con aspereza—. No te contaré lo que se cuenta que hace con ellas, pero a ti no te lo hará.

La preocupación de Pierce fue como una ráfaga de calor por todo su cuerpo. Brianne sonrió.

–Gracias. ¿Podrías prestarme a tu jefe de seguridad por unos días por si acaso? –añadió, medio en broma.

–Yo mismo me ocuparé de ello –dijo, y no sonrió. Entornó los ojos al tiempo que contemplaba su joven rostro–. Puedes pasar el tiempo aquí hasta que se vaya. Tengo entendido que un país vecino sin recursos ha amenazado con dar un golpe militar. Quieren su petróleo.

–Igual que mi padrastro –le informó Brianne–. Casi está en bancarrota con todo el dinero que ha invertido en explorar los campos petrolíferos de Qawi, y ha atraído a otros inversores para que lo ayuden. Si el golpe militar tiene éxito, se quedará en la calle, vendiendo lápices en una esquina.

–O buceando para pescar caracoles marinos –añadió con sorna.

–No lo creo. No sabe nadar.

–Ha hecho un mal negocio –murmuró Pierce pensativamente–. Un pacto con el demonio –deslizó su mirada entornada por su figura–. ¿Y tú qué se supone que eres, una garantía?

Brianne se sonrojó.

–Por encima de mi cadáver.

Pierce no contestó. Estaba pensando, y sus pensamientos no eran agradables.

–¿Cómo acabaste teniendo a Brauer como padrastro? –le preguntó pasado un minuto.

–Mi madre es hermosa –dijo sin rodeos–. Yo solo soy un mal calco de ella. Estaba vendiendo joyas en una tienda exclusiva y Kurt entró a comprar un regalo para un amigo. Mi madre dice que fue amor a primera vista –se encogió de hombros–. No lo sé. La cuestión es que mi padre había muerto unos meses antes y se sentía sola. Pero no tan sola como para convertirse en la amante de un hombre rico –añadió con una leve sonrisa–. Era el matrimonio o nada, así que Kurt se casó con ella –jugó con su vaso–. Ahora tienen un hijo que es el mundo entero para mi madre.

–¿Es Brauer bueno con ella?

–No –dijo llanamente–. Tiene miedo de él. No sé si ha llegado a golpearla, pero se pone muy nerviosa cuando está con Kurt. Ahora que tiene que pensar en el bebé, nunca discute con él como solía hacerlo de recién casada.

–¿Te habla de él?

Brianne lo negó con la cabeza.

–Kurt se asegura de que no pueda estar mucho tiempo a solas con ella –lo miró a los ojos–. Me desagradó desde el principio, pero mi madre pensaba que estaba resentida porque había pasado muy poco tiempo desde la muerte de mi padre.

–Brauer no es el ideal de un caballero con brillante armadura –murmuró con aspereza. Brianne lo estudió.

–Sabes algo sobre él, ¿verdad?

–Sé que es turbio y capaz de cualquier cosa con tal de hacer dinero –dijo con franqueza–. Hace algún tiempo que somos rivales. Le costé mucho dinero hace unos años, y nunca lo ha olvidado. Si tiene una lista de enemigos, yo estoy a la cabeza.

–¿Puedo preguntarte por qué le costaste dinero?

Pierce se resistía a decírselo, pero al final decidió que Brianne necesitaba saber la verdad sobre su padrastro.

–Estaba intentando hacer un trato con un grupo terrorista para atacar una plataforma petrolífera y causar un desastre medioambiental.

–¿Por qué? –preguntó, atónita.

–Nunca lo he sabido a ciencia cierta –le dijo–. Kurt sabe guardar sus cartas, y sus negocios son casi secretos. Lo único que sé es que un enemigo suyo lo estaba amenazando. Kurt pensó que haciéndole parecer descuidado con la ecología del planeta, la publicidad negativa lo destruiría. Y podría haberse salido con la suya.

—¿Lo paraste?

—Tate Winthrop lo paró —repuso con una leve sonrisa—. Mi jefe de seguridad tiene contactos en todas partes y echamos a perder el trato. Brauer nunca supo cómo se hizo, pero sospecha que yo estaba detrás.

—¿Compites con él?

Pierce rio y terminó su bebida.

—En realidad, no. Yo también estoy en el negocio del petróleo, por supuesto, pero sobre todo comercio con la construcción de plataformas petrolíferas. Kurt es copropietario de una empresa de buques petroleros. Aun así, tiene algunas cuentas pendientes conmigo y he recibido unas amenazas veladas que no me gustan nada sobre mi emplazamiento más reciente. No puedo permitirme un desastre medioambiental. He gastado demasiado dinero construyendo esta plataforma con medidas de seguridad apropiadas para impedir cualquier posible fuga. Así que he enviado a Winthrop y a algunos de sus hombres para que hagan guardia en mi nueva plataforma mientras entra en funcionamiento. Por si las moscas.

—¿Dónde está?

—En el mar Caspio —dijo—. Rebosa de petróleo, pero la mayoría de las perforadoras no se gastan mucho dinero allí por la situación dudosa del Medio Oriente. Habría que construir oleoductos en territorio hostil o transportarlo en tanques dando un rodeo. Pero estamos negociando un pacto, y con suerte, llegaremos a un acuerdo que beneficiará a ambas partes.

—Parece muy complicado.

—Lo es. Somos muy sensatos con las cuestiones medioambientales. No quiero provocar un derrame, y no porque me dé mala publicidad. No tolero a la gente que quiere sacrificar el planeta por aumentar el margen de sus ganancias.

Brianne le sonrió.

—No me extraña que me gustes.

Pierce le devolvió la sonrisa. Era una joven inteligente y llena de vida, y a él también le gustaba. Pero no estaría bien que ese sentimiento se le fuera de las manos. Tenía que intentar pensar en ella como en una niña.

—No estás comiendo las pastas —le señaló—. ¿No te gustan los dulces?

—Mucho, pero no tengo mucha hambre —confesó—. Estoy preocupada por el señor Sabon.

—Deja de preocuparte, yo me ocuparé de él.

—Es muy rico —continuó en tono consternado—. Es dueño de una isla próxima a la costa de Qawi. Se llama Jameel.

—Yo tengo dos islas —replicó con una carcajada—. Una está frente a la costa de Carolina del Sur y otra aquí, en el archipiélago de las Bahamas.

—¿De verdad? —estaba impresionada—. ¿Están deshabitadas?

Pierce movió la cabeza.

—No están ni habitadas ni desarrolladas. Las dejo como reservas naturales —sonrió al ver su expresión de deleite—. Te llevaré allí un día y te las enseñaré.

Brianne sintió que el corazón le daba un pequeño vuelco y suspiró con inmenso placer.

—Me encantaría.

Pierce escrutó su rostro con ojos serenos y pensativos. Su expresión se tornó sombría.

—A mí también —dejó su vaso vacío sobre la mesa—. Háblame de tu padre. ¿Qué hacía?

—Era empleado en un banco. Ni atractivo ni increíblemente inteligente, pero tenía buen corazón y me quería —sus ojos reflejaron tristeza al recordarlo—. Mi madre nunca tenía tiempo para mí, ni siquiera cuando estaba en casa. Trabajaba seis días a la semana en la joyería, y siempre sentía que papá no le proporcionaba el estilo de vida que se merecía. A sus ojos era un fracaso y nunca dejó de decírselo —hizo una mueca—. Un día fue a trabajar y recibimos una llamada después del almuerzo. Dijeron que se había levantado para ir al despacho de uno de los vicepresidentes cuando, de repente, se desplomó. Murió allí mismo de un ataque al corazón. No pudieron hacer nada para salvarlo.

–Lo siento. Debió de ser duro.

–Lo fue. Mi madre ni siquiera lloró su muerte. Y apenas tres meses después, apareció Kurt, y yo dejé de sentirme parte de la familia.

Se hizo el silencio entre ellos. Luego Pierce dijo:

–Yo nunca tuve familia. Mis padres murieron en un accidente de avión cuando estaba estudiando el bachillerato. Fui a vivir con mi abuelo en Norteamérica. Tenía una pequeña flota de petroleros y una constructora aún más pequeña. Mi primer trabajo fue ayudarlo a levantar edificios. Aprendí a hacerlo desde abajo. Mi abuelo nunca me malcrió, pero me quería. Era griego, y muy tradicional incluso después de obtener la nacionalidad estadounidense –rio al recordar al hosco anciano–. Lo adoraba, a pesar de sus malos modos.

–Pero tu apellido no parece griego –dijo Brianne.

–Era Pevros antes de que mi abuelo lo cambiara por Hutton, en recuerdo a una familia rica sobre la que había leído en los Estados Unidos –contestó–. Quería ser norteamericano de la cabeza a los pies. Yo todavía tengo nacionalidad francesa, pero podría conseguir la nacionalidad norteamericana, porque he pasado media vida en Nueva Inglaterra.

–Has dicho que tu abuelo tenía una constructora pequeña –murmuró–, pero la tuya es enorme e internacional.

–Tenía un sexto sentido para las asociaciones que dieron grandes frutos –entornó los ojos mientras la miraba–. El padre de Margo era propietario de una cadena de compañías de suministros para la construcción en Europa. La asociación dio pie al matrimonio y a los diez años más felices de mi vida –su rostro se endureció como la piedra–. Pensé que Margo era inmortal.

Impulsivamente, Brianne le cubrió la mano con la suya sobre la mesa.

—Yo todavía echo de menos a mi padre —dijo en voz baja—. Me imagino lo que debe de ser para ti.

Su mano se puso rígida. Luego la relajó y envolvió la suya, transmitiéndole su fuerza y su calor.

—Tu compresión es lo que me salvó —dijo, mirándola a los ojos—. Si no me hubieras llevado al hotel aquella noche en París, no sé dónde habría acabado.

—Yo sí —murmuró con ironía—. En los brazos de esa rubia de bote a cambio de tu cartera.

Pierce rio entre dientes.

—Seguramente. Estaba demasiado borracho para preocuparme por lo que me pasaba —su mirada se suavizó—. Me alegro de que estuvieras allí.

Brianne curvó los dedos con confianza en su mano.

—Yo también me alegro.

La mirada de Pierce se intensificó y empezó a acariciarle lentamente la palma de la mano. Brianne notó la sensación por todo su cuerpo, aunque solo le estaba tocando la mano.

Pierce vio su reacción y, deliberadamente, amplió las caricias. No había deseado a ninguna mujer desde la muerte de Margo, y desde luego no debía alentar a aquella pequeña inocente. Pero Brianne le hacía sentir como un rey cuando lo miraba con aquellos ojos suaves y abrumadores, cuando temblaba al mero roce de su mano. Cualquier hombre podía ser perdonado por sentirse tentado.

Brianne se estaba quedando sin aire. Lo miró con un ansia que la puso febril.

—Supongo que no querrás parar —preguntó con voz vacilante.

—¿Por qué?

—Porque siento un ansia horrible en un lugar que no puedo decirte —susurró con voz tensa.

La mano de Pierce se contrajo alrededor de sus suaves dedos. Ya no estaba pensando en lo que estaba bien o mal. Él también sentía un ansia y necesitaba algo con lo que aplacarla antes de que lo desbordara.

–¿Y si te dijera que yo tengo un ansia similar? –le preguntó con voz ronca, sosteniendo su mirada con ojos firmes y ardientes.

–¿En... en un lugar similar? –repitió.

–Dime dónde lo sientes tú –murmuró con picardía.

–Por debajo del ombligo –dijo con franqueza, y sintió que se le secaba la boca–. Y me duelen los senos –añadió con voz ronca.

Pierce los contempló con agudo interés y vio los pezones contraídos bajo la delgada tela de su camiseta. Tomó aliento de forma audible.

–Nadie me había mirado nunca ahí, ni me ha tocado ahí –susurró cuando vio dónde había fijado la vista–. Lo he guardado todo.

Pierce sintió como si su mundo se estuviera desmoronando sobre su cabeza. Tenía que dejar de mirarla, de pensar en ella, de desearla. Había conseguido borrarla de su mente hasta que había vuelto a Nassau. Nada más verla en casa de su padrastro, todos los deseos prohibidos habían vuelto a la superficie después de meses de ausencia.

Entrelazó los dedos con los suyos en una caricia sensual.

–Tengo treinta y siete años –masculló.

–¿Y qué? –preguntó Brianne, casi sin aliento.

–Ni siquiera eres mayor de edad.

–Excusas, excusas –murmuró con voz ronca. Entreabrió los labios cuando la caricia sensual de sus dedos amenazó con paralizarle el corazón–. Por amor de Dios, ¿no puedes hacer algo? ¡Lo que sea!

–¿Con Mary en la casa y Arthur a punto de venir a buscarme de un momento a otro?

Brianne gimió. Pierce emitió un sonido áspero y la miró con enojo. Retiró la mano y se puso en pie, dándole la espalda mientras luchaba por controlar su deseo de poseerla allí mismo, sobre la mesa. Hundió las manos en los bolsillos e hizo una mueca al ver cómo se perfilaba la erección potente y altamente visible que no había podido reprimir.

Margo era la única mujer que había conseguido excitarlo al instante. Al parecer, el largo periodo de abstinencia lo estaba volviendo descuidado y vulnerable. Tenía que alejar a aquella inocente de ojos grandes de su vida.

Cuando se dio la vuelta, Brianne ya estaba dentro de la casa, de camino a la puerta principal. Pierce fue tras ella, y cuando la alcanzó en el porche se dio cuenta de que no quería mirarlo.

–Lo siento –dijo Brianne entre dientes, aferrándose a su riñonera–. Sinceramente, no sé qué me ha pasado. Tal vez sea un virus tropical que desconecta la lengua del cerebro.

Pierce no pudo contener una carcajada.

–Al parecer, es contagioso.

–No te rías de mí, por favor

–No sé qué otra cosa puedo hacer –repuso con franqueza–. Esta semana no seduzco a menores, lo siento.

Brianne le lanzó una mirada furibunda.

–Yo era la que intentaba seducirte –señaló–. Sin éxito, debo añadir. Supongo que tendré que buscar una escuela en la que enseñen el arte de la seducción para recibir lecciones.

Pierce se echó a reír.

–¡Deslenguada!

–Gracias. Añadiré ese cumplido a todos los demás.

–No era un cumplido.

–Si no lo haces tú, lo hará él –dijo, repentinamente seria–. Me arrojaré al puerto de Nassau frente al muelle del Príncipe Jorge antes de que Sabon me ponga la mano encima.

–¿Qué tengo yo que ver con él? –preguntó, genuinamente confuso.

–Le gustan las vírgenes. ¡Las vírgenes!

–Ah –murmuró–. Empiezo a comprender. Si adquirieras experiencia de forma repentina, perdería el interés. ¿Eso crees?

–Sí. Y si cooperaras, yo dejaría de ser una especie en peligro de extinción. Pero no, no puedes hacer un pequeño sacrificio por el bien de mi futuro. Perdóname por pedirte que arriesgues tu cuerpo en la cama conmigo.

Pierce arqueó las cejas mientras la miraba.

–Cuidado –le dijo en voz baja–. Estás pisando arenas movedizas.

–Me gustaría hacerlas aparecer –murmuró. Desvió la mirada y suspiró–. Bueno, iré al casino en la isla Paraíso esta noche. Seguro que habrá algún hombre lo bastante desesperado para darme lo que quiero...

Pierce la asió del brazo y le dio media vuelta, apretándola con fuerza mientras la traspasaba con la mirada.

–No te atrevas –dijo con una voz que desencadenó un escalofrío por su cuerpo.

–Bueno, tú no vas a atreverte –protestó.

–Tal vez sí –murmuró, turbado. Sentía intensamente la pérdida de Margo, y pensar en acostarse con otra mujer le parecía adulterio. Pero Brianne era joven y dulce y cariñosa y no le costaría darle lo que le pedía. Por otro lado, era dolorosamente joven e impresionable. De no ser por el espectro de Philippe Sabon, no estaría considerando aquella alocada proposición–. Aguanta –le dijo–. No dejes que tu cabeza te domine.

–Consejos, consejos –murmuró–. ¿Por qué no me arrinconas contra una pared y haces lo que puedas?

Pierce le soltó el brazo.

–¡Eres una niña increíble!

–No soy ninguna niña, gracias.

–Eres descarada –continuó.

–Desde luego. Se lo debo a vivir entre idiotas –lo miró con ojos suaves y serenos–. Minaré tus defensas –le prometió–. Día tras día.

Pierce se quedó mirándola con emociones encontradas.

–¿Qué ha sido del terror virginal?
–No lo sé. Se lo preguntaré a alguien.
–¿No tienes miedo de la primera vez?
–¿Con alguien como tú? ¿Estás loco?

Pierce rio a su pesar, y sus ojos centellearon de humor.

–Tantas expectativas. Me estoy haciendo viejo. ¿Y si no te satisfago?

–Claro que lo harás –dijo con solemnidad–. Quieres hacerlo, pero piensas que soy demasiado joven. No lo soy. He crecido entre adultos y siempre he sido más madura que las chicas de mi edad.

–No te estoy haciendo ninguna promesa. Solo he dicho que lo pensaré.

Brianne se encogió de hombros.

–Tómate tu tiempo, no hay prisa. Pero si ese lobo viene por mí, vendré a buscarte, sea la hora que sea.

–¿Cómo puede saber, a tu edad, que todavía eres virgen? –le preguntó en tono razonable.

–Porque hace dos meses, Kurt me exigió que me hiciera un reconocimiento para asegurarse de que no había contraído un virus al que decía que había estado expuesta –se estremeció al pensar en lo que el médico le había hecho–. Parte del reconocimiento incluía un examen ginecológico. Yo no sabía lo que el médico iba a hacer hasta que me metieron en la sala y la enfermera me tumbó boca arriba –exhaló el aliento–. Grité hasta que se me saltaron las lágrimas, pero el médico obtuvo la información que Kurt deseaba.

–Ningún doctor honrado... –empezó a decir Pierce con furia.

–No era un doctor honrado –replicó–. Le prohibieron ejercer en los Estados Unidos y vino aquí a dirigir una especie de clínica.

–Entiendo.

–No supe el porqué del reconocimiento hasta que Sabon no empezó a rondar por la casa a todas horas y a vigilarme como un halcón –elevó los ojos a su rostro áspero–. No me asustan muchas cosas, pero con ese hombre me dan los siete ataques.

–Tiene ese mismo efecto en algunos hombres.

–¿En ti? –preguntó Brianne, elevando las cejas. Pierce rio entre dientes.

–Fui perforador durante un par de años –extendió sus manos y le enseñó los nudillos, repletos de cicatrices diminutas.

–Un tipo duro, ¿eh?

–Sí –dijo llanamente–. Y no me asustan muchas cosas.

Brianne lo miró a los ojos.

–¿Qué es lo que te asusta?

Se inclinó hacia ella, de un modo que sus ojos llenaron su mundo.

–Vírgenes ávidas de sexo –susurró.

Lo dijo en un tono tan travieso que Brianne no pudo evitar echarse a reír.

–Me lo he ganado –murmuró entre carcajadas.

Pierce rio con ella. Nunca había conocido a nadie como Brianne. Estaba cambiando su vida, su mundo. Hacía que el sol volviera a salir, y con él los arco iris, pero no se atrevía a contemplar las consecuencias de lo que sentía. Dio media vuelta y fue a buscar a Arthur para que sacara el coche y pudiera llevarlos de regreso a Nassau.

En las semanas que se sucedieron, Brianne se convirtió en la sombra de Pierce. Para el desmayo de su padrastro, se mantenía a distancia de su amigo Philippe Sabon y pasaba tanto tiempo con Hutton que empezaban a propagarse los rumores. Se los veía juntos en todas partes, pescando y nadando o, simplemente, tomando el sol. Casi siempre tomaban el sol en casa de Pierce, pero a veces iban a la playa.

La amistad que compartían era tan preciada y difícil de encontrar como el humor que los unía.

Pierce no se daba cuenta de lo necesaria que empezaba a ser Brianne para él, pero las horas que pasaba solo, angustiado por la pérdida de Margo, menguaban con el tiempo. Absorbía la visión irónica de Brianne sobre el mundo que los rodeaba, disfrutaba de su sentido práctico de la política. Para ser tan joven pensaba con madurez, y estaba impresionado con ella. Más que impresionado. Le agradaba su presencia constante en su casa.

Pero a Kurt, no. La situación alcanzó un punto decisivo cuando Philippe atracó su yate en el puerto para ir a ver a Brianne y ella no estaba en casa. La furia de Sabon era silenciosa, y por ello, aún más amenazadora. Miró a Kurt con enojo, con ojos negros llameantes, y cerró los puños a los costados.

—Sabes que tu hijastra es muy especial para mí —empezó a decir—. Hasta te he dicho que podría pedirte su mano. Sin embargo, le has permitido prácticamente que viva con Hutton. ¿Qué debo hacer para poder verla, raptarla?

Kurt levantó una mano con expresión consternada.

—No, te equivocas. Tienes el informe médico —dijo rápidamente, consciente de la presencia de su esposa a corta distancia. No quería que oyera aquella conversación—. Te aseguro que la joven es fastidiosa, pero casta, pese al tiempo que pasa con Hutton.

Sabon se quedó callado por un momento. Sus ojos captaron cada matiz en la expresión de Brauer, desde el miedo que le hacía palidecer a la avaricia que encendía su mirada. Brauer desconocía por completo sus verdaderos planes, o su verdadera motivación, y él mismo se había ocupado de que así fuera. La cooperación de aquel hombre era esencial en aquellos momentos, y tenía que asegurarse de recibirla como fuera.

—Sé que necesitas desesperadamente mi ayuda —le

dijo fríamente a Kurt–. Me he ocupado de que hagan un estudio de tus bienes financieros. Si yo me retirara ahora, antes de que se descubriera y procesara el petróleo, lo perderías todo, ¿no es así?

Kurt tragó saliva. Estaba metido hasta las orejas en aquel negocio, y no había forma de dar marcha atrás.

–Sí, así es –confesó pesadamente. Sacó un pañuelo blanco inmaculado y se secó el sudor de la frente–. No tengo más opción que llegar hasta el final. Pero esa idea de involucrar a los Estados Unidos... No sé. No sé si funcionará.

Sabon frunció sus delgados labios pensativamente.

–Por supuesto que funcionará –estudió a Brauer–. Te he dicho que mi matrimonio con Brianne podría ser ventajoso para los dos. Una forma de... sellar nuestro acuerdo.

–Matrimonio –los ojos codiciosos de Kurt centellearon mientras consideraba aquella idea. Sabon tenía millones. Se suponía que era uno de los hombres más ricos del mundo, y sin duda se ocuparía de los familiares de su esposa. Aunque el asunto del petróleo se truncara, Kurt dispondría de todo el dinero necesario. Sonrió de oreja a oreja–. ¡Qué proposición más maravillosa! Sí, sería la manera perfecta de sellar nuestro acuerdo.

Sabon no lo miró a los ojos mientras inclinaba la cabeza para encender uno de los cigarros turcos que le gustaba fumar.

–Pensé que la idea te agradaría.

Kurt casi babeó de placer. Su futuro estaba asegurado. Ya solo quedaba hablar con su esposa, rápidamente, para hacerle comprender lo importante que era que Brianne accediera. Eve lo respaldaría. Brianne era su hija, y todavía no tenía la mayoría de edad. Podrían obligarla a obedecer.

–Y llevarás a cabo la misión que te he encomendado en los Estados Unidos –añadió Sabon.

–Por supuesto –Kurt agitó la mano con despreocupación–. Considéralo hecho. Será un placer. Brianne será una esposa maravillosa para ti, te dará muchos hijos.

Sabon no dijo nada. La idea de unir sus familias con el matrimonio había dado resultado, ya no tendría que preocuparse más por Kurt. Fugazmente pensó en la joven y alegre Brianne en sus brazos y el tormento casi lo paralizó. Brauer vendería a su hijastra, cualquier cosa que poseyera, en su búsqueda insaciable de poder. Sabon ocultó el desprecio que sentía por aquel hombre sin escrúpulos y deseó, no por primera vez, tener otras opciones, otros medios para cumplir con su deber hacia su país. Aunque había escogido a Brauer, Pierce Hutton constituiría una amenaza tan grande como el enemigo al otro lado de la frontera de Qawi. Tenía que mantener a Hutton alejado antes de que Brianne le contara algo que lo tentara a interferir.

Para ello, estaba exigiendo la compañía de Brianne y poniendo el cebo de su matrimonio con ella ante Brauer. Sabon pensó con tristeza en Brianne, tan deseable y bondadosa, que sufriría en manos de su padrastro a causa de su proposición. Pero ya no podía vacilar, no cuando había tanto en juego. Tenía que pensar en su pueblo.

Kurt lo observó con curiosidad.

–No dirías en serio lo de secuestrarla.

Cuanto más lo pensaba Philippe, más le atraía la idea. Entornó los ojos pensativamente.

–Sería una manera de garantizar su... cooperación, ¿no?

Kurt frunció el ceño. Brianne era ciudadana norteamericana y Hutton se mostraba muy posesivo con ella.

–Podría complicar las cosas –persistió.

Philippe sonrió fríamente.

–Ya lo creo.

No dijo nada más, pero aquella nueva faceta de su amigo incomodó a Kurt. Se estaba jugando tanto en aquella empresa, casi demasiado. No podía permitir que

Philippe lo traicionara. Y la mejor manera de lograrlo era actuar deprisa. Kurt poseía la mitad de los derechos de la riqueza minera del pequeño país de Sabon. Si pudiera derrocar al gobierno se desembarazaría de Sabon y trataría directamente con el consorcio petrolífero... ¿y qué clase de defensa constituía un viejo jeque enfermo y un pequeño ejército? Obtendría toda la riqueza necesaria y podría poner un sueldo a sus turbios empleados para proteger la inversión. Nunca tendría que volver al tráfico de armas, su verdadero negocio. Cuanto más pensaba en ello, más le agradaba la idea. Sabon era tan confiado... Creía que tenía todos los ases. Descubriría que no tenía nada, nada en absoluto.

4

En cuanto Philippe salió de la villa para regresar a su yate, Kurt Brauer fue a hablar con su esposa. Eve le había dicho que Brianne y Pierce habían ido de compras a Freeport. No sabía que la idea de las compras había sido una invención de última hora porque Brianne había visto el yate de Sabon atracando en el puerto y había corrido a refugiarse en la casa de Pierce. De hecho, había permanecido allí hasta cerciorarse de que Sabon se había alejado en su barco.

Kurt estaba molesto porque Brianne no lo ayudara a mantener el favor de Sabon, y furioso porque pareciera decidida a burlar a su socio. No sabía si Philippe había hablado en serio sobre secuestrarla, pero empezaba a pensar que tal vez fuera la única forma de hacerla entrar en razón. Habló con firmeza a su esposa, pero no pudo encontrar a Brianne hasta el día siguiente. La acorraló en el salón de la villa nada más verla.

–Philippe se ha ido enfadado por tu forma de rehuirlo. Sabe que no puedo echarme atrás en este trato y está hablando de asociarse con otros. No me gusta que te niegues a hacerle compañía –dijo con su leve acento mientras la miraba, iracundo, con las dos manos en los bolsillos de los pantalones–. Y sobre todo, no me gusta que salgas con Hutton. Él y yo no mantenemos buenas relaciones.

–Es mi amigo –se limitó a decir Brianne–. Y me gusta.

–Tonterías. Es demasiado mayor para ti –dijo, olvidando oportunamente que su amigo Sabon era de la misma edad que Pierce–. No quiero que pases tanto tiempo con él, no está bien. Además –añadió nerviosamente–, Philippe se ha enterado y la situación ha empeorado aún más. No lo aprueba.

–Philippe no aprue... –estalló Brianne, pero Kurt la silenció levantando la mano.

–No comprendes mi situación –dijo con furia–. No puedo permitirme enojarlo de ningún modo. Todo lo que tengo lo he invertido en la exploración y explotación del petróleo de su país. ¡Lo estoy arriesgando todo!

–No debiste dejarte convencer para invertir –señaló Brianne.

–Fui yo quien lo convencí a él –la corrigió con una mirada furibunda–, porque vi la oportunidad de triplicar mi inversión. No tengo tanto dinero como antes –dijo fríamente–. Si no hago nada, perderé lo poco que me queda. Este negocio será una mina, pero para consumarlo tengo que mantener la amistad con Philippe... y tú también –carraspeó, consciente del resentimiento creciente en su rostro juvenil–. Ya es hora de que te cases –dijo con aspereza–. Philippe ha dicho que desea contraer matrimonio contigo. Será la mejor manera de consolidar nuestra asociación.

–¡Casarme... con él! –estalló Brianne, horrorizada–. Escucha, no pienso casarme con tu amigo Philippe. ¡Me aterra! Seguro que has oído los rumores sobre él y lo que les hace a las jovencitas.

Kurt se volvió y la miró con arrogancia.

–Tu madre es feliz aquí, ¿no? –preguntó lentamente, y sonrió. No era una sonrisa agradable–. Ella y el niño. No querrías que nada la... disgustara, ¿verdad?

En lo referente a amenazas veladas, aquella era una obra de arte. Brianne sintió que su cuerpo se entumecía al imaginar lo que estaba insinuando. Sabía que Eve lo temía y que lamentaba profundamente su matrimonio, y por su bien, no podía permitirse enfadar a Kurt más de lo que estaba. Pero por nada del mundo se casaría con aquel hombre repulsivo, aunque fuera por salvar a su madre y a su hermanastro.

Permaneció de pie, desafiante pero asustada, intranquila, tratando de encontrar las palabras apropiadas. Pierce la salvaría.

Durante casi dos años, Brianne había culpado a Eve por su precipitada boda con Kurt y por su embarazo igual de precipitado, pero el vínculo de sangre era fuerte. No podía provocar que le hicieran daño.

–¿Me comprendes, Brianne? –continuó Kurt con malicia–. ¿Harás lo que te digo?

–¿Acaso tengo elección? –repuso con voz serena.

Kurt sonrió, pero de forma desagradable.

–No. Así que deberíamos hacer planes para la boda. A tu madre le encantará ayudarte, estoy seguro.

–Hoy no –replicó Brianne, y buscó desesperadamente una excusa. Se cuadró de hombros e improvisó–. Voy a comer con una amiga en el bar La Langosta, en la ciudad.

–¿Una amiga? –Kurt la miró con recelo–. ¿Quién es?

–Cara, la conocí en el internado –mintió Brianne–. Está haciendo un crucero y solo pasará esta tarde en la ciudad. No la he visto desde la graduación.

Kurt vaciló, sin saber si podía confiar en ella o no. Frunció los labios y se quedó pensativo.

–Muy bien. Pero Philippe ha salido hacia una de las islas del archipiélago y mañana estará aquí de vuelta. Espero tu cooperación.

–Desde luego.

Estaba pálida y no tan segura de sí misma como parecía, pero forzó una sonrisa y fue a vestirse.

La madre de Brianne, Eve, dejó al bebé con la niñera y entró en la habitación de Brianne justo cuando ella se estaba poniendo unos vaqueros y una blusa verde de seda que hacía juego con sus ojos.

–¿Te lo ha dicho? –preguntó Eve enseguida.

–Sí –contestó Brianne. Contempló a su madre y las nuevas arrugas que surcaban su hermoso y suave rostro, la nueva mirada atormentada en sus ojos claros–. Y tanto que me lo ha dicho.

Eve se retorció las manos.

–No sabía que fuera a llegar tan lejos, Brianne –dijo con angustia–. Sé que no te gusta el señor Sabon. Sé lo que la gente dice de él, pero es muy rico y poderoso...

–Y crees que el dinero es lo más importante del mundo –replicó con ojos fríos. Su madre desvió la mirada enseguida.

–Yo no he dicho eso. Pero podría darte todo lo que quisieras. Y harías feliz a Kurt.

–Hacer feliz a tu marido no es mi meta en la vida, mamá –dijo Brianne con un tono gélido poco propio de ella–. Y si crees que voy a casarme con ese hombre por el bien de Kurt, lamento decepcionarte.

Su madre pareció horrorizada.

–¿No... no le has dicho que lo harías? –preguntó con auténtico pavor.

–¡Por supuesto que no! Mamá, no soy estúpida. Hizo ciertas amenazas sobre ti y el bebé –añadió con desgana.

Eve y ella nunca habían estado muy unidas. En momentos como aquel era triste, porque podrían haberse consolado. Eve siempre había mentido sobre su edad, y la mera presencia de Brianne era una contradicción visible. Como a muchas mujeres bonitas, le costaba mucho trabajo aceptar el paso de los años.

Eve hizo un gesto de impotencia con una mano perfectamente cuidada. Parecía un tanto atormentada.

–Kurt tiene muy mal genio –comentó–. Lo he visto así pocas veces, por supuesto –añadió, mirando a su hija con cautela–. Pero hemos discutido por ti, y de forma nada amistosa. En parte, por eso accedí a que fueras a Francia a estudiar. Hace tiempo que no reina la calma en esta casa, sobre todo desde que Kurt está haciendo negocios con el señor Sabon –se retiró un mechón de pelo rubio teñido. Sus ojos verdes suplicaban a los de su hija–. ¿No podrías fingir que accedes a casarte con él hasta que se me ocurra algo? Tenemos que pensar en Nicholas, el bebé. No podría soportarlo si Kurt... bueno, si me quitara la custodia, Brianne. Sabes que perdería, no tengo dinero. Por favor, si no lo haces por mí, hazlo por Nicholas. Imagina la clase de vida que llevaría sin mí.

Lo triste era que Brianne lo imaginaba. Nicholas crecería a la merced de un hombre que carecía de esa virtud. Frunció el ceño con preocupación mientras terminaba de abotonarse la blusa sobre sus pequeños senos. Se volvió y miró a su madre con ojos tristes.

–Solías decir que lo único que necesitabas para ser feliz era un montón de dinero. ¿Sigues pensando así?

–Estaba cansada de ser pobre –dijo Eve, palideciendo–. De no tener nada y trabajar a todas horas. Tu padre no tenía ninguna ambición.

–No, pero tenía un buen corazón y un alma generosa –replicó Brianne con voz serena–. Nunca te habría puesto la mano encima –su rostro se endureció mientras contemplaba a la mujer que la había criado pero que nunca la había amado ni se había preocupado por lo que fuera de ella. Eve no la había tratado como trataba al bebé, abrazándolo y besándolo y corriendo a satisfacer todos sus caprichos. Era un doloroso recordatorio de que no había sido verdaderamente amada–. Compensaste a mi padre por su amor y lealtad arrojándote a los brazos de Kurt Brauer apenas un mes después de su funeral –

dijo Brianne, pensando en voz alta–. No te imaginas cómo me sentí.

El rostro de su madre era el retrato de la conmoción. Se llevó la mano a la garganta.

–Vaya... Brianne –dijo con voz ronca–. Nunca me lo habías dicho.

–¿Habría servido de algo? –el rostro de Brianne era tan triste como su voz–. No te preocupaban mis sentimientos, ni mi dolor. No quisiste arriesgarte a esperar y a perder a Kurt y todo su dinero.

–¿Cómo puedes hablarme así? –preguntó Eve–. ¡Eres mi hija!

–¿Lo soy? –inquirió con verdadero dolor. Escrutó el rostro hermoso y frío de su madre–. No recuerdo que me hayas abrazado nunca cuando lloraba, solo me criticabas y querías que desapareciera de tu vista.

Por una vez, Eve se quedó sin réplica. Parecía confusa, incómoda.

–Mi padre me amaba –continuó Brianne con gélido orgullo–. Me besaba donde me dolía y me llevaba a ver exposiciones de arte y conciertos aunque apenas podía permitírselo. Tú no hacías nada más que protestar porque estuviera malgastando su tiempo conmigo en lugar de trabajar para ganarse un ascenso.

Eve frunció el ceño, escrutando el rostro de aquella extraña que estaba en la habitación con ella.

–No sabía que quisieras estar conmigo –dijo con incomodidad–. Pensé que no te agradaba.

–Ni yo a ti. No era hermosa –las palabras brotaron con más aspereza de la deseada, pero encerraban años de dolor. Eve tragó saliva y entrelazó las manos en la cintura, que todavía estaba un poco desfigurada a pesar del tiempo transcurrido desde el parto.

–Si te peinaras como es debido, te pusieras maquillaje y te vistieras mejor...

–¿Tal vez me amarías? –preguntó Brianne con una carcajada vacía.

Eve hizo una mueca. Dio un paso hacia delante con la mano levantada, pero era tarde. Varios años tarde. Brianne ignoró el gesto apenas perceptible de reconciliación y tomó su bolso de la cama. No se le ocurría nada que decir.

–¿Adónde vas? –le preguntó Eve con impotencia.

Brianne la miró. No se arriesgó a decirle la verdad.

–Mi amiga Cara estará en la ciudad esta tarde. Prometí reunirme con ella para almorzar.

–Ah... Ah, muy bien –dijo Eve, y forzó una sonrisa–. Y no te preocupes, todo se arreglará. Kurt está un poco agitado por todo este asunto del petróleo. Volverá a ser el mismo en cuanto deje de sentirse presionado y consiga lo que quiere –era la imagen de una mujer obstinada racionalizando sobre una situación insostenible–. Me ama, de verdad. Y también al bebé. No hará nada para hacernos daño, aunque te dijera lo contrario –añadió.

–Bien. Entonces no tendré que casarme con Philippe Sabon para mantenerte a salvo, ¿verdad?

Su madre palideció. Avanzó con rapidez, casi frenéticamente.

–Brianne, debes pensarlo detenidamente –dijo su madre–. No tomes ninguna decisión precipitada.

–No lo haré –giró el bolso en sus manos, demasiado consciente de que parecía una amazona al lado de su madre, menuda y hermosa. Brianne tenía unas piernas y un pelo bonitos, pero no se ajustaba a la idea de Eve de cómo debía ser una hija.

Eve pareció percibirlo. Extendió la mano con vacilación y, por primera vez en años, tocó a su hija, acarició su pelo largo, grueso y recto y sintió su textura.

–Tienes un pelo precioso –dijo con voz pausada–. Mi peluquera haría maravillas con él. Y tienes un cuerpo para la alta costura. Nunca me había fijado en lo elegante que eres.

«Nunca te habías fijado en mí hasta que no te he sido útil para garantizarte un futuro lleno de comodidades», pensó Brianne con rencor, pero no lo dijo. Dio un paso atrás y la pequeña mano de su madre cayó a un costado.

Caminó deprisa hacia la puerta y se paró para contemplar por última vez el rostro de muñeca de Eve con tristeza y lástima.

–Solo tengo veinte años y ya sé que la felicidad no puede comprarse. ¿Por qué no lo has aprendido en tus casi cuarenta años de vida?

El rostro bonito de Eve se contrajo.

–Solo tengo treinta y cinco –protestó con una carcajada falsa–. Y además, me gustan las comodidades.

–Ya lo creo. Vas a pagar un precio muy caro por ellas.

–No es tanto pedir que te cases con uno de los hombres más ricos del mundo, Brianne. Piensa en todo lo que he hecho por ti. Piensa en lo que Kurt ha hecho por ti –añadió enseguida, al recordar lo poco que había contribuido en el bienestar de su hija–. Te envió a un colegio muy caro de París, e incluso ahora te está manteniendo. Le debes algo por eso, Brianne –añadió, tratando de recuperar la ventaja. Sonrió de la forma fría, vacía y social en que sonreía para impresionar a los socios de Kurt, un grupo de aspecto aterrador cuya relación con su marido desconocía realmente–. Sé que harás lo correcto en cuanto lo hayas meditado.

Brianne no dijo nada más, era inútil. Nunca había tenido muchas cosas en común con su madre, y cada vez la lista era más corta. Eve no iba a soltar a Kurt ni a su dinero costara lo que costara, acababa de decirlo. Incluso estaba dispuesta a sacrificar a Brianne.

Pero Brianne no estaba dispuesta a que la sacrificaran. Iba a acudir a la única persona que podía rescatarla.

Afortunadamente para ella, Pierce estaba en la villa, hablando por teléfono con su jefe de seguridad, pero lo que oía le turbaba.

–Anoche intentaron sabotear la plataforma –decía

Tate Winthrop con su voz grave y sin acento–. Lo solucionamos –añadió–, pero no creo que sea el último ataque. Y he oído nuevos rumores sobre el país de Sabon. Dicen que uno de sus vecinos pobres está recibiendo armas de una nación solidaria y piensa derrocar al gobierno para apropiarse de las perforadoras en los primeros campos petrolíferos de Sabon. Por cierto, tenía razón sobre el petróleo. Según mis fuentes, han hallado un filón.

Pierce se estiró con pereza y sus ojos se posaron en la playa de arena blanca más allá de los confines de la piscina, donde estaba tomando el sol. Tomó un sorbo de whisky.

–Tal vez permitir que frustren la explotación sería lo mejor –dijo después de un minuto–. Brauer no tomará ninguna medida de seguridad ni se preocupará por la ecología si se sale con la suya.

–Si atacan y son vencidos, lo primero que harán será prender fuego al petróleo –señaló Tate. Pierce silbó con suavidad.

–Eso sería una catástrofe. No se ganarían el favor de Washington.

–Hablando de Washington –dijo Tate en voz baja–. Se rumorea que Brauer intenta mover los hilos para involucrar a los Estados Unidos en este asunto.

–¡Será una broma!

–Solía trabajar para la CIA... y no tengo sentido del humor.

–Lo siento.

–Brauer fue a la universidad con uno de los senadores del comité de asuntos exteriores –continuó–. Ha mantenido la relación. Tengo entendido que piensa ir a Washington a recabar el apoyo del gobierno.

–¿Quiere que el tío Sam lo ayude a explotar un campo petrolífero? –preguntó Pierce.

–Nada de eso. Quiere que el tío Sam lo proteja mientras lo construye.

—Sabon es millonario y es dueño de la mitad del país, por no hablar del jeque y de la mayoría de sus ministros. ¿Por qué no puede protegerlo él mismo?

—Sabon es rico, pero su país, no. Es un tipo extraño, ese Sabon —añadió—. Se dice que tiene hábitos sexuales perversos, pero lo gracioso es que nunca han presentado cargos contra él ni se ha descubierto a ninguna de sus amantes despreciadas.

—Qué extraño.

—Brauer lo considera un asesino ávido de dinero, pero esa no es la reputación que tiene en su país —hizo una pausa—. ¿Por qué un hombre se presentaría a sí mismo ante el mundo como un corrupto?

—A saber. Yo me he estado preguntando por qué ha querido asociarse con Brauer.

—Nadie más tiene influencias en el gobierno de los Estados Unidos —reflexionó Tate—. ¿Crees que puede tener algo que ver?

—Posiblemente, pero no podría haber escogido un aliado más peligroso. Brauer ha cometido tantas inmoralidades en su vida que, a su lado, Sabon parece un santo.

—Brindaré por eso.

El tono de Tate parecía distante.

—Pareces preocupado —dijo Pierce de repente, porque sabía que su jefe de seguridad no tenía la mente en la conversación.

—Un... problema personal, nada que no pueda arreglar —dijo Tate en voz baja—. Mira, hablaré con algunas personas sobre Brauer y averiguaré a quién conoce en Washington. Si sabes algo nuevo, házmelo saber.

—Lo haré. Sabon estuvo ayer en la ciudad, pero ya se ha ido.

—Es lo que se llama una visita relámpago. ¿Para qué fue?

El rostro moreno de Pierce se endureció.

—Brauer tiene una hijastra de veinte años. Al parecer, Sabon la desea.

–¡Santo Dios!

–Ya sabes lo que le hará si la consigue –dijo Pierce fríamente–. Es inteligente y con espíritu, pero no es rival para un hombre como Sabon.

–¿Quieres que vaya?

–Puedo cuidar de ella –contestó–. Todavía no estoy acabado.

Se oyó una carcajada grave y poco frecuente al otro extremo de la línea.

–Nadie que te viera tumbar a Colby Lane en esa plataforma petrolífera diría que lo estás.

–Ahora que lo mencionas, ¿qué ha sido de él?

–Colby se unió a otro grupo de mercenarios y se fue a África, pero creo que ha vuelto a casa y está trabajando para el tío Sam. Ha cambiado tanto últimamente que no lo reconozco. ¡Esa maldita mujer!

–No es culpa suya que Colby no pueda renunciar a ella y no consienta que siente la cabeza con su nuevo marido –le recordó Pierce–. Si se emborracha y busca peleas cada dos por tres, es comprensible que alguien acabe tumbándolo.

–Nadie se atrevió a intentarlo antes que tú.

–¿Ni siquiera tú? –bromeó Pierce.

–Bueno, sabía que no debía meterse conmigo –dijo con despreocupación–. ¿No te fijaste en la enorme cicatriz que tenía en la mandíbula?

–Serás granuja.

–Me pilló en un mal momento.

–Me gustaría verte en un buen momento últimamente. Hablando de hombres con cargas sobre la espalda, podríamos hablar de las tuyas –añadió.

–Hoy no, tengo trabajo que hacer. Mantente alerta. A Sabon le desagradas tanto como a Brauer, pero tiene más dinero que Brauer y es retorcido. No me gustaría recibir una llamada a las tres de la madrugada y enterarme de que has aparecido flotando en el mar cerca de Freeport.

–No te preocupes. Mantente en contacto.

–Claro.

Pierce colgó y reflexionó sobre lo que acababa de oír. No eran buenas noticias. Pierce estaba construyendo una perforadora para un consorcio en el mar Caspio, un proyecto plagado de dificultades legales y políticas. El oleoducto debía atravesar una nación sancionada por el gobierno estadounidense, y había un límite en cuanto a la cantidad de inversión extranjera permitida. Los rusos alegaban que las limitaciones acostumbradas no debían aplicarse porque el mar Caspio estaba rodeado de tierra. Las compañías petrolíferas involucradas en el proyecto eran internacionales pero no podían saltarse las sanciones que los Estados Unidos habían impuesto.

Había interferencias de personas del país de Sabon. Necesitaban un oleoducto en una zona similar, pero la diferencia era que Sabon tenía los contactos apropiados y que cualquier enemigo de los Estados Unidos era amigo suyo. No se molestaba en ceñirse a las sanciones y a la corrección política; sobornaba a diestro y siniestro y hacía lo que quería, y si Tate Winthrop estaba en lo cierto, el amigo de Brauer en el Senado podría causar problemas al consorcio, y por lo tanto a Pierce, que estaba proporcionando el equipo y la mano de obra para construir la perforadora.

Estaba absorto en sus pensamientos cuando la verja que rodeaba la piscina se abrió y Brianne se reunió con él junto a los vestuarios.

Estaba tomando el sol y hacía tiempo que se había quitado el bañador. Brianne se había quedado mirándolo fijamente, ruborizada, la primera vez que lo había visto así, a pesar de la noche en París en la que lo había metido en la cama. A Pierce le había hecho gracia que siguiera siendo tan inocente. Después, Brianne había aceptado su desnudez como algo de rigor y nunca hacía ningún comentario ni se molestaba en desviar la mirada de su patente masculinidad. De hecho, parecía encontrarlo tan fascinante como en París.

–Pareces preocupada –comentó cuando Brianne se sentó en la tumbona próxima a la suya y dejó su bolso sobre la mesa cercana.

–No estoy preocupada, sino suicida –lo miró con una sonrisa de pesar–. ¿Quieres ayudarme a atarme un ancla al cuello?

Pierce se incorporó con semblante serio.

–¿Qué ocurre?

–He recibido un ultimátum –dijo con rotundidad y bajó la vista a sus pies desnudos en sus frágiles sandalias blancas–. Si no me caso con Philippe Sabon, Kurt hará algo drástico con mi madre y mi hermanastro. Está bastante desesperado –añadió–, no creo que sea un farol. Ha invertido hasta el último centavo en ese negocio con Philippe. Se arriesga a perderlo todo si Philippe no colabora, y no colaborará si no me caso con él.

El rostro de Pierce se endureció. No imaginaba que Brauer iría tan lejos en su búsqueda de riqueza. Se había equivocado.

–¿Qué quieres hacer? –le preguntó a Brianne bruscamente. Ella lo miró con una débil sonrisa.

–¿No lo adivinas? –deslizó las manos sobre sus muslos enfundados en los vaqueros–. Es ahora o nunca.

Pierce entornó sus ojos negros mientras escrutaba el cuerpo esbelto de Brianne.

–¿Te importaría ser más concreta?

–Claro –se levantó y se quitó rápidamente la blusa de seda. No había nada debajo salvo sus senos pequeños y bonitos–. ¿Te parezco bastante concreta? –preguntó con franqueza.

5

Pierce se había negado últimamente a pensar en Brianne como en una mujer. No había superado su dolor por la pérdida de Margo y no estaba preparado para una relación íntima, sobre todo con una mujer tan joven e inocente como Brianne.

Pero ver aquellos senos suaves y bonitos con sus pezones contraídos de color malva le produjo un efecto inmediato e inconfundible. Brianne siguió con la mirada el movimiento de su cuerpo, pero su fascinación pronto se tornó en recelo. Cruzó los brazos sobre sus senos y su actitud osada se esfumó.

–¿Te echas atrás? –la hostigó en voz baja.

Sí, se estaba echando atrás. No era posible fingir que no le resultaba amenazador.

–Lo siento –dijo Brianne, porque había percibido la irritación de Pierce–. En las revistas, los hombres no aparecen así –añadió nerviosamente.

–No creo que se atrevieran a fotografiarlos –se puso en pie y se acercó a ella para quitarle lentamente las manos del pecho. Los pezones estaban ligeramente henchidos. Contempló los contornos rosados con genuina apreciación.

—Soy... pequeña —Brianne anhelaba con desesperación ser sofisticada, pero se sentía torpe e incómoda. Pierce la estaba mirando como si le gustara lo que veía, pero estaba acomplejada por su tamaño.

—Estás perfectamente formada y no demasiado pequeña —repuso con suavidad. Le sonrió y pareció menos temible. Sus ojos negros reflejaban ternura mientras recorrían el perfil de sus senos. Elevó los ojos a su rostro y los entornó pensativamente—. ¿Te duelen?

Brianne se preguntó cómo lo sabía. Asintió con cierta rigidez.

—Ven aquí y haré que se te pase.

Su voz era grave, suave, lenta. Brianne era consciente del sol que los bañaba por entre las ramas de los pinos , del sonido de las olas de la playa, del motor de una avioneta que volaba sobre sus cabezas. Pero apenas registró aquellas sensaciones al sentir el impacto de los ojos de Pierce sobre su cuerpo por primera vez.

Brianne contuvo el aliento y dio un paso hacia él. Se sentía tensa y henchida por todas partes. Pierce siempre le había resultado atractivo, pero aquello se escapaba a su leve experiencia. Era como verse arrastrada por la marea, no podía controlarse.

Pierce levantó su mano lentamente y sus dedos le acariciaron el contorno de un pequeño seno. Brianne lanzó una exclamación. Pierce sonrió al ver sus reacciones, porque era demasiado inexperta para ocultarlas.

Con su otra mano la atrajo un poco más hacia él. Exhaló el aliento sobre su frente y, con el pulgar, bordeó fugazmente su pezón contraído. Notó cómo Brianne se ponía tensa y empezaba a jadear.

—La... la verja —dijo con labios secos.

—Nadie entra cuando tomo el sol. Es una ley no escrita.

Pierce se sentía vivo por primera vez desde la muerte

de Margo. Tocar el pecho de una mujer bajo sus dedos, notar sus latidos errantes bajo su mano, oír cómo contenía el aliento era como volver a nacer. Brianne olía a flores primaverales, y pensó en lo exquisito que sería desnudarla por completo y tocarla donde nunca la habían tocado.

Su propio corazón se aceleró ante las imágenes que conjuraba su mente. Dejó de pensar en su edad y en su inexperiencia. No importaban. Nada importaba más que el calor en su entrepierna.

Bajó los dedos a la cintura de sus pantalones. Soltó el botón y bajó la cremallera. Brianne atrapó sus manos pero Pierce ya esperaba su leve pánico y bajó la cabeza.

–Cuesta renunciar a la virginidad –susurró junto a sus labios–. Pero te gustará cómo te la quito. Será lento y dulce. Aquí, al sol.

Sus labios tocaron su labio superior y luego el inferior mientras sus manos empezaban a moverse.

Brianne gimió y sonrió con paciencia. Pierce bajó la cabeza y su boca se cerró sobre un pezón duro. Lo lamió con ternura, consciente de que Brianne estaba soltando sus manos y hundiendo los dedos en las ondas negras de su pelo mientras su cuerpo se arqueaba de forma involuntaria.

Le había bajado un poco los vaqueros. Brianne sintió el aire en la piel y lo agradeció porque estaba ardiendo. No podía respirar. Pierce estaba lamiendo su seno con avidez y su cuerpo se henchía y pedía más.

No solo era su boca, sino su mano. Pierce acarició y exploró con suavidad el lugar que nunca había conocido el roce de un hombre. Brianne tendría que sentirse conmocionada, avergonzada, pero no lo estaba. Era excitante. La tocó y sentía su cuerpo húmedo, abierto, ávido y vacío en aquel punto.

Brianne separó las piernas para él. Apenas oía sus pequeños jadeos por los fuertes latidos de su corazón. Se arqueó hacia atrás, abriendo su cuerpo para Pierce, para que hiciera con él lo que quisiera. Se sentía más libre que nunca, sensual y atrevida y totalmente rendida al ardor de Pierce.

En un último momento de cordura, Brianne se percató de que la estaba colocando sobre una toalla amplia y gruesa en el césped próximo al borde de cemento de la piscina. Abrió los ojos y se dio cuenta de que los párpados le pesaban.

Pierce le estaba quitando los vaqueros y las braguitas. Se lo agradecía, porque eran demasiado ajustados. Los dejó a un lado, incluidas las sandalias.

Actuaba con lentitud y paciencia. No se apresuraba ni se comportaba como si estuviera desesperado por hacer algo más que mirarla durante varios segundos expectantes. Se arrodilló entre sus piernas largas y abiertas, con las manos en los muslos, limitándose a estudiar su joven cuerpo.

Brianne se estremeció al sentir el calor de su mirada. Era más potente de lo que había soñado que podría ser, y un poco temible por eso. Nunca había visto fotografías de un hombre excitado, pero Pierce parecía estar más dotado que los modelos de las revistas que circulaban en el colegio de París.

Esperaba que Pierce se inclinara sobre ella, que empezara a besar su cuerpo o a tocarla otra vez de forma íntima, pero no lo hizo. Se limitó a observarla como si su mente estuviera separada de su deseo visible por ella.

–¿No... no vas a hacerlo? –susurró. Pierce sonrió lentamente.

–¿Hacer el qué?

Brianne tragó saliva.

–Hacerme el amor.

Pierce suspiró. Con sus grandes manos le acarició los muslos y ella se estremeció de placer.

–Quiero hacerlo –dijo en voz baja–, y mucho. Pero sentiría remordimientos de conciencia durante el resto de mi vida.

Brianne hizo una mueca.

–¿Por qué tienes que tener conciencia? No vas a quitarme nada que yo no quiera darte. ¿No lo entiendes? Si vuelvo a casa virgen, ese hombre... ese hombre horripilante...

Los dedos de Pierce se contrajeron sobre su carne tierna.

–No vas a volver a casa, Brianne –contestó–. Ni ahora ni nunca. Vas a quedarte aquí.

Brianne estaba sorprendida. Asombrada.

–¿Quieres que viva contigo? –preguntó casi sin aliento.

Pierce asintió. Bajó la vista a la piel suave que estaba acariciando, al vello rubio y casi imperceptible de sus piernas que brillaba como la seda a la luz del sol.

–Me gustaría –dijo Brianne.

–A tu padrastro, no –replicó Pierce–. Y seguramente podría encontrar apoyo legal para arrastrarte de nuevo a su casa.

Brianne pareció atormentada.

–¡No iría!

–Podría obligarte, si la ley estuviera de su parte –sus dedos siguieron acariciándola–. Por eso, haremos un viaje relámpago a Las Vegas.

Brianne dejó de respirar.

–¿A Nevada?

–Sí –levantó las manos y se puso en pie, tirando de ella para ayudarla a incorporarse–. Desde luego, tienes un cuerpo muy hermoso –murmuró, llevando los dedos a las puntas duras de sus senos. La atormentó, deleitándose al ver cómo Brianne se arqueaba bajo sus caricias–. Y si fueras dos años mayor, créeme, no lo dudaría ni un segundo. Pero eres demasiado joven para ser la amante de un hombre. Así que voy a casarme contigo.

Todos sus sueños se estaban haciendo realidad. Brianne lo contempló con absoluta incredulidad.

–Es una broma.

–No, no lo es. No consentiré que un pervertido como

Philippe Sabon te ponga las manos encima. Es la única forma en que puedo protegerte.

—No me querría si hubiera tenido un amante —se sintió obligada a señalar.

—Eso no lo sabes. Además, ¿cómo se lo demostrarías?

Brianne se mordió el labio.

—Supongo que no podría.

Pierce la asió de la muñeca y la atrajo hacia él, apretándola contra los contornos cálidos de su cuerpo, sonriendo cuando Brianne lo sintió sobre su vientre y lanzó una exclamación.

—No te dejes intimidar por mí —dijo en voz baja—. Tu cuerpo es más elástico de lo que imaginas. Puedes tomarme, aunque ahora mismo no te lo parezca.

Brianne rio nerviosamente.

—¿Vas a demostrármelo? —preguntó, haciéndose la valiente.

—Hasta que no estemos casados, no —contestó con ironía.

Brianne escrutó su rostro moreno con curiosidad.

—¿Porque no lo he hecho antes?

—Sí —dijo llanamente—. Estoy chapado a la antigua. Es fácil conseguir un cuerpo, pero el tuyo es muy preciado. No me importa lo que piense o haga el resto del mundo, yo tengo mis propias reglas.

—¿El matrimonio o nada, eh? —murmuró, bastante feliz para bromear un poco. Levantó las manos y acarició su tórax amplio cubierto de vello, deleitándose por el modo en que sus músculos se movían bajo sus dedos—. Está bien. Si estás seguro —añadió, y pareció preocupada.

Pierce acarició su pelo largo y suave y enredó sus dedos en él.

—Estoy seguro —le dijo, y lo estaba. Pero no podía explicar por qué.

Deslizó las manos por su espalda hasta las caderas. La atrajo más hacia él y estudió sus labios.

–Te he tocado como un amante, pero no te he besado. Quiero hacerlo.

Brianne le rodeó el cuello con las manos, temblando un poco por el placer de sentir su piel contra la suya.

–Yo también –murmuró, elevando el rostro.

Pierce se inclinó y rozó sus labios con los suyos. Luego vaciló. Lo que sintió fue repentinamente explosivo. Frunció el ceño, porque no se lo esperaba. Volvió a inclinarse y en aquella ocasión separó sus labios y la acarició con contactos lentos y ligeros que hicieron que su cuerpo se contrajera y se endureciera aún más.

Brianne oyó cómo contenía el aliento y su cuerpo se contraía contra el suyo. Se separó y contempló sus ojos negros, percibiendo el brillo en ellos. También notaba un ligero temblor en sus piernas largas y poderosas.

Su mirada era curiosa y posesiva mientras lo estudiaba. Se acercó un poco más a él y, deliberadamente, rozó sus muslos con los suyos. Pierce reprimió un gemido áspero, y las manos que la sujetaban se hundieron dolorosamente en su carne tierna.

Brianne entreabrió los labios. Vaya, Pierce era vulnerable. No lo había imaginado, porque había mantenido el control durante todo el tiempo que la había tocado. Se preguntó qué pasaría si... si ella lo tocaba.

Introdujo la mano entre sus cuerpos y la abrió sobre su pecho. Luego lo miró a los ojos mientras la deslizaba lentamente hacia abajo, sobre el vello en forma de punta de flecha que cubría su estómago y su entrepierna.

Pierce apretó los dientes pero no hizo intento de detenerla. Brianne vaciló fugazmente, nerviosa por lo que estaba haciendo.

–¿Quieres tocarme? –dijo Pierce con voz lenta. Brianne asintió

Pierce se preparó para no perder el control. Cubrió sus manos con las suyas y lentamente las guio hacia su miembro tenso y erecto.

Brianne bajó la vista, sorprendida y admirada por

poder acariciar su cuerpo de forma tan íntima. Sonrió con una mezcla de curiosidad y fascinación.

Pierce movió las manos de Brianne en torno a él, riendo entre dientes por el placer que lo dominó bajo sus manos pequeñas y tímidas.

–Enséñame cómo –dijo de forma desinhibida, mirándolo con ternura.

–¿Y darte un susto de muerte?

–No pasa nada –le dijo–. Supongo que más tarde o más temprano, lo harás.

–Pensé que ya lo había hecho.

Pierce cubrió sus manos menudas con las suyas y la guio lenta y pacientemente, explicándole lo que quería que hiciera. Su cuerpo empezó a estremecerse y luego a moverse sin control. Tragó saliva y reprimió un áspero gemido. Sus manos se movieron con insistencia y tembló. No tardó mucho. Gritó y su cuerpo se convulsionó, abierto a los ojos de Brianne mientras alcanzaba el éxtasis bajo su mirada. El placer fue abrumador. Tuvo que apoyarse en un árbol cercano para no caerse mientras las oleadas remitían. Dejó que Brianne lo mirara, disfrutó de su tímida excitación, de su triunfo al comprender lo que acababa de pasar.

Pierce la apretó contra él, sudoroso y tembloroso en aquellos momentos deliciosos posteriores a la liberación. Rio con glorioso deleite, con el cuerpo expuesto al sol y a los ojos de Brianne, sin un rastro de inhibición ni vergüenza.

–Eres tan... desinhibido –dijo Brianne en voz baja, sonriendo–. Ojalá yo también lo fuera.

–¿De verdad? –recuperó el aliento y luego, de repente, la levantó en brazos y la llevó de nuevo a la toalla de playa que habían abandonado minutos antes.

La colocó en la posición adecuada y luego su boca la buscó de una forma que Brianne solo conocía por los libros.

Fue el placer más chocante, urgente y abrumador con el que había soñado. Se arqueó y se estremeció y sollozó mientras Pierce la transportaba a un nivel de éxtasis que no había imaginado sentir ni siquiera minutos antes. Fue tan inesperado que se liberó casi enseguida. Su espalda se arqueó y se abrazó a él, suplicando y sollozando de placer mientras su cuerpo joven y grácil se convulsionaba dulcemente en su plenitud por primera vez.

Tardó tiempo en volver de las gozosas alturas. Sintió su roce cálido por todo su cuerpo, tocándola y consolándola mientras ella temblaba y trataba de respirar con normalidad.

Pierce rio entre dientes al ver su mirada de asombro nada casto cuando finalmente levantó la cabeza.

–Tú también me has satisfecho –señaló.

–Sí, pero no... no creo... nunca había soñado con... –lo miró a los ojos–. ¿Es... natural?

Pierce sonrió.

–Eso depende de lo que tú entiendas por natural. Si te gustó, lo es. Si no, no lo es.

–Me gustó –susurró, y se ruborizó.

–A mí también –repuso con suavidad. Se tumbó a su lado y la atrajo hacia él, abrazándola con ternura–. No es exactamente sexo, pero, de momento, basta.

Brianne cambió de postura sobre la toalla, sintiéndose nuevamente excitada. Arqueó la espalda y gimió con suavidad.

–¿Otra vez, tan pronto? –preguntó Pierce en voz baja, arqueándose sobre ella. Brianne abrió sus ojos suaves y nublados y se movió con sensualidad–. Lo siento. Tal vez no sea demasiado normal.

Pierce le puso la mano sobre su vientre plano.

–Eres completamente normal, y una delicia inesperada –repuso con ojos sombríos. Movió su mano y la tocó con mucha delicadeza, suavemente al principio y luego deliberadamente y con cierta insistencia.

Brianne abrió su cuerpo a su lenta exploración, mirándolo fijamente a los ojos mientras comprendía lo que estaba haciendo.

–¿Te duele?
–Solo un poco –asintió Brianne.
Pierce se inclinó sobre ella, y sus ojos negros llenaron su campo de visión. Volvió a explorarla y empujó lentamente. Brianne se mordió el labio, pero no desvió la mirada. Tragó saliva porque el dolor la abrasaba.
–¿Entiendes lo que te hago? –susurró.
–Sí.
–No apartes la mirada –dijo Pierce con voz ronca–. No cierres los ojos.
Brianne arqueó la espalda delicadamente, incrementando el dolor e hizo una mueca. Pierce volvió a mover la mano y sus ojos llenaron el mundo de Brianne.
–¿Notas cómo se rasga? –susurró con voz grave.
–¡Sí!
Los ojos de Brianne se dilataron. Los de Pierce también. Era lo más íntimo que había hecho nunca con una mujer. Era más íntimo que el sexo. Apretó los dientes y emitió un sonido gutural justo cuando Brianne se incorporaba hacia él y sollozaba. Notó cómo la barrera cedía. ¡Lo sintió!
–Santo Dios –masculló.
Brianne volvió a estremecerse. Lo miró a los ojos con un nuevo conocimiento de él. Vio la misma expresión en su rostro amplio que la que veía en sus ojos.
Brianne se movió. En aquella ocasión no había dolor, solo una leve incomodidad. Pierce empujó, sintiendo cómo su cuerpo se abría a la lenta penetración de sus dedos como antes no había sido capaz.
Sus largas piernas se entreabrieron. Se incorporó, invitándolo a entrar, pero Pierce no aceptó la invitación. Movió la cabeza lentamente y retiró la mano. Brianne bajó la vista, fascinada.
–Cuando te tenga –susurró Pierce con calma–, no habrá ni un ápice de dolor.
–Pero... ¿por qué no ahora? –le preguntó.
–Porque no quería excitarte hasta la pasión y tener

que hacerte daño, ofrecerte un recuerdo del sexo que estaría ligado para siempre al dolor –se inclinó y acercó sus labios a los suyos, sonriendo al sentir su aliento contra ellos–. Tu primera experiencia de mí será de placer largo y dulce.

Brianne se incorporó y se apretó contra él, besándolo con posesividad, deslizándose de forma seductora contra su cuerpo fuerte.

–Lo sé –susurró–. Así será también tu primera experiencia de mí.

Pierce sonrió para sí mientras la ayudaba a ponerse en pie. No se le ocurrió pensar hasta mucho tiempo después que, por primera vez en dos años, no había pensado en Margo. Deseaba a Brianne con una pasión febril que no había sentido desde la adolescencia. No era amor, pero bastaba para empezar. Iba a casarse con ella para protegerla de Philippe Sabon, pero, sobre todo, para saciar la pasión que desataba en él. Era la emoción más poderosa que había experimentado en años y se sentía bien. Había estado viviendo en el pasado, en el recuerdo de Margo. Tenía que parar.

Brianne era muchos años más joven, pero cuando se cansara de él y quisiera a alguien de su edad, harían lo que procediera. De momento, iba a disfrutar de su cuerpo ágil y dulce y ahogarse en el olvido de una ciega pasión. No quería pensar más allá.

Fueron en avión a Las Vegas aquella misma tarde. Horas después, estaban de pie, juntos, ante el altar de una capilla. Brianne llevaba un vestido blanco y corto y un sombrero a juego con velo, y sostenía un ramo de rosas blancas. Había sido una compra improvisada, y divertida. Pierce la había acompañado a escoger el conjunto, mofándose de la superstición de que daba mala suerte ver a la novia vestida antes de la ceremonia. Él llevaba puesto un frac y atrajo múltiples miradas femeniñas cuando salieron de la limusina y entraron en la capilla donde todo estaba dispuesto para la boda.

Brianne llevaba un anillo, también comprado precipitadamente. Era una réplica victoriana de oro de catorce quilates, una alianza ancha con unas hojas de hiedra grabadas en relieve. Encajaba en el dedo delgado de Brianne y a ella le encantaba. Pero Pierce todavía llevaba su antiguo anillo de casado. No tuvo el valor para pedirle que lo cambiara por otro. Seguramente, se dijo Brianne, era un error, pero no tuvo tiempo para pensar en ello, porque todo ocurrió muy rápidamente.

El ministro celebró la ceremonia con dos testigos pagados que dieron fe de la boda. Pierce levantó el velo de Brianne y se inclinó para besarla con ternura despreocupada. Su expresión era muy sombría, y se preguntó si estaría recordando su primer matrimonio. Estaba segura de que no había tenido lugar en un lugar como aquel. Entendía la necesidad de una ceremonia rápida, porque de haber sido formal, Kurt habría hallado la manera de detenerla. Pero lloró para sus adentros por el hermoso traje de novia largo con el que siempre había soñado, y por el amor que no estaba presente en el rostro del novio. Estaba segura de que Pierce la deseaba, ¿pero sería suficiente para mantenerlos cuando Pierce todavía vivía con una hermosa fantasma?

Lo miró a los ojos con cierto recelo. Pierce le pasó el dedo por la punta de la nariz.

—Deja de mirarme así —bromeó—. Seremos felices.

—Eso espero —repuso Brianne con fervor.

Pierce suspiró. El brillo de humor desapareció de sus ojos y fue reemplazado por algo completamente nuevo mientras admiraba su vestido corto que realzaba sus piernas a la perfección.

—Eres muy joven —dijo en voz baja.

—Me saldrán arrugas enseguida, ahora mismo, si quieres. Pondré la cara a remojo hasta que parezca una pasa —sugirió con una sonrisa.

Pierce rio entre dientes.
–Descarada –la acusó–. Acabarás conmigo.
–Prometo hacer lo que pueda.
Le dieron la mano al ministro, a su esposa y a los testigos, concluyeron el papeleo, pagaron el importe y regresaron a la limusina.
–Estamos casados –murmuró Brianne mirando a su marido con picardía–. ¿Qué tal si me llevas al hotel más cercano y me matas de amor?
Pierce se limitó a sonreír, como un adulto que complaciera a una niña.
–Nada me gustaría más –dijo con despreocupación–. Pero tenemos que tomar el primer avión que salga de aquí.
Brianne se entristeció.
–¿No habrá luna de miel?
–Brianne, nos hemos casado para salvarte de Sabon –dijo con voz seria–. Disfruté haciéndote el amor junto a la piscina. Algún día tal vez lo haga como es debido, pero este no es el momento. Ha habido algunas complicaciones que desconoces. No quería decírtelo y echar a perder nuestra boda, pero la ceremonia ha terminado y debes saberlo.
–¿Saber el qué? –preguntó Brianne con una fría premonición.

6

Pierce hizo una mueca, como si no quisiera decirlo. Brianne se quedó mirándolo con el corazón agitado y los ojos grandes como platos.

—Está bien, supongo que no puedo seguir ocultándotelo —le dijo, suspirando—. Llamé a Arthur mientras te estabas cambiando en el hotel. Tu madre había telefoneado preguntando por ti. Al parecer, ha tenido un ligero... accidente. Se pondrá bien —dijo enseguida al ver que Brianne perdía el color—. Le dijo a Arthur que se resbaló y se cayó por las escaleras, pero parecía bastante asustada. Quería hablar contigo urgentemente. Arthur no le contó dónde estábamos, solo que volveríamos hoy mismo.

Brianne exhaló un suspiro.

—Apuesto a que le ha pegado —dijo con aflicción—. Ha proferido toda clase de amenazas contra ella y el bebé si yo no cooperaba. Supongo que averiguará lo que hemos hecho...

—Tarde o temprano —asintió Pierce.

—Kurt dijo que Philippe regresaría hoy y que quería

verme –le dijo, y se echó el pelo hacia atrás–. ¿Por qué se casaría mi madre con él? –preguntó con furia–. ¿Es que no vio qué clase de hombre era?

–Claro que lo vio. Era rico.

Brianne se recostó pesadamente en el asiento de la limusina.

–¿Crees que le hará más daño? ¿Y qué me dices del bebé?

–Seguramente estén a salvo, por ahora. Pero Sabon estará ávido de sangre cuando averigüe lo que hemos hecho. Acabo de ponerte fuera de su alcance para siempre, no se lo tomará bien. Estará tramando vengarse de nosotros y de cualquier persona relacionada contigo. Y lo mismo hará Kurt.

El pulso le latía con frenesí. Brianne levantó una mano y se la pasó por el pelo.

–¿Qué vamos a hacer?

–Bueno, para empezar, no vas a volver a casa –le dijo Pierce en tono lúgubre–. Vamos a tomar un avión a Freeport en lugar de a Nassau. Ya he telefoneado a la villa y les he dicho que envíen a un chófer que haga de guardaespaldas al aeropuerto. Si Arthur viniera a recogernos nos delataría. De momento, nos quedaremos en Freeport, hasta que la situación se serene y consiga que mi jefe de seguridad venga aquí con su equipo.

–Realmente piensas que Philippe Sabon es una amenaza, ¿verdad? –preguntó Brianne con preocupación.

Pierce tomó su mano con afecto.

–Sé que lo es, pero no va a pasarte nada. Ahora eres mi responsabilidad, cuidaré de ti.

Brianne se mordió el labio inferior.

–Es una pesadilla –dijo en voz alta–. Estamos en los noventa, estas cosas no deberían pasar. Cielos, ¿cómo es posible que un perfecto extraño intente obligarme a casarme con él?

–Sabon es increíblemente rico; normalmente, consigue lo que quiere. Tu padrastro se ha metido en un buen lío –

miró a Brianne, que había palidecido visiblemente–. Creo que la mejor solución será enviarte a vivir a los Estados Unidos, donde mi jefe de seguridad pueda protegerte. Una vez dijiste que querías ir a la universidad a estudiar matemáticas. ¿Todavía piensas así?

Brianne lo observó con horror cuidadosamente disimulado. Acababa de casarse con él, soñaba con vivir con él, amarlo, dormir en sus brazos... y Pierce le estaba ofreciendo unos estudios universitarios.

–Hace tiempo que no pienso en la universidad –confesó.

–No eres demasiado mayor para empezar –repuso Pierce–. Te matricularemos en una pequeña universidad cerca de Washington con nombre falso, para que Sabon no pueda encontrarte. Pero aunque lo haga, Tate Winthrop no estará muy lejos y estarás protegida día y noche hasta que todo esto haya terminado.

–¿No puedo quedarme contigo? –le preguntó, teniendo cuidado de no mirarlo directamente. Pierce suspiró.

–Me gustaría –dijo con franqueza, con expresión solemne e intensa–. Pero no será posible después de lo que ha pasado entre nosotros, Brianne.

Brianne se sorprendió.

–No entiendo.

–¿No? –rio fríamente–. Escucha, cielo, eres un festín delicioso y yo soy un hombre hambriento. Mis buenas intenciones se irán al garete si pasamos mucho tiempo bajo el mismo techo.

–Pero yo te deseo –protestó.

–¡Me deseas! –bufó–. Eres una niña jugando con lo prohibido. Acabas de descubrir el placer sensual y quieres explorarlo. Yo ya he hecho mi exploración. No tengo nada que ofrecerte salvo unas cuantas sesiones de amor febril en mi cama. Rompería tu joven corazón. No podrías dejarme marchar, y tendrías que hacerlo. Soy un solitario, no quiero una esposa.

—Te has casado conmigo –lo acusó.

—Sí, para protegerte de Sabon –corroboró, y la observó–. Apenas tienes veinte años, eres ingenua y te mueres por entregarme tu corazón. No lo hagas. Te deseo. Podría tomarte y disfrutar de ti y dejarte sin que mi corazón se resintiera, pero tú no. Eres demasiado intensa para mí, Brianne.

—Quieres decir que si pudiera tener sexo contigo y desaparecer, tal vez me dejarías quedarme –dijo con rigidez.

—En resumidas cuentas, eso es –corroboró.

—Tal vez pueda.

—Tú no –replicó al instante–. Ya te has enamorado de mí –añadió, y observó cómo la estupefacción se reflejaba en sus rasgos–. ¿Creías que no se notaba? –le preguntó con suavidad–. Eres un libro abierto, todavía no has adquirido la sofisticación necesaria para ocultar tus sentimientos.

Brianne inspiró y se retiró el pelo nerviosamente. Fijó la vista en la ventana de cristal oscuro de la limusina en lugar de mirarlo a él.

—Entonces, ¿qué pasará a partir de ahora?

—Tú vas a la universidad y yo sigo adelante con mi nuevo proyecto –dijo Pierce con despreocupación.

—¿No te gustaría acostarte conmigo?

—Claro que me gustaría –dijo con franqueza–. Me encantaría. Pero yo no perdería el control y tú sí. Lo dejaremos para cuando seas un poco más mayor.

Brianne lo miró con tristeza.

—Fue una ceremonia colorista en un lugar vulgar, así que la unión no te parece vinculante. Ahora cada uno seguirá su camino.

Pierce elevó las cejas con brusquedad. Solo había oído la primera parte de su comentario.

—¿Un lugar vulgar?

—¿Tú cómo lo llamarías? –preguntó en voz baja.

No se había parado a pensarlo hasta que Brianne no

le abrió los ojos a la realidad de la ceremonia. Había sido un lugar vulgar, un acuerdo sexual legalizado de oropel que facilitaba que las jóvenes olvidaran sus principios por una boda rápida que podía desembocar en un divorcio aún más rápido.

Frunció el ceño. Brianne, a pesar de su visión moderna de la vida, tenía valores tradicionales. Era la clase de chica que esperaba casarse en la iglesia, con un traje de novia con cola y damas de honor. Margo había tenido aquella clase de boda, pero Brianne no. A pesar de los motivos que lo habían impulsado a casarse con ella, podría haber hallado una manera más convencional de celebrar el matrimonio.

–Lo siento –dijo, y fue sincero–. Estaba tan preocupado por resolver el problema que no me detuve en los detalles. Preferirías haberte casado en una iglesia, ¿verdad?

Brianne lo miró.

–¿Te casaste tú en una iglesia la primera vez?

–Por supuesto –contestó–. Margo dijo que no se sentiría casada si no se celebraba un servicio formal –vio cómo Brianne hacía una mueca de dolor, y por primera vez comprendió lo mucho que la había herido.

–Entonces nos hemos casado como debíamos –dijo con una calma sorprendente–. Nuestro matrimonio solo es una farsa para salvarme de una suerte peor. Hacerlo en la iglesia sería una especie de sacrilegio. Siento lo que he dicho. Debería darte las gracias por lo que has hecho, en lugar de criticar cómo ha sido.

Pierce tomó su mano fría entre la suya.

–No nos conocemos muy bien –dijo, notando la resistencia en sus dedos–. Supongo que heriremos nuestros sentimientos fácilmente hasta que nos familiaricemos el uno con el otro.

–Imposible –dijo Brianne–, al menos si yo estoy en Estados Unidos y tú en Nassau –se volvió a él y le sonrió con expresión vacía–. Eso es lo que quieres, ¿no? Aunque no me persiguiera un maníaco, te gustaría tenerme en un lugar donde no tuvieras que verme todos los días.

Los ojos de Pierce empezaron a centellear.

–Así es –le dijo.

–Está bien –suspiró Brianne pasado un minuto–. Me hago a la idea. No te causaré problemas –se quitó la alianza del dedo y se la entregó. Pierce frunció el ceño.

–¿Quieres explicarme qué haces?

–Claro. Todavía estás casado con otra mujer –señaló la alianza que llevaba en la mano izquierda–. En ese caso, no tiene sentido que yo lleve una.

Pierce retiró la mano de la suya y la miró con furia.

–No me quitaré este anillo –dijo con aspereza–. Y mucho menos para aplacar a una niña que juega a ser mujer.

Su voz era más hiriente por su suavidad. Brianne sintió un escalofrío.

–Siento no ser lo bastante madura para participar en el juego como es debido, señor Hutton –le dijo–. Pero no tardaré en aprender –desvió la mirada y apretó los dientes–. Como no soy una esposa de verdad, no veo por qué no puedo salir con otros hombres. Eso es lo que quieres de todas formas, ¿verdad? Que encuentre a otra persona y salga de tu vida.

–Quiero salvarte de Sabon –masculló Pierce–. Por el momento, esa es mi única preocupación. En cuanto a otros hombres –añadió lentamente–. Si rompes los votos que has pronunciado conmigo, será mejor que te escondas donde no pueda encontrarte.

Brianne se quedó boquiabierta.

–¿Perdón?

–Ya me has oído –repuso con aspereza–. Estamos casados, con capilla vulgar o sin ella, y ninguna mujer va a ponerme los cuernos.

–¡Vaya!

–No tiene nada que ver con los celos –continuó con aspereza–. Sabon es la razón por la que nuestro matrimonio ha de parecer real. De lo contrario, tu padrastro aprovecharía la oportunidad para ponerte en manos de Sabon. Si se entera de que estás con otros hombres, no creerá que tienes un marido.

–No es el único –dijo entre dientes.

Pierce la miró con enojo.

–He sido sincero contigo –dijo fríamente–. ¿Habrías preferido que te sedujera antes de tomar un avión a Nevada?

Brianne no iba a meterse donde no la llamaban. Volvió a tomar el anillo y se lo puso en el dedo.

–¿No crees que Philippe renunciaría y se volvería a su casa si supiera que estamos casados? –preguntó, eludiendo su pregunta.

Pierce vaciló, como si quisiera profundizar en el tema que habían tocado. Pero suspiró y permitió que desviara el hilo de la conversación.

–No, no lo creo. Más bien reforzará su determinación por tenerte.

Después, Pierce permaneció en silencio hasta que subieron al avión y ocuparon sus asientos. Brianne se quedó dormida y se despertó con un sobresalto. Miró a Pierce. Tenía una expresión meditabunda y la mirada puesta en la parte delantera del avión, donde una azafata se inclinaba para sacar cenas de los hornos del avión. Aquel era uno de los pocos vuelos que ofrecían comidas.

–Van a servir la cena, ¿quieres una bandeja? –preguntó.

–Sí.

Pierce abrió el brazo de su asiento y desplegó la mesa, sonriendo al ver su sorpresa.

–No me digas que no volviste de París en primera clase –bromeó.

–En realidad, volví en clase turista. Brauer se ha estado apretando el cinturón este año. Yo creo que está al borde de la bancarrota.

–En ese caso, no me extraña que esté tan ansioso por

complacer a Sabon –contestó Pierce pensativamente–. Y si ha invertido todo lo que tiene en esa explotación con la esperanza de obtener el doble en ganancias, está metido en un buen lío.

–¿Por qué?

–Pierce sacó su propia mesa.

–Porque estamos trabajando con un consorcio de compañías petrolíferas para negociar con los rusos la explotación de ese pozo del mar Caspio del que te hablé. Vamos a construir un oleoducto que pasará a través de... –mencionó el país, y Brianne abrió los ojos con sorpresa.

–Los Estados Unidos le ha puesto sanciones económicas –exclamó–. No me extraña que a Brauer le moleste... todo el mundo escogería un bando u otro y él perdería dinero.

Brianne se recostó para que la azafata pudiera dejarle la bandeja y esperó a que Pierce estuviera también servido para extender la servilleta sobre su regazo y mirarlo.

–Supongo que no sé mucho sobre la política de otros países.

–Deberías aprender –sonrió–. Es más fácil tratar a la gente si tienes nociones sobre la política, la sociedad y la religión de su país.

–¿Cuántos idiomas hablas?

Pierce se encogió de hombros.

–Solo domino tres –la miró y sonrió–. ¿Sabes cómo define un árabe a una persona iletrada?

–No, ¿cómo?

–Como la que solo habla un idioma.

Sorprendida, Brianne rio.

–Bueno, entonces estoy a la cabeza de la lista.

–Te enseñaré griego –le dijo–. Es hermoso.

Brianne sabía que uno de sus idiomas era el francés, pero notó que no se había ofrecido a enseñárselo. Seguramente porque Margo, pensó tristemente, había sido francesa. Pierce haría el amor en francés. Sus ojos se posaron involuntariamente en sus manos grandes y masculinas. Recordó lo hábil que había sido con ella, las sensaciones exquisitas que le había enseñado a sentir y contuvo el aliento.

Pierce oyó cómo inspiraba bruscamente y sus ojos negros se clavaron en los suyos con expresión interrogante . Brianne se sonrojó y bajó la vista rápidamente a su plato.

No le estaba ocultando nada. Podía leerla como un libro abierto. Pierce abrió los contenedores de su comida y untó de mantequilla su panecillo. Sorprendentemente, notó cómo su cuerpo se tensaba de placer con el recuerdo de los movimientos sensuales de Brianne mientras la acariciaba junto a la piscina. Era inexperta, pero ansiosa y apasionada. Tenía una idea bastante aproximada de cómo sería hacerle el amor por completo, y quería hacerlo. Pero siempre que lo pensaba, veía el rostro amado de Margo y se sentía culpable y avergonzado por desear llevar a otra mujer a su cama. Le parecía adulterio.

Brianne comió su estofado de pollo y sonrió con apreciación a la azafata que se paró a servirle el café. Se fijó en que Pierce también lo tomaba solo.

–Una vez en Freeport, ¿dónde nos alojaremos? –le preguntó de repente.

–He reservado una suite en uno de los hoteles –le dijo el nombre–. Y con identidad falsa. No nos pasará nada. Además, he mandado llamar a Winthrop, vendrá con uno o dos de sus hombres.

–Realmente te estás tomando esto en serio –dijo Brianne.

Pierce asintió mientras tomaba un sorbo de café.

–Tu padrastro se ha ido a Washington, si mis informes son precisos –la miró–. He oído otro rumor sobre sus planes que no me gusta nada. Hay mucho en juego en este asunto. El país de Sabon tiene un vecino pequeño y pobre que sueña con conquistar y apropiarse del petróleo que Occidente ansía comprar. Cuenta con aliados poderosos y tiene acceso a armas muy sofisticadas.

–Cielos –dijo Brianne–. ¿No creerás que vayan a invadir Qawi?

–Sin duda. Sabon lo sabe. Creo que por eso ha metido a Brauer en el ajo, porque tiene un amigo en el senado de Washington. Sabon puede estar utilizándolo para obtener el apoyo de los Estados Unidos. A él no se lo darían porque está en la lista negra por respaldar a un enemigo norteamericano durante la guerra del Golfo –terminó su pollo con una expresión sombría–. Pero si Brauer puede negociar la protección norteamericana con el cebo de una participación en la explotación de los campos petrolíferos, Sabon obtendría la influencia que necesita para llevar a buen término el trato con el consorcio de petróleo. Si eso fallara, tal vez esté lo bastante desesperado como para ser el primero en atacar a su país vecino.

–¿E iniciar una guerra?

–Sí –Pierce la miró mientras se limpiaba los labios con la servilleta.

–Da miedo pensarlo.

–Cierto. Oriente Medio es un polvorín. Una sola chispa y estallará el conflicto en toda la zona. Poco faltó cuando Irak atacó a Kuwait y a Israel a principios de los noventa. Esto podría ser aún más peligroso. Los países se alinearían con un bando u otro y la guerra podría extenderse al Golfo Pérsico –suspiró–. Sería terrible para los que hemos invertido en el proyecto del mar Caspio. Y aunque la guerra quedara recluida al país de Sabon y su vecino, sufriríamos retrasos y la amenaza de ataques de grupos armados. Si Brauer no consigue que los Estados Unidos intervengan en su nombre, creo que pagaría a sus mercenarios para que atacaran nuestra plataforma perforadora y la culpa recayera en el país vecino de Sabon. Estando los rusos de nuestro lado, podría producirse un contraataque desagradable contra la nación pobre, y eso atraería también la intervención de los Estados Unidos. Tiemblo al pensar en las posibles consecuencias.

–¿No puedes hacer nada?

–Lo intento. Winthrop está metido hasta el cuello en la investigación. Ya ha frustrado un intento de sabotaje.

Brianne tomó un sorbo de café y se quedó mirándolo por encima del borde de plástico de la taza.

–Todo esto es muy emocionante, a pesar del potencial de violencia –dijo después de un minuto, y rio–. Nunca he hecho nada peligroso, toda mi vida ha consistido en una serie de días de rutina. Bueno, en su mayor parte –sonrió–. Tú has sido una aventura.

–Tú también –murmuró, pero no sonrió–. Has trastornado mi vida.

–Me alegro –contestó–. Necesitabas que alguien te la trastornara, ibas a echarte a perder. Eres demasiado joven para marchitarte.

–No me estoy marchitando –replicó, y terminó su café–. Además, ya te he dicho que eres demasiado joven para mí.

–Veinte años.

Brianne hizo una mueca.

–No me habías dicho que habías cumplido años.

–No, ¿verdad?

Su mirada fría puso fin a cualquier intento de bromear sobre el tema. Brianne dejó el tenedor sobre al plato y abrió el postre, una porción de tarta de chocolate.

–No sé qué clase de música te gusta, ni los libros que lees o qué te gusta hacer cuando no trabajas.

Pierce se sentía reacio a compartir con ella aquellos detalles íntimos. Brianne estaba intentando infiltrarse en su vida y él no quería que lo hiciera.

Aun así, se sorprendió hablando sin haberlo planeado.

–Me gusta Debussy, Respighi, Puccini, y compositores modernos como John Williams y Jerry Goldsmith.

Leo de todo, pero me encantan las biografías y la historia de la antigua Grecia y Roma.

–A mí también me gustan esos compositores –dijo–. Y me encanta la ópera. Mis favoritas son *Turandot* y *Madame Bovary*, de Puccini.

Pierce no quiso decirle que esas también eran sus favoritas.

–¿Qué te gusta leer?

–Novelas románticas.

–Porque todavía eres lo bastante joven e idealista para creer en finales felices –dijo con leve sorna–. Yo soy lo bastante viejo para saber que no existen.

–Has pasado diez años maravillosos con una mujer que te amaba –señaló.

–Y que murió –añadió Pierce con aspereza–. ¡Menudo final feliz!

–Tal vez solo se puede esperar un poco de felicidad en esta vida –dijo pensativamente–. ¿Y si no hubieras conocido a Margo? ¿Habrías sido más feliz?

Pierce no quería contestar esa pregunta. Contempló el resto de su tarta de chocolate con expresión vacía.

–No lo habrías sido –contestó Brianne por él–. Tuviste mucha suerte por tener una relación tan especial. Tienes recuerdos que superan la vida diaria de muchas personas.

Nunca se había considerado afortunado, pero tal vez lo fuera. Margo lo había amado generosamente. Miró a Brianne y comprendió con sorpresa que a Margo le habría agradado. Se parecía a ella en muchos sentidos, sobre todo en su compasión. No contaba con la belleza de Margo, pero era bonita a su manera.

–¿Nunca has estado enamorada? –le preguntó con curiosidad.

–Solo de ti –fue la respuesta sincera.

Brianne contrajo la mandíbula y volvió a fijar la vista en su taza de café. Estaba vacía. Miró a su alrededor y le pidió a la azafata que se la llenara otra vez.

–Eres demasiado joven para saber lo que es el amor –dijo Pierce cuando la azafata se había alejado por el pasillo–. Estás ansiosa por hacer el amor y me deseas. Pero no es más que eso, deseo.

Brianne sonrió tristemente.

–Lo que tú digas.

Pierce tomó un sorbo de café y se abrasó el labio superior. Hizo una mueca mientras bajaba la taza.

–Conocerás a alguien –le dijo–. Algún día encontrarás a un hombre de tu edad y comprenderás lo que quiero decir.

–Ya estoy casada –replicó–. No puedo ir tras un marido cuando ya tengo uno.

–No seguiremos casados mucho tiempo –dijo con aspereza, mirándola directamente–. Cuando todo esto termine, pediremos la anulación.

Brianne sintió cómo su corazón se paralizaba. De modo que eso era lo que quería hacer, seguir casado con ella, sin intimar, hasta que la amenaza de Sabon se disipara. Luego pediría la anulación, que sería fácil de conseguir puesto que el matrimonio no se había consumado. No era de extrañar que no quisiera acostarse con ella, ya estaba haciendo planes para echarla de su vida para siempre.

7

Brianne jugó con su servilleta de papel, deslizando la punta de la uña por el emblema grabado de la línea aérea.

–Entiendo –dijo cuando se dio cuenta de que Pierce estaba esperando una respuesta.

–Sabes que nunca funcionaría –continuó–. Hay demasiada diferencia de edad. Somos de generaciones diferentes, ni siquiera pensamos igual.

–Aunque lo hiciéramos, está Margo.

Los ojos de Pierce llamearon con furia.

–La amaba –dijo–, no voy a traicionarla.

–Pierce, Margo ya no está –dijo en voz baja–. Y no volverá. Tal vez vivas treinta o cuarenta años más. ¿De verdad quieres estar solo todo ese tiempo?

–¡Sí!

Lo dijo, pero a Brianne no le pareció convincente. Debía de resultarle muy difícil, sobre todo estando solo con los recuerdos que constituían tanto una maldición como un consuelo para él.

–A ella no le gustaría –murmuró, pensando en voz

alta–. No querría que estuvieras solo, llorando su muerte, el resto de tu vida.

–No sabes de qué diablos estás hablando –replicó con voz gélida–. Olvídalo. No quiero hablar de esto.

–Como quieras –repuso Brianne–. Supongo que no querrás intentar tener sexo en el lavabo aprovechando que estamos en el avión, ¿verdad? –añadió con picardía, tratando de aligerar el tono de su perturbadora conversación–. Lo vi una vez en una película y siempre me he preguntado...

–¡Pregúntatelo tú sola! –Pierce plegó la mesa, se levantó y se dirigió echando humo hacia el aseo. Entró y cerró la puerta, e inclinó la frente sobre la superficie fresca con un áspero suspiro. ¡Maldita mujer! ¿No podía dejar de irritarlo con el pasado? ¿Acaso no sabía que lo estaba matando recordar el rostro de Margo, su aliento sobre él, sus manos sobre su cuerpo en la oscuridad? La vida se hacía más insoportable día tras día.

Pensó en treinta años más de aquella agonía y su corazón amenazó con resquebrajarse en su interior.

Si al menos Brianne no le pareciera tan atractiva. No quería pensar en ella, ni en la tentación de tenerla cerca. Si se iba de su lado, estaría a salvo, únicamente con los recuerdos de Margo. No tendría que reprimir su ansia por Brianne.

No era solo verla lo que lo tentaba, eran todos esos pequeños comentarios que hacía, invitaciones medio en broma de poseerla en el aseo de un avión. Rio a su pesar. Era tan desinhibida, a pesar de su inocencia. Le resultaba un deleite continuo. Era la primera mujer aparte de Margo que le alegraba el corazón y le hacía reír. Últimamente, se había convertido en un hombre impaciente e irritable, y siempre lo echaba todo a perder con una discusión porque el enfado podía aliviar el dolor. Brianne le hacía ver el mundo con sus ojos tiernos y felices. Era irónico, pensó, que una mujer con tanta tragedia en su vida pudiera ser tan optimista y animada.

Contempló su rostro en el espejo y vio los hilos plateados que salpicaban el pelo negro de las sienes. También tenía arrugas en torno a los ojos. Se tocó con la mano el rastro de plata y rio con pesar. ¿Acaso Brianne no veía lo viejo que era en realidad? Le sorprendía que una mujer tan joven y atractiva pudiera desearlo. Se preguntó qué vería en aquel rostro duro y amplio que lo miraba en el espejo.

Brianne, sentada y compuesta en su asiento, se estaba preguntando lo mismo. Pierce no era especialmente hermoso, al menos con unas manos y pies y una nariz tan grandes. Y era mucho mayor que ella. Pero no había conocido hombre que pudiera rivalizar con él. Era pura dinamita, y la estaba matando no poder encontrar la forma de llegar a su corazón.

La azafata estaba ofreciendo más bebidas. ¿Era champán lo que estaba sirviendo? Bueno, por qué no. Pierce había dejado claro que no la deseaba y se sentía bastante desgraciada. Tal vez unas burbujas le levantarían el ánimo.

Dos copas de champán más tarde, Pierce regresó a su asiento.

Brianne levantó la copa hacia él, derramando un poco del líquido sobre su vestido.

—Vaya —dijo, inclinándose hacia delante—. Lo siento, se me ha ido la mano.

Pierce se quedó mirándola con ojos muy abiertos.

—¿Qué bebes?

—Champán.

—No puedes tomar champán ni ninguna otra bebida alcohólica —dijo con aspereza—. Eres una menor.

—Ella me lo dio —repuso, indicando a la azafata que estaba en el pasillo a cierta distancia detrás de ellos—. Ve a decirle que está quebrantando la ley, ¿a que no te atreves? —añadió con presunción, y tomó otro sorbo.

—Dame eso —Pierce le quitó la copa de la mano y la

vació–. Idiota –murmuró, mirándola fijamente–. No tienes cabeza para el alcohol.

–Puedo aprender a beber –le dijo con altivez–. Estoy casada –tuvo una idea repentina y sus ojos centellearon–. ¿Así que es por eso por lo que bebe la gente casada? –exclamó y le lanzó una mirada libertina–. Mira lo que me has hecho.

–Yo no te he hecho nada –protestó.

–Claro que sí –replicó–. ¡Has dicho que no te ibas a acostar conmigo!

La voz de Brianne se oyó en los asientos circundantes y Pierce gimió de forma audible.

–¡Cállate! –murmuró. Podía sentir las miradas de regocijo, aunque no pudiera verlas.

–No voy a callarme –replicó Brianne–. Esto no es un mal sustituto para nuestra noche de bodas –le dijo–. Al menos me quita el ansia que siento.

–Eres demasiado joven para tener ansia –comentó.

–Tengo ansia de ti –sonrió con somnolencia–. Eso era una canción, lo recuerdo. ¿Quieres que te la cante? –lo hizo, pese a que Pierce le dijo que no con la cabeza.

Pierce levantó la mano y la azafata corrió enseguida a su asiento.

–Traiga un poco de café, por favor –le dijo a la mujer–. Café cargado, ¡rápido!

–Cielos –exclamó la azafata.

–Nunca bebe –dijo Pierce–. Y es una menor.

La azafata puso una expresión de horror

–Iré por el café –repuso enseguida–. Dios mío, cuánto lo siento.

–No pasa nada –la tranquilizó Brianne–. No sabía que soy una menor y que acabo de casarme con un hombre al que ni siquiera le gusto. ¿Cómo podría saber que ni siquiera quiere llevarme a...?

–¡Brianne! –gruñó Pierce.

–París –concluyó Brianne con una mirada pícara a su furioso marido.

–Debería llevarla a París –le dijo la azafata–. Es precioso.

–Café –repitió Pierce–. Y algo de comer.

–Sí, señor, enseguida.

La azafata se retiró y Brianne apoyó la cabeza en el asiento para contemplar a Pierce con ojos soñadores.

–No puedo creer que tengas tantos reparos –le dijo.

–Espero que te estalle la cabeza –repuso Pierce con fiereza. Brianne lo miró estupefacta.

–Vaya, menudo mal genio. Solo he tomado una copa.

–Dos copas, y mira cómo estás.

–Estoy muy bien –le informó.

–Estás muy borracha.

–Se me pasará cuando aterricemos –prometió–. Mientras tanto, pensaré en la manera de seducirte. Debería comprarme algunos libros –añadió reflexivamente–. Tal vez un vídeo o dos.

Pierce carraspeó y se volvió para buscar a la azafata. Parecía un hombre caído al mar que se aferrara a un salvavidas.

Brianne puso la mano sobre su muslo ancho y musculoso y Pierce se sobresaltó.

–No seas mojigato –susurró cuando tomó su mano y se la apartó–. ¡Estamos casados!

–No, no lo estamos –le espetó–. Solo ha sido un papeleo.

Brianne frunció los labios.

–Esa no es forma de tratar a tu esposa –murmuró–. Aquí estoy yo, muriéndome de amor por ti, y tú ni siquiera dejas que te toque.

Pierce se sintió como si todo su cuerpo estuviera en llamas. Brianne estaba demasiado mareada para darse cuenta del efecto que estaba produciendo en él, y casi era lo mejor.

Estaba tan excitado que en lo único que podía pensar era en cómo sería tenerla en su cama. Tenía que serenarla antes de perder el control.

La azafata volvió con una taza de café y unos aperitivos, que Pierce aceptó agradecido.

—Toma —le dijo a Brianne, poniéndole la taza con cuidado entre las manos—. Ahora, bebe.

—Aguafiestas —murmuró con irritación, pero bebió. Abrió los aperitivos envueltos en papel de plata y los tomó. La azafata volvió con una segunda taza, y una tercera. La cafeína le despejó la cabeza y la comida pareció absorber parte del alcohol que tenía en el estómago.

Cuando volvió a la realidad, no fue una experiencia agradable. Le había dicho a Pierce cosas vergonzosas, y su aspecto era lúgubre y sombrío. Brianne se preguntó si habría causado un daño irreparable en su frágil relación bajo la influencia del alcohol.

Pierce se enterró en el periódico que obtuvo de la azafata y no asomó la cabeza hasta que no aterrizaron en Freeport.

Brianne dejó que la condujera por los pasillos hasta el vestíbulo. Pierce escrutó a los chóferes de limusinas en busca de un cartel con su nombre, pero solo vio uno con el nombre de Brianne mal escrito. El hombre que lo sostenía, un tipo moreno y flacucho, no se parecía en absoluto a un chófer de limusina, y Pierce había visto muchos.

Brianne, sin sospechar nada, se dirigió sonriente al hombre menudo.

—Yo soy Brianne Martin —dijo, olvidándose de que estaba casada y de que su marido estaba justo detrás de ella.

—Señorita Martin —dijo el hombre en un inglés poco claro. Sonrió y la tomó del brazo—. ¿Quiere acompañarme?

—Sí, pero espere un minuto —protestó, y empezó a volverse hacia Pierce.

Pierce ya había comprendido que allí había gato encerrado. Avanzó rápidamente con la intención de arrancar a su esposa de las manos de aquel hombre, pero sintió algo en los riñones. Algo duro y redondo.

–Eres su guardaespaldas, ¿sí? –dijo otra voz, más grave, detrás de él–. Entonces, tú también vienes. No nos arriesgamos a que informe a Hutton.

Pierce se sorprendió del comentario y vio cómo Brianne volvía la cabeza. Solo tuvo tiempo para asentir disimuladamente. Por fortuna, estaba tan compenetrada con él que comprendió enseguida lo que quería que hiciera.

–¿Qué van a hacer con Jack? –preguntó Brianne con aspereza, escogiendo el nombre al azar.

–Vendrá con nosotros. No queremos que hable con la policía –le dijo el hombre flacucho–. Si grita, mi amigo le meterá un tiro en la cabeza. ¿Lo entiende, señorita?

–No ha podido ser más claro –dijo, asustada–. Está bien, es su fiesta. ¿Adónde vamos, si es que puedo preguntarlo?

–Ya lo sabrá. Vamos.

La condujo, con «Jack» y el otro hombre detrás, hasta una limusina negra y alargada que esperaba delante de la terminal. Los metieron a los dos por la fuerza y entraron a continuación, los dos con automáticas en la mano con las que los apuntaban desde el asiento opuesto en el interior del automóvil.

El hombre flacucho dijo algo al conductor, que asintió y se incorporó al tráfico. Pero no salió del aeropuerto, sino que se dirigió a uno de los hangares de alquiler que se hallaban a cierta distancia de los edificios principales de la terminal. La limusina se detuvo junto a un pequeño jet que esperaba con la puerta abierta y la escalerilla bajada.

Obligaron a Pierce y a Brianne a entrar, y una vez en el interior vieron a otros dos hombres armados. En total eran cuatro. Pierce la miró con expresión de impotencia. Lo único que podían hacer era aceptar la realidad de su situación. Contra cuatro hombres armados, estaban indefensos.

—¿Adónde vamos? —preguntó de nuevo Brianne.

Nadie contestó. Se recostó en su asiento, junto a uno de los secuestradores, y cerró los ojos. Lo mejor sería aprovechar a descansar. Tenía el horrible presentimiento de que sabía quién estaba detrás de aquel secuestro.

Philippe Sabon.

Horas más tarde, aterrizaron en una pequeña franja de terreno en una pequeña isla. Brianne había visto una pequeña ciudad desde el aire, y recordaba que Sabon le había hablado de la isla que poseía en el Golfo Pérsico, cerca del pequeño país donde tenía tanta influencia política.

Había dos viejas limusinas inglesas esperándolos. Le indicaron a Brianne que subiera a una, y a Pierce a la otra. Apenas pudo ver su espalda cuando la empujaron al interior del vehículo y arrancaron a toda velocidad.

—¿Dónde estamos? —preguntó a uno de los hombres, rechoncho y un poco menos formal que los otros dos que la habían secuestrado.

—En una isla.

—Sí, ¿pero en qué isla? —insistió.

—Jameel —dijo el hombre, confirmando sus peores sospechas. Recostó la cabeza en el asiento y la miró de arriba abajo de una forma que desencadenó escalofríos por el cuerpo de Brianne.

El hombre sonrió. Daba la impresión de no haberse lavado los dientes en los últimos diez años, y había un leve aroma a licor en su aliento.

—Muy bonita —dijo. Brianne lo miró con furia.

—Si trabaja para Philippe Sabon, será mejor que recuerde que no es un buen enemigo.

Su comentario surtió efecto y el hombre se serenó enseguida.

El más alto de los otros dos, el que había apuntado a Pierce con la pistola, dijo algo brusco y áspero al hombre rechoncho, que murmuró algo en tono conciliador.

—No se preocupe —le dijo el hombre alto, con canas en las sienes—. Nadie va a hacerle daño.

Brianne sintió náuseas al pensar que pronto estaría en las garras de Sabon. Pierce estaba tan indefenso como ella, y la isla era una prisión de la que no podrían escapar. ¡Sabon la haría suya!

Cerró los ojos, reprimiendo el miedo al recordar lo que había oído sobre sus perversiones. ¿Cómo podría soportarlo? Aquel hombre, tocándola. Como Pierce había dicho en una ocasión, carecía de experiencia para fingir sofisticación. Las perversiones que Sabon le infligiría la destruirían como mujer.

Se preguntó si alguno de los hombres de Sabon reconocería a Pierce. Si lo hacían, no tendría ninguna posibilidad. O pedirían un rescate por él y lo matarían o lo matarían directamente. Casi sin duda, Sabon no se arriesgaría a que lo juzgaran por secuestro en los Estados Unidos. Tal vez Pierce no fuera ciudadano norteamericano, pero Brianne sí, y Sabon contaba con los amigos de Kurt en el senado para que salvaran sus campos de petróleo.

Aquello desencadenó otra idea desagradable. Cuando Sabon hubiera terminado con ella, no podría arriesgarse a soltarla. Ella también perecería.

Pero no podía morir de una manera tan sórdida, tenía que usar su cerebro. Debía hallar la manera de escapar, manteniéndose alerta y con los ojos abiertos ante la más mínima oportunidad.

No iba a dejar que Sabon ganara sin luchar. Tal vez muriera en el intento, pero la muerte era casi segura aunque obedeciera. Como había dicho su amado padre en una ocasión, era mejor desaparecer en una llama de gloria que en una insignificante bocanada de humo.

Pierce estaba pensando lo mismo, pero con más pesimismo. Allí, en la tierra natal de Sabon, no tenía oportunidades de escapar, y Brianne tampoco. No podía protegerla.

Pensó en sus insistentes súplicas y quiso darse un puntapié por no ceder a ellas. Sabon echaría a perder su sexualidad de una forma que ningún psicólogo podría reparar. La degradaría y la humillaría. Aquella deliciosa espontaneidad que desplegaba en la intimidad desaparecería para siempre. Pierce lloraría su pérdida y siempre se echaría la culpa.

Había hablado con Winthrop antes del vuelo de regreso y pronto aterrizaría en Freeport para reunirse con él. Se relajó un poco. Tate era el mejor jefe de seguridad que había tenido nunca, podía seguir la pista de una mariposa entre el cemento. Los encontraría. La cuestión era si lo haría a tiempo.

Las viejas limusinas aparcaron delante de una casa imponente que daba a un enorme brazo de mar... seguramente el Golfo Pérsico, si Brianne recordaba sus lecciones de geografía. Había mucha arena, y la vegetación era similar a la del Caribe, pero, desde luego, no estaban allí. Había un aire árabe en el entorno, y los criados vestidos de blanco que salieron al porche alargado de azulejos junto con guardias uniformados parecían árabes.

Los ataron a los dos y los empujaron al interior de la casa amplia y ventilada. Recorrieron un pasillo que daba a una pequeña habitación con una ventana alta demasiado pequeña para que ninguno de los dos escapara. Había un pequeño somier con un único colchón sucio sin sábanas, una silla de junco, una pequeña mesa, una lámpara, y baldosas desnudas sobre el suelo. También había un cuarto de baño, una habitación diminuta con un lavabo y un retrete. Sobre la porcelana resquebrajada del lavabo se veían los restos de una pastilla de jabón, y los grifos estaban roñosos y viejos.

–Se quedarán aquí –les dijo el hombre de corta estatura, metiéndose la pistola en la cintura de los pantalones.

–¿Podría al menos desatarnos? –preguntó Brianne

con voz cansina, elevando las manos–. ¿Y si necesitamos usar el aseo? No podré hacerlo con las manos atadas.

El guardia habló en árabe con el hombre alto con canas en las sienes y dio la impresión de que discutían. El hombre alto utilizó una palabra áspera y señaló la ventana alta con barrotes de hierro y la potente cerradura en la puerta, echa de madera de ébano. Parecía estar diciendo: «¿Cómo podrían huir?».

–Está bien –dijo el primer hombre. Soltó las manos de Brianne, pero dejó a Pierce atado. Los hombres salieron, cerraron la puerta y echaron la llave.

–Gracias a Dios que estamos solos... –dijo Brianne, y fue corriendo a desatar a Pierce. Los nudos eran fuertes e intrincados–. Bueno –bromeó cuando terminó la tarea–, Jack, viejo amigo, ¿qué vamos a hacer?

Pierce se desembarazó de la cuerda y se frotó las muñecas.

–Nos quedaremos donde estamos hasta que decidan qué hacer con nosotros –contestó.

Brianne se sentó sobre la cama con un profundo suspiro y contempló su ropa manchada e increíblemente arrugada.

Pierce llevaba pantalones y una camisa de sport con una chaqueta blanca. Aquel día no parecía un millonario. Iba vestido como su verdadero chófer, que nunca llevaba uniforme; no era de extrañar que no se hubiesen dado cuenta de quién era. Pero Sabon lo sabría. En cuanto viera a su antiguo enemigo, lo reconocería. Estaba furioso con Pierce igual que con Brianne por interferir en sus planes. Sin duda encontraría nuevas maneras de hacerles sufrir. No era un pensamiento agradable.

–Bueno, te he metido en otro lío –le dijo a Pierce con un rastro de su vieja vivacidad.

–Saldremos de esta –la tranquilizó con una débil sonrisa.

–¿Tú crees? –levantó la vista hacia la alta ventana–.

Si al menos tuviéramos una escalera y un martillo –dijo con un suspiro.

Pierce la estaba observando con ojos entornados y especulativos. Su rostro se endureció por momentos mientras pensaba en lo que le pasaría a Brianne en las manos de Sabon. Su primera experiencia de un hombre no debía ser temible o nauseabunda. Si Sabon la hacía suya quedaría marcada para siempre.

–Sigue soñando.

Brianne lo observó.

–Me estás mirando intensamente –murmuró Brianne, y sonrió–. Hay una cama, por si acaso no puedes reprimirte un minuto más –dijo, señalándola–. No me importaría. De hecho –añadió en tono persuasivo–, me estarías salvando de un destino peor que la muerte.

–Llamado Sabon –corroboró en tono solemne. Entornó los ojos con mirada ardiente–. No soporto la idea de que Sabon sea tu primer amante.

El corazón se le subió a la garganta y se quedó sin aliento.

–Yo tampoco. Así que, dado que todavía hay tiempo, ¿por qué no haces algo? Estamos casados, ¿sabes?

Pierce elevó las cejas y rio en voz baja.

–Debemos de estarlo, no has dejado de recordármelo desde la ceremonia –se levantó lentamente de la silla, mirando distraídamente de esquina a esquina. No había cámaras de vigilancia. Tampoco había esperado que las hubiera. La casa, aunque hermosa, era vieja y carecía de instalaciones modernas. Podía estar seguro de que no habría testigos.

Tomó la silla en la que había estado sentado y la apoyó bajo la manilla de la puerta de modo que nadie pudiera entrar sin hacer mucho ruido. Luego se volvió hacia Brianne. Su expresión era resignada, pero su mirada ardiente al contemplar los deleites que los esperaban.

–¿De verdad vamos a hacerlo? –preguntó Brianne, casi sin aliento, cuando se acercó a ella.

Pierce tomó sus brazos y la atrajo hacia él con una sonrisa suave de regocijo. Era incorregible.

–Pareces un poco nerviosa –murmuró mientras sus manos se deslizaban lentamente sobre sus senos tensos y su vientre hasta el cierre de sus pantalones.

–¿Quién, yo? Solo tiemblo de pura expectación –le rodeó el cuello con los brazos y se quedó sin aliento al ver su expresión–. Pierce, te he esperado tanto tiempo que va a ser... la gloria.

Pierce sentía lo mismo. Tenso de necesidad, miró la cama de soslayo y confió en que los sostuviera a los dos sin desplomarse. Luego contempló la mirada excitada de Brianne y, mientras la cremallera cedía, olvidó sus preocupaciones.

8

Brianne buscó sus labios, aferrándose a él con avidez mientras la besaba.

Pierce se separó un ápice, riendo.

–No tan deprisa, pequeña –murmuró mientras dejaba que sus pantalones cayeran al suelo–. No tenemos mucho tiempo, pero no tiene por qué ser tan rápido.

Brianne hundió las uñas en sus hombros.

–Solo quiero asegurarme de que no te vas –susurró.

–Imposible –murmuró junto a sus labios–. Brianne...

Brianne había creído que sería rápido, que no podría disfrutar.

Sentir sus grandes manos ligeramente callosas sobre su piel desnuda fue como un narcótico. Pierce la tocó con delicadeza, con ternura, mientras su boca exploraba sus labios con contactos rápidos y duros que eran increíblemente excitantes. Brianne no había imaginado que Pierce la abrumaría de forma tan inmediata, pero así era.

Soltó su blusa y apartó a un lado su sujetador de encaje; luego bajó la cabeza y deslizó los labios sobre un seno suave y pequeño, atrapando su pezón suavemente entre los dientes para saborear su firmeza. Brianne sintió cómo su cuerpo se inflamaba al instante mientras la lamía. Tembló cuando encontró su parte más íntima y deslizó los dedos alrededor de ella hasta que resultó insoportable. Brianne se elevó hacia él, gimiendo, porque necesitaba algo más que aquella sugerencia enloquecedora de placer.

Oyó su propia respiración entrecortada. Ni siquiera cuando le había hecho el amor en la isla había sido así. Utilizaba toda su habilidad para excitarla, y era vasta. En cuestión de segundos, estaba loca de deseo por él, tan encendida que se desembarazó de sus braguitas y de sus calzoncillos con manos temblorosas.

–Sí –jadeó en su boca–. Sí, por favor... por favor... por favor.

Brianne volvió a colocarle las manos sobre su piel desnuda y le susurró febrilmente lo que deseaba. Pierce la ayudó, sorprendido de su propio ardor a pesar de las circunstancias. Gimió y la colocó suavemente sobre la cama, tumbándose a su lado con ansia placentera mientras la novedad y la dulzura de su intimidad corría como fuego líquido por su cuerpo hambriento. Sujetó sus caderas con las suyas, su vientre desnudo con el suyo, y el vello grueso le hacía cosquillas mientras la colocaba en posición y lenta y delicadamente la penetraba por primera vez, con cuidado de no hacerle daño, porque estaba más potente que hacía mucho tiempo. Tembló incontroladamente por la oleada de pasión que desencadenaba aquel contacto.

Oyó cómo Brianne exclamaba al probar por primera vez la verdadera intimidad, y abrió los ojos para mirarla directamente mientras se movía ávidamente en su interior.

No podía parar, pero tenía que preguntárselo.

–El médico... ¿le pediste que te diera algo? –masculló.

–Sí, y me lo dio... –sollozó.

Su voz se quebró al sentir una oleada de placer ardiente antes de que pudiera añadir que se había olvidado de llevarse la píldora a los Estados Unidos. Sería peligroso, muy peligroso.

Saber que podía quedarse embarazada intensificó la intimidad. Se aferró a sus hombros con tanta fuerza que dejó diminutas marcas de sus uñas cortas en su piel, pero a Pierce no parecía importarle. Gimió con suavidad mientras se movía aún más dentro de ella.

La movió y devoró su boca mientras su cuerpo se imponía sobre el suyo, cada vez más dentro, sobrepasando los sueños que había tenido sobre él. Podía sentir su calor y su fuerza en su lugar más secreto. Podía sentir cómo palpitaba, lo mismo que su propio cuerpo palpitaba en torno a él, y el silencio ardiente solo fue interrumpido por sus jadeos urgentes y el leve sonido de sus cuerpos deslizándose uno sobre el otro mientras su ritmo se aceleraba y se volvía cada vez más urgente.

Fue como caer en la lava, pensó Brianne cuando la explosión de calor se desató en su entrepierna. Se puso rígida bajo el peso de su poderoso cuerpo y sollozó como una niña, con los dientes apretados y todo su cuerpo convulsionándose con una fiebre desconocida y temible. Los espasmos de placer fueron tan intensos que rivalizaron con el dolor, las contracciones parecían no acabar nunca y la transportaron, sorda y ciega como estaba a todo lo demás. Notó el cálido aliento de Pierce junto a su oído. Estaba susurrando algo que no oía bien, y su voz se quebró cuando él también se convulsionó y se entregó a la violencia del éxtasis que habían alcanzado.

Pierce se estremeció, todavía inmovilizándola sobre la cama. Tenía una delgada capa de sudor frío en el pecho y el abdomen, igual que ella. Se abrazaron con vacilación, inspirando de forma entrecortada.

Brianne todavía temblaba allí donde permanecían

unidos, un placer que persistía incluso después del cataclismo de la pasión, y se movió de forma experimental para volver a disfrutar de él.

Pierce inmovilizó sus caderas con una carcajada cansina.

–No, no hay tiempo –susurró, inclinándose hacia su boca. La besó lenta y suavemente mientras rompía la conexión íntima que los había unido.

Se puso la ropa antes de ayudar a Brianne a hacer lo mismo. Estaba tan débil que apenas podía sostenerse en pie, abrumada por su primera pasión. Pierce besó sus párpados con una ternura que no había sentido en años, sosteniendo su cabeza entre sus manos grandes y cálidas hasta que Brianne volvió a respirar con normalidad.

Pierce se inclinó y la besó, escrutando sus ojos con el recuerdo del placer. Brianne le devolvió el beso con ojos verdes nublados de amor y satisfacción. Luego Pierce le apartó sus cabellos húmedos e inspiró profundamente.

–Siento que tuviera que ser tan rápido –murmuró–. Algún día te compensaré.

Brianne frunció los labios y lo miró con descaro.

–Dime cuándo y dónde. ¿A que no te atreves?

Pierce se volvió, encogiéndose de hombros, pero el comentario le hizo sentirse culpable. Sus motivos habían sido de algún modo altruistas, pero la enormidad de lo que habían hecho lo abrumó por momentos.

–Puedes entrar al baño primero –le dijo en voz baja, abriéndole la puerta.

Brianne pasó a su lado, confusa, pero no respondió. Pierce cerró la puerta, caminó a paso lento hacia la puerta y separó la silla. Se sentó, con las piernas y los brazos cruzados, como si fuera la personificación de la indiferencia y el hastío. Por dentro, le reconcomía la experiencia que acababa de tener. Nunca había imaginado que Brianne y él harían el amor por primera vez con una pasión tan arrolladora. Habría preferido que fuese en otro lugar, por supuesto. En la casa de la playa, no, porque allí era donde él y Margo...

¡Margo! Apretó los dientes al pensar en ella. La había traicionado con Brianne. Había jurado que nunca tocaría a otra mujer mientras viviera y había mentido.

No. Solo lo había hecho para ahorrarle a Brianne el horror de Philippe Sabon como su primer amante. Sí, esa era la razón. No tenía nada que ver con el deseo o el amor... era un acto de caridad.

Rio en alto por sus razonamientos. ¡Un acto de caridad! Había sido la satisfacción más explosiva que había tenido en años, casi igual a la pasión que Margo y él habían compartido. En lo único que había podido pensar era en la suavidad del cuerpo de Brianne bajo el suyo, la tímida provocación de sus labios, el deleite jadeante de su éxtasis en unas circunstancias tan terribles. Había sido su primera vez y había logrado la satisfacción con él. Por un lado se sentía orgulloso y, por otro, avergonzado. Estaban casados, por supuesto, y un hombre podía permitirse hacerle el amor a su esposa. Pero era una farsa, llevada a cabo únicamente para proteger a Brianne de Sabon.

Aun así, lo que sentía con ella era algo más que mero deseo. Frunció el ceño al recordar el placer que había experimentado. A lo largo de los años, antes de su matrimonio, había habido mujeres. Algunas hermosas, otras muy expertas. Había disfrutado de aquellos encuentros, pero ninguno de ellos podía compararse a aquellos minutos ardientes en los brazos de Brianne. Lo asombraba haber reaccionado de esa manera. Claro que podría haber sido su inocencia. Había algo deliciosamente primitivo en el hecho de iniciarla a la pasión; además, sin miedo o dolor por parte de Brianne. Le había dado tanto placer como había recibido.

Sus pensamientos se interrumpieron cuando la vio salir del baño con la cara lavada y el pelo sin cepillar pero recogido en una trenza a su espalda. Brianne apenas podía mirarlo a los ojos, y su timidez despertaba su instinto protector.

–¿Qué crees que harán con nosotros? –le preguntó, sentándose sobre el somier con las manos entrelazadas sobre los muslos.

–Buena pregunta –contestó Pierce.

–No creo que nos suelten –añadió.

–Sinceramente, yo tampoco –corroboró, optando por la sinceridad.

Brianne lo miró fugazmente a los ojos antes de bajar la vista a sus piernas.

–Bueno, me alegro de haberte conocido.

–Yo también me alegro de haberla conocido, señorita Martin –repuso con suavidad.

Brianne inspiró profundamente y miró hacia la puerta cerrada con llave.

–Supongo que no tendrás un ariete en el bolsillo.

–Si tuvieras una horquilla, podrías probar a abrir la cerradura.

Brianne sonrió.

–Lo cierto es que tengo una.

Se la quitó y se la entregó justo cuando el pomo de la puerta se movía y una llave giraba en la cerradura. La puerta se abrió y entraron dos hombres. Uno los apuntó con una pequeña pistola automática mientras el otro le quitó bruscamente las horquillas a Brianne del pelo y de la mano.

–Huidas, no –dijo el hombre de menor estatura en inglés denso–. *Monsieur* Sabon llega esta noche –sonrió a Brianne–. Tú, regalo para él.

El otro hombre frunció el ceño y dijo algo. Miró a Pierce y otra vez a su camarada.

El hombre de menor estatura pareció repentinamente preocupado. Los dos intercambiaron algunas palabras en árabe. Brianne no entendía una palabra, pero Pierce era capaz de comprender unas cuantas frases. Los hombres estaban preocupados porque a Sabon no le gustaría que un hombre compartiera habitación con su prometida, ni siquiera un criado.

El hombre más alto se acercó y asió a Pierce del brazo.

—Tú vienes con nosotros —dijo.

Brianne abrió la boca para protestar, pero una mirada intensa de Pierce la acalló al instante.

—¿Qué van a hacer con el guardaespaldas del señor Hutton? —preguntó altivamente.

—Lo meteremos en una habitación a él solo —dijo el hombre de menor estatura—. Para evitar tentaciones.

—¡Menuda tentación! —bufó Brianne—. No tonteo con los criados.

Los hombres lo sacaron de la habitación apuntándolo con una pistola y Brianne se quedó sola.

Ya había oscurecido cuando los dos hombres regresaron con pan y queso y una copa de vino tinto. El hombre alto de más edad sostenía el arma de una forma vagamente amenazadora mientras el otro colocaba la bandeja en la pequeña mesa. Brianne contempló la copa con enojo.

—No bebo vino tinto —dijo con aspereza—. ¿No podéis darme agua?

El hombre de menor estatura se sintió hostigado.

—El vino es bueno para los nervios.

—No estoy nerviosa —dijo Brianne, lanzándole una mirada furibunda.

Los dos hombres intercambiaron miradas de humor. El más joven tomó el vino y se fue, volviendo al poco tiempo con un vaso alto lleno de agua. Lo dejó sobre la mesa con un floreo.

—Yo soy Brianne —dijo—. ¿Quién eres tú?

El hombre de corta estatura pareció sorprendido.

—Rashid —contestó.

—¿Y tú? —preguntó al hombre alto.

—Mufti —murmuró, y pareció avergonzado.

—¿Hace mucho tiempo que trabajáis para Philippe Sabon?

—No mucho —le informó Rashid—. Ha donado muchas cosas a nuestro poblado... dinero para comprar medicinas y comida para los pobres.

Brianne se sorprendió, pero se le ocurrió pensar que hasta los hombres malignos tenían un brillo de bondad en alguna parte.

—Su madre era árabe, ¿verdad? —preguntó, recordando los rumores sobre él.

Rashid asintió.

—Toda su familia.

—Pero tiene un nombre francés.

Rashid miró al hombre alto, Mufti, e hizo una mueca.

—Hay cosas de las que no debemos hablar. Basta decir que *monsieur* Sabon solo trabaja en interés de su pueblo. Es un hombre valiente y bueno.

—Es un secuestrador —repuso Brianne con firmeza.

Rashid se encogió de hombros.

—Las cosas no son lo que parecen, *mademoiselle*. Vivimos en un mundo triste. Las circunstancias, las desgracias, las necesidades obligan a las personas a hacer muchas cosas indecentes. Lamento su captura, señorita Martin, pero ha sido una necesidad —se alejó hacia la puerta y vaciló—. *Monsieur* Sabon no le hará daño —añadió sorprendentemente—. No la hemos traído aquí por ningún propósito inmoral.

Asintieron educadamente y se fueron, cerrando la puerta con llave al salir. ¿Y bien? ¿Qué habían querido decir? Brianne permaneció pensativa tiempo después de que se hiciera de noche.

Oyó voces fuera de la puerta. Una le resultaba familiar y contuvo el aliento cuando la reconoció. ¡Sabon!

Se levantó del colchón y fue a sentarse en la silla con

la espalda rígida. Todavía estaba allí cuando la puerta se abrió y Philippe Sabon entró en el cuarto. Dio una orden tajante a sus dos hombres y cerró la puerta.

Brianne contempló su rostro delgado marcado con la cicatriz y sus ojos negros entornados con auténtico pavor. Sabon agitó una mano con impaciencia.

–No, no –dijo enseguida–, no he venido a eso. Era conveniente hacer pensar a todo el mundo que tenía un apetito depravado contigo, así nadie se extrañaría demasiado cuando desaparecieras. Todos darían por hecho que te había raptado por... motivos infames.

–¿Pe... perdón? –tartamudeó Brianne.

Sabon se sentó sobre el colchón y cruzó sus piernas largas y elegantes mientras encendía uno de los pequeños cigarros turcos que tanto le gustaban.

–No soy tan monstruo que me guste violar a jóvenes inocentes –le dijo con voz serena–. Aunque te encuentro atractiva, y si tú quisieras y yo todavía estuviera entero, tal vez me sintiera tentado.

Los ojos de Brianne hicieron la pregunta que sus labios no podían pronunciar. Sabon rio fríamente.

–No tienes ni idea, ¿verdad? –se inclinó hacia delante–. Dado que no saldrás de esta isla en un futuro previsible, puedo contestar la pregunta que temes hacerme. Pisé una mina en Palestina durante un viaje de negocios, uno de los horribles restos de muchos conflictos de esta gran región. Las heridas fueron tan terribles que dejé de ser hombre –añadió con aspereza–. De ahí la ficción de que tengo apetitos perversos –hizo un gesto de mal gusto–. Era preferible a los rumores que habría atraído si se hubiera sabido la verdad.

–Lo siento –dijo Brianne, y lo sentía, a pesar del alivio abrumador de no ser víctima de su seducción–. Debe de haber sido... horrible para ti.

–Horrible –saboreó la palabra mientras miraba fijamente el extremo de su cigarro encendido–. Sí, fue horrible –levantó la vista a su rostro y se quedó mirándola unos momentos, como si quisiera hallar un rastro de sarcasmo o regocijo. Pero su semblante apacible y bondadoso no lo reflejaba. Hizo una mueca–. Una mujer como tú consigue que un hombre se avergüence de sus instintos más básicos. Si te hubiera conocido antes, tal vez habría sido una persona muy distinta. Ahora mismo, el bienestar de mi gente es lo único que sustituye los placeres que pueden faltarme en la vida.

–¿Qué vas a hacer con el guardaespaldas del señor Hutton y conmigo?

Sabon se encogió de hombros.

–Tomaré la decisión más tarde. Hutton vendrá a buscarte, y eso podría causarme ciertos problemas. Verás, tu padrastro y yo habíamos tramado la manera de conseguir que tu gobierno, siempre tan protector, enviara tropas para proteger nuestros campos petrolíferos cuando los perforemos.

–¿Kurt?

Sabon asintió. Se puso en pie y dio vueltas por la estancia, haciendo una mueca de disgusto por el entorno.

–Esto es incómodo lo sé, pero todo se planeó muy deprisa. Intentaré mejorar tu alojamiento en lo posible –le dio la espalda–. Kurt ha enviado a una banda de mercenarios para que finjan que nos atacan antes de que nuestro país vecino lo haga de verdad. Echaremos la culpa del ataque a nuestros enemigos y pediremos la intervención norteamericana para que los disuadan antes de que comprendan de verdad lo débiles que somos ahora mismo como nación y nos invadan.

Brianne se puso en pie.

–¡No debes hacer eso! –dijo con ansiedad–. ¡Podrías desencadenar una guerra mundial!

Sabon se encogió de hombros y dio una calada a su cigarro.

–Será mejor que dejar que nuestros campos petrolíferos sean capturados por nuestros enemigos antes de que podamos explotarlos y beneficiar a nuestro pueblo. Créeme, no ha sido fácil persuadir al jeque de que el petróleo de nuestro país debe ser extraído para evitar el colapso de nuestra economía. Él cree que no está bien depender de Occidente, aunque sea por el desarrollo de nuestra riqueza potencial. Me ha costado mucho convencerle de que merece la pena que los países industriales se interesen en nuestra producción con tal de beneficiar a nuestro pueblo.

–¿Beneficiar a tu pueblo...?

Sabon la miró con enojo.

–Tienes una imagen interesante de mí. Soy un monstruo, ¿verdad? Un hombre perverso y vicioso que solo disfruta arrebatando la inocencia a las mujeres y haciéndose cada vez más rico –Brianne hizo un gesto de impotencia con las manos–. El pueblo de mi madre, el lugar donde nací, es un yermo de pobreza, malnutrición, enfermedades e ignorancia. A nuestro alrededor, los países productores de petróleo cuentan su riqueza mientras nosotros llamamos a su puerta y nos rechazan criados más ricos que nosotros.

Brianne se quedó muda por unos segundos.

–Pero hay ayudas extranjeras...

Sabon sonrió cansinamente.

–Qué ingenua eres –dijo–. Qué ingenua y confiada. Vives en el Occidente decadente. Tienes comida y bebida en abundancia, ropas que ponerte, coches y aviones que te llevan de un sitio a otro. No te imaginas cómo vive el resto del mundo –dio una calada a su cigarro–. Tal vez un mes en mi país te abra los ojos. Al contrario que las ciudades metropolitanas de nuestros vecinos, aquí en Qawi uno puede vivir en una chabola sin agua corriente, sacar agua de un pozo, matar y despellejar a pequeños animales para cocinarlos sobre un fuego al aire libre, hilar lana para hacerse la ropa y ver cómo sus bebés se mueren de hambre o de disentería y fiebre por falta de medicinas. Aquí no hay europeos ni ciudades modernas –hizo una pausa al ver su mirada de consternación–. Pareces perpleja.

–Suena tan primitivo.

–Es primitivo –dijo con aspereza–. Primitivo e irremediable e inútil. Sin dinero no hay esperanzas de educar a mi pueblo, y sin educación, solo habrá una pobreza irremediable.

Brianne no sabía qué decir.

Atónita por lo que le estaba contando y por la imagen desvirtuada que tenía de él y de su mundo, era incapaz de replicar.

–Y ahora nos enfrentamos al problema de qué hacer contigo mientras Kurt negocia por mí en Norteamérica –continuó.

Brianne miró a su alrededor con preocupación.

–¿Vas a retenerme aquí? ¿Pero por qué, si no me quieres por motivos, bueno, perversos?

–Te traje para cerciorarme de que obtendría la colaboración de Kurt con la invención de que quería casarme contigo y unir nuestras familias –dijo con sinceridad–. Estaba realmente ansioso por acceder a mi plan, llevado por su codicia insaciable. Pero tengo entendido que su esposa intentó convencerlo para que se retirara del trato. La disuadió de una forma que no despierta ningún respeto en mí. No tolero a los hombres que pegan a sus mujeres, sean cuáles sean los motivos –levantó una mano–. Me aseguré de que apenas resultara herida.

Brianne estaba preocupada por su madre, así que se sintió aliviada al saber que se encontraba bien. Al menos, de momento.

Volvió a dirigir los pensamientos al presente.

–Quieres decir que estoy aquí para que Kurt no intente volverse contra ti.

–Exactamente –respondió, y sonrió fríamente–. Claro que piensa que tengo... otros planes para ti, y era conveniente hacérselo creer así –sus ojos brillaron fugazmente con humor–. Creo que tu madre lo amenazó con abandonarlo si te hacía daño. Sorprendente, ¿no crees?, tanta preocupación en una mujer tan mercenaria.

Brianne se quedó sin aliento.

—¿Cómo sabes tanto sobre mi madre?

—Tengo espías por todas partes —estudió sus rasgos suaves con verdadero pesar—. No eres una belleza convencional, pero tienes una compasión tan poco frecuente como valiosa. Te miro y lloro por la pérdida del hombre que fui una vez. Te habría amado profundamente.

Brianne contuvo el aliento al oír aquellas palabras tan inesperadas y sinceras. Sabon parecía tan vulnerable, tan atormentado, que le dolía el corazón por él.

Sabon vio ese sentimiento reflejado en su rostro oval e hizo una mueca.

—Niña, me hace daño verte —dijo con voz ronca, y se volvió—. Nunca quise involucrarte en este asunto de ninguna forma. El secuestro era lo último que tenía en mente, pero ha sido tanto por tu bien como por el mío por lo que te he traído aquí. Kurt es impredecible, y su mal genio, incontrolable. No habría consentido que te hiciera daño por nada del mundo —añadió con voz ronca, mirándola.

Inesperadamente conmovida por su actitud, Brianne se levantó de la silla y se acercó a él. No se parecía en nada al monstruo que había conjurado en su mente, ni al hombre que el mundo veía y odiaba. Con vacilación, le tocó el brazo, sin miedo. Sentía lástima por él.

Sabon bajó la vista a la mano suave sobre el tejido caro de su manga con perplejidad. Sus ojos negros, tan diferentes de los de Pierce, tan exóticos, se posaron en los suyos.

Sabon fue a tocarla en un momento suspendido en el tiempo, vacilando como un joven solo por primera vez con una mujer. Sus manos delgadas tocaron suavemente sus antebrazos.

—¿Me... permites? —preguntó, atrayéndola lentamente hacia él.

Brianne dejó que Sabon la rodeara con sus brazos y la estrechara. Fue la experiencia más increíble de su vida, allí en la habitación donde era una prisionera, abrazada y dejándose abrazar por Philippe. Eso fue todo lo que hizo. No buscó la intimidad ni la violencia. Tocó su pelo como si le fascinara, y pudo oír cómo suspiraba ásperamente junto a su oído. Por un instante, sintió su mejilla en lo alto de la cabeza y oyó un suave gemido. Brianne noto cómo un escalofrío lo recorría de pies a cabeza. Lo llamaban monstruo, criminal, bestia... pero temblaba en sus brazos.

–¿No pueden hacer nada por ti? –preguntó Brianne en voz baja. Sabon tragó saliva.

–Nada –la voz de Sabon se quebró. Tomó su rostro entre sus manos y después de un minuto, lo elevó para mirarla. Tenía los ojos inundados de lágrimas, pero no se sentía avergonzado de su reacción mientras la observaba en doloroso silencio. Apretó los dientes al ver su sueño tan cerca que podía inspirarlo y tan lejos como una estrella lejana.

Brianne se llevó los dedos a su mejilla y la tocó ligeramente.

–Lo siento –dijo.

Sabon no pestañeó.

–Lo único que me quedan son los recuerdos y los sueños –acertó a sonreír–. Ahora también tendré tu mirada –se apartó y se llevó las palmas de sus manos a los labios–. Gracias –dijo con voz ronca, y las dejó caer enseguida.

Se alejó a la puerta y permaneció allí de pie durante un minuto, recobrando su autocontrol.

–Nunca sufrirás ningún daño, ni de mí ni de ninguno de los míos –le dijo, volviéndose para mirarla–. Te doy mi palabra. Y si alguna vez necesitas ayuda, por la razón que sea, no tienes más que pedírmela.

Brianne se quedó mirándolo con leve asombro.

–¿Por qué?

Movió uno de sus hombros de forma casi imperceptible.

–Tal vez porque tienes el corazón más frágil que he conocido, un corazón que puede sentir lástima por un monstruo como yo.

–No eres ningún monstruo –dijo Brianne.

Sus ojos se endurecieron.

–Sí que lo soy –contestó–. No me había dado cuenta hasta hoy.

Brianne inspiró profundamente.

–¿Y qué será de Jack, Philippe?

–¿Quién es Jack?

–El guardaespaldas del señor Hutton –dijo, rezando con todas sus fuerzas para que no averiguara quién era–. Vino conmigo y se lo llevaron a otro lugar.

–Así que Hutton te asignó un guardaespaldas –reflexionó–. Debe de pensar que soy una gran amenaza para tu virtud.

–Cierto –corroboró enseguida.

Su risa estaba vacía de todo humor.

–Hubo un tiempo –dijo con suavidad–, en que esa amenaza podría haber sido muy real. Tal vez hayas tenido suerte de que fuera a Palestina ese día.

Mientras Brianne estaba pensando en una réplica, Sabon miró la hora en su reloj.

–Tengo asuntos que atender. Tendrás todo lo que necesites –prometió mientras se volvía hacia la puerta. Se paró y volvió a mirarla una vez más–. Lamento tu confinamiento, pero hay demasiadas cosas en juego para correr el riesgo de soltarte.

Llamó a la puerta. La abrieron y salió al encuentro de sus dos hombres.

Brianne se mordió el labio inferior mientras maldecía en silencio por su incapacidad de disuadirlo de su maníaco plan. A él le parecía muy lógico empezar una guerra para salvar a su país de la conquista, ¡pero esperaba que fueran los Estados Unidos los que lucharan por él!

Tenía que detenerlo. Tenía que ir a Washington, frustrar los planes de Kurt, contarle a alguien lo que Sabon estaba tramando.

Pero primero tenía que escapar, ella y Pierce. ¿Cómo? Y a pesar de su cortesía hacia ella, ¿qué haría Sabon cuando descubriera que tenía a Pierce en su poder? Seguramente aprovecharía la circunstancia en su beneficio, aunque solo fuera pidiendo un rescate por él. Allí, en un país pobre, un occidental rico corría el más grave peligro.

Dio vueltas por la habitación, sopesando distintos planes. No podía escalar la pared ni romper los barrotes de hierro. La única opción que quedaba era la puerta, y había dos hombres custodiándola. ¿Podría jugar con sus emociones, debilitarlos y luego vencerlos? Por supuesto, pensó, regocijándose de su valor. Podría debilitarlos con la lástima y luego tumbarlos, dos hombres fuertes con pistolas automáticas. A pesar de su preocupación por ella, seguramente no dudarían en disparar si ponía en peligro los planes de su jefe.

Volvió a sentarse, perpleja por la extraña conducta de Sabon. Recordó sentir miedo y repulsión por el hombre que había creído conocer. En aquellos momentos, la compasión que sentía hacia él apartaba a un lado aquellos recuerdos. Mientras viviera, recordaría las lágrimas en los ojos de aquel hombre mientras se dejaba abrazar por él.

Rio suavemente para sí. Empezaba a tener el síndrome de Estocolmo, la tendencia a identificarse con su secuestrador. Pierce se burlaría de ella.

Pierce. Se preguntó qué le estarían haciendo. Se sonrojó al recordar cómo habían hecho el amor. ¿No se sentiría fatal cuando supiera que Sabon no constituía una amenaza real y que Brianne no estaba tomando la píldora? Tal vez la hubiese dejado embarazada. Eso pondría en peligro sus planes, porque había dicho que quería estar solo y que no quería tener una relación permanente con ella. Las cosas se estaban complicando y no sabía cómo iba a resolverlas.

En aquellos momentos, solo podía pensar en escapar. Más tarde, cuando estuviera otra vez a salvo en casa, podría preocuparse por lo que en aquellos momentos no tenía tiempo para considerar.

9

Tate Winthrop acababa de colgar el teléfono después de hablar con uno de los hombres de su red personal de «observadores interesados» de la situación mundial. Sus labios gruesos y cincelados se fruncieron en una expresión pensativa mientras contemplaba por la ventana de su lujoso apartamento de Washington el horizonte de rascacielos de la ciudad. Brillaba como diamantes y zafiros y rubíes. Era hermoso, pensó, pero muy distinto de los colores naturales de un ocaso en Dakota del Sur, cerca de la reserva siux de Pine Ridge donde se había criado.

Observó la fotografía enmarcada de una joven rubia de ojos oscuros colocada sobre su escritorio. Ocultaba la foto de Cecily siempre que ella iba a cenar a su casa, lo que sucedía en raras ocasiones, cuando el museo podía prescindir de ella. No podía revelarle cuán profundos eran sus sentimientos hacia ella. Ejercía de antropóloga forense y a menudo trabajaba con el FBI para examinar restos de esqueletos. Era una profesión horrible para una joven sensible, pero su sueño había sido escapar de las garras de su padrastro y estudiar una carrera. Tate lo había hecho posible. Cecily no sabía cuánto le debía, y él quería mantenerlo así. Se sentía responsable por ella, pero nunca permitiría ni la más mínima intimidad entre ellos.

Él era siux y ella, blanca. No quería mezclas de sangres ni hijos de dos razas separadas que crecerían sin auténtica identidad. De lo contrario, habría cedido fácilmente a lo que sentía por ella, pensó mientras estudiaba los rasgos delicados de su rostro. Cecily Peterson no era hermosa. Era bonita y esbelta, y tenía valor y espíritu y una inteligencia penetrante. Y, últimamente, pensar en ella le hacía más daño que nunca.

La llamada de Pierce Hutton había sido oportuna. Podría alejarse de Cecily y ganar tiempo para reconstruir sus defensas contra ella. De vez en cuando, debía hacerlo. En ocasiones, era pura agonía no abrazarla y poner fin a aquella tortura. Un hombre de menos escrúpulos y voluntad lo habría hecho hacía años.

Extendió sus dedos largos y morenos sobre la mesa y sopesó cómo proceder. Pierce había querido que llevara dos hombres y se reuniera con él en Freeport. Un contacto en Freeport le había comunicado que el avión de Pierce había aterrizado pero que Pierce no se había presentado en el hotel donde estaba registrado con un nombre falso, y tampoco lo había hecho la joven con la que viajaba.

Eso significaba que lo habían secuestrado, y Tate tenía una buena idea de quién había sido el responsable. Philippe Sabon y Kurt Brauer estaban tramando algo y Pierce se estaba interponiendo en su camino.

Se puso en pie, alto, delgado y poderoso a la luz que entraba por la ventana, y estiró su metro ochenta de estatura para desentumecer los músculos de su espalda. Deslizó la mano por su trenza gruesa y larga. Era una estupidez no cortarse el pelo viviendo en un mundo de blancos, pero todavía albergaba ciertas supersticiones y creencias que habían sido transmitidas en su familia a lo largo de generaciones. Creía en los talismanes, y su pelo largo era una medicina poderosa. La única vez que se lo había cortado, le habían disparado en el pecho y casi había muerto durante una misión para una agencia secreta del gobierno en el extranjero. Desde entonces, solo se lo recortaba de vez en cuando.

Fue al armario y sacó un maletín con varios artículos que iba a necesitar, luego llamó por teléfono a dos de sus mejores hombres y les dijo dónde quería reunirse con ellos. Su corazón se aceleró al pensar en lo que se avecinaba. Pequeñas subidas de adrenalina lo mantenían vivo durante la monotonía de su trabajo de seguridad. Aquello podría ser peligroso, pero también divertido.

Pierce Hutton, encerrado en una habitación mucho más pequeña que la de Brianne, trató sin éxito de forzar la cerradura con un clip que había encontrado en el cajón de una mesa. Había roña dentro de la vieja cerradura y no cedía. Dejó caer el clip torcido al suelo con una maldición ahogada y empujó la puerta con el hombro. No cedió. Debía de estar reforzada con acero, porque el brazo le dolía. Levantó la vista y lo único que vio fue otra de aquellas ventanas con barrotes que parecían estar por todas partes en aquella fortaleza.

Se preguntó cómo estaría Brianne y qué le estarían haciendo. Nunca en la vida se había sentido tan enfadado o indefenso. No podía soportar la idea de que le hicieran daño, pero no había manera de impedirlo. Sus ojos llamearon al recordar los rumores que había oído sobre Sabon. Si le hacía daño a Brianne, pagaría por ello. Pierce lo perseguiría aunque tardara el resto de su vida en atraparlo.

Oyó ruido fuera de la puerta y luego un murmullo de voces. Se acercó y pegó el oído a la superficie gruesa y pesada.

Reconoció la voz, aunque la había oído pocas veces. ¡Era Sabon!

–No puedo arriesgarme a dejarlos marchar, todavía no –le estaba diciendo a alguien.

–No querrá matar a la niña –exclamó un hombre en inglés.

–Cielos, no –fue la respuesta áspera–. No pretendo matar a nadie. Pero no podemos arriesgarnos a liberarlos antes de lograr nuestro objetivo. Los norteamericanos deben acudir en nuestra ayuda. No los alentaría averiguar que hemos raptado a una de sus ciudadanas, sea cual sea la razón. ¿No has sabido nada de Hutton?

–Nada, al parecer todavía sigue en los Estados Unidos.

–Entonces esperemos que siga allí hasta que Kurt haya cerrado nuestro trato con Washington. Maldita sea la prensa norteamericana, aparecerá en las noticias y Hutton lo averiguará. Pero tal vez sea demasiado tarde para que haga nada. Vamos, veamos si los amigos armados de Kurt ya han llegado.

Pierce frunció el ceño y reflexionó sobre lo que acababa de oír. Sabon no parecía un hombre obsesionado con una joven. Había detectado unos indicios alarmantes de agresión en aquel rápido diálogo, y si Kurt estaba en los Estados Unidos, ¿por qué estaba allí Sabon? ¿Qué tramaban?

Pierce maldijo en silencio por su impotencia. Estaban urdiendo algo importante y no podía hacer nada para evitarlo. Lo único que esperaba era que Winthrop notara su ausencia y fuera a buscarlo a tiempo. Sentía lástima por aquellos pobres hombres cuando su jefe de seguridad apareciera. Winthrop no sería amable con ellos.

En las horas siguientes, Brianne sintió mucho movimiento fuera de su puerta. No volvió a ver a sus secuestradores, pero oyó toda clase de ruidos: pasos, sonidos mecánicos, como armas al quitarles el seguro, voces altas. Durante unos minutos el pasillo se llenó de hombres que luego se alejaron desfilando. En el exterior oyó ruidos de aviones. No, no eran aviones, sino helicópteros.

Recordó la intención de Philippe Sabon de hacer intervenir a los Estados Unidos y se estremeció. Realmente pensaba atacar a su propio pueblo y echar la culpa a un país vecino. ¿Lo sabía Kurt? ¿Era parte del plan? ¿Y qué pasaba con la madre de Brianne y el pequeño Nicholas, dónde encajaban en aquella locura? Kurt no podía estar tan desesperado que quisiera ayudar a Sabon a iniciar una guerra.

Se levantó de la cama y caminó hasta la silla para sentarse. Aparte de la guerra, su propia situación y la de Pierce eran su máxima preocupación. Confiaba en que no hubieran descubierto su identidad.

Se preguntó si estaría pensando en ella después de su tórrido encuentro. Todavía no se atrevía a contarle la verdad sobre Sabon, porque si la adivinaba, se pondría furioso por haber ido tan lejos en su intento por protegerla. Peor aún, si averiguaba que llevaba dos días sin tomar la píldora, se pondría lívido. La amenaza del embarazo era muy real, porque estaba a la mitad de sus periodos, los días más propensos para la concepción. Se permitió soñar con un niño con el pelo negro y ondulado y los ojos negros de Pierce, pero era un sueño triste, porque Pierce los detestaría a los dos. Todavía seguía enamorado de su difunta esposa.

Hizo una mueca al recordar un detalle de su intimidad en el que no había querido pensar. Justo cuando Pierce empezaba a relajarse después del esfuerzo y el deleite de la satisfacción, había susurrado un nombre, pero no había sido el de Brianne. Oyó las palabras resonando una y otra vez en su mente: «Margo, amor mío».

Cerró los ojos, tratando de bloquear el recuerdo de toda la pasión que había creído compartir con él. Solo había sido una sustituta para su hermoso fantasma, y no lo había sabido hasta que todo había terminado y ella había estado a punto de susurrar lo mucho que lo amaba. Se alegraba de no haberlo hecho, solo habría empeorado las cosas. Pierce no le correspondía.

Oyó un ruido en la ventana, un ruido que se repitió. En la habitación hacía un calor horrible y el sol se filtraba por la ventana, dibujando las sombras de los barrotes en el suelo de baldosas. No había cristal. De repente, un pequeño proyectil entró volando entre dos barrotes y aterrizó a sus pies. Se inclinó para recoger la piedra envuelta en papel y abrió lo que parecía un trozo de un sobre.

Distráelos, estaba escrito en letras mayúsculas en inglés.

Arrugó el papel en la mano y se puso en pie, frunciendo los labios mientras reflexionaba en el significado de la nota. Sus ojos empezaron a centellear. Vaya, vaya, de modo que el rescate era inminente y hacía falta su colaboración.

Inspiró profundamente, se revolvió el pelo y se apretó un poco la garganta para que su rostro se pusiera colorado y diera la impresión de no poder respirar.

—¡Ah...! —gritó con voz ronca—. No... no puedo... respirar... ¡Mi corazón!

Se llevó las manos al pecho y cayó al suelo, como si acabara de sufrir un infarto. A su edad era del todo inusual, pero el guardia había recibido instrucciones específicas de *monsieur* Sabon de mantenerla a salvo. Así que cuando la oyó, fue corriendo a su habitación con la llave en la mano.

Estuvo a punto de lograrlo. Una sombra salió de la pared y le rodeó el cuello con un brazo de acero. El guardia se desmoronó al instante y un golpe fuerte lo ayudó a quedarse allí.

Sacaron las llaves. Una mano hizo una seña a otras dos figuras en sombras vestidas de negro, incluidas las máscaras y las botas de combate, y se alejaron por el pasillo con las pistolas en la mano, comprobando todas las puertas.

Brianne estaba de pie cuando la puerta se abrió. Lo único que vio fueron dos ojos negros en un rostro enmascarado pero más delgado que el de Pierce.

–¿Es usted la caballería? –preguntó con esperanza.

–Sí, pero no la de Custer –contestó con una sonrisa de satisfacción por su pequeña broma que dejó ver sus dientes blancos y perfectos–. La señorita Martin, supongo.

–La señora Hutton, en realidad, pero estoy segura de que Pierce sabrá solucionarlo. ¿Sabe dónde está? ¿Se encuentra bien? –preguntó.

Atónito por la noticia del matrimonio de su jefe pero sin reflejarlo, Tate Winthrop la asió del brazo de modo impersonal y la sacó por la puerta.

–Vamos a averiguarlo. Manténgase detrás de mí, por favor –le dijo, y con la pistola automática en la mano se volvió para avanzar por el amplio pasillo.

Un suave trino se oyó a la vuelta de la esquina y Tate se paró para escuchar. Respondió imitando el sonido y siguió andando. Justo cuando doblaron la esquina, dos hombres aparecieron corriendo hacia ellos, hombres camuflados que abrieron fuego sobre ellos.

Brianne se quedó sin aliento. No había imaginado aquella clase de peligro, pero al parecer, el hombre que estaba delante de ella, sí. Lanzó dos disparos con el arma que tenía en la mano.

–No los mires –dijo en voz baja y suave mientras la guiaba por el pasillo.

Brianne trató de no mirar los cuerpos que había en el suelo, pero no pudo evitarlo.

Una ojeada bastó para que sintiera náuseas en el estómago. Tragó saliva, una, dos veces, cediendo a lágrimas calladas. Aquellos hombres no eran árabes, sino blancos. Algunos de los invasores de Sabon, sin duda, y lo bastante sedientos de sangre como para matar a todo lo que se movía. Su opinión sobre su anfitrión cambió enseguida. La invasión no era solo un simulacro, sino una matanza de verdad.

Tate notó cómo el brazo de Brianne se ponía tenso, pero no podía pararse para tranquilizarla. Siguió caminando, mirando en todas direcciones. Había sido una locura entrar en el edificio con solo dos hombres. Aun así, tenían más posibilidades que un grupo armado numeroso de traspasar la seguridad. Esperaba poder liberar a Pierce y salir de allí sin más tiroteos. Atraía una atención no deseada.

–Ojalá pudiera decirle dónde han llevado a Pierce, pero no lo sé –dijo Brianne, conmocionada pero moviéndose a su lado.

–Mis hombres lo han encontrado –la tranquilizó–. La puerta les está dando problemas porque el cerrojo está roñoso.

–¿No pueden hacerla saltar con disparos?

La miró, enseñándole fugazmente sus dientes blancos.

–¿Una puerta de acero? Y de fabricación alemana, como los refugios antiaéreos del viejo Sadam. Ingeniería de primera, salvo por la roña de la cerradura.

–Cielos.

–Uno de mis hombres cumplió condena hace años por atraco a un banco –murmuró–. No hay cerradura, roñosa o no, que no pueda forzar con un poco de tiempo –miró a su alrededor con agudo escrutinio–. Hemos tenido suerte de que esos tiros no atrajeran a otros. Están demasiado ocupados en tierra firme para molestarse con nosotros ahora mismo, pero no por mucho tiempo. Sabon volverá en cualquier momento, en cuanto se haya asegurado de que el plan se desarrolla como había convenido.

–Dijo que solo quería proteger los campos petrolíferos de su país de la invasión de su vecino, que su pueblo se muere de hambre y quiere mejorar su forma de vida.

—Y lo creíste —suspiró—. Sería una utopía que todo el mundo dijera la verdad —dio la vuelta a otra esquina, se puso tenso, luego se relajó. Dos hombres corrían hacia él con Pierce a su lado.

Brianne empezó a caminar hacia él, pero su rescatador la retuvo.

—Corred —les dijo a los otros—. Tenemos dos minutos para salir del edificio antes de que vuele el centro de comunicaciones.

—¿Qué? —exclamó Brianne.

—He minado el equipo de comunicaciones.

—Tenemos que volver a los Estados Unidos lo antes posible —dijo Pierce, corriendo a su lado—. Brauer ya está allí.

—Sí —jadeó Brianne mientras corría—, y el ataque es obra de los mercenarios de Kurt, no del país vecino. Luego le echarán la culpa para que Kurt tenga una excusa para atraer a las tropas norteamericanas.

—¡Santo Dios! —explotó Pierce.

—Bueno, tal vez tengamos tiempo para impedir que Kurt persuada a su amigo el senador —añadió Brianne casi sin aliento—. Tendrá que reunirse el comité y el congreso antes de que se les ocurra pensar en enviar tropas...

—¿De qué planeta has dicho que viene? —le preguntó Tate a Pierce.

—¿Qué quiere decir? —exclamó Brianne mientras hacía esfuerzos por respirar al ritmo al que corrían hacia la entrada principal.

—¿No sabes que las operaciones secretas en varios departamentos del gobierno tienen efecto inmediatamente en caso de agresión contra los intereses norteamericanos? —insistió—. En otras palabras, puede haber tropas terrestres combatiendo aquí mañana por la mañana, sin el conocimiento ni la aprobación del congreso.

Brianne sintió cómo el corazón le daba un vuelco, y no por la velocidad de sus piernas.

—¡Bromeas!

—No —salió por la puerta justo detrás de ella. Había un enorme helicóptero esperándolos, de aspecto militar y armado hasta los dientes. Parecía tener cabida para una docena de personas—. ¡Dentro! —gritó Tate.

Pierce asió a Brianne de los brazos para ayudarla a subir al helicóptero. Los otros hombres entraron a continuación. Tate le dio un golpecito al piloto en el casco y despegaron. Segundos después, estaban siendo sometidos a una auténtica granizada de balas.

—Creo que los hombres de Sabon acaban de descubrir que habéis desaparecido —dijo Tate mirando su reloj—. Seis, cinco, cuatro...

—¿Por qué está contando? —le preguntó Brianne a Pierce. La respuesta fue una explosión de proporciones increíbles.

—Tardará en pedir refuerzos —murmuró Tate con una sonrisa.

—¿Dónde has dejado el avión? —preguntó Pierce.

—En el aeropuerto, no —fue la respuesta irónica—. Sabía que sería uno de los objetivos del ataque. Lo dejé... —se interrumpió, y su buen humor se desvaneció cuando miró por encima del hombro del piloto y oyó un repentino exabrupto en árabe que ni siquiera Pierce pudo captar.

El piloto murmuró algo en tono lúgubre.

—Me temo que tendremos que aterrizar en el puerto más cercano y esperar un milagro —les dijo Tate en tono sombrío—. Las guerrillas pagadas por Sabon han volado el aeropuerto pero no se han quedado ahí. También descubrieron el tramo de terreno donde dejé el avión y lo volaron.

—Qué listos —murmuró Pierce.

—Deberían serlo, formé al menos a dos de ellos —dijo Tate con expresión lúgubre—. Todos empezamos sirviendo juntos al gobierno –bajó la vista a la tierra que había debajo–. A veces lamento haberlo dejado. Como ahora –dio unos golpes al casco del piloto y le dio una orden tajante en árabe antes de volverse a sus acompañantes–. Tenemos que salir de este helicóptero antes de que Hamid corra peligro. Podrá cruzar la frontera y ponerse a salvo, pero nosotros no –añadió con una sonrisa de pesar–. En su país no les gustan los extranjeros.

Brianne no podía culparlos. Había aprendido muchas cosas sobre aquella parte del mundo en muy poco tiempo.

–¿Cómo vamos a volver a casa? –preguntó Pierce.

–Embarcaremos en un carguero –contestó Tate–. La mayoría de ellos aceptan pasajeros si se les paga bien.

–Escondí mi cartera en el avión que nos trajo hasta aquí, así que no averiguarán tan fácilmente quién soy, pero tampoco podré pagar nada –dijo Pierce.

–No importa –repuso Tate–. He traído suficiente dinero en metálico –se inclinó a un lado de su asiento y metió un fajo de billetes en el traje de vuelo del piloto. Hizo lo mismo con los dos hombres uniformados que había a su lado. Ninguno de los tres se había quitado la máscara–. Como van enmascarados y no han hablado, no los reconoceréis –dijo Tate, explicando el porqué de las máscaras.

–¿Los conoceríamos si les viéramos la cara? –quiso saber Brianne.

–Eso depende de cuánta atención prestes a los carteles que cuelgan en las comisarías –replicó Tate con ironía.

Brianne miró a los hombres con renovado interés y los ojos muy abiertos.

–¿En serio? –preguntó.

–Vamos, no hagas eso –murmuró Pierce con desagrado–. Se supone que deben darte miedo.

–¿Ah, sí? –Brianne se recostó en su asiento e hizo

una mueca de horror–. ¿Así está mejor? –preguntó con educación.

Los dos se echaron a reír.

Tate comprobó su pistola y sacó otra de su chaqueta. Se aseguró de que estuviera echado el seguro antes de entregársela a Pierce.

–¿Te acuerdas de cómo usarla?

Pierce asintió y se metió el arma en el bolsillo.

Brianne empezaba a sentirse intranquila. Recordó a los dos hombres a los que su compañero había disparado y su aspecto sobre el suelo de baldosas, tan vulnerables e indefensos. Paseó la mirada por el interior del helicóptero y vio lo que no había percibido al principio. Aquellos hombres eran asesinos. Sabían cómo usar sus pistolas y no dudarían en hacerlo si se veían amenazados. Incluso Pierce tenía un conocimiento de armas que sin duda se debía a haberlas usado en el pasado.

Brianne se sentía joven y torpe. Se abrazó para consolarse y desvió la mirada al piloto. El helicóptero estaba descendiendo cerca de lo que parecía un puerto marítimo, pero a bastante distancia. Había mucha arena y muchas personas en tierra, y todas ellas parecían árabes. No pasarían inadvertidos, ni ella ni Pierce ni quienquiera que fuese su rescatador.

Cuando el helicóptero tocó tierra, su rescatador sacó una enorme bolsa de tela de debajo de uno de los asientos y saltó junto a Pierce y a Brianne y a los demás. Deseó buena suerte a los dos hombres que lo habían acompañado, y éstos se alejaron. El piloto despegó precipitadamente.

–Y ahora, ¿qué hacemos? –preguntó Brianne con preocupación.

–Pasar desapercibidos –dijo su rescatador, y se quitó la máscara que ocultaba toda su cabeza.

Brianne vio enseguida que podría haber pasado desapercibido mejor que Pierce y ella. Era muy moreno y de facciones duras más que agradables. Tenía unos ojos negros hundidos de forma almendrada, cejas espesas, nariz ancha y recta y unos labios gruesos y cincelados. Los pómulos eran altos y su mentón cuadrado. Llevaba el pelo negro en una trenza a la espalda que le llegaba por debajo de los hombros. No hacía falta pensar mucho para adivinar su identidad.

–El señor Winthrop, supongo –murmuró Brianne con una sonrisa irónica. El hombre alto arqueó una ceja.

–Ya veo que mi reputación me precede.

–Pierce solo me dijo que comías escorpiones –señaló.

–Serpientes también, pero solo cuando intentan morderle –repuso Pierce con una sonrisa, y le tendió la mano–. Gracias por rescatarnos. No creo que Sabon quisiera soltarnos durante bastante tiempo.

Tate le estrechó la mano con firmeza.

–Para eso me pagas –le recordó.

–¿Cómo nos has encontrado?

Tate le sonrió.

–Podría decírtelo...

–Pero tendría que matarte –concluyó Brianne en su lugar.

–Ya lo creo que tendría que matarte –confirmó Tate–. Hice un juramento.

–Hizo varios –murmuró Pierce–, pero solo los usa cuando le conviene.

Tate se inclinó para hurgar en su bolso de tela y sacó dos túnicas amplias de color negro para Pierce y Brianne.

–No he tenido tiempo para preocuparme mucho por la talla, pero son voluminosas. Deberían valer. Y enrollaros esto alrededor de la cabeza, sobre todo tú –le dijo a Brianne, mirando con enojo el pelo rubio que tanto le recordaba al de Cecily.

Los tres se pusieron las túnicas y los turbantes. De aquella guisa, Brianne parecía un chico. Su tez era muy blanca, pero los árabes tenían tonos de piel distintos. No llamaría demasiado la atención, sobre todo en compañía de Pierce y Tate, que eran más morenos.

Avanzaron lentamente por el puerto de la pequeña capital de Qawi tratando de fundirse con el gentío. Brianne se dio cuenta de la gran pobreza reinante. Philippe había estado en lo cierto al reconocer que su país carecía del aspecto moderno de otros países de Oriente Medio.

Vagaron junto a una hilera de cargueros de dudosa reputación hasta que Tate vio uno que reconoció.

—Conozco esa carraca, y a su capitán —dijo en voz baja—. Quedaos aquí, subiré a bordo y averiguaré si está dispuesto a darnos unos camarotes.

—¿Puedes fiarte de él? —preguntó Pierce.

Tate se encogió de hombros.

—Aquí nadie es de fiar, pero si le pagamos bien, será lo bastante honrado. No tardaré.

Subió al barco, agarrándose a las cuerdas de la plancha y pasando al lado de miembros de la tripulación que bajaban al muelle.

—De modo que ese es el huidizo Tate Winthrop —dijo Brianne. Era la primera oportunidad que Pierce y ella tenían de hablar desde su confinamiento y se sentía incómoda.

—Sí. Todo un personaje, ¿verdad?

Brianne asintió. No podía mirarlo a los ojos. Se sentía confusa y avergonzada, incluso un poco tímida.

Pierce se colocó frente a ella y le levantó la barbilla. La expresión que vio en sus ojos verdes le hizo sentirse culpable. Recordaba haberla llamado con el nombre de su difunta esposa y vio la leve acusación que ensombrecía su mirada.

—Lo siento —dijo en voz baja—. Quería que Sabon no te dejara marcada, pero ya te había dicho que era demasiado pronto para mí.

—Dos años —replicó Brianne—. Tiempo suficiente para empezar a recuperarse.

–Ella era mi vida –masculló, bajando la mano.

–Lo sé. Y sigue siéndolo –se apartó de él–. No me has dicho nada que no supiera, solo que ahora ya no soy carne cruda para un sacrificio virginal –añadió fríamente.

Pierce detestaba saberlo. Había hecho lo debido, protegerla de Sabon, pero Brianne se comportaba como si la hubiese herido deliberadamente.

–¿La idea no era despojarte del atractivo que tenías para Sabon? –le preguntó.

–Sí, y lo conseguiste –corroboró, negándose a contarle la verdad. Se mantuvo de espaldas a él, con los brazos cruzados en actitud defensiva–. No hay nada de qué lamentarse.

Eso era lo que Brianne pensaba. Cada vez que la miraba, Pierce se sentía devorado por el ansia. Aunque fugaz, la intimidad que habían compartido había sido devastadora. No había pensado en otra cosa desde que los habían separado.

La deseaba.

La idea lo conmocionó. Sí, la deseaba. ¿Pero cómo era posible cuando su corazón todavía pertenecía a Margo?

Brianne no lo estaba mirando. Había fijado la vista en el carguero, un casco viejo y roñoso con varios hombres de aspecto extranjero a bordo. Estaban arriesgándose mucho al confiar su seguridad al capitán de aquel barco. Pero si no subían al carguero, los descubrirían tarde o temprano y volverían a caer en las garras de Sabon. Brianne no temía mucho por su seguridad porque sabía demasiadas cosas sobre él, pero tenía miedo por Pierce y por su amigo. No los trataría de forma agradable, sobre todo después de que Winthrop disparara a algunos de los mercenarios de Sabon. Sus amigos querrían vengarse.

Decidió no ceder al miedo, solo el valor los sacaría de aquel grave aprieto. Tenía que ser fuerte por el bien de todos, y eso incluía no discutir con Pierce sobre algo que no podía evitar. Había sido galante haciendo algo contra su voluntad para salvarla. Sabía que para él habría sido algo parecido al adulterio. ¿Cómo podía culparlo por no amarla? Todavía seguía enamorado de Margo y se consideraba vinculado a ella por unos lazos invisibles. No podía evitarlo.

Se volvió a él con una mirada amplia y triste y de disculpa.

–Lo siento –dijo antes de perder el valor–. Has hecho lo posible por protegerme y te estoy agradecida.

Pierce se sorprendió de su cambio brusco de actitud. La estudió con mirada penetrante.

Brianne forzó una sonrisa.

–Ya no hay nada de qué preocuparse –lo tranquilizó–. Estoy tomando la píldora, y gracias a ti, Philippe Sabon no volverá a ser una amenaza para mí. Ya no nos debemos nada. Estamos en paz.

Aquello era solo una media verdad, ¿pero por qué molestarlo con algo que quizá no ocurriera nunca? Y si ocurría... Bueno, podría perderse en algún rincón del mundo y Pierce nunca tendría por qué saberlo.

–¿En paz? –preguntó Pierce con aspereza.

–Saldremos de esta –dijo Brianne con convicción–. Luego yo iré a la universidad y podremos divorciarnos sin mucho alboroto. Nadie tiene por qué saber que hemos estado casados.

Aquello estaba yendo demasiado deprisa. Pierce quería frenar, mirar atrás, meditar en el embrollo en el que estaban metidos.

Frunció el ceño y buscó las palabras adecuadas para expresar lo que sentía.

Pero antes de que pudiera hablar, captó un movimiento en la cubierta del barco y Tate Winthrop bajó la plancha sonriendo de oreja a oreja.

–Camaradas –dijo a sus acompañantes–. Al parecer tenemos amigos en los lugares más inverosímiles.

Hizo un gesto hacia el hombre que bajaba en aquellos momentos por la plancha.

Era alto y extrañamente familiar. Cuando se acercó, Brianne lo reconoció. Se trataba de Mufti, uno de sus secuestradores.

10

Mufti sonrió a Brianne.

–Estás sorprendida, ¿sí?

–Estoy sorprendida, sí –lo imitó–. ¿Qué haces aquí?

–Espiar para el gobierno de Salid –le dijo, enseñándole fugazmente sus dientes amarillos.

–Es el país vecino al que van a culpar del ataque –le informó Tate–. Tenemos que sacar a Mufti porque se ha convertido en nuestro testigo estrella –no le contó el resto de la historia, que Mufti había sido capturado y casi asesinado por uno de los hombres de Tate antes de suplicar merced y contarle quién era y por qué estaba allí. Las autoridades de Salid habían verificado la historia por onda corta, y Mufti se había convertido en un aliado inesperado. Tate le había encargado que encontrara al capitán de aquel barco y lo dispusiera todo para su viaje.

Tate divisó al capitán bajando a paso rápido del barco. Se excusó y fue a reunirse con él. Intercambiaron algunas palabras y luego el capitán volvió a subir a bordo dando órdenes y gesticulando.

–Acaba de recibir un mensaje por onda corta. Los mercenarios de Sabon vienen para acá –dijo Tate enseguida–, pero de todas formas, el capitán dice que no puede navegar hoy. Esperará hasta mañana por nosotros, pero tendremos que buscar un lugar en el que pasar la noche sin llamar la atención.

–¿Dónde? –preguntó Pierce, contemplando el bullicioso puerto–. Ni siquiera con estas ropas pasaremos por nativos. No podemos reservar habitaciones en un hotel sin llamar la atención.

–Eso no era lo que tenía pensado –le dijo Tate, e hizo un gesto hacia sus acompañantes–. Mufti tiene parientes aquí cerca, en un pequeño pueblo alejado del camino. Tengo una idea.

Dos horas después, Brianne estaba sudando e ideando calificativos atroces para Tate mientras se afanaba por ordeñar una vaca en un establo enclenque de adobe y paja en un pueblo que no había cambiado un ápice desde el siglo I.

Los hombres trabajaban echando heno y limpiando los establos. Mufti, con su pelo entrecano cubierto con el mismo turbante que sus acompañantes, acarreaba sacos de grano desde un camión desvencijado hasta la cuadra. No iban a recibir dinero por aquel trabajo, pero tendrían un lugar donde dormir... sobre el heno limpio en el pajar.

A Brianne todavía le dolía el trasero del viaje en camello hasta aquel pueblo retirado al que Mufti los había guiado. Era el último lugar en el que Sabon y sus hombres pensarían en buscarlos. Lo único que tenían que hacer era permanecer escondidos durante la noche y subir a hurtadillas al barco por la mañana.

Suponiendo que no los descubrieran antes.

–Estás muy pensativa –dijo Pierce, parándose a su lado con un saco de grano sobre el hombro.

—Estaba considerando la posibilidad de que Philippe Sabon nos capture.

—¿Y por qué no pareces asustada? —le preguntó Pierce, mirándola con intensidad.

Brianne tiró de una fibra suelta en la cesta que sostenía.

—Sabon no es lo que parece —dijo finalmente—. Y apostaría una fortuna a que buena parte de lo que está pasando aquí es obra de Kurt.

—¿Tu padrastro? —Pierce dio un paso hacia ella—. ¿Qué te hace pensar eso?

Brianne escrutó sus ojos negros.

—Sabon podría habernos hecho cualquier cosa, pero dio órdenes de que no nos hicieran daño. Me dijo que el ataque a su gente era fingido, pero lo que se oía eran bombas y balas de verdad, ¿no?

—Sí —respondió Pierce fríamente—. El primo de Mufti dijo que el número de víctimas ha sido terrible.

—¡Dios mío!

Pierce seguía perplejo.

—¿Quieres decir que Sabon no sabía que iba a ser de verdad?

—Exactamente. Al menos, eso es lo que ha dicho, y creo que era sincero. Su abuela nació en este país y ha vivido aquí toda la vida. Su familia también está aquí. Mufti puede contarte todo lo que ha hecho por su pueblo que el resto del mundo desconoce. ¿Te parece lógico que mate a tantos paisanos suyos aunque sea para recibir protección de otro país para sus pozos de petróleo?

Aquella era una pregunta a la que Pierce no quería enfrentarse. Su imagen del monstruo de Sabon estaba cambiando ante sus ojos.

—No —dijo finalmente.

—¿Y si Kurt contrató a los mercenarios y los envió hasta aquí obedeciendo las instrucciones de Philippe pero con distintas órdenes que las que Philippe quería darles?

Pierce frunció el ceño.

—Si eso es cierto, Kurt tendrá suerte si vive para contarlo.

—Exacto —asintió Brianne—. Pero Kurt está en Washington. Tiene a Philippe en jaque. Puede contarle a su amigo el senador lo que quiera, que Philippe no podrá defenderse. Supón que Kurt dice en Washington que Philippe es un maníaco que quiere iniciar una guerra con sus vecinos. Supón que les dice que está tramando un golpe de estado para derrocar al gobierno y erigirse como dictador.

Pierce abrió los ojos con sorpresa.

—Cielo santo, Kurt no está tan loco.

—Se arriesga a perder todo lo que tiene —replicó Brianne—. Philippe ya ha hecho algunas amenazas veladas de echarse atrás en el negocio. Tal vez Kurt quiera hallar la manera de desembarazarse de Philippe y adueñarse por completo de los pozos. Si puede provocar la intervención acusando a Philippe de dirigir un golpe militar, con él desacreditado, podría alegar que posee todos los derechos sobre el petróleo. El gobierno estaría demasiado revuelto para impedírselo. Kurt podría intervenir, ocupar su lugar en el consorcio de petróleo y amasar una fortuna. Philippe estaría muerto o en la cárcel, y Kurt sería rico.

Pierce se pasó la mano por su pelo negro ondulado.

—Brianne, son demasiadas suposiciones.

—Lo sé, pero tienen sentido, ¿no?

—Maldita sea, ya lo creo que lo tienen —susurró entre dientes—. Menudo embrollo.

—Para todos, si no volvemos a tiempo. Mufti sabe más que nadie sobre lo ocurrido. Podría meter a Kurt en la cárcel, si podemos llevarlo a Washington vivo.

—Lo haremos —le dijo Pierce—. No sé cómo, pero lo haremos.

Brianne bajó la vista a su amplio pecho y deseó poder acurrucarse en aquellos brazos fuertes mientras dormía. Se sentía somnolienta y agotada después de los percances de aquellos dos últimos días.

—¿Cansada? —le preguntó Pierce.

—Sí, pero resistiré —se mordió el labio inferior—. Pierce, supongo que no podríamos decírselo a Philippe.

—¿Cómo íbamos a llegar a él? —preguntó en tono razonable, irritado por su actitud protectora hacia su apresor—. Además, fue él quien nos secuestró.

—Supongo que sí. Pero lo hizo con intención de salvar a su pueblo.

—Eso no lo convierte en inocente.

Brianne fijó la mirada en la cesta.

—Podría habernos matado, pero no lo hizo.

Pierce se acercó. Su mano grande y delgada le elevó la barbilla y la miró directamente a los ojos.

—Dime qué es lo que te ha hecho cambiar de opinión sobre él.

Brianne suspiró.

—No puedo. Pero ha sufrido mucho y no es lo que parece. Si lo supieras, tú también sentirías lástima por Philippe.

A Pierce no le gustaba que tuviera secretos con él, sobre todo secretos relacionados con otro hombre. Estaba celoso.

Nunca se habría creído capaz de sentir celos, pero allí estaban.

Paseó la mirada por su cuerpo joven y flexible. Recordó qué dulce había sido mirarla y tocarla en Nassau, junto a la piscina. Recordó los sonidos secretos de su voz en éxtasis mientras se movía sensualmente sobre ella en la habitación donde los habían tenido cautivos. La deseaba otra vez, y la deseaba con todas las células de su cuerpo.

Brianne estaba sintiendo algo parecido. Su aroma era familiar y excitante. Olvidó sus resentimientos, su tristeza por ser la sustituta de Margo. Se olvidó de todo menos del placer que Pierce podía darle. Lo deseaba. Se acercó a él hasta casi rozarle para poder sentir el calor de su cuerpo.

–Estas gentes son musulmanas –susurró Pierce con voz ronca, poniéndose rígido por aquella proximidad que le nublaba los sentidos–. No permiten un comportamiento sugestivo en público.

Brianne fijó la vista en sus labios. Estaba respirando de forma entrecortada.

–Lo sé.

–Entonces, ¿por qué me miras los labios?

–Porque quiero besarte –dijo en tono suave y trémulo.

Pierce no le contestó. Estaba enardecido y ni siquiera la había tocado. Cerró los puños.

–No podemos.

–Estamos casados –dijo con aflicción.

–Lo sé, pero no estamos solos, ni siquiera esta noche –masculló–. No hay ni la más mínima posibilidad de que pueda tenerte aquí.

Brianne notó el calor latiendo en su bajo vientre como algo vivo. Se estremeció con el recuerdo del placer que habían compartido y lo deseó hasta sentirse casi enferma.

–Maldita sea –susurró de forma entrecortada.

–Mil veces –corroboró Pierce con fervor, y sus ojos entornados relampaguearon–. Yo también te deseo. Me muero por tenerte.

Era la primera vez que lo había reconocido con tanta franqueza. A Brianne ni siquiera le importaban sus motivos, bastaba con que compartiera el ansia que la estaba consumiendo.

Pierce exhaló el aire con aspereza y desvió la mirada al horizonte.

–Eres muy joven, Brianne –dijo pasado un minuto–. A pesar de las circunstancias, nuestra primera vez juntos ha sido memorable, es natural que quieras explorar la novedad.

Brianne cerró los ojos e inspiró su aroma, la leve colonia que todavía impregnaba su piel, el olor a camello y a cuero fruto de su paseo por el desierto.

—¿Me estás escuchando? —le preguntó al ver que no lo miraba.

Brianne abrió los ojos, verdes como brotes primaverales, llenos de ternura.

—Ojalá estuviéramos otra vez en París —dijo con aire ausente. Pierce no pudo contener una débil carcajada.

—Estaba demasiado borracho para lo que querías —le recordó.

—Estabas vulnerable —replicó Brianne—. Me necesitabas. No has vuelto a estar así. Soy, o una responsabilidad o una carga, y tal vez en una ocasión, una conveniencia. Pero no dejas que me acerque a ti.

Pierce contrajo la mandíbula.

—Ya hemos tenido esta conversación.

—Lo sé, no quieres mantener una relación conmigo —escrutó sus ojos negros en silencio—. Pero antes de que me eches de tu lado, quiero pasar toda una noche contigo.

Su cuerpo se puso rígido, como si lo hubieran almidonado.

Pensó en la idea de tener a Brianne en una cama grande y blanda, con todas las luces encendidas.

—Eso solo empeoraría las cosas —dijo en tono cortante.

—No podrían ser peores, Pierce —replicó. Pero pensó en el pobre Philippe, que no podía tener sexo con una mujer, y se puso triste. Incluso sus encuentros precipitados con Pierce eran más de lo que él podría llegar nunca a disfrutar.

—Será mejor que termines tus tareas —le dijo Pierce—. Nosotros vamos a levantar un nuevo muro de ladrillos de adobe.

—Eso es lo tuyo —repuso Brianne con una sonrisa forzada—. La construcción.

—Sí, pero yo no he elegido el lugar —murmuró mientras se alejaba.

Brianne le observó alejarse con el corazón en la mirada. Iba a tener que acostumbrarse a verlo marchar. Muy pronto, lo haría por última vez.

Cuando por fin terminaron las tareas, disfrutaron de una magra comida de pan y queso de cabra que estaba sorprendentemente buena. Luego se sentaron alrededor del fuego y hablaron de los trabajos realizados. El idioma de los nativos era melodioso y reconfortante a oídos de Brianne, aunque no podía entender una palabra. Estaba somnolienta y con los nervios destrozados. Dormitó un poco.

—Está cansada —dijo Tate, sonriendo ante la imagen que ofrecía acurrucada junto a Pierce—. Y tú también pareces exhausto. ¿Por qué no la llevas a la cama y la instalas en el pajar? Quiero hacer algunas preguntas a nuestros anfitriones sobre ese supuesto golpe. No estoy muy ducho en este dialecto árabe, así que necesitaré a Mufti para que me traduzca. Nos retiraremos más tarde.

—Ándate con ojo —le pidió Pierce—. Confío en Mufti, pero tal vez tengamos enemigos que todavía desconocemos.

Tate sonrió.

—Si los tuviéramos, los descubriría.

—No lo dudo.

Pierce se inclinó y levantó a Brianne en brazos, respondiendo a las bromas bienintencionadas que acompañaron aquel gesto. Sonrió y se despidió del grupo mientras salvaba la corta distancia hasta la cuadra llena de heno y el último de los establos, en el que además había dos grandes mantas que servirían de jergones.

La dejó sobre una de ellas, notando que sus brazos no cedían al soltarla. Notó una débil presión de sus dedos en la nuca, oyó que su respiración se agitaba y sintió su ansia como si fuera tangible. Su rostro se contrajo. Elevó el brazo hacia la lámpara y, mirándola, la apagó de un soplo.

Brianne oyó el ruido de la paja mientras Pierce dejaba la lámpara en una balda cercana y el crujido de la ropa cuando se tumbó a su lado.

Sus manos grandes y delgadas levantaron la túnica que llevaba hasta sus caderas e hicieron una pausa en el borde de sus braguitas mientras buscaba lentamente sus labios y los cubría con los suyos.

Se colocó sobre ella. Brianne podía sentir su deseo y abrió las piernas para aceptar su peso cálido. Arqueó la espalda cuando apartó a un lado la parte superior de su túnica con la cara y acarició su suave seno. Lo lamió, disfrutando de sus gemidos roncos en la oscuridad del establo.

No disponían de mucho tiempo. Pierce no se atrevía a amarla de forma pausada, pese a lo mucho que lo deseaba. La excitó rápidamente, destinando cada caricia a avivar su pasión. Su cuerpo se arqueó contra él a medida que incrementaba la succión de su boca y sus manos ascendían por sus muslos y buscaban sus lugares más secretos.

Brianne gimió. Levantó la cabeza y se movió para buscar sus labios y silenciarlos. Mientras la besaba con intensidad lenta y fiera, apartó a un lado su propia vestidura y puso en contacto sus caderas con las suyas.

Mientras Brianne contenía el aliento, cambió de posición y empezó a penetrarla con exquisito cuidado. Era nueva en aquel arte, y a pesar de su anterior intimidad, tenía que parar y excitarla con cuidado antes de que pudiera aceptarlo por entero sin incomodidad.

Los leves sonidos que hacían mientras se movían resonaban en aquel silencio. Brianne se aferró a él, estremeciéndose un poco con cada movimiento que los unía cada vez más. Pierce volvió a cambiar de posición y Brianne lanzó una exclamación por el placer ardiente que la penetraba.

—¿Ahí? —preguntó en voz baja.

—S... sí.

Pierce notó sus uñas en los hombros mientras se hundía en ella, más profundamente en aquella ocasión, intensificando y prolongando el contacto. Con su boca acarició los labios entreabiertos de Brianne, incrementando el ritmo lento y poderoso de su cuerpo.

Brianne estaba jadeando junto a su oído. Podía sentir a Pierce en cada célula de su piel. Era hermoso, como dos piezas de puzle que encajaran de forma tierna y fluida. Ni siquiera era sexo. Compartir aquella intimidad con él resultaba exquisito. Brianne arqueó la espalda y detestó la oscuridad que los ocultaba el uno del otro. Quería mirarlo.

Sus movimientos sensuales lo deleitaban. Brianne deslizó los brazos alrededor de él y se movió sola, intensificando las penetraciones sedosas con su propio movimiento sinuoso.

Pierce rio en lo más profundo de su garganta por las sensaciones que Brianne le provocaba. Se quedó inmóvil por un instante y contuvo el aliento mientras ella lo torturaba.

Brianne notó la tensión y vaciló.

—No, no pares —susurró con voz ronca—. Me estremezco de arriba abajo cuando haces eso. Hazlo otra vez.

Brianne obedeció y siguió moviéndose, como seda cálida allí donde lo rozaba. Deslizó las manos por debajo de la túnica de Pierce hasta que encontró el vello grueso de su pecho y empezó a acariciarlo con avidez.

Pierce hizo una pausa para levantarle la túnica por debajo de los brazos y tener acceso a sus senos suaves y desnudos. Hizo un festín de ellos mientras su cuerpo la acariciaba en el silencio enardecido del establo.

A Brianne le encantaba la sensualidad de sentir su piel sobre la suya, el vello áspero de su pecho rozándole de forma exquisita las puntas mismas de sus senos. Se elevó para prolongar el contacto, consciente del calor que se intensificaba, la erección palpitante que amenazaba con explotar en su interior. Se aferró a sus hombros mientras las lentas penetraciones empezaban a generar una tensión dulce y terrible en sus miembros. Jadeó cuando el placer se convirtió en un calor palpitante y luego en una orgía sedosa de sensaciones que se hizo cada vez más dulce y deliciosamente provocativa.

El ritmo se hizo urgente muy deprisa. De una lenta sensualidad a la pasión fiera, los movimientos se hicieron desesperados en cuestión de segundos. Pierce tomó su cabeza entre sus manos y bajó su boca a la suya de forma ardiente mientras su ritmo se volvía frenético.

Brianne le rodeó las caderas con sus piernas sedosas y siguió sus rápidos movimientos, ayudándolo, exigiéndole, suplicando un final a aquel dolor exquisito de placer insoportable.

Brianne gimió con voz ronca bajo sus labios cuando sintió que caía por un precipicio oscuro y dulce. Sollozó, arqueándose, estremeciéndose cuando la tensión estalló y se convulsionó de arriba abajo.

Pierce sintió cómo Brianne se entregaba por completo con una sensación de asombro y maravilla. Solo entonces permitió que su propio cuerpo obtuviera la satisfacción dentro del suyo. Pierce se hundió en su carne sedosa con un gemido áspero y se deleitó con los espasmos angustiados que lo sacudieron. Pareció que no acababa nunca. Sollozó a medida que el placer crecía y se realimentaba y lo recorría como fuego rojo, como seda roja, como ondas rojas de calor palpitante.

–Pierce –susurró ella a su oído al sentirlo en el más íntimo de los contactos, y enterró el rostro en su garganta mientras saboreaba los movimientos incontrolables de su cuerpo musculoso.

Pierce no podía recobrar el aliento, no podía hablar, ni pensar. Cayó sobre ella y jadeó, intentando llenar sus pulmones con el aire suficiente para respirar. No recordaba ninguna ocasión en la que hubiese disfrutado del cuerpo de una mujer de una forma tan intensa, tan completa, con una posesión tan increíble. Estaba saciado hasta la raíz de sus cabellos. Brianne estaba bajo su cuerpo, cálida y tierna. Rodó hasta ponerse de espaldas y la atrajo hacia él, todavía unidos íntimamente, asiéndola de las caderas y hundiéndose aún más en ella.

Brianne jadeó y le clavó las uñas en los músculos fuertes de sus antebrazos.

Pierce se arqueó sinuosamente y se estremeció de placer.

–Me encanta sentirte –dijo con voz ronca–. Eres como un guante cálido de seda, y cuando me muevo, te siento toda a mi alrededor. Señor, Brianne, estoy completamente saciado y todavía te deseo.

–¿Puedes hacerlo otra vez? –susurró.

–No creo –se arqueó y esperó, pero su cuerpo estaba demasiado cansado para cooperar. Rio con suavidad–. Pero ojalá pudiera. Ha sido estupendo, ¿verdad?

–Sí.

Pierce deslizó los dedos por su espalda, acariciándola lenta y suavemente.

–Te contraes dentro, a mi alrededor, cuando alcanzas el clímax, ¿lo sabías? Eso hace que sienta mucho más placer.

Brianne se estremeció ante aquella descripción tan franca. La intimidad todavía era nueva para ella, y un poco vergonzosa. Además, también se sentía un poco culpable, porque hacía días que no había tomado la píldora y Pierce no sabía que podía estar ya embarazada.

Pierce abrió sus largas piernas y las deslizó sobre las suyas. En la posición íntima que compartían, el contacto se hizo repentinamente más profundo que antes y Brianne lanzó una exclamación al sentir la presión intensificada de su miembro.

Pierce la asió de las caderas y empezó a mover su cuerpo contra el suyo con una ternura lenta que tuvo consecuencias explosivas.

Brianne sintió cómo su cuerpo se tensaba, temblaba y se movía irremediablemente con él.

–Pequeña –susurró con urgencia a su oído, jadeando–, ¿lo sientes?

Brianne gimió con suavidad porque algo estaba pasando, algo que no había pasado antes. Se agarró a sus brazos, notando cómo sus piernas se contraían alrededor de las suyas.

–No –sollozó, jadeando. El placer la aterraba.

Debió de decirlo en voz alta, porque Pierce empezó a susurrar palabras tiernas y a reconfortarla, acariciándole la frente con los labios.

–No tengas miedo, pequeña –susurró–. Deja que pase, entrégate. Siente cómo te domina. Ríndete.

Brianne se moría por llegar. Todos los músculos de su cuerpo estaban rígidos. Se sentía demasiado débil, incapaz de llegar a aquella cima demasiado elevada de placer. Era tan agreste, que consumía toda su fuerza y su aliento. Gimió lastimosamente y se estremeció.

–No te imaginas cómo va a ser –susurró Pierce con voz grave, jadeando mientras se movía por debajo–. No te lo imaginas.

La tomó por sorpresa, una oleada ardiente de placer que tuvo el impacto de un choque. Gritó sin poder evitarlo mientras los espasmos la convulsionaban en sus brazos.

Notó como Pierce se movía, se volvía, se levantaba. Después, era ella la que estaba sobre la manta y él encima, con las manos en sus muslos y hundiéndose en su cuerpo en la oscuridad. Podía oír su respiración entrecortada y sentir las contracciones de sus propios músculos cuando le clavó los dedos de forma dolorosa en las caderas y cayó sobre ellas. Oyó sus gemidos roncos, notó cómo palpitaba y palpitaba y se estremecía mientras el placer lo abrumaba.

Brianne le susurró con picardía algo inesperado y franco. Sintió cómo Pierce se convulsionaba otra vez cuando las palabras elevaron su placer casi hasta el olvido.

Dejó caer la cabeza entre sus senos y se estremeció por última vez antes de desplomarse sobre ella, exhausto, con sus caderas todavía ceñidas entre sus dedos tensos.

Pasaron varios minutos antes de que la presión cediera.

–Te saldrán moretones –dijo en tono de disculpa.

Brianne se movió de forma experimental, henchida de pasión y satisfacción, de forma lánguida.

–No me importa. Pierce... ¿el sexo siempre es así? –preguntó, aturdida.

Pierce vaciló. Se separó con cuidado de ella y se incorporó con intentos audibles de recobrar el aliento. Se bajó la túnica y le recolocó la suya en la oscuridad.

–¿Pierce? –preguntó en un susurro, consciente de que algo iba mal.

Pierce le alisó la tela sobre su cuerpo de forma casi impersonal. Luego se tumbó a su lado con las manos debajo de la cabeza y se quedó con la mirada fija en la negrura del techo, odiándose a sí mismo.

–¿He hecho algo mal? –preguntó Brianne con intranquilidad.

Pierce inspiró profundamente y con aspereza.

–No, he sido yo.

–¿Qué ha sido?

Se movió con impaciencia.

–Intenta dormir, Brianne. Mañana nos espera un día muy largo.

Brianne permaneció a su lado, inmóvil, al percibir el tono de despreocupación forzada de su voz, que contradecía la tensión que notaba en él.

Mientras volvía lentamente a la realidad de su situación, creyó comprender qué le pasaba. Volvía a ser una sustituta de Margo; Pierce acababa de comprender que no era ella y se estaba sintiendo culpable. Era su esposa, pero todavía estaba casado con Margo. Acababa de cometer adulterio por segunda vez. Había sido infiel a su difunta esposa. De no sentirse tan cansada y desilusionada, Brianne habría llorado de forma histérica.

Oyó cómo el heno se removía junto a ella cuando Pierce cambió de postura.

—No ha sido sexo —dijo con brusquedad. Y de repente, se puso en pie y salió del establo.

11

Pierce no volvió enseguida, y Brianne, agotada después de su fiera pasión y todavía perpleja por su extraño comportamiento, se quedó dormida.

Cuando se despertó, sentía agujetas en lugares inesperados y estaba sola en el establo. Se puso en pie, se enrolló el turbante en torno a la cabeza y salió en busca de sus compañeros.

Pierce fue a su encuentro al verla, con la expresión impasible y la mirada hermética. Solo cuando prestó atención, Brianne vio las arrugas que denotaban la falta de sueño.

Volvía a encerrarse en su coraza, pensó, y a lamentar el lapso con ella. Nada había cambiado, al menos por su parte.

—Vamos a ir por tierra al siguiente puerto —le dijo en voz baja—. Es demasiado peligroso que intentemos volver por el mismo camino. El primo de Mufti dice que han asaltado la casa de Sabon y que el propio Sabon está huyendo de sus mercenarios. Están causando estragos en las calles.

—Cielos —exclamó, pensando en la traición de su padrastro. Confiaba en que Sabon pudiera huir.

—Parece que tu teoría era correcta. Creo que tu padrastro ha vendido a su compañero y espera adueñarse del proyecto petrolífero —contestó—. Será mejor que nos pongamos en marcha ahora que todavía estamos a tiempo.

Incluso en el vehículo desvencijado de los parientes de Mufti, tardaron mucho tiempo en llegar al siguiente puerto porque tenían que hacer paradas frecuentes y desvíos para asegurarse de que no los seguían. Por fortuna, cuanto más se alejaban de la capital del pequeño país, menos revuelo encontraban. El levantamiento civil no se había extendido tanto. Según rumores que Mufti captó por el camino, la isla donde estaba localizada la casa de Sabon era territorio sometido.

El siguiente puerto era mayor que el primero, y solo un elemento en aquel entorno sucio y bullicioso resultaba familiar, el viejo buque roñoso en el que habían reservado pasaje el día anterior.

Tate Winthrop se reunió con el capitán y zanjó el trato. Subieron a bordo en medio de la confusión después de que alguien encendiera petardos en los muelles para simular un ataque armado. La tensión crecía, porque la noticia del golpe militar había llegado hasta allí. Según uno de los contactos de Tate, el gobierno estaba al borde del colapso. El viejo régimen huía y los mercenarios habían tomado la capital. Los directivos del consorcio de petróleo estaban bajo estrecha vigilancia, junto con los supervisores y los hombres de las perforadoras. Se habían cortado todas las comunicaciones con el exterior. Kurt se estaba apoderando del pequeño país y nadie lo sabía salvo las personas implicadas.

El capitán condujo a los refugiados a la bodega y los escondió allí, luego ordenó que les llevaran agua y comida y les aseguró que pronto estarían en aguas internacionales y a salvo de las represalias. Mufti dejó a los tres extranjeros en la bodega y se mezcló con los demás marineros sobre cubierta con la ayuda del capitán.

Brianne contuvo el aliento hasta que el barco soltó amarras y salió a mar abierto. Hasta el último minuto, había estado convencida de que los iban a detener. También pensó en Philippe, que debía de sentirse muy traicionado en aquellos momentos.

–Hay un contratiempo –les dijo Tate cuando se acomodaron sobre sacos de grano junto a sus escasas provisiones, un poco de pan y queso y varias botellas pequeñas de agua del equipo de supervivencia de Tate.

–¿Qué pasa ahora? –preguntó Pierce con resignación. Necesitaba un afeitado con urgencia, y cada vez se parecía más a un mercenario.

–El capitán solo puede llevarnos hasta la isla de Saint Martin. Le han ofrecido una fortuna por transportar cierta carga para un compatriota con el que va a reunirse allí. No podemos igualar la oferta porque el hombre que se la hace es su cuñado.

–Así que nos quedaremos incomunicados en Saint Martin –dijo Brianne con un suspiro–, mientras mi padrastro destruye el país de Philippe y le echa la culpa en Washington.

Tate sonrió.

–Con suerte podremos reservar pasaje en otro carguero. No me queda dinero, pero si podemos ir a un banco, tendremos fondos.

–¿Por qué no tomamos un avión? ¿No sería más sencillo? –preguntó Brianne.

–Porque a estas alturas los mercenarios sabrán que hemos escapado y nos estarán buscando –dijo Tate–. Tenemos que volver a los Estados Unidos a hurtadillas.

–Me sorprende que Kurt fuera capaz de salirse con la suya de esta manera –comentó Brianne.

–Pierce me ha dicho que sospechaste de tu padrastro

–dijo Tate cuando se dispusieron a tomar el pan y el queso–. Eres increíblemente astuta para ser tan joven.

–Conozco a Kurt –repuso con una sonrisa de pesar–. Y llamaba monstruo a Philippe Sabon. Imagínatelo.

–Sabon debe de sentirse bastante estúpido en estos momentos –corroboró Pierce.

–Qué razón tienes, Hutton –dijo una voz grave y levemente regocijada procedente de la escotilla que daba al resto del barco.

Tres pares de ojos atónitos se posaron en el árabe alto y envuelto en una túnica. Las profundas cicatrices a un lado de su rostro moreno y delgado se tensaron al sonreír de su propia estupidez.

Se reunió con ellos sin inhibición y sacó una piel de cabra de debajo de la túnica. Se la lanzó a Pierce.

–Vino –dijo–. A los musulmanes no se nos permite tomar alcohol, pero no dejéis que mis deberes os repriman.

–¿El veneno dónde está, en el vino o en el orificio de la bota? –murmuró Pierce con una mirada gélida. Philippe Sabon levantó una mano.

–No soy tan estúpido –aseguró–. Además –suspiró, tomando un trozo de pan con queso–. Espero pasar semanas intentando explicar mi participación en todo este asunto cuando recuperemos el gobierno.

–¿Cómo piensas recuperarlo? –preguntó Pierce.

Sabon lo miró con tristeza.

–En cuanto los mercenarios empezaron la matanza, envié a la mayoría de mis hombres con el jeque al otro lado de la frontera –dijo, y miró a Brianne–. Tu padrastro tiene una mente perversa, y he sido el hombre más estúpido del mundo al ponerme a mí y a mi país en sus manos. Lo creí cuando dijo que el ataque sería una farsa.

–Intentabas iniciar una guerra para provocar la intervención norteamericana –le recordó Brianne.

–Intentaba simular una guerra –la corrigió. Sus hombros se elevaron y cayeron pesadamente–. Una vez vi morir de hambre a un niño con comida en las manos –dijo en voz baja, contemplando el trozo de pan y queso que le quedaba en los dedos–. Hacía tiempo que no había grano y nuestras provisiones eran retenidas en la frontera. Sanciones –añadió con amargura–, porque mi gobierno había apoyado públicamente a un enemigo de los Estados Unidos en el último conflicto en esta región. Pudimos suplicar raciones a un país amigo, pero cuando llegaron, la inanición en algunos niños era irreparable. Murieron intentando comer –dejó caer el pan y el queso en su regazo–. Qué harto estoy de las naciones ricas e industriales que mueven los hilos de la política y vuelven la espalda a los pobres.

Pierce frunció el ceño en dirección a Tate, consciente de que su jefe de seguridad parecía igual de confuso.

–¿Qué estás haciendo aquí?

El árabe elevó las cejas.

–Escapar de la ejecución de los asesinos de Brauer, por supuesto.

–Eres inmensamente rico –le recordó Pierce–. Podrías haber comprado un barco para salir de aquí.

Sabon rio.

–Los mercenarios han tomado mi casa.

–¿Y? –insistió Pierce.

Sabon movió la cabeza en señal de negativa.

–¿No ha llegado a vuestros oídos el rumor de que no me fío de los bancos?

–Será una broma –replicó Pierce.

–Tristemente, no –Sabon tomó una pequeña botella de agua–. He comprado el pasaje en este buque con mi calderilla. Si puedo llegar a territorio neutral, confío en poder organizar una revuelta entre mi pueblo con los hombres que escaparon y con un poco de dinero prestado.

–¿Prestado de quién?

Sabon clavó la mirada en Pierce con expresión muda.

–Te has vuelto loco –le dijo Pierce sin rodeos–. No

esperarás que te preste dinero después de todo lo que has hecho... ¡Nos has raptado, por el amor de Dios!

–Rapté a Brianne y a un hombre que al parecer era su guardaespaldas –lo corrigió Sabon–. Hasta que no huisteis no supe a quién había encerrado en mi fortaleza. Por cierto... –se metió la mano en la túnica, extrajo la cartera de piel de anguila de Pierce y se la arrojó.

Atónito, Pierce la examinó y descubrió que no faltaba nada, ni sus tarjetas de crédito ni los cientos de dólares que contenía.

–Mi piloto la encontró escondida en un asiento de mi jet privado –frunció el ceño–. Supongo que a estas alturas habrá volado en pedazos. Bueno –tomó un sorbo de agua–, he persuadido al capitán de este buque para que me deje en Saint Martin. Si me haces un préstamo de unos cincuenta mil dólares, podré reclamar mi país y mi riqueza a los asesinos pagados por Kurt.

Pierce levantó las manos.

–Deben de haberte dado un golpe en la cabeza –exclamó con enojo–. No pienso dejarte ni un centavo.

–Claro que sí.

–¿Por qué?

Sabon tomó las migajas de queso y pan que quedaban en su túnica y las comió, regándolas con agua.

–Porque puedo probar que el ataque a tu plataforma perforadora del mar Caspio ha sido obra de Kurt. Han sido sus mismos mercenarios los responsables de tus problemas y de las muertes de varios de tus trabajadores. Puedo decirte quiénes son.

–Ayudaste a contratarlos para esta masacre –afirmó Pierce.

–No. Kurt los contrató y me aseguró que seguirían mis instrucciones al pie de la letra. Estaba dispuesto a darle libertad de movimientos mientras me resultase de utilidad. Tenía amigos en el consorcio petrolífero, y sin duda escucharían con más atención a un hombre rico con contactos en el negocio del petróleo que a un pobre árabe.

—Pobre árabe, y un cuerno —bufó Tate Winthrop.

—Mi riqueza solo se cuenta en millones entre mi gente —replicó Sabon—. Nuestra inflación en estos momentos es del ochocientos por ciento. ¿No creerías que Kurt Brauer malgastaría su tiempo y su dinero en un árabe desconocido con un capital magro en una nación muerta de hambre a no ser que creyera que podía beneficiarse ampliamente de ello?

Pierce se levantó y dio vueltas por la estancia.

—No lo entiendo. Había rumores de que tenías millones de dólares, si no billones, y de que frecuentabas los lugares más exclusivos, incluso palacios de juegos de azar.

—Unos rumores excelentes, ¿verdad? —Sabon tomó otro sorbo de agua—. Yo mismo los extendí.

—¿Tú?

—Tenía que parecer rico para interesar a Kurt en la explotación de mis campos petrolíferos —dijo Sabon encogiéndose de hombros—. Debí imaginar que no podía confiar en un hombre así —frunció el ceño—. Supongo que ahora mismo estará en Washington diciéndole al mundo que he intentado dar un golpe de estado sangriento en mi propio país.

—¿Lo sabes? —preguntó Brianne, atónita.

—Es el paso más lógico que podía haber dado —sonrió—. Pero estallará en sus propias manos.

Pierce volvió a sentarse sobre un saco de grano.

—¿Podrías explicar eso?

—A los Estados Unidos, las noticias de los negocios encubiertos de Brauer les resultarán muy interesantes. Y puedo proporcionarles información sobre sus futuros planes de incendiar ciertos campos petrolíferos y culpar a una nación muy hostil a los norteamericanos.

—¿Por qué haría una cosa así? —preguntó Brianne, perpleja.

—Para iniciar más guerras, por supuesto. Es traficante de armas, ¿no lo sabíais? —preguntó Sabon a sus acompañantes–. Así es cómo tuve mi primer contacto con él.

–Negocia con petróleo –dijo Tate Winthrop lentamente.

–Negocia con petróleo solo para tener acceso a información precisa sobre los países en los que hay petróleo –le dijo Sabon–. Manipulando ciertos acontecimientos, vende armas con un gran margen de beneficios sin perder el aura de respetabilidad. Perdió mucho dinero recientemente, cuando se evitó una guerra. Ahora confía en recuperar sus pérdidas con esta amenaza de golpe de estado y amasar una fortuna armando a los países vecinos. Era su verdadero plan desde el principio, pero yo no lo sabía. Creí que su interés en explotar el petróleo de mi país era sincero porque apenas lo conocía –movió la cabeza–. Para él solo era un medio para un fin.

–¿Y por qué secuestraste a Brianne? –le preguntó Pierce.

Sabon le brindó a Brianne una mirada callada de complicidad.

–Kurt vacilaba si apoyarme o no. Insinuando que deseaba casarme con Brianne, apelé a su codicia. Tantos millones en la familia y ya nunca tendría que preocuparse otra vez por el dinero, ¿entiendes? –suspiró–. La única explicación que encuentro es que, de algún modo, adivinó que mi riqueza era exagerada –se inclinó hacia delante, cruzando los antebrazos sobre las rodillas y entrelazando los dedos–. Tiene gracia. Realmente habría obtenido beneficios con el petróleo –añadió–. Claro que en un plazo de varios años. Tal vez ha sido demasiado impaciente. A fin de cuentas, el tráfico de armas es una profesión lucrativa con la que se amasan fortunas de inmediato.

–A mí me dijo que estaba en las últimas –mencionó Brianne.

–Y yo deduzco que también descubrió la falsedad de mi proposición matrimonial –Sabon la miró y su sonrisa era genuina.

—¿La falsedad? —Pierce le dirigió una mirada hostil.

—No puedo casarme —dijo con aspereza. Se levantó de su asiento y se estiró, mirando a su alrededor con resignación—. Que todo haya sido en balde... —reflexionó—. Con las esperanzas que albergaba para mi pueblo...

—Cincuenta mil dólares no bastarán para contrarrestar una revolución —dijo Pierce.

Sabon se volvió.

—Sí, bastarán. Son unos mercenarios implacables y sanguinarios, pero no son rivales para la clase de hombres que pienso contratar al otro lado de la frontera.

—¿Qué clase de hombres?

Sabon entornó los ojos.

—Creo que ya lo sabes.

Pierce hizo una mueca y escrutó los ojos fríos de Sabon.

—No me gusta participar en una masacre.

—A mí tampoco —repuso con una rabia apenas contenida—. Pero me han obligado a hacerlo. Mi ama de llaves, Miriam, llevaba conmigo diez años. La dejaron en el jardín, en un estado que me duele recordar —apretó los dientes y desvió la mirada, tratando de borrar su imagen—. Recuperaré a mi país —dijo con voz tensa—. Y me encargaré de que Brauer pague un alto precio por su traición —miró a Pierce—. Ayúdame.

Pierce elevó las manos en señal de rendición.

—No puedo creerlo —dijo con exasperación. Exhaló un profundo suspiro y miró fijamente a Sabon—. Nunca creí que vería el día en que me alinearía con mi peor enemigo.

—Nunca he sido tu enemigo —dijo Sabon llanamente—. No tuve conocimiento del ataque a tu plataforma perforadora o te habría puesto sobre aviso. Kurt aparentaba ser un rico inversor extranjero con contactos en el negocio del petróleo. Nunca me he considerado ingenuo, pero tal vez mi educación haya flaqueado en ciertos puntos. Debo replantearme mi capacidad para juzgar a las personas.

—Kurt sabe proyectar una falsa imagen —dijo Brianne en voz baja—. A mi madre también la tiene engañada.

Sabon entornó los ojos.

—Por suerte, apenas tendrá tiempo para ella en estos momentos. Cuando Kurt termine aquí, su vida correrá peligro si sabe algo sobre sus negocios. No querrá arriesgarse a tener demasiados testigos a su alrededor. Puede provocar fácilmente un accidente.

—Dios mío —susurró Brianne.

—No te preocupes —la tranquilizó Pierce—. La protegeremos.

—Enviaré un mensaje a mi contacto en Freeport —dijo Tate en un tono grave y bajo que resultaba reconfortante—. Sacará a tu madre y al niño de Nassau antes de que Kurt vuelva a casa.

—Gracias —dijo Brianne con sincera gratitud.

—Me parece oír algo fuera del barco —dijo Pierce de repente.

Todos escucharon y el sonido se repitió: sirenas. Cada vez estaban más cerca.

—¡El guardacostas! —exclamó Brianne.

—¿En el Golfo Pérsico? —preguntó Sabon elevando las cejas—. ¡Tal vez los norteamericanos crean que son los amos de esta zona, pero todavía no se han adueñado de ella!

—Debe de ser la patrulla del muelle —murmuró Tate. Corrió a la portilla y miró fuera. Un minuto después, exhaló el aliento que contenía y se volvió a los demás—. Están subiendo a bordo de un barco, pero no es el nuestro. Casi hemos salido del muelle.

Todos suspiraron de alivio. Si los descubrían demasiado pronto, el capitán no tendría más opción que entregarlos.

Supondría una muerte certera si Brauer los capturaba antes de llegar a los Estados Unidos.

Sabon se quedó mirándolos con expresión pensativa.

—El capitán no va a continuar el viaje hasta Miami, y

casi es lo mejor. Si fuerais en este barco hasta allí, no la contaríais al bajar al muelle.

Tres pares de ojos se volvieron hacia él.

—Planeábamos cambiar de barco en Saint Martin. Y tengo un contacto en Miami —dijo Tate pasado un minuto.

—Brauer ya debe de saberlo, no subestimes su red de inteligencia. Yo lo hice y mira qué precio he pagado por ello —le recordó Sabon.

Tate suspiró con aspereza y apretó sus delgados labios mientras intentaba idear una solución.

—¿Tienes papel y bolígrafo? —preguntó Sabon pasado un minuto.

—¿Quieres enviar una carta a casa? —murmuró Pierce con ironía, pero le entregó lo que había pedido.

Sabon escribió un nombre y una dirección, añadió una nota en árabe y su firma, y presionó el anillo de su dedo meñique en el papel. Se lo pasó a Pierce, junto con el bolígrafo. Su expresión era seria.

—Esto podría ser nuestra sentencia de muerte —declaró Pierce, agitando el papel—. No entiendo el árabe.

—A no ser que sea peor juez de carácter de lo que pensaba, él sí que lo entiende —reflexionó Sabon, mirando a Tate.

—¿Es cierto? —preguntó Pierce a su jefe de seguridad.

Tate tomó la nota, la leyó y se la devolvió a Pierce. Entornó sus ojos negros mientras estudiaba al árabe alto y delgado. Pareció perplejo por un momento, luego asintió lentamente.

—Es una petición legítima para la persona en cuestión de ayudarnos en lo que sea posible —les dijo, pero no añadió qué más decía la nota, aunque su mirada era elocuente.

Sabon también asintió. Intercambiaron una mirada y Sabon habló en árabe rápido y enérgico. Tate respondió en el mismo idioma con igual fluidez.

—¿Qué dice? —preguntó Pierce con aspereza.

–Nada que concierna a nadie más –lo tranquilizó Tate–. Y nada relativo al asunto que tenemos entre manos.

No dio más explicaciones, y Sabon tampoco. Se hizo de noche y los cuatro durmieron.

–Saint Martin –dijo Sabon mientras estudiaba la isla a la que se aproximaban–. Aquí me bajo yo –se cubrió la cabeza con la capucha de su túnica e hizo una pausa para mirar a sus acompañantes–. Antaño, los árabes tuvimos buenas relaciones con los españoles. El hombre cuyo nombre os he dado es español, pero su abuela vive en mi país. Hará lo que pueda por vosotros porque se lo he pedido y me debe un favor. Confiad en él, pero en nadie más. Vuestras vidas dependen de ello.

–¿Por qué nos ayudas? –preguntó Pierce con brusquedad.

–Pregúntaselo a tu camarada –fue la respuesta callada, y miró a Tate a los ojos–. Me quedaré aquí durante tres días bajo una identidad falsa. Si todavía quieres ayudarme, envíale el dinero al señor Alfredo Cantada para que lo entregue al Gardell Bank.

Pierce suspiró.

–Solo Dios sabe por qué voy a hacerlo, pero lo haré. No hago promesas a la ligera –se quedó callado por unos momentos–. Kurt podría encontrarte si te quedas aquí tanto tiempo.

–Sus hombres no me reconocerán –contestó Sabon–. Tengo recursos que no he usado hace años. No me encontrarán.

–Buena suerte, entonces –dijo Pierce.

–A vosotros también. Incluido Mufti –añadió con una sonrisa–, que ha intentado rehuirme desesperadamente desde que subí al barco. Decidle que sabía quién era y que él ha guardado mi secreto como yo guardaré el suyo. No habrá represalias contra su familia cuando vuelva al poder –miró a Brianne larga e intensamente–. Salvándote a ti, salvó a todos sus familiares.

Brianne estaba más conmovida de lo que quería reconocer. Sentía tanta lástima por aquel hombre, e incluso cierta culpabilidad por haberlo juzgado tan mal.

–Cuídate, Philippe –dijo Brianne en voz baja–. Y buena suerte.

Sabon le sonrió.

–*Bon chance* también para ti, *chérie* –repuso en tono suave, y sus ojos la miraron con intensidad. Luego añadió algo en árabe con una emoción inesperada.

Se volvió y subió a cubierta rápidamente, sin mirar atrás.

–¿Qué fue lo que te dijo anoche en árabe? –le preguntó Pierce a Tate.

–Que no iba a vendernos a nadie –contestó de forma evasiva–. Un hombre interesante.

–Y tanto que interesante –corroboró Pierce.

Tate miró a Brianne y frunció el ceño con curiosidad.

–Supongo que no sabes por qué te ha dicho eso.

–No hablo árabe –le recordó–. ¿Qué es lo que me ha dicho?

–Que se moría de amor por ti y que ya no podrá pensar en ninguna otra mujer –dijo en tono jocoso.

–Idiota –murmuró Pierce, riendo entre dientes mientras se volvía.

Pero los ojos negros de Tate Winthrop la miraron con expresión seria. Brianne frunció el ceño con curiosidad, pero Tate no dijo una palabra. Se volvió a Pierce, que observaba por la portilla cómo Sabon se mezclaba entre el gentío.

–Será mejor que nos pongamos en marcha, y deprisa –dijo Tate después de un minuto–. No disponemos de mucho tiempo para encontrar el barco que Sabon mencionó.

Los tres pasajeros se quitaron sus túnicas árabes y las escondieron en la bodega debajo de unos sacos de grano, luciendo sus ropas europeas. Mufti llevaba su túnica, pero tomó prestado un chándal de uno de los marineros y se afeitó. Cuando estuvo listo, parecía vagamente norteamericano.

Los pantalones de seda de Brianne estaban irremediablemente arrugados, como su blusa y su chaqueta. Sabía que tenía el pelo enredado y anhelaba darse un baño con desesperación, pero lo que más le preocupaba era llegar a su país. Incluso con la ayuda de Sabon, iba a ser muy peligroso.

12

Los cuatro vagaron por el puerto y pasaron desapercibidos entre los turistas gracias a sus ropas europeas. No les costó trabajo encontrar el navío. Era otro carguero, pero más limpio que el que acababan de dejar, con nombre español. Su capitán, delgado y menudo, leyó la nota de Sabon, miró largamente a Brianne y les ofreció la hospitalidad de su barco sin ninguna vacilación.

Bajaron a la bodega y el barco encendió los motores enseguida.

–¿Qué pasará en la aduana cuando lleguemos a Miami? –preguntó Brianne con preocupación–. ¿Y si los hombres de Kurt nos están esperando allí?

–Esto no es Hollywood –contestó Pierce–. Somos fugitivos, no vamos a entrar con pasaportes y maletas.

–¿Fugitivos? –exclamó Brianne.

–Si entramos en el país de forma legal, los hombres de Brauer nos interceptarán antes de que podamos subir a un coche. Tendremos que cruzar la frontera a hurtadillas.

—¿Pero cómo?

—No iremos a Miami. El capitán se dirige a Savannah. Me ha dejado usar la radio para ponerme en contacto con mis hombres en los Estados Unidos. Bajaremos donde no nos estén esperando —le dijo Tate—. Te gustará. Hay una fábrica de caramelos junto al muelle donde hacen las almendras garrapiñadas más ricas del mundo.

Pierce frunció el ceño.

—Espero que podamos fiarnos del capitán.

—Podemos —dijo Tate con convicción.

—¿Cómo puedes estar tan seguro? —inquirió Pierce.

Tate lanzó una mirada fugaz a Brianne.

—Eso da igual. Pero lo estoy.

—Entonces tendremos que confiar en tu instinto.

—¿De verdad vas a enviarle a Philippe el dinero que te ha pedido? —murmuró Brianne mientras observaba por la portilla cómo se alejaban de la costa.

—Dios sabe por qué, pero se lo enviaré.

—No es mala persona —insistió Brianne—. Solo quiere construir un futuro mejor para su pueblo.

—Debería dejar eso en manos del jeque árabe que gobierna su pequeño reino —murmuró Pierce—. Por cierto, en lugar de huir a la frontera con su guardaespaldas y su harén, el jeque debería dejarse ver y trabajar por el bien de su país como cualquier gobernante honrado.

—Y eso hace —contestó Tate sin mirarlo.

—¿Cómo lo sabes?

—¿Te has fijado en el anillo que lleva Sabon en su dedo meñique? —preguntó Tate.

—No.

—Contiene un sello oficial —le dijo—. Vi cómo hacía la impresión en la nota que nos dio. Si te fijas, tiene el escudo de armas del jeque Tatluk.

Pierce estaba realmente perplejo.

—¿Y?

—¿Quién crees que es Philippe Sabon en realidad? —murmuró con una sonrisa irónica.

—No será el jeque en persona —repuso Pierce, inmóvil.

—No exactamente —rio Tate—, pero algún día lo será. El jeque es su padre, un anciano rimbombante de salud frágil. Philippe es quien gobierna el país en realidad. Así que hizo lo que su padre no podía hacer, se disfrazó de rico hombre de negocios y partió en busca de inversores que lo ayudaran a explotar el petróleo de Qawi para que su país no fuera a la bancarrota.

—¿Y por qué no lo hizo con su nombre? —preguntó Brianne, perpleja.

—Demasiado arriesgado. En caso de que lo secuestraran, su país se arruinaría mucho antes tratando de pagar el rescate —sonrió Tate—. Una idea increíble, ¿verdad? Y ha estado a punto de conseguir su objetivo.

—Y lo hará —añadió Pierce—, si conseguimos llegar a Washington a tiempo de detener el plan de Brauer. De lo contrario, las tropas norteamericanas bombardearán la zona creyendo que están deteniendo la tercera guerra mundial. ¿Podrás enviar un mensaje a la capital?

Tate asintió.

—¿Pero quién va a escucharnos sin pruebas? Tenemos que llevar a Mufti a algún miembro de la secretaría de Estado para que cuente lo que sabe. Luego tendremos que esperar a que confirmen su historia. Las ruedas del progreso giran lentamente a nivel diplomático.

—¿Mufti? —Brianne se dio cuenta de que no lo habían visto desde que subieran al barco—. ¿Dónde está?

—Ha encontrado una partida de póquer —rio Tate—. No tiene más que cerillas para apostar, pero si lo llevamos a Las Vegas, creo que hará saltar la banca. Tiene un don para el juego.

La mención de Las Vegas inquietó a Brianne. No miró a Pierce; no le agradaba recordar la ceremonia fría y rápida que los había unido. Su mirada triste se posó en la alianza de oro de su dedo anular y la tocó con melancolía. Si Pierce la hubiera amado, aunque solo fuera un poco... Cuando aquella aventura terminara, sus caminos se separarían. Se divorciaría sin tan siquiera haber aprendido a ser una esposa. Tampoco le importaba, pensó. Tal vez Pierce disfrutara con ella en la cama, pero sus inhibiciones sobre su infidelidad hacia Margo siempre se interpondrían entre ellos.

Se volvió y se acercó a la portilla para contemplar el mar.

–Creo que iré a ver cómo está Mufti –dijo Tate. Salió por la escotilla y la cerró con suavidad.

Pierce se reunió con Brianne junto a la ventana.

–Para bien o para mal, han sido unos días trascendentales –comentó.

–Me alegraré cuando todo esto haya acabado –dijo Brianne con voz tensa. Estaba mintiendo como una cosaca, porque prefería estar en peligro con Pierce que a salvo sin él, pero no le quedaba elección.

Pierce se metió las manos en los bolsillos de sus pantalones y fijó la mirada en su cabeza inclinada con tristeza.

–Siento lo de la otra noche –dijo con cierta vacilación–. No fue mi intención que ocurriera.

Brianne se encogió de hombros.

–No ha pasado nada. Por fin conseguí la noche que deseaba.

Pierce la asió del brazo y la volvió hacia él.

–No hagas que parezca tan vulgar –dijo con aspereza–. No lo fue.

–Entonces, dime que estabas pensando en mí y no en Margo cuando me hacías el amor.

Pierce lanzó una exclamación más sonora que el ruido del motor. La miró con ojos entornados y centelleantes, con tanta intensidad que Brianne bajó los suyos enseguida.

–Maldita sea, lo siento –murmuró con voz tensa–. Pero los dos sabemos que en realidad no me deseas, Pierce, salvo como una sustituta. Soy demasiado joven y demasiado espontánea, y ya hemos concluido que acabaré aferrándome demasiado a ti –levantó su rostro resignado–. Pensemos que lo que ha ocurrido ha sido fruto de la atracción mutua que sentimos–añadió en un tono apagado–. Me hace ilusión ir a la universidad, sabes –añadió de repente, forzando una sonrisa–. Me gustaría ir a la Sorbona, si no te importa.

Pierce se metió las manos en los bolsillos de los pantalones y fijó su mirada vacía en el mar.

–Como quieras.

–Puedes pedir el divorcio cuando volvamos a casa –añadió Brianne, sin mirarlo directamente.

–Iremos en avión a Las Vegas para solicitarlo –dijo con una sonrisa fría–. Creo que lo conceden en veinticuatro horas. Lo dispondré todo y te haré saber cuándo tengo un hueco libre en mi agenda. Pienso viajar mucho cuando esto termine.

A Brianne también le habría gustado viajar, pero tendría que contentarse con París. Sintió un escalofrío repentino y se abrazó para darse consuelo.

Pierce la estudió en silencio, deslizando la mirada desde su pelo enredado hasta sus pies menudos. Era bonita y dulce, y en la cama, todo lo que un hombre podía desear. Lo amaba, y él estaba desechando todo aquello por su fantasma, para poder seguir fingiendo que Margo no estaba muerta de verdad, que solo se había ido durante un tiempo pero que volvería.

Escuchar sus propios pensamientos lo sorprendió. ¿Realmente era así? ¿Estaba dispuesto a estar solo el resto de su vida porque no podía enfrentarse a la realidad de su pérdida?

Frunció el ceño mientras contemplaba a la joven esbelta que estaba a su lado. ¿Cuántos hombres se pondrían de rodillas para que una preciosidad como aquella los amara incondicionalmente? Brianne tenía espíritu y clase, y un corazón tan grande como el mundo entero. Iría a la universidad y algún joven ansioso y brillante descubriría sus atributos. La desearía, y tal vez la trataría como Pierce nunca lo había hecho, con ternura y atención constante, pequeños regalos de flores y dulces, llamadas de teléfono a última hora, almuerzos ociosos y cenas tardías. La ópera, tal vez, y el teatro y los conciertos.

Inspiró con dolor. Brianne merecía esa clase de atenciones. Era una joven valiosa y difícil de encontrar. No, era una mujer valiosa y difícil de encontrar, se dijo, y su cuerpo empezó a tensarse al recordar cómo la había iniciado al amor. Había sido un paraíso tenerla en los brazos. Su piel era suave, como un pétalo al sol. Su cuerpo respondía a sus caricias, y podía hacerle lo que quisiera que siempre lo aceptaría con ansiedad. Pero iba a apartarla de su lado porque no podía aceptar que su amada Margo había muerto y que no volvería. Se quedaría solo para siempre.

Brianne percibió su dolor y se volvió, mirándolo con sus ojos verdes curiosos y llenos de amor.

Pierce la miró con enojo. Sabon se había tomado la molestia de buscarles aquel pasaje por Brianne. ¿Por qué? ¿Qué le había dado ella a cambio?

Los celos, un sentimiento nuevo y sorprendentemente fiero, lo recorrieron de pies a cabeza y provocaron un leve rubor en sus altos pómulos.

–¿Qué hiciste con Sabon? –le preguntó bruscamente.

–¿Perdón?

–¿Por qué se está tomando tantas molestias por ti? –cambió de postura, entornando los ojos–. ¿Qué le has dado, Brianne? –añadió en un tono suave y peligroso.

–No... no le he dado nada –tartamudeó.

–¡No me vengas con esas! Su reputación no puede basarse solamente en conjeturas y mentiras.

Brianne no podía revelarle la verdad sobre Philippe. Sería cruel e injusto permitir que fuera el hazmerreír en un mundo donde la virilidad se definía por la capacidad. Tal vez Pierce se lo mencionara a alguien algún día. Para un hombre corriente, sería una situación devastadora, pero para un futuro jeque en una parte del mundo regida por los hombres, era impensable.

Miró a Pierce a los ojos con valentía.

—Piensa lo que quieras —dijo finalmente—. Si crees que soy tan retorcida como para usar mi cuerpo como un arma disuasoria, entonces, no me conoces.

—Un cuerpo tan dulce —murmuró, pero la forma de mirarla era lasciva y ofensiva—. Lo bastante dulce para que un hombre haga cualquier cosa, incluso ir en contra de sus principios. Imagino que lo disfrutó.

—¡Al menos no estaba pensando en otra mujer ni llamándome por su nombre! —exclamó Brianne, desgarrada por el recuerdo de Pierce.

Su rostro palideció. No podía negarlo, pero lo que más le dolió fue la admisión de que se había entregado a Sabon. Cerró los puños en los bolsillos y contuvo una rabia homicida. ¡No le daría a Sabon ni un centavo para organizar su contrarrevolución! Antes lo mataría.

Brianne se dio cuenta demasiado tarde de que había destruido las posibilidades de Sabon de recibir un préstamo. No sabía cómo repararlo. Entrelazó las manos en la cintura con un largo suspiro.

—Él quería hacerlo, pero yo no pude —mintió, bajando la vista al suelo. Era Philippe el que no podía, pero Pierce no tenía por qué saberlo.

—¿Por qué?

—¡Porque estoy casada! —le gritó, lívida y herida por su sarcasmo, por su inclinación a creer que podía traicionarlo—. Aunque no te consideres mi marido, no voy a engañarte con otro hombre.

Pierce supo que decía la verdad y se sintió avergonzado de sus sospechas. Los celos eran nuevos para él y no le agradaban.

—Está bien —le espetó, irritado por su comportamiento errático—. Lo siento.

Brianne se encogió de hombros y se alejó, sentándose en una caja de embalaje que había cerca. Pasado un minuto le preguntó:

—¿Cuánto tardaremos en llegar a Savannah?

—No estoy seguro —contestó Pierce, distraído—. ¿Por qué no intentas dormir un poco? Voy a buscar a Tate y a Mufti.

Brianne miró a su alrededor. Había varios sacos viejos. Se tumbó sobre ellos y apoyó la mejilla en la mano. No se había dado cuenta de lo cansada que estaba.

—No nos atraparán, ¿verdad? —le preguntó con voz somnolienta.

—No —Pierce pareció totalmente seguro de sí mismo. Brianne sonrió y se quedó dormida.

El carguero atracó en el muelle de Savannah y los cuatro pasajeros de la bodega fueron abordados de repente por hombres trajeados de negro.

El más alto de los tres recién llegados los miró alternativamente y fijó la vista en Tate. Intercambiaron una mirada.

—Aduanas —declaró, y abrió una cartera que contenía una insignia. La cerró antes de que pudieran verla con claridad—. Acompáñennos, por favor.

Los cuatro pasajeros desfilaron por cubierta. Brianne buscó la mano de Pierce y la asió con fuerza. Imaginaba un juicio largo en el que intentarían en vano explicar su situación, seguido de una sentencia de encarcelamiento. Detestaba los lugares confinados. Nunca iría a la universidad. Nunca sería una madre o una esposa de verdad. Solo una presidiaria.

Una vez franqueada la verja de la aduana, otros oficiales los detuvieron y escucharon la explicación escueta que les dio el hombre alto. Surgió algún problema, pero lo solucionaron rápidamente, y condujeron a Brianne y a sus acompañantes fuera del edificio al calor húmedo de Savannah, con sus plazas cuadradas y sus robles y sus jardines secretos. Brianne anhelaba verla por entero, pero no era una turista.

Sus escoltas los guiaron por un costado del edificio hasta dos limusinas que los esperaban.

Cuando el hombre alto ocupó el asiento delantero y el coche arrancó, abrió la división de cristal y se inclinó hacia el cómodo asiento de cuero negro de atrás.

–Casi tuve que derribar al tipo de aduanas –murmuró el hombre alto–. ¿Por qué no has ido en avión directamente a Miami?

–Nos estaban esperando –contestó Tate. Extendió la mano y el otro hombre le entregó una pistola. Se la metió bajo la chaqueta y contempló la expresión perpleja de sus acompañantes–. Este es Marlboro –les dijo–. Trabaja para mí. Los otros dos, también.

–¿No son oficiales de aduanas? –explotó Brianne.

–No, pero solíamos trabajar para el gobierno –dijo Marlboro tímidamente–. Les diría en qué departamento, pero tendría que...

–Matarnos –murmuró Brianne, y suspiró–. ¿Lo ves? ¡Todos dicen eso! –le dijo a Pierce.

–Cierto. Pero no habla en broma –murmuró Tate con ironía.

–¿Adónde nos dirigimos? –preguntó Pierce, convencido de que su jefe de seguridad los llevaría a su destino de una pieza.

–Directamente a Washington –contestó–. Desde un aeropuerto privado.

Qué propio de Tate conocer a alguien en todos los lugares en los que necesitaba ayuda, pensó Pierce con regocijo mientras el coche se desviaba por un camino polvoriento y se paraba finalmente junto a una pista desierta donde un pequeño jet los estaba esperando.

–Déjame adivinarlo –murmuró Pierce mientras subían al pequeño avión–. Alguien te debía un favor.

–Bueno, es cierto –repuso Tate en tono enigmático, y sonrió–. Lo mismo que el piloto.

—Contratarte ha sido lo mejor que he hecho en la vida.

Tate rio.

—Me alegro de que te hayas dado cuenta. Yo iré delante.

Brianne se vio encajonada entre los dos hombres de seguridad, mientras Pierce y Mufti, que se mantenía callado pero sorprendido, ocupaban los asientos al otro lado del pasillo.

—¿Estás casada? —le preguntó a Brianne uno de los dos hombres con expectación.

—Lo está —repuso Pierce con aspereza.

—Diablos, las mejores siempre están comprometidas —dijo el hombre—. Supongo que tu marido se alegrará de que vuelvas a casa sana y salva, ¿eh?

—Su marido está sentado al otro lado del pasillo —dijo Pierce en tono agradable; pero su mirada resultaba amenazadora.

El hombre alto se soltó el cinturón y se levantó enseguida, ocupando un asiento detrás de Brianne.

—Lo siento, señor Hutton —dijo el hombre con voz tensa.

—No pasa nada —Pierce no se movió para sentarse junto a Brianne. Se recostó en su asiento y cerró los ojos.

Brianne lo miró con enojo. Menudo marido, pensó con furia.

El perro del hortelano, más bien. Cerró los ojos y lo borró de su mente.

Como sospechaban, el avión no aterrizó en Washington D.C., sino en una finca suntuosa de Virginia que, según Brianne supo más tarde, pertenecía a una figura turbia con contactos en el mundo del espionaje. Al parecer, también le debía a Tate un favor.

Dos limusinas los estaban esperando, con tres hombres trajeados con gafas de sol y automáticas.

–¿No son ilegales las armas automáticas? –preguntó Brianne con preocupación.

–Por supuesto –le confirmó Tate.

–Vi la que te daban en la limusina –comentó–. Esas parecen iguales.

–Y lo son –asintió Tate.

Brianne lo miró fijamente. Su rostro delgado se quebró con una sonrisa.

–No vas a decirme nada, ¿verdad? –preguntó.

Tate seguía sonriendo.

–Será mejor que te rindas –le dijo Pierce–. Cuando sonríe, ya has perdido la ventaja. Lo que más me preocupa es que casi nunca sonríe, y en este viaje no ha hecho otra cosa.

–Me gustan las fugas arriesgadas –repuso Tate encogiéndose de hombros–. La vida ha sido muy aburrida en la industria del petróleo... hasta hace unos días.

–Ahora que estamos a salvo en casa –replicó Pierce–, tendremos que encontrar al subsecretario de Estado y dejar que Mufti le cuente lo que sabe.

–No será un problema –dijo Tate–. Ya he encargado a mis hombres que le telefoneen y le hagan un resumen de lo ocurrido. En estos momentos nos está esperando un grupo del cuerpo de inteligencia. Pongámonos en marcha.

–Brianne, tú vienes conmigo –dijo Pierce cuando ella vaciló sobre a cuál de las dos limusinas debía subir.

Se acercó a él, pero Pierce apenas le tocó el brazo para dejar que subiera ella primero. Su aventura estaba a punto de terminar y no sabía qué los depararía el destino.

Lo único que sabía era que, muy pronto, Pierce iba a divorciarse de ella.

Pensó por un momento en su madre y en su hermanastro. Confiaba en que Tate pudiera guardar su promesa de ponerlos a salvo antes de que Kurt regresara de los Estados Unidos. También pensó en Philippe. Deseaba que pudiera retomar su gobierno. Tal vez su forma de gobernar fuera un tanto extraña, pero se preocupaba por su pueblo.

Se sentó junto a Pierce, consciente de él, pero no dijo nada mientras el enorme coche devoraba los kilómetros en dirección norte.

13

Al parecer, el misterioso Tate Winthrop había borrado sus huellas muy bien, pensó Brianne mientras la limusina rodaba a gran velocidad hacia Washington, D.C.

No los estaban siguiendo, dijo, y debía saberlo porque había accionado toda clase de dispositivos electrónicos.

Brianne lo contempló a través del cristal que dividía el interior del vehículo. Mufti y los demás hombres de Tate viajaban en la otra limusina.

Al pasar por Charleston, Brianne contempló por la ventanilla parte de la encantadora ciudad.

Había mansiones sureñas, palmeras y arena. Evocaba los estilos arquitectónicos del Caribe, y se lo comentó a Pierce.

—Así es —le confirmó—. Muchos de los plantadores de Carolina del Sur se asentaron en el Caribe después de la Guerra Civil para no tener que jurar lealtad a la Unión. Algunos volvieron aquí. De hecho, había varios piratas de las Carolinas.

—Recuerdo haber leído sobre ellos en el colegio —replicó Brianne.

Era un recordatorio de lo joven que era. Pierce volvió la vista hacia ella y la estudió con callado remordimiento. Debería salir con chicos de su propia edad, divertirse, aprender de la vida y del mundo en que vivía. En cambio, estaba casada con un hombre mucho mayor que ella y huyendo de una panda de asesinos muy parecidos a los piratas que acababa de mencionar. Brianne captó su intenso escrutinio y volvió la cabeza para mirarlo.

—¿Qué pasa? —le preguntó en voz baja.

—Me estoy lamentando —dijo, y entornó sus ojos negros—. Nunca debiste mezclarte en esto.

—Échale la culpa a mi madre —replicó, e hizo una mueca—. Hemos tenido nuestras diferencias, pero me preocupo por ella, y también por el pequeño Nicholas. Debe de estar muerta de miedo.

—Le pregunté a Tate por ella cuando bajamos del avión. Me dijo que su hombre de Freeport los ha puesto a ella y al niño en un barco con rumbo a Jamaica. Al parecer, el contacto de Tate tiene familia en la bahía de Montego. La ocultará allí hasta que esté fuera de peligro.

—¡Gracias a Dios! —exclamó, secándose las lágrimas con alivio.

—Tate es un hombre de recursos —murmuró, fijando la vista en la cabeza de su jefe de seguridad, al otro lado del cristal—. No vamos a ir directamente a D.C., sino a un pequeño puerto de la ciudad. Además, ha enviado una limusina por el camino más directo para despistar a los hombres de Brauer. ¿Y a que no sabes quién va en esa limusina? —inquirió con una sonrisa misteriosa.

—¿Quién?

—Dos federales.

—¿Qué? —exclamó Brianne, abriendo los ojos con asombro.

–Así, si los hombres de Brauer los atacan, irán a la cárcel de inmediato –Pierce le puso el dedo en los labios–. Pero tú no sabes nada de esto, ¿entendido?

–Me siento como una espía –murmuró, disfrutando del roce de su piel sobre los labios al hablar.

–¿En serio? –Pierce tomó su rostro entre sus grandes manos y se inclinó para tomar su boca con ternura–. Intenta no meterte en líos –susurró.

–¿Quién, yo? –contestó con vacilación–. No los busco, surgen ellos solos –Brianne elevó los brazos hacia él–. Vuelve aquí –murmuró, tirándolo del cuello.

Pierce suspiró con resignación, sonrió y elevó el rostro de Brianne hacia él.

Fue un beso largo y hambriento que pareció no tener fin. Pero antes de que se volviera urgente, la separó con brusquedad.

–Mañana me divorcio de ti –declaró.

Brianne lo miró a los ojos, esperando ver en ellos humor, pero no había el más leve rastro. Hablaba en serio.

–¿Estás seguro? –preguntó–. Si dejas que me quede a tu lado, intentaría compensarte.

–¿Ah, sí?

Brianne fijó la vista en sus labios, su mentón, su pelo negro y ondulado. Luego lo miró a los ojos.

–Pierce, ¿no quieres un hijo? –preguntó con suavidad.

La reacción que obtuvo fue inesperadamente violenta. Pierce bajó sus manos y las apartó con firmeza.

–No, no quiero un hijo –masculló–. Ni ahora ni nunca.

Brianne se sorprendió por su vehemencia.

–¿Por qué no?

–No me lo preguntes.

–Quiero saberlo –insistió–. ¿Por qué no quieres tener hijos?

Pierce fijó la vista en el paisaje que dejaban atrás,

traspasado por una agonía de dolor y pérdida. Recordó el bebé con el que Margo y él habían soñado, y la alegría de su embarazo. Su aborto natural y la certeza consiguiente de que nunca podría volver a dar a luz los había devastado a los dos. Le habló a Brianne de aquella pérdida sin mirarla a los ojos.

–Ah, ahora lo entiendo –dijo en tono resignado–. Margo perdió su bebé, así que no quieres tener otro con nadie más.

Pierce cerró los puños a los costados.

–No es fácil renunciar a un sueño.

–Dímelo a mí –replicó con aspereza.

–Un niño sería un lazo que no podríamos romper –continuó, sin ceder lo más mínimo–. El divorcio sería imposible.

–¿Por qué? –le preguntó–. ¿No crees que pudiera educar a un bebé yo sola? No soy una inútil.

Pierce giró la cabeza lentamente para mirarla.

–No habrá ningún niño, Brianne –le dijo–. No quiero tener hijos contigo.

Aquel fue el golpe más duro. Pierce no estaba dispuesto a poner en peligro otra vez su corazón, ni con una mujer ni con un embarazo. Sus emociones iban a hibernar. Ya se había cerrado a Brianne en casi todos los sentidos; solo faltaba reforzar las barreras. No quería nada que pudiera atarlos, y mucho menos un hijo.

Era un comentario interesante, pensó Brianne, teniendo en cuenta que no estaba tomando la píldora y que habían hecho el amor en el momento más propicio para quedarse embarazada. Bueno, Pierce no lo sabía y no pensaba decírselo. No quería tener un hijo con ella, así que si ya albergaba uno en su seno, sería la última persona en el mundo en saberlo. Lo criaría ella sola.

–Recordaré lo que has dicho –contestó en voz baja. Incluso sonrió, y apartó la mirada de él con un largo suspiro–. ¿Iremos al Capitolio? –preguntó en tono agradable.

Pierce sopesó su pregunta, que sirvió para distraerlo.

–Casi. Lo único que tenemos que hacer es entrar en el edificio del Senado sin que nos disparen.

Brianne rio.

–Qué manera más tranquilizadora de decirlo.

–Tate y sus hombres nos llevarán hasta allí.

–Espero que tengas razón –concluyó Brianne, y entrelazó las manos en el regazo, sumiéndose en sus pensamientos.

Pierce se estaba sintiendo culpable por lo que le había dicho. Pero no habría sido justo permitir que Brianne albergara esperanzas de que su relación cambiara. Ella iría a la universidad y él retomaría su trabajo. Un niño... solo complicaría las cosas. Entornó los ojos y miró a Brianne de soslayo mientras su mente conjuró una imagen de ella dándole el pecho a un bebé. Sería una madre perfecta, pensó con irritación. Amaría a su bebé y lo cuidaría con ternura. Sería un hijo querido y necesitado. Pierce cerró los ojos. No podía permitirse el lujo de pensar así. Brianne era demasiado joven para comprometerse de aquella manera con un hombre, de eso estaba seguro. No iba a poner en peligro su corazón.

Llegaron a un pequeño puerto deportivo cerca del brazo de mar que conducía a Washington D. C. Una limusina negra estaba esperando a los ocupantes de los dos vehículos que se aproximaban.

Un hombre moreno y delgado vestido con traje salió a recibirlos.

–Lane –dijo Tate, estrechando la mano al recién llegado, que casi era tan alto como él.

–Me alegro de verte, jefe –contestó Colby Lane con una fugaz sonrisa que se parecía más a una mueca al mirar a Pierce.

–Puedes dejar los halagos –murmuró Pierce–. El puño ya casi no me duele.

–Lo mismo digo de mi mandíbula –repuso Colby–. No volveré a cometer ese error.

–Eso espero –repuso Pierce en tono agradable–. ¿Habéis tenido algún problema para venir aquí?

–Una pequeña emboscada en la frontera con Maryland –contestó–. Dos de los hombres de Brauer están ahora en manos de los federales.

–Bien hecho.

–Vámonos –dijo Colby–. Todavía nos siguen, pero creo que podremos dejarlos atrás.

–Todo el mundo dentro –ordenó Tate, indicando a sus acompañantes que subieran a la limusina y dando instrucciones a los chóferes de los otros dos vehículos para que volvieran a la finca en Virginia–. Será mejor que vayamos todos juntos.

Mufti hizo una mueca al comparar su chándal con los trajes elegantes de sus guardaespaldas.

–No parezco muy convincente con esta ropa –murmuró con intranquilidad.

–A mí sí me lo pareces –contestó Tate, y sonrió–. Nadie espera que estemos como una rosa.

–Más bien como una pasa –murmuró Brianne, reprimiendo una carcajada.

–Hemos seguido al senador Holden hasta su bañera –les dijo Tate–. Estará más acicalado, pero no tan bien vestido.

–¿Es ese el amigo de Brauer?

Tate lo negó con la cabeza.

–No nos arriesgaríamos a abordarlo, dadas las circunstancias. Seguramente, Brauer lo ha persuadido de que somos unos subversivos peligrosos. No, Holden es... –vaciló y desvió la mirada– un conocido. Presumido como él solo, y difícil de abordar, pero honrado y justo. Nos escuchará.

Había algo sospechoso en todo aquello, pero Pierce no presionó a su jefe de seguridad para obtener información.

No era el momento.

Miró a Brianne con renovada preocupación. Nada iba tal y como lo había planeado últimamente, y mucho menos, su vida privada.

Se alegraría cuando todo aquello hubiese acabado y pudiera tomar decisiones.

14

Brianne no olvidaría el viaje por la capital. Otra limusina negra los alcanzó de camino a Washington D.C. y recibieron disparos desde atrás. No se dio cuenta de que el vehículo estaba blindado y de que tenía cristales antibalas hasta que no comprobó la ineficacia de las ráfagas.

–Para en la próxima bocacalle –le dijo Tate al chófer, sacando su automática de debajo de su chaqueta. Su amigo Colby hizo lo mismo.

–No interceptes ningún disparo –murmuró Pierce. Tate pareció atónito.

–Estoy hecho a prueba de balas –dijo con altivez.

–Yo también –corroboró Colby.

–Está bien, pero tened cuidado.

El coche se detuvo y los dos hombres salieron simultáneamente, dando sendos portazos a su paso.

Fue como un ballet, pensó Brianne, hechizada mientras observaba los acontecimientos a través de los cristales oscuros.

Los hombres del coche que los habían estado siguiendo salieron de su vehículo y empezaron a disparar. Tate y Colby respondieron con ráfagas cortas.

–El estilo de las SAS –comentó Pierce.

–¿Cómo? –preguntó Brianne.

–Dos disparos, pausa, dos disparos.

–¿Qué son las SAS?

–Las Fuerzas Especiales de Gran Bretaña. Tate trabajó con ellas en una misión secreta en el Oriente Medio a principios de los noventa.

–¿Hay algo que no haya hecho? –preguntó Brianne, perpleja.

–No mucho –Pierce también estaba observando la acción. De repente, atrajo a Brianne hacia él y apretó su rostro contra su pecho, reteniéndola aunque ella intentaba apartarse.

–No te muevas –dijo con aspereza.

–¿Por qué?

–No hace falta que lo veas.

Ya no se oían disparos.

Segundos más tarde, Tate volvió al coche, dejando atrás a Colby.

Otro de los hombres trajeados obedeció una señal de Tate y salió de la limusina.

–Llamarán a las autoridades para que despejen el lugar –dijo Tate–. Vámonos –le indicó al chófer, y no dijo una palabra más durante dos o tres minutos–. Ya puedes soltarla, han quedado atrás.

Pierce dejó que Brianne levantara la cabeza.

–No soy una ñoña –murmuró mientras se echaba el pelo hacia atrás.

–Pero tampoco una roca –repuso Pierce con firmeza. Tomó su pequeña mano y la sostuvo afectuosamente. Iba a echarla de menos, pensó con tristeza. Ella era el único motivo que había tenido para sonreír en los últimos meses.

Brianne retiró la mano con una mirada burlona y enojada.

–No tienes por qué sujetarme, no voy a pegarte –dijo en tono inocente–. Al menos, con fuerza, no.

Miró a Tate, que parecía inaccesible y taciturno cuando el coche entró en el camino de acceso a una mansión georgiana oculta entre los árboles.

–Pensé que íbamos a ir a la ciudad –comentó Pierce.

–Sí, cuando acabemos aquí. El senador tiene la gripe y está confinado en esta casa durante un par de días. Colby habló con él. Piensa que, teniendo en cuenta por lo que hemos pasado, esta es la mejor manera de proceder –miró su reloj–. Hemos llegado a la hora.

Si Brianne estaba perpleja, Pierce también. Su jefe de seguridad era uno de los mejores de la profesión, pero a veces se mostraba irritantemente taciturno sobre sus planes y cómo llevarlos a cabo.

–¿Estás seguro de que Holden no nos entregará? –preguntó Pierce.

–Seguro –dijo Tate, y no sonrió. Más bien, parecía tenso e intranquilo.

Salieron del coche delante de la puerta principal, y con miradas cautelosas a su alrededor, corrieron hasta la puerta que un mayordomo sostenía abierta para ellos.

–El senador Holden está en la biblioteca, señor –le dijo el hombre a Tate, como si lo conociera–. Los está esperando.

–Gracias –Tate eludió la mirada penetrante del hombre y los condujo hacia la biblioteca revestida de madera de nogal, con estanterías que llegaban hasta el techo y sillones tapizados en cuero.

El hombre de albornoz grueso y pijama que los esperaba sentado supuso toda una sorpresa. No podía ser indio, pensó Brianne, pero desde luego lo parecía. Tenía ojos negros y pelo liso y negro con algunos cabellos plateados. Era alto y corpulento, y parecía más un boxeador que un político.

–Bueno, no se queden ahí de pie, siéntense –dijo con una voz ronca que recordaba al tono dominante de un soldado. Frunció el ceño en dirección a Tate–. ¿Son estas las personas de las que me habló tu hombre? No podías hablar conmigo directamente, claro.

Tate pareció aumentar de estatura. Sus ojos negros llamearon y, cuando frunció el ceño, se pareció increíblemente a su anfitrión.

–No había tiempo, senador –dijo, conteniendo su hostilidad–. Mi jefe, Pierce Hutton, su esposa, Brianne, y Mufti, nuestro principal testigo contra Brauer.

–Me alegro de conocerlos –los saludó el senador–. Esto es muy preocupante, muy preocupante –repitió–. No puedo creer que un ser humano racional pueda haber caído tan bajo. Iniciar una guerra y culpar a una nación inocente. ¡Es ignominioso!

–Lo es –dijo Pierce–. Pero cree que puede salirse con la suya. Ha intentado detenernos de todas las formas posibles, incluido el asesinato.

–Me gustaría oír toda la historia –declaró el senador, y fijó la mirada en Mufti–. Empecemos con usted.

Mufti habló con nerviosismo al principio, pero a pesar de su brusquedad, el senador pronto lo tranquilizó. Minutos después, Mufti parecía un viejo amigo. Le contó todo lo que sabía, desde sus intentos por espiar a Sabon, la aparición repentina de los mercenarios, hasta la huida de Philippe.

–Ese hombre, Sabon, ¿estaba implicado? –preguntó el senador.

–Solo al principio –dijo Brianne enseguida, consciente de que solo ella defendería a Sabon. Explicó quién era y por qué había interesado a Brauer en su país, utilizándolo para abordar el consorcio petrolífero.

–Brauer le ha dicho a su amigo del Senado que Sabon es el culpable –contestó–. Que ha recurrido al golpe militar para tomar el país porque en realidad trabaja para los revolucionarios de Salid.

–Philippe Sabon es el hijo del jeque dirigente de Qawi –dijo Brianne–, un hecho que mi padrastro desconoce. Todavía. No tiene sentido que después de tomarse tantas molestias para atraer inversores a su país, sabotee la explotación petrolífera orquestando un golpe militar que no necesita para acceder al poder. Ya lo tiene.

–Quería que nuestro país interviniera.

–Solo para salvar los campos de petróleo de los superiores de Mufti –dijo Brianne lanzando una mirada de disculpa a Mufti, que parecía incómodo–. Son aún más pobres que los compatriotas de Sabon y pretendían asaltar esos campos para quedarse con ellos. Lo siento, Mufti, pero el senador debe conocer toda la verdad. Una guerra no es la solución.

Los hombros de Mufti cayeron pesadamente.

–Lo entiendo.

–Países tercermundistas –dijo el senador con un hondo suspiro–. La mayoría de ellos tienen economías que no superan mi cuenta anual de comida. Gentes famélicas, economías famélicas, y los países industriales dejan que sigan así. Millones para armas e investigaciones para fabricar armas mejores, y apenas unos centavos para dar de comer a los hambrientos –sonrió con pesar mientras los demás lo miraban–. Soy liberal –dijo lacónicamente–. El dinero no se puede comer.

Pierce rio entre dientes.

–No, pero se puede dar de comer a muchas personas si se enseña a usarlo a los que lo tienen.

–No hace falta que me dé los detalles, Hutton, sé cómo usa el suyo –repuso con una mirada de admiración–. Ha dado más ayudas a los países pobres que ningún hombre de negocios que conozco.

Pierce se encogió de hombros, ignorando la sorpresa de Brianne.

–Hago lo que puedo –entornó los ojos–. Hay que detener a Brauer. Si sabe que lo estamos derrotando, tal vez ordene a sus mercenarios que prendan fuego a los campos de petróleo.

–¿Por qué iba a hacerlo?

–Venganza, pura y dura. Puede echarle la culpa a Sabon e incluso al pueblo de Mufti. Si consigue iniciar una guerra de esa manera, ¿acaso la amenaza de un desastre ecológico en la región no provocaría la intervención norteamericana?

–Tal vez –dijo el senador con expresión lúgubre. Se pasó la mano por su pelo grueso y recto–. Maldición.

–¿No puede llevarnos hasta el subsecretario de estado? –preguntó Pierce.

El senador Holden estaba pensando. Tardó un minuto en contestar.

–Brauer se anticiparía y frustraría el intento. Imagino que hay agentes del gobierno buscándolos ahora mismo.

–Entonces, ¿qué podemos hacer? –preguntó Brianne.

El senador estudió a los cuatro con intensidad. Frunció los labios y sonrió.

–Tengo un amigo en la INN –murmuró.

Así fue. El senador tenía varios amigos en la International News Network, y fueron a su casa con reportero, cámaras y equipo de sonido incluidos. En el estudio del senador, el terrible plan de Kurt Brauer fue dado a conocer a la comunidad internacional. Mufti habló con elocuencia en defensa de su pueblo, describiendo cómo estaban siendo utilizados por Brauer para tomar el pequeño país de Sabon. Cuando terminaron y el equipo regresó a la capital, había muchas personas ocupadas buscando a Kurt Brauer.

No fue difícil de localizarlo en cuanto las noticias salieron al aire. Los federales lo arrestaron en el despacho de su amigo el senador, y algunos de sus mercenarios fueron detenidos en Florida, otros en Georgia y otros cerca de la costa de Virginia.

Las tropas de una nación amiga a los Estados Unidos, trabajando de manera no oficial, fueron a apoyar el contingente militar de Sabon para retomar su país. Muchos de los mercenarios de Brauer murieron en la lucha y otros fueron encarcelados. En cuestión de días, el jeque regresó del exilio y volvió a ocupar el trono. Los campos de petróleo quedaron bajo vigilancia y los oficiales y trabajadores del consorcio pudieron retomar allí sus trabajos de explotación.

Kurt fue detenido con una orden de arresto federal porque los mercenarios que había utilizado eran norteamericanos. Estaba acusado de múltiples crímenes, uno de ellos denunciado por el gobierno ruso. Su intento de destruir una plataforma petrolífera en el mar Caspio constaba en una declaración jurada escrita ante notario de un hombre llamado Philippe Sabon. Se decía que los rusos pedían la extradición de Kurt para juzgarlo en Moscú. Tate pensaba que los norteamericanos se sentirían aliviados de poder quitárselo de las manos.

—Tu madre está a salvo en Jamaica —le dijo Tate a Brianne cuando todos ellos, incluido Mufti, se habían reunido en la casa que Pierce tenía en Washington para hablar del futuro—. Ya no le pasará nada.

—Gracias —dijo Brianne con sincera gratitud.

—Dáselas a Pierce —repuso Tate, sonriendo a su jefe—. Él es quien da las órdenes.

Brianne se volvió a su marido. Notó que había tenido ocasión de ducharse y afeitarse, porque parecía más descansado. Ella también se había duchado, pero los días de incertidumbre habían hecho mella en ella. Estaba pálida y había perdido un poco de peso, incluso en los pocos días que llevaban en los Estados Unidos contando su historia a subcomité tras subcomité.

—Gracias por salvar a mi madre y al bebé —le dijo.

Pierce se limitó a sonreír.

—No ha sido nada. Tendrá todo lo que necesite cuando regrese. Lo he dispuesto todo para que tenga una casa junto al océano en Jacksonville. Le gustará.

—No tienes por qué hacerlo —empezó a protestar Brianne.

—Me temo que sí. Brauer invirtió todo lo que tenía en los campos de petróleo de Sabon. No dejó ni un centavo para tu madre —entornó sus ojos oscuros—. Puedo mantenerla, Brianne. No podrá vivir con tanta extravagancia como antes, pero resistirá, ella y el bebé.

Aun así, Brianne se sentía incómoda por dejar que Pierce mantuviera a su familia, sobre todo cuando en poco tiempo dejaría de ser su esposa.

—Llevarme a la universidad ya va a costarte bastante —dijo con voz tensa.

—Calderilla —declaró—. ¿O no sabes que cuando la gente decía que yo era rico no bromeaba?

Brianne desvió la mirada.

—Tu dinero nunca me ha interesado mucho.

—Lo sé.

Brianne se volvió.

—Será mejor que haga las maletas.

Pierce notó cómo el corazón le golpeaba con fuerza las costillas.

—¿Las maletas?

—Sí.

Brianne se alejó.

—¿Vas a alguna parte? —preguntó Tate, estudiando a su jefe con curiosidad.

Pierce hundió las manos con fuerza en los bolsillos.

—A Las Vegas, a obtener el divorcio —dijo entre dientes. Tate frunció los labios.

—Chica lista.

La mirada de su jefe sorprendió a Tate. Era una mezcla de estupefacción e instinto asesino. Pero Tate no se dejó intimidar.

Se acercó al piano y levantó una foto enmarcada de Margo que todavía estaba allí. La mirada que le brindó a Pierce era elocuente.

—Debe de haber sido una mujer única y muy especial

para merecer tanta lealtad por tu parte –entornó sus ojos negros–. Pero Brianne también es única y especial.

–La diferencia de edad es excesiva –dijo Pierce con aspereza.

Tate sonrió tristemente.

–Yo también he utilizado ese argumento. Pero a primera hora de la mañana, cuando estoy solo, no es un gran consuelo.

Pierce no pudo detectar ni un rastro de emoción en el rostro de su empleado y amigo, y se sintió vagamente triste por Cecily, que amaba a su jefe de seguridad con tan poca esperanza de felicidad.

–Te ama –continuó Tate.

El rostro de Pierce se endureció.

–Eso es lo que ella piensa.

Tate se encogió de hombros.

–Como tú digas. ¿A qué universidad irá?

–A la Sorbona. Preferiría que se quedara aquí, en Washington, para que la vigilaras tú mismo, pero no voy a obligarla. Asigna a uno de tus hombres para que la acompañe y proporciónale el visado. Tampoco quiero perder de vista a la señora Brauer, en Jacksonville. Contrata a más personal si hace falta, esto es importante para mí.

–Hecho. Enviaré a Marlowe con Brianne. Es joven, atractivo e ingenioso. A Brianne le gustará.

Pierce giró en redondo con mirada furibunda. No hizo falta que dijera nada, su rostro lo delataba.

–Vaya –comentó Tate, sonriendo débilmente–. No eres tan indiferente como quieres aparentar, ¿eh?

Pierce cerró los puños a los costados. Comprendió en aquel momento lo involucrado que estaba con Brianne, tanto, que solo de imaginarla con otro hombre perdía el juicio.

Tate adoptó una expresión seria.

–Vive la vida como quieras –le dijo a su jefe–. Pero si la dejas marchar, tendrás que comprender que es joven y bonita y que está llena de vida. No se quedará sentada esperándote –declaró, y se alejó en busca de Mufti.

Lo había dispuesto todo para que regresara a Salid en un avión a todo lujo.

Al menos, las cosas salían bien para un miembro del grupo, pensó Tate.

15

Tate llevó a Mufti al aeropuerto y lo envió de regreso a su tierra natal.

—Será un héroe —le dijo Pierce a Brianne cuando se quedaron solos—. Cómo no, también transmitirá una advertencia sobre lo que puede ocurrir si su gente decide apoderarse del petróleo de Qawi.

Brianne miró de soslayo la foto enmarcada de Margo y se abrazó. Sintió un escalofrío al pensar en el viaje inminente a Las Vegas. Margo había vuelto a ganar.

—¿Cuándo partimos hacia Las Vegas? —le preguntó, de espaldas a él.

Pierce contuvo el aliento. Aquel viaje no tenía ningún atractivo para él. Estaba agotado después del cautiverio y la huida y le dolía pensar en sacar a Brianne de su vida tan rápidamente. Parecía vulnerable con su traje de seda de color perla, con su pelo largo y rubio recogido en una trenza alrededor de la cabeza.

—Hoy no —dijo con aspereza—. Tengo que volver a la plataforma del mar Caspio y comprobar los progresos de mis hombres.

Brianne lo miró con curiosidad. ¿No estaba ansioso por poner fin a su relación? Sus ojos lo devoraban, desde sus piernas largas y fuertes realzadas por sus pantalones negros hasta su pecho amplio cubierto con una camisa de seda beis. Parecía más corpulento que nunca, e increíblemente atractivo con su pelo negro grueso y ondulado salpicado de hilos plateados, sus ojos negros y tez cetrina. Lo ansiaba con todas sus fuerzas y se aborrecía por su vulnerabilidad.

Pierce se acercó a ella como atraída por unos hilos invisibles. El silencio en el apartamento se volvió tenso de repente, cobró vida. Pierce se paró delante de ella, paseando sus ojos negros con creciente avidez sobre su rostro levantado.

–¿Me deseas? –le preguntó en un tono que pocas veces le había oído usar. Brianne sintió cómo el corazón le daba un vuelco.

–¿Có... Cómo?

–Querías una noche –le recordó–, no un encuentro apresurado con la amenaza continua de una interrupción –ladeó la cabeza hacia el pasillo–. El dormitorio está por allí. Es una cama de matrimonio –añadió con voz ronca.

Brianne deseaba aquella noche. No hizo falta que lo expresara con palabras, era visible en sus ojos, en su rostro, en su cuerpo tenso.

–¿Tú... quieres? –susurró.

–Ya lo creo –dijo con amargura y desprecio hacia sí mismo–. Más que nada en el mundo.

Brianne levantó los brazos y Pierce se inclinó para levantarla del suelo, sintiéndose diez años más joven cuando ella se acurrucó contra él y posó sus labios cálidos sobre su garganta.

Pierce recorrió el pasillo con ella en brazos hasta su dormitorio. Cerró la puerta con el pie y la dejó delicadamente sobre la colcha a rayas de color crema y marrón. Después de desconectar el teléfono, se desabrochó la camisa con ojos ardientes.

Brianne observó cómo se desnudaba y su respiración se aceleró. Estaban a plena luz del día, con las cortinas abiertas. Podía oír el tráfico de la calle y ver las franjas que el sol pintaba en la alfombra de color beis al filtrarse por las persianas venecianas.

Todo su cuerpo se puso rígido con deliciosa expectación cuando Pierce se acercó a ella, alto y atlético y completamente desinhibido sobre su desnudez y su erección. La incorporó el tiempo suficiente para despojarla de su ropa.

Sus manos grandes, delgadas y cálidas se deslizaron por la suavidad de su cuerpo desde sus senos hasta su vientre plano y a sus caderas y muslos.

–Estás temblando –bromeó Pierce con suavidad–. ¿No tendrás miedo de mí?

Brianne se arqueó un poco por las sensaciones electrizantes que le producían sus caricias.

–Tiemblo de ganas por tenerte –susurró con voz ronca.

Pierce sonrió con suavidad. Nunca se mostraba tímida ni coqueta haciendo el amor. La tocaba y se rendía por completo. Se sentía orgulloso de ello, porque sabía lo fría que era con otros hombres.

La atrajo lentamente hacia él, disfrutando de su suave exclamación al notar su erección sobre su cuerpo. Le rozó los labios, tomándose su tiempo, primero mordisqueando uno, luego el otro, jugando con su boca antes de deslizar la lengua en su interior y besarla con lenta insistencia.

Brianne hundió las uñas en los músculos firmes de sus antebrazos y se apretó contra él cuando el ansia familiar y dolorosa se concentró en su bajo vientre.

Pierce deslizó las manos entre ellos para rodear sus senos firmes. La tocó con delicadeza, con dedos que apenas la rozaban, en círculos que eran perezosos y dulces y excitantes. Brianne se arqueó, pero Pierce ignoró la invitación y mantuvo las manos a una distancia deliberada de sus pezones.

Brianne le clavó las uñas con más fuerza.

—¡Pierce!

Sus labios firmes atormentaron su boca mientras continuaba acariciándola sutilmente con las manos.

—No te impacientes —dijo en voz baja—. Voy a tomarme mucho tiempo contigo.

Brianne emitió un pequeño sonido extraño y gutural. Pierce cubrió sus labios con los suyos y sus manos se acercaron progresivamente a aquellos pezones erectos y duros. Finalmente, cuando ella casi estaba loca de ansiedad, tomó las puntas entre los dedos pulgares e índices y los movió con suavidad.

Su leve gemido de placer reverberó en el silencio del dormitorio. El beso de Pierce se hizo insistente mientras la reacción franca de Brianne avivaba su ansia por ella.

Pero la controló enseguida. La levantó y la sostuvo entre las manos mientras sus labios sustituían a sus manos en sus senos. La lamió en un silencio que vibraba de pasión. Brianne se removió con impotencia bajo el tormento de sus labios cálidos que se deslizaban desde sus senos hasta su estómago y más abajo, a la suavidad sedosa de sus muslos.

El tiempo pareció entrar en un eclipse permanente en los minutos ardientes que se sucedieron. Pierce acarició y saboreó y la atormentó, deleitándose con su reacción violenta y sus pequeños gritos de placer. Cuando se posicionó ante el umbral de su femineidad, Brianne lo asió de las caderas e intentó atraerlo hacia ella, pero Pierce se resistió.

—No —susurró—. Quédate quieta.

—Pierce —sollozó, estremeciéndose de tormento.

—Paso a paso, Brianne —susurró, moviéndose con suavidad sin apartar los ojos de ella. Brianne jadeó y él retiró las caderas, vaciló, y volvió a acercarse en un baile lento y seductor.

—No... no puedo —sollozó.

—Sí que puedes —Pierce tomó sus dos manos con las suyas y las sujetó por encima de su cabeza, sobre la colcha. Con una pierna separó las suyas y volvió a mecerse contra ella, repitiendo el movimiento placentero rítmicamente, pero sin profundizar demasiado.

Brianne se puso tensa y se estremeció a medida que cada movimiento del poderoso cuerpo de Pierce desataba temblores de placer por toda su espalda. Su corazón palpitaba con frenesí. Pierce se mantenía distanciado de lo que hacía, vigilante, en control. Luego se movió sinuosamente, incrementando el contacto. Brianne contuvo el aliento y su cuerpo se elevó hacia él irreflexivamente.

Pierce deslizó la mirada por su forma femenina, disfrutando de su suave inocencia, su respuesta voluptuosa. Podía oler su suave perfume, el leve sudor que la impregnaba, su olor a mujer. Los ojos de Brianne siguieron los suyos, un poco sorprendida ante aquella intimidad, y luego, volvió a mirarlo. Había deleite en su expresión juvenil, mezclada con un rastro de inhibición. Pierce se inclinó y le rozó los labios con los suyos.

–Nunca habías mirado.

–Antes era demasiado rápido –dijo Brianne con vacilación.

–Ahora, no –recorrió su labio superior con la lengua mientras su cuerpo se elevaba y descendía tiernamente sobre el suyo–. Quiero sentir todos los poros de tu cuerpo tan cerca de mí como sea posible –susurró–. Cuando te tenga, quiero poseerte por completo.

Brianne contuvo el aliento, excitada por sus palabras tanto como por el ritmo de su cuerpo.

Pierce descendió bruscamente y se elevó con la misma rapidez, sintiendo cómo el cuerpo de Brianne se contraía de placer. Él también lanzó una exclamación, abrumado por la deliciosa punzada de deleite que le producía sentirla así.

Volvió a moverse, perdiendo lentamente el control. Abrió la boca sobre la suya y deslizó la lengua en su interior con movimientos cálidos y suaves que evocaban las embestidas de su cuerpo.

Brianne se arqueó hacia él, y las lágrimas empañaron sus ojos a medida que el placer se hacía insoportable. Sus dedos se agarraban a los suyos con frenesí mientras temblaba.

—No será suficiente —dijo Pierce con aspereza—. Santo Dios...

Pierce se movió para cambiarla de postura, incorporándola. Con las manos en sus muslos, la colocó sobre él, jadeando mientras la soltaba para que lo poseyera con un movimiento único, lento y dolorosamente dulce.

Brianne se aferró a sus anchos hombros, sintiendo cómo el vello grueso de su tórax le hacía cosquillas en los senos mientras la movía sobre él.

Pierce la levantó y luego la sentó, moviendo su cuerpo con brusquedad con cada penetración, mirándola directamente a los ojos. Apenas podía pensar. Sentía cómo el placer se incrementaba hasta que las llamas de placer lo devoraban. Vio el éxtasis reflejado en los ojos de Brianne mientras sus manos se contraían con aspereza, magullándola, incrementando el ritmo de los movimientos.

Brianne oyó cómo los muelles de la cama crujían de forma alarmante a medida que Pierce la apretaba más y más contra él. Lo sintió con una intimidad que, a pesar de su fugaz matrimonio, superaba todo lo que había experimentado nunca.

—Nunca he estado tan potente, Brianne —le susurró mientras flexionaba de nuevo las manos. Hizo una mueca y gimió al sentir la fiebre que lo consumía. Se estremeció—. Puedo sentirte... —su cuerpo se estremeció—. Quiero acercarme... más... —masculló, y su mirada frenética se cruzó con la suya al borde de la locura justo cuando los movimientos se hacían más y más violentos—. Quiero entrar hasta el fondo...

Brianne notó cómo su cuerpo se abría repentina y enteramente a él y el placer estalló en oleadas de éxtasis. Su cuerpo se convulsionó sobre el de Pierce y la tensión se hizo astillas y se propagó como un calor abrasador de satisfacción que le hizo gritar.

Sabía que Pierce la estaba mirando, observando su rostro, sus ojos muy abiertos, conmocionados y nublados mientras ella se contorsionaba.

Las contracciones se propagaron de su cuerpo al de Pierce. Gimió con aspereza, y su voz se quebró al asirla con fuerza de las caderas y apretarla contra él mientras los espasmos violentos lo elevaban hacia el sol y hacia un olvido tan apasionado que notó cómo palpitaba durante unos segundos dulces e interminables antes de que la liberación le sobreviniera con una fuerza imparable.

Brianne apoyó su frente húmeda sobre su tórax igualmente húmedo, mientras su cuerpo era un instrumento sensible que registraba pequeñas explosiones deliciosas de placer. Pierce también se estremeció, abrazándola con fuerza mientras saboreaba la sensación exquisita de su cuerpo unido al suyo en aquella intimidad.

Sus senos eran blandos allí donde se aplastaban contra su pecho. Pierce se movió y la sintió en torno a él, como seda cálida y húmeda. Poco a poco fue consciente de la posición en la que estaban y por un instante la preocupación lo asaltó.

—Brianne, ¿te he hecho daño? —susurró con urgencia junto a su oído, soltando lentamente los dedos de sus caderas.

—No —contestó Brianne, demasiado tímida para mirarlo a los ojos. En cambio, le rozó el cuello con los labios con vacilación—. Nunca... nunca lo habíamos hecho así —añadió.

—Nunca lo había hecho así —repuso en un tono solemne y grave. Sus manos se elevaron para acariciarle la espalda—. No debería haberlo hecho. Podría haberte lastimado.

Brianne levantó la vista hacia sus ojos negros y preocupados.

—¿Cómo?

Pierce fijó la mirada en donde aún permanecían unidos y tragó saliva.

—Me has tomado por entero, pequeña —dijo con suavidad, mirándola a los ojos—. ¿Estás segura de que no te he hecho daño?

Brianne lo negó con la cabeza y sonrió con ternura. Luego tocó sus labios firmes con dedos suaves.

—Ha sido increíble —dijo, un poco aturdida.

Pierce tomó su rostro entre sus manos y la besó suavemente en los párpados.

—Increíble —corroboró con voz ronca—. No me parecía estar lo bastante dentro de ti —añadió, igual de aturdido—. Nunca me había sentido así —inspiró trémulamente y cambió de posición. Al hacerlo, su cuerpo reaccionó súbita y violentamente y lanzó una exclamación.

Brianne notó la reacción con admiración.

—Según he leído, los hombres no pueden hacerlo otra vez tan pronto —susurró con timidez.

—Esa parte de mí no sabe leer.

Pierce se movió, tumbándola suavemente sobre el colchón. La colocó con suavidad de modo que se abrazaron, las piernas de Brianne sobre las suyas y las rodillas de Pierce a cada lado de su cuerpo grácil. Sostuvo su rostro entre sus manos mientras se movía con ternura, observando cómo en sus ojos se reflejaba el placer fiero que le proporcionaba. Se le ocurrió pensar que en aquel momento, abrumado por la ternura más arrolladora que había compartido nunca con ninguna mujer, deseaba desesperadamente dejarla embarazada.

La amó como si pudiera hacerlo, como si aquella unión exquisita pudiera dar un hijo como fruto. Un absurdo, por supuesto. Brianne estaba tomando la píldora y él se iba a divorciar de ella. Pero podía fingir, y lo hizo. Le hizo el amor de tal forma que cuando sobrevinieron las contracciones, experimentó el placer más intenso y profundo que había sentido en la vida. Brianne también lo sintió. Pierce lo supo sin necesidad de oír las palabras jadeantes y apresuradas que emergieron de su garganta cuando el éxtasis la devoró como un fuego dulce.

Permanecieron tumbados en aquella posición durante un largo tiempo, inmóviles. No quería separarse de ella, quería seguir en sus brazos.

La dulzura del momento lo despojó de sus fuerzas. Notó cómo el mundo se nublaba a su alrededor y durmió con ella, íntimamente unidos sobre la colcha de la cama.

En algún momento de la noche, Pierce se despertó y se deslizó entre las sábanas con ella, acurrucándola en sus brazos mientras volvían a quedarse dormidos.

Pero con la mañana retornó la cordura y la conmoción y la incredulidad. Contempló su bonito cuerpo desnudo sobre las sábanas blancas y la cabeza le dio vueltas con los recuerdos de lo que Brianne le había dado con tanta generosidad.

Nunca se había sentido tan confuso ni tan asustado. Brianne era dulce y joven y lo amaba. Podía vivir con ella. Podía darle un hijo. Podían vivir juntos para siempre...

Pierce se incorporó súbitamente y sacó su ropa de los cajones y del armario antes de alejarse para borrar con la ducha el aroma que Brianne había dejado en su piel.

Una hora después salió del apartamento, dejando una nota escueta en la que se comprometía a disponerlo todo para que ella fuera a París antes de su viaje de negocios al mar Caspio. Podrían hablar del divorcio más adelante. Firmó con sus iniciales y tuvo que reprimirse para no volver al dormitorio y contemplar la figura exquisita de su joven esposa en la cama.

Había compartido aquella cama con su amada Margo, y se sentía como un traidor, un adúltero. Margo estaba muerta y él seguía vivo. Comprendió que tenía que enfrentarse al futuro, pero no podía hacerlo todavía, a la sombra de aquella experiencia exquisita con Brianne. Tenía que irse, pensar, razonar.

Brianne se despertó y vio la nota. No le sorprendió, Pierce volvía a sentirse culpable. Se acercó al piano y contempló el rostro sonriente de la foto.

–Yo también lo amo –le dijo–. ¿Qué voy a hacer?

Al formular la pregunta con el corazón roto, comprendió que solo tenía una opción. Debía irse a París y concederle a Pierce el tiempo suficiente para tomar una decisión sobre su futuro. Esperaba que fuera la correcta. Mientras tanto, se aferró al dulce recuerdo de su pasión y pensó que, si era necesario, podría vivir de aquella noche el resto de su vida.

16

Eve Brauer y su pequeño hijo Nicholas vivían en una acogedora casa de estuco en las afueras de Jacksonville, cerca de la costa atlántica. Brianne pasó varios días con su madre y Nicholas antes de partir hacia París. Eve y Brianne habían iniciado una relación nueva e incipiente, un poco forzada por ambas partes. Eve se sentía abatida de verse con un marido que se enfrentaba a una larga condena en la cárcel y sin dinero para mantenerse.

A la semana siguiente, uno de los hombres de Tate Winthrop fue a París con Brianne: un agente maduro con una esposa en el ejército. Brianne casi sonrió ante la idea de que Pierce lo había escogido deliberadamente para evitar toda posibilidad de que se encariñara de su guardaespaldas. Pero de haber estado celoso, habría ido a París con ella. No le había telefoneado ni escrito desde su brusca huida del apartamento. Por extraño que pareciera, a Brianne aquel hecho la reconfortaba. Si Pierce hubiera podido mostrarse indiferente o sereno al respecto, no le habría molestado ponerse en contacto con ella. Por eso, Brianne albergaba esperanzas.

Pierce se dirigió a la plataforma perforadora del mar Caspio y permaneció allí durante varias semanas, sin decir una sola palabra a su esposa ausente. Ansiaba tenerla noche tras noche, a pesar de su determinación de olvidar lo ocurrido.

Brianne se matriculó en la Sorbona, sorprendiéndose de que ya hubieran aceptado su solicitud y le hubieran asignado las clases. Por suerte, su francés estaba a la altura de sus estudios, que de todas formas se centraban en los números. De aquel modo, pudo enterrar su corazón roto en los libros.

Aproximadamente a la cuarta semana desde su regreso del Oriente Medio, empezó a vomitar el desayuno. A la semana siguiente, se desmayó al ver un corte en un dedo durante su clase de biología, en el transcurso de un experimento de disección. A la sexta semana, dejó de eludir el problema y fue a ver al médico. Al parecer, había una explicación para todos sus síntomas, y no eran ni la tensión ni el exceso de trabajo. Casualmente, recibió una visita inesperada el día en que estaba lo bastante indispuesta para faltar a clase y quedarse en su lujoso apartamento parisino.

El complejo de apartamentos tenía un sistema de seguridad perfecto, por supuesto; Pierce no consentiría que se alojara en cualquier otro lugar. Así que el timbre de su apartamento sonó cuando el recién llegado le preguntó al guardia de seguridad de la planta baja dónde podían encontrarla.

–Hay un caballero que pregunta por usted, *madame* –dijo la voz con suave acento–. Desea darle noticias sobre un tal *monsieur* Sabon...

–Por favor, que suba a verme enseguida –dijo Brianne sin vacilación. Se había preguntado dónde estaría su secuestrador desde que regresara a su país natal. Al parecer, la situación se estaba serenando, porque la derrota de los mercenarios y el retorno del jeque dirigente, así como el descubrimiento de enormes reservas de petróleo por parte del consorcio, habían sido noticia de primera plana.

Se cepilló su pelo largo y rubio y se puso un caftán blanco y dorado sobre su camisón para recibir a su visitante. No era una prenda reveladora. Parecía más un vestido de calle que una bata.

Cuando sonó el timbre de la puerta, la abrió enseguida, esperando ver a un dignatario del país de Sabon. Para sorpresa de Brianne, era Philippe Sabon en persona, ataviado con un traje gris italiano que había sido tejido con el máximo cuidado.

Sonrió ante su asombro, tensando las cicatrices de su mejilla derecha de modo que aparecieron blancas y visibles sobre su tez morena. Le enseñó un ramo de rosas blancas y se lo entregó.

–Tal vez no sea bienvenido, pero tenía que comprobar por mí mismo cómo estabas –comentó Philippe, sin revelar la alegría que le había producido oír la excitación en su voz ante la perspectiva de recibir noticias suyas.

–Eres más que bienvenido –dijo con una sonrisa, acariciando las rosas–. Pasa y siéntate. ¿Te apetece un café?

Levantó una mano.

–No quiero molestarte...

–No es molestia. ¡Therese! –llamó, y la doncella apareció y recibió instrucciones–. Y trae un poco de bizcocho, Therese. Tal vez nuestro invitado tenga hambre.

–Cierto –respondió Philippe mientras contemplaba su rostro cansado con mirada clínica–. Estás pálida, y estoy seguro de que has perdido peso.

–Un poco, tal vez –dijo de forma evasiva.

Philippe se inclinó hacia delante con picardía en sus ojos negros.

–Ven conmigo a vivir en mi harén –le retó–. Haré que los criados te lleven dulces y mazapán hasta que recuperes tu peso acostumbrado.

Brianne rio con deleite.

–Es la mejor oferta que he recibido hace semanas – declaró.

Philippe también sonrió, menos abrasivo sobre sus

limitaciones que como lo serían la mayoría de los hombres. La observó con mirada suave.

–Ojalá fuera así –dijo en voz baja–. Pero con un harén correría el peligro constante de ser descubierto, ¿no crees? Y no quiero tentar la suerte.

–Eres el hijo del jeque que reina en tu país –le recordó–. ¿No tendrás que tener un heredero?

–Sin duda –cruzó las piernas y la estudió en silencio, absorbiendo su belleza radiante–. Tu primogénito será mi heredero.

–Eso no tiene gracia.

–No pretendía ser una broma –dijo con indiferencia–. Mi padre sabe en qué estado estoy, Brianne –añadió–. Es motivo de mucha lástima para los dos. Pero tu marido es moreno y el niño seguramente lo será, con sangre griega en sus venas. Un reino, aunque sea pequeño, no es algo digno de desprecio, *chérie*.

Brianne estaba estupefacta.

–¿Pero por qué?

Philippe la miró fijamente durante largo tiempo.

–Creo que sabes por qué.

Todavía estaba absorbiendo aquella afirmación cuando la doncella llevó la bandeja de café con bizcocho. Le puso un vaso de leche a Brianne, que hizo una mueca.

–Te sentará bien –le dijo la doncella, una viuda con tres hijos ya crecidos–. Bébetelo.

Philippe contempló la leche con una carcajada.

–¿Hutton lo sabe? –preguntó con énfasis. Brianne tomó un sorbo de leche con mirada rebelde.

–No, no lo sabe –masculló–. No quiere tener hijos, así que no los tendrá. Dios ha hablado.

Philippe estalló en carcajadas.

–Me sorprende que hayas podido guardar el secreto –le dijo, estudiándola–. Tienes un aire misterioso y satisfecho.

–¿Cómo va a saberlo? Está en pleno mar Caspio jugando con su pozo de petróleo.

Philippe se sirvió leche con el café y se recostó en el sofá para beberlo.

–Deberías llamarlo y decirle que venga a casa.

–Como si fuera a hacerme caso –bufó Brianne.

–Subestimas tus encantos –replicó.

Brianne se estaba acordando de algo que casi se le había pasado por alto.

–Cuando nos dejaste, dijiste algo en árabe a Tate Winthrop. ¿Qué fue?

–Pregúntaselo.

–No tengo ni idea de dónde puede estar –contestó–. Dímelo tú.

Philippe movió la cabeza.

–Algunos secretos están mejor guardados, ¿no crees? –terminó su café–. Vine a darte esto para tu marido –le dijo, sacando un sobre sellado que dejó sobre la mesita auxiliar–. El pago de su préstamo –le explicó–. Y también he venido a pediros a los dos que asistáis a mi coronación.

Brianne sintió que el corazón le daba un pequeño vuelco.

–¿Acaso tu padre...?

–No, no está muerto –dijo enseguida–. Pero es consciente de que su salud le impide desempeñar su cargo de jefe de estado. Ahora que vamos a obtener dinero de nuestros primeros pozos, debemos avanzar al siglo veinte. No será fácil para las tribus nómadas que conforman mi nación, y tampoco para mí, ya que mi sangre tiene mezcla. Pero hoy día esas cosas importan menos que la autoridad y la fuerza del líder. Espero estar a la altura de la tarea.

–Sin duda lo estarás –dijo Brianne sin vacilación, y observó su rostro moreno y delgado con débil tristeza.

–No te apenes por mí –le dijo Philippe con franqueza–. Tengo más que muchos hombres. Alá decide estas cosas. No debemos luchar contra lo que el destino nos depara.

—Ahora pareces árabe.

Philippe sonrió.

—Como debe ser, ¿no? —dejó la taza vacía sobre la mesa—. ¿Vendrás, con tu marido, por su puesto, a presenciar mi investidura? Es una ceremonia muy antigua, llena de ritual y colorido.

—Me gustaría.

—¿Y Pierce?

Brianne se encogió de hombros.

—Se lo preguntaré. ¿Cuándo será?

—En primavera, dentro de seis meses —contemplo el caftán holgado bajo el que se hallaba su hijo—. Tal vez sea un momento complicado, pero si no lo es, me encargaré de que lo dispongan todo para vuestra estancia. Para los tres, si es necesario —añadió con una sonrisa.

Philippe se levantó y ella también. Tomó sus dos manos en las suyas y las besó suavemente antes de soltarla.

—Cuídate. Te recuerdo lo que te dije en una ocasión. Si alguna vez necesitas ayuda, sea lo que sea, no tienes más que pedírmela.

—Gracias —repuso Brianne con franqueza—. Pero me las apañaré.

—Y cuida de mi heredero —añadió con una sonrisa en dirección a su vientre.

Cuando se fue, Brianne salió al balcón con vistas a la ciudad y permaneció de pie en la leve brisa, dejando que el aire despeinara sus cabellos. Sentía lástima por Philippe y más lástima aún por sí misma. Estaba embarazada y sola. Pierce ni siquiera le escribía ni la llamaba. Era como si la hubiera excluido de su vida en el peor momento. Se preguntó si lo vería antes de que su hijo naciera.

No se lo habría preguntado si hubiera visto su cara dos horas después, cuando una llamada de teléfono interrumpió su conferencia con su perforador en la plataforma del mar Caspio.

–¿Que Brianne qué? –estalló, y sus ojos negros refulgieron de rabia. Volvió a escuchar durante unos segundos, maldijo y cortó la conexión–. Llama al piloto del helicóptero –dijo con aspereza–. Me voy.

–Pero, señor, hay un vendaval...

–Aunque haya un huracán. Ve a por él.

Diez minutos después, estaban en el aire en dirección a tierra firme.

Había oscurecido y Brianne estaba viendo las noticias en francés cuando la puerta principal de su apartamento se abrió de par en par y Pierce entró a grandes zancadas.

Brianne se incorporó en el sofá en el que había estado recostada, todavía con su bonito caftán de color blanco y dorado, y lo miró boquiabierta. Estaba despeinado, con la camisa desabrochada y la corbata floja y alrededor de su cuello. Tenía un aspecto temible.

–¿Dónde está? –preguntó con fiereza.

–¿Quién?

–¡Sabon! No intentes negar que ha estado aquí, ya lo he confirmado en recepción.

Brianne no sabía qué decir. Pierce estaba consumido por los celos, y el deleite que sintió casi la dejó sin aliento. Hizo un esfuerzo por hablar.

–Sí, vino a devolverte el préstamo –y se acercó a la mesita para enseñarle el sobre dirigido a él, pero Pierce ni siquiera lo miró. Estaba demasiado absorto.

–¿Qué más quería?

–Quería... invitarnos a su coronación –tartamudeó–. Su padre piensa abdicar.

–Me importa un comino si se hace rey o jeque o lo que sea –dijo con aspereza–. Quiero saber qué estaba haciendo aquí. Podría haberme enviado un cheque por correo y un mensaje.

–¿Por qué estás tan enfadado? –le preguntó con una pequeña sonrisa traviesa.

–Porque le dijo a Tate Winthrop que eras lo único sobre la tierra por lo que merecía la pena perder un reino, por eso.

De modo que ese era el misterio. Brianne observó a su furibundo marido con fascinación.

–¿Por qué te preocupa lo que dijo? –preguntó con inocencia–. Te fuiste al mar Caspio para olvidarte de mí. Vivo sola, voy sola a la universidad, lo hago todo sola. ¿Por qué no voy a tener compañía si me apetece?

–¡Estás casada!

Brianne le enseñó su dedo sin anillo.

–No, no lo estoy –declaró. Se había quitado la alianza hacía unos minutos para lavarse las manos.

Las mejillas de Pierce enrojecieron de rabia y cerró los puños a los costados.

–Ponte otra vez el anillo.

–Me lo quité y se cayó en la arena cuando estábamos en Qawi. No tengo ni idea de dónde está –le informó.

Sus dientes rechinaron.

–Te compraré otro.

–No me lo pondré si su único propósito es aparentar que estoy casada –replicó–. Hablando de bodas, ¿cuándo vas a concederme el divorcio? –lo hostigó deliberadamente.

La tensión en su rostro se intensificó.

–¿Por qué? ¿Acaso Sabon se ha declarado?

–Lo haría si se lo pidiera –dijo con convicción.

–Estás casada conmigo, no voy a concederte ningún divorcio.

Aquello era sorprendente y absolutamente delicioso. Brianne lo observaba con deliberada altivez.

–¿El perro del hortelano, Pierce?

Brianne presenció cómo perdía el control. Se dirigió hacia ella como una avalancha, sin detenerse a pensar en lo que iba a costarle. La arrojó sobre el sofá y la siguió en la caída. Brianne apenas tuvo un segundo para respirar antes de que sus labios cálidos y firmes devoraran los suyos.

Pesaba, pero acogió su cuerpo con regocijo. Le rodeó el cuello con los brazos y cedió a su furia ardiente. Fue como volver a casa. Rio suavemente bajo la presión de sus labios y lo apretó contra ella, maravillándose de su furia, de sus celos, de su pasión.

–Pierce, eres idiota –gimió junto a su boca–. Como si pudiera fijarme en otro hombre que no seas tú.

Pierce lo oyó, pero no pudo dejar de besarla para analizarlo. Su cuerpo ardía en deseo . Gimió mientras el beso se intensificaba y notó cómo se ponía rígido de anhelo por ella.

Brianne sentía un ansia pareja. Pero incluso en aquel deleite desenfrenado, notó la náusea creciente y familiar que ascendía por su garganta. Siempre era peor estar tumbada. Se removió, controlando el malestar, y separó sus labios de los de Pierce.

–Maldita sea –murmuró con angustia, tragando saliva–. Deja que me levante, cariño. Creo que voy a... ¡Cielos!

Brianne lo empujó y corrió hacia el baño. Apenas llegó a tiempo.

Pierce la encontró delante del inodoro y, de repente, todo cobró sentido. Comprendió de inmediato lo que le pasaba y palideció. En lo único que podía pensar era en la noche con ella en Washington, y en su ansia por dejarla embarazada. Pero aquello era demasiado repentino para pensar con claridad.

–Dijiste que estabas tomando la píldora –masculló–. Me aseguraste que tenías protección. ¡Me mentiste!

Brianne no podía contestar. Levantó una mano trémula y desechó su comentario con un gesto, apoyando la cabeza sobre el antebrazo.

Pierce se contuvo el tiempo suficiente para tomar una toalla y humedecerla. Se la pasó y observó cómo empezaba a relajarse. Un minuto después, Brianne movió la palanca del inodoro y consiguió arrastrarse hasta el lavabo, lavarse la cara y enjuagarse la boca.

Brianne trató de rodearlo, porque su figura corpulenta bloqueaba el umbral, pero Pierce la levantó en brazos y la llevó al dormitorio, dejándola con delicadeza sobre la colcha, y ella se llevó la toalla a los ojos. Pierce era todo rayos y centellas, y sabía que la noticia de su inminente paternidad lo había conmocionado.

–Está bien, tienes razón, ha sido culpa mía. ¿Por qué no vuelves a tu plataforma? –le dijo en tono espectral–. Therese sabe cuidar de mí, no te necesito.

Pierce no dijo nada, no podía pronunciar palabra. Estaba dividido entre la indignación y el terror. Brianne estaba embarazada, llevaba a su hijo en su seno. Era una complicación que había querido eludir por todos los medios. Ni siquiera se lo había dicho, y tal vez ni siquiera planeara hacerlo.

Brianne se llevó la toalla a sus labios secos y lo miró con resignación. La furia en sus ojos negros le indicaba cómo se sentía, no hacía falta preguntárselo. Volvió a cubrirse los ojos con el paño. La humedad disipó las náuseas y alivió una jaqueca incipiente.

–Estás embarazada –declaró Pierce.
–Premio.
–¿Ibas a decírmelo?
–No –contestó Brianne enseguida–. Supuse que tu primera pregunta sería quién era el padre.

Su acusación lo intranquilizó.

–No haría una pregunta tan estúpida –murmuró.
–Seguro.
–No bromees, no tiene gracia.
–No te negaré el divorcio –dijo a través de los pliegues de la toalla–. Adelante, pon en marcha las gestiones.
–Ya puedo vernos en el tribunal, tú con un vestido de embarazada, pidiendo la anulación.

Brianne se retiró la toalla y lo miró con furia. Le sorprendió ver que Pierce no se estaba burlando, sino sonriendo. Y sonriendo con ternura.

–Nadie ha hablado de anulación –clarificó–, sino de divorcio.

–¿Y quién obtendrá la custodia?

–Como soy yo la que lo llevo...

–Yo lo puse ahí –le recordó–. ¿Desde cuándo tienes náuseas? –añadió con suavidad–. Recuerdo que Margo nunca tuvo esa clase de molestia...

Brianne le arrojó la toalla con una expresión que revelaba que deseaba que fuera un ladrillo.

–¡Vete de aquí! –le gritó–. Sal de mi apartamento, de París, de mi vida. Te odio –sollozó con una mezcla de furia y dolor–. No quiero oírte hablar de Margo.

Pierce hizo una mueca. No sabía qué decir, pero desde luego no había pretendido herirla.

Brianne rodó sobre la cama y enterró su rostro ardiente en la almohada.

–Déjame en paz –dijo con un ronco susurro.

Pierce vaciló, pero no quería empeorar la situación. Contempló su pequeña figura hecha un ovillo en el caftán voluminoso y se cuestionó su fragilidad. Brianne siempre parecía tan fuerte y tan capaz que era una sorpresa verla vulnerable.

Finalmente, salió del dormitorio, pero no del apartamento. Se dirigió a la cocina y le pidió a Therese que le preparara una infusión. Cuando estuvo lista, se la llevó junto a un pequeño paquete de galletas sin sal en una bandeja.

Brianne estaba sentada sobre la cama con los ojos rojos y las mejillas húmedas. Pierce dejó la bandeja sobre la mesilla y se sentó a su lado en la cama.

–Toma –le dijo con voz ronca, pasándole la delicada taza de porcelana–. Therese dice que te gusta. Es manzanilla.

Brianne la aceptó con desgana.

—Me asienta el estómago —murmuró, tomando un sorbo.

Pierce observó cómo bebía mientras pensaba en lo que iba a decir.

—Las Vegas está por allí —le indicó Brianne, señalando por la ventana—. Puedes divorciarte de mí sin mi ayuda, ¿verdad?

—Intenta ser razonable —le dijo con calma—. Un hombre no se divorcia así como así de una mujer embarazada.

—No quieres a mi hijo —lo acusó, fijando la mirada en la manzanilla—. Eras un fanático de los anticonceptivos —levantó la vista con enojo—. Guardaba la píldora en la mesilla de noche, así que no pude llevármela en el viaje inesperado a la isla de Philippe —volvió a bajar la vista enseguida—. Después, pensé que no tenía sentido seguir tomándola.

—Por supuesto que no. Y yo estaba intentando protegerte de Sabon —Pierce entornó los ojos y la estudió con atención—. Dejando a un lado los rumores, Tate hizo algunas comprobaciones. Al parecer, Sabon no es capaz de concebir un hijo, y no creo que sea un problema de esterilidad.

Brianne contempló a su marido con una expresión reveladora que involuntariamente confirmó sus sospechas.

—No te preocupes —le dijo en voz baja—. No pienso difundir lo que sé. Mejor dicho, lo que Tate averiguó para mí. Es la única explicación que hallaba a la extraña actitud que Sabon tenía contigo y al hecho de que después de que te secuestrara, dejaras de tenerle miedo.

Brianne se movió con incomodidad y tomó otro sorbo de su manzanilla.

—Prometí que no se lo diría a nadie.

—Me alegra saberlo —reflexionó—. Así puedo contarte mis secretos sin temor a que los divulgues.

Brianne lo miró con enojo.

—Nunca me cuentas nada. Claro que tampoco me importa.

Pierce trazó un dibujo en el caftán sobre su vientre suavemente redondeado.

—¿Vas a un ginecólogo?

—No, pensé que era mejor dejar que la cigüeña se encargue de todo... Por supuesto que voy al ginecólogo, no soy estúpida.

Pierce suspiró.

—Entonces piensas quedártelo.

La expresión de enojo se intensificó.

—Accidente o no, quiero al bebé —dijo con aspereza—. Si no te gusta, peor para ti.

Pierce la miró a los ojos y extendió la palma de la mano sobre su hijo. No había pensado mucho en ser padre, pero toda clase de posibilidades cobraron forma en su mente. Un niño con pelo negro y ondulado y los ojos verdes y suaves de Brianne al que podría hablarle del negocio del petróleo y del mundo de las altas finanzas. Un niño al que mecer por las tardes cuando volviera a casa después del trabajo. Brianne y él lo llevarían a los museos y a la ópera más adelante, cuando fuera mayor...

—Te he preguntado que por qué has vuelto —dijo Brianne. Pierce levantó los ojos a su rostro.

—Porque tu guardaespaldas me telefoneó a la plataforma para preguntarme si debía vigilar a tu visitante árabe.

17

Brianne sonrió.

—Así que es por eso por lo que viniste corriendo hasta aquí.

Parecía satisfecha. Bueno, por qué no, se lo merecía. Pierce sonrió tímidamente y se encogió de hombros.

—Supongo que era inevitable desde aquel primer día en París —dijo en tono ausente mientras la observaba con una tierna sonrisa—, cuando me sacaste de la coraza en la que encerraba mi corazón —envolvió su pequeña mano con la suya y la acarició—. Intentaba volver a Margo, pero la única solución era el suicidio —la miró a los ojos—. La diferencia de edad sigue siendo excesiva, pero el bebé será la garantía de que no te irás con el primer jovencito que te llame la atención —añadió con una sonrisa burlona.

Caramba, estaba celoso, pensó Brianne con turbación. Y no solo celoso, también tenía miedo de no poder retenerla.

—Te amo —dijo con franqueza—. ¿Por qué iba a correr tras otro hombre, joven o viejo?

Brianne notó cómo flexionaba los dedos dolorosamente entre los suyos.

—¿Qué has dicho? —inquirió en un ronco susurro.

—Que te amo desesperadamente, Pierce —repuso en tono práctico, y escrutó sus ojos negros con un suspiro—. ¿No lo sabías?

Sus ojos se posaron en su mano, envuelta en las suyas y redujo la presión.

—En realidad, no —dijo con voz desgarrada—. No te he dado muchos motivos para amarme últimamente.

—¿Por qué si no iba a quedarme con un hombre que todavía está casado con su difunta esposa? —le preguntó con cierta tristeza—. Cualquier mujer en su sano juicio habría salido corriendo en dirección contraria.

—Amaba a Margo —corroboró, cerrando los dedos en torno a los suyos—. Tardé mucho tiempo en dejarla marchar. Pero Tate tenía razón. Dijo que tenías las mismas cualidades que Margo y que era un estúpido por no retenerte —le brindó una media sonrisa—. No quise escucharlo, por supuesto. Fui al mar Caspio y me convertí en la peor pesadilla de mis hombres. Supongo que ahora estarán embriagados de alegría después de despedirme en helicóptero en medio de un vendaval.

—¿En serio? —repuso Brianne con una sonrisa.

—Estaba impaciente por arrojar a Sabon por la ventana. Claro que no siempre se consigue lo que se quiere —la miró con enojo—. De ahora en adelante, solo podrá venir a verte cuando yo esté en casa.

—Eres un machista y un posesivo —lo acusó.

Pierce se llevó su pequeña mano a los labios y la besó con suavidad.

—No voy a compartirte con nadie, ni siquiera con el jefe de un gobierno extranjero.

Brianne decidió que no era el momento adecuado para hablarle de la promesa de Philippe sobre su hijo.

—Supongo que tienes que volver a la plataforma —quiso saber Brianne.

–Soy el jefe –le informó–. No tengo que ir a ninguna parte si no quiero.

Brianne sintió que el corazón le daba un vuelco.

–¿Vas a quedarte?

–Durante unos cuantos años, supongo. Cincuenta, más o menos.

–¿Cincuenta... años? –susurró Brianne, conteniendo el aliento.

Pierce asintió y volvió a posar su mano sobre su vientre.

–No voy a dejar que des a luz sola. Es mi bebé –le dijo con voz llena de admiración y deleite trémulo. Luego sonrió–. Cuidaré de ti. Toda la vida –su voz se debilitó mientras acariciaba su rostro con suavidad–. Te daré lo que quieras.

Brianne notó que la garganta se le cerraba.

–Solo te quiero a ti. Pero yo también te cuidaré, mi amor.

Pierce contuvo el aliento de forma audible. La miró con tanta ternura que Brianne se sonrojó. Se inclinó y besó sus párpados con suavidad.

–¡Brianne! –susurró. Inspiró para serenarse y la miró con anhelo durante largo tiempo antes de hablar.

–¿Qué pasa? –preguntó Brianne con suavidad.

Pierce le rozó los labios con los dedos, luchando por pronunciar las palabras que no quería decir.

–No puedo... perderte –susurró–. Dios mío, Brianne, no puedo perderte... –por increíble que pareciera, su voz se quebró al pronunciar aquellas palabras.

–¡Amor mío! –Brianne extendió los brazos y lo atrajo hacia ella, besándolo por todas partes, meciéndolo, abrumada por el amor que sentía hacia ella. Sintió su rostro amplio y cálido sobre su garganta y sus lágrimas desinhibidas mientras susurraba con suavidad y lo besaba con ternura–. Haré lo posible para vivir tanto como tú, pero tú tampoco puedes dejarme –dijo con una débil carcajada. Lo abrazó con fuerza–. Pierce, te amo tanto.

Los brazos de Pierce casi le hicieron daño al reaccionar a la pasión de su voz y al amor por ella. Brianne notó sus labios junto al oído.

–Te amo, Brianne –susurró–. *Je t'aime si beaucoup*.

No solo la amaba, sino que le declaraba su amor en dos idiomas, pensó Brianne, aturdida de alegría y asombro. Lo estrechó con fuerza y cerró sus ojos húmedos para saborear el sonido de aquellas palabras. Pierce la amaba e iban a tener un hijo. Fue el momento más feliz de su vida.

La imagen de Margo no se disipó de inmediato, pero a lo largo de los meses su presencia disminuyó en sus vidas a medida que Brianne crecía con el bebé y Pierce descubría el gozo puro de la paternidad inminente. Tenía dos armarios llenos de juguetes y un cuarto equipado con todo lo necesario para un niño. Pierce escogió una nueva alianza con ella y la llevaba puesta en lugar del anillo que Margo le había dado.

Todos sabían que estaba embarazada porque mucho antes de que empezara a ponerse elegantes vestidos premamá, Pierce lo había anunciado a los cuatro vientos henchido de orgullo.

El bebé nació el mismo día en que Philippe Sabon fue nombrado regente de su país, de modo que les resultó imposible asistir a la ceremonia. Pero a pesar de la importancia de aquella fecha en la vida de Sabon, no se olvidó de enviar a Brianne un ramo de rosas blancas y felicitar a los Hutton por el nacimiento de su hijo, Edward Laurence.

Brianne, exhausta, besó a su pletórico marido mientras contemplaba con asombro y fascinación al niño diminuto que mamaba de su pecho.

–Gracias por no molestarte por las rosas –susurró con una sonrisa cansina.

Pierce rio entre dientes.

—Puedo perdonarle una rosa o dos, dado que está al otro lado del océano —murmuró—. Dios mío, Brianne, ¿no es hermoso? —exclamó, observando a su hijo.

—Muy hermoso —corroboró. Escrutó el rostro moreno de su marido y sonrió.

La diminuta mano del bebé se cerró en torno a uno de los dedos de Pierce.

—Y pensabas que era demasiado joven —bromeó Brianne.

—Eso fue antes de que comprendiera lo joven que me iba a sentir contigo. Qué regalo más preciado —murmuró, inclinándose para besar la cabecita de su hijo—. No se me ocurre nada de igual valor que darte.

—También es hijo mío —le recordó. Levantó la mano y le acarició los labios con suavidad—. Podemos darnos una hija la próxima vez.

Pierce frunció los labios y le brindó una sonrisa traviesa.

—Hecho.

Brianne rio, la vida era muy bella. Pensó por un momento en el pobre Philippe, que nunca podría disfrutar del placer de sostener a su hijo en los brazos. Pero solo fue un pensamiento. Luego su mente se centró por entero en los dos hombres que más amaba en el mundo, y que en aquellos instantes estaban en sus brazos.

ROSA DE PAPEL

DIANA PALMER

Prólogo

Cecily Peterson hacía girar una preciosa rosa de papel rojo entre los dedos, deleitándose en su perfección con los ojos llenos de sueños rotos.

Estaba enamorada de un hombre que nunca iba a poder devolverle ese amor. Su vida era como aquella rosa de papel, una imitación de la belleza capturada en un medio que nunca envejecería, ni se marchitaría, ni moriría. Pero era un medio frío, un medio muerto a pesar de que nunca había vivido.

Tate Winthrop le había llevado aquella delicada rosa de Japón.

En aquel momento, había hecho crecer en ella la esperanza de que un día llegaría a quererla, pero, a medida que los años habían ido pasando, esa esperanza se había ido apagando, hasta que al fin se había dado cuenta de que la rosa hablaba por él. Le estaba diciendo del modo más delicado posible que lo que sentía hacia ella era solo un pálido reflejo de la pasión y el amor. Estaba diciéndole, sin pronunciar una sola palabra, que el cariño nunca podía ser sustituto del amor. Recordaba con tanta nitidez cómo había empezado su turbulenta relación hacía ya tantos años...

Ocho años antes

El polvo dibujaba la silueta del camino que llegaba de Corryville, Dakota del Sur. Tate Winthrop entornó los ojos, subido como estaba al poste más alto de la valla del corral, para observar el progreso de aquella vieja camioneta gris que debía traerle el pedido que había hecho en Piensos Blake.

Lo mejor sería no empezar aún con la doma de bocado de su yegua, pensó, bajándose de la valla. Los viejos vaqueros que llevaba se ceñían cómodamente a su cuerpo. Tate era un hombre alto, delgado y fuerte, con manos elegantes y pies grandes. Tenía el pelo negro y liso, que le llegaba a la cintura cuando no se lo recogía en una coleta como en aquel momento. El abuelo de su madre había estado en Little Big Horn y se había desplazado después a Washington con una delegación al juramento de Teddy Roosevelt en su cargo de presidente. Algunos de los mayores decían que se parecía mucho al viejo guerrero.

Sacó el habano que se había guardado en el bolsillo de la camisa de franela y prendió una cerilla para encenderlo en el hueco de sus manos. Los chicos de la agencia siempre querían saber cómo se las arreglaba para conseguir cigarros de contrabando, pero él no se lo había dicho a nadie. Guardar secretos era precisamente su forma de vida. Era el alma de su trabajo.

La camioneta subió la cuesta y volvió a aparecer junto a la casa, el granero y el corral en el que una yegua blanca como la nieve golpeaba impaciente la tierra con los cascos, agitando su melena.

Una chica joven y delgada bajó de la cabina de aquel viejo trasto. Era rubia, llevaba el pelo corto y tenía los ojos verdes. Estaba demasiado lejos como para verlos, pero los conocía mejor de lo que le hubiera gustado. Se llamaba Cecily Peterson. Era la hijastra de Arnold Blake, el hombre que acababa de heredar Piensos Blake, y el único empleado que no tenía miedo de ir hasta allí para llevar el pedido. El rancho de Tate, que no quedaba demasiado lejos de la Reserva Siux Pine Ridge, quedaba junto al límite sur de la Reserva Siux Wapiti Ridge. La misma ciudad de Corryville se asentaba junto al gran río Wapiti. La madre de Tate, Leta, vivía en la reserva Wapiti, que quedaba a un tiro de piedra de Corryville. Tate había crecido en la discriminación. Quizás fuera esa la razón de que se hubiera comprado el rancho lejos de la tribu en cuanto había podido permitírselo.

La gente no le gustaba demasiado, y sobre todo mantenía las distancias con las mujeres blancas, pero Cecily era su debilidad. Era una chica de dieciséis años dulce y amable, aunque la vida había sido dura con ella. Su madre, inválida, había muerto hacía poco, y ahora vivía con su padrastro y un hermano de este. El hermano era un tipo decente, lo bastante mayor para haber sido abuelo de Cecily, pero el padrastro era un vago y un borracho.

Todo el mundo sabía que era Cecily quien hacía la mayor parte del trabajo en la tienda de piensos que había abierto su padre y que su padrastro había heredado tras la muerte de su madre. Y, al paso que iba, no tardaría mucho en arruinarla.

Cecily era un poco más alta que el resto de chicas de su edad y delgada como un ciervo. No iba a ser una belleza, pero tenía una fuerza interior que iluminaba sus ojos verdes y los hacía parecer esmeraldas salpicadas de cobre.

Tate frunció el ceño. Cecily no era más que una niña y su único contacto con ella eran los pedidos que hacía a la tienda, y el interés que despertaba en ella la cultura ancestral de los indios. Casi sin darse cuenta, se había encontrado instruyéndola sobre sus costumbres, pero su unión con él no había resultado evidente hasta que sobrevino la muerte de su madre. No acudió a su padrastro, ni al hermano de este, ni a los amigos que pudiera tener en la ciudad el día en que murió su madre, sino a él. Con los ojos enrojecidos y las mejillas emborronadas de lágrimas. Y él, que nunca había permitido que se le acercase nadie excepto su propia madre, la había abrazado y había intentado consolarla mientras lloraba. Había sido lo más natural del mundo enjugar sus lágrimas, pero más tarde, el cariño que parecía sentir por él había empezado a preocuparle. Por nada del mundo podía permitir que se enamorase de él. No era solo por la clase de vida que llevaba, nómada y solitaria, sino la escasez de sangre Lakota pura que había en el mundo. Para conservarla, debía casarse con alguien de la tribu Siux, y no entre sus parientes, sino que perteneciese a otros Siux. Si es que se casaba alguna vez...

Sus pensamientos volvieron al presente, a Cecily, que se acercaba. Deliberadamente no acudió a recibirla.

Pero ella no se arredró. Traía una factura en la mano que tenía que firmarle. La mano le temblaba un poco, como siempre que se acercaba a él, pero apretó el papel y el bolígrafo al acercarse. Incluso con las botas de tacón grueso que llevaba para trabajar, Tate era mucho más alto que ella. Cecily iba vestida con vaqueros y una camisa de cuadros de hombre. Nunca la había visto con algo femenino o que enseñase lo más mínimo.

Le entregó la factura sin mirarlo a los ojos.

—Mi padrastro dice que es lo que habías pedido, pero que lo revise contigo antes de descargarlo.

—¿Por qué siempre te envía a ti? —le preguntó mientras revisaba la lista.

—Porque sabe que no te tengo miedo —contestó.

Levantó la mirada y clavó sus ojos negros en ella. A veces le daban miedo. Parecían los de una cobra, imperturbables y fijos. Cuando se acercó a él por primera vez, sintió deseos de retroceder, pero ya había dejado de tenerle miedo. La había tratado con ternura, más que ninguna otra persona y sabía, a diferencia del resto de los habitantes de la ciudad, que había mucho más dentro de Tate Winthrop de lo que él dejaba entrever.

–¿Estás segura de que no me tienes miedo? –le preguntó en voz baja.

Ella solo sonrió.

–No creo que me estrangulases si me hubiera equivocado en el pedido –replicó, ya que había oído que era eso precisamente lo que había pretendido hacer con su padrastro una vez que no le llevó el pienso que había pedido y perdió varios animales en una tormenta por su culpa.

Tenía razón. Jamás la tocaría, por ninguna razón. Firmó la factura y se la devolvió.

–Está todo lo que había pedido, sí.

–De acuerdo –contestó ella alegremente–. Voy a descargarlo.

Él no dijo nada, pero apagó el cigarro, volvió a guardárselo en el bolsillo y la siguió hasta la camioneta.

Ella lo miró con dureza.

–No soy un pastelillo de crema –protestó–. Puedo descargar unos cuantos sacos de nada sin ayuda.

–Estoy seguro, pero no lo vas a hacer. Aquí, no.

–Tate, no deberías hacerlo tú. Tendría que estar aquí mi padrastro. Ya que se ha quedado con el almacén, debería llevarlo en condiciones, ¿no?

–¿Por qué, si te tiene a ti para hacerlo? –iba a descargar un saco de fertilizante cuando se quedó mirándola –. ¿Qué te ha pasado en el cuello, Cecily?

Ella se echó mano a la base de la garganta. Había salido de casa con el cuello abrochado, pero hacía demasiado calor para llevarlo así, y no se había dado cuenta de que se le iban a ver las marcas.

Tate se quitó los guantes de trabajo, los echó sobre los sacos y empezó a desabrocharle la camisa.

–¡No! –exclamó ella–. ¡Tate, no puedes...

Pero ya lo había hecho. Sus ojos brillaban como brasas mientras apartaba la tela para ver otros moretones en la línea de la clavícula y por encima del viejo sujetador que llevaba... marcas de las manos de un hombre. Apretó los dientes y la miró fijamente. Ella enrojeció y se mordió un labio–. No quiero avergonzarte, pero vas a decirme si tienes esa misma clase de moretones en los pechos.

Ella cerró los ojos y una lágrima se escapó de debajo de sus párpados.

–Sí –musitó.

–¿Ha sido tu padrastro?

Ella tragó saliva. Era incapaz de mirarlo a los ojos, así que asintió.

–Háblame.

–Estaba intentando tocarme... ahí. Siempre lo ha intentado, incluso recién casado con mi madre. Intenté decírselo, pero ella no quiso escucharme. Les gustaba beber juntos –se cruzó los brazos sobre el pecho–. Anoche llegó borracho como una cuba y entró en mi habitación –recordarlo le producía náuseas–. Yo estaba dormida –la repulsión que sentía le brillaba en la mirada–. ¿Por qué los hombres son tan animales? –preguntó con un cinismo demasiado exacerbado para su edad.

–No todos lo somos –contestó, y su voz pareció de hielo. Le abrochó la camisa con presteza–. Ni siquiera tienes un sujetador en condiciones.

Ella enrojeció.

–Se suponía que nadie iba a verlo.

Le cerró la camisa hasta el cuello y apoyó las manos en sus hombros.

–No vas a tener que volver a soportar algo así.

Ella lo miró con los ojos desmesuradamente abiertos.

–¿Qué?

–Lo que has oído. Venga, vamos a descargar esto.

Luego hablaremos y tomaremos la decisión que haya que tomar.

Poco después, la tomaba de la mano y la obligaba casi a entrar en su casa. Le ofreció una silla, llenó de café una taza y se la dejó delante.

Cecily, sorprendida, se sentó y miró a su alrededor. Era la primera vez que entraba en su casa, y le sorprendió que no resultara ser lo que parecía desde fuera. Estaba llena de equipos electrónicos, ordenadores, impresoras, una especie de centralita de teléfonos y varios receptores de radio de onda corta. En una de las paredes había una colección de pistolas y rifles que no se parecían a nada que hubiera visto antes.

El mobiliario también era impresionante. Como todos los demás, había oído rumores sobre aquel hombre tan solitario que, siendo un lakota, no vivía en la reserva, que tenía un pasado misterioso y una profesión aún más misteriosa. A diferencia de muchos lakotas, que eran víctimas de los prejuicios, nadie se atrevía a tocar a Tate Winthrop. Era más, muchos de los habitantes de Corryville le tenían un poco de miedo.

Él también se sentó, dejó el sombrero en el suelo y la miró atentamente. Sacó de nuevo el cigarro y lo encendió.

—Anoche, ¿llegó a violarte tu padrastro? —preguntó sin rodeos.

Ella enrojeció violentamente y cerró los ojos. Sería inútil no decirle la verdad.

—Lo intentó —dijo con voz ahogada—. Yo me defendí con un golpe, pero él me sujetó. Estaba muy borracho; de lo contrario no habría podido escaparme. Siempre me había molestado, pero nunca como anoche... —lo miró, angustiada—. Me escondí en el bosque hasta que se quedó dormido, pero no me atreví a volverme a dormir —hizo una pausa—. Preferiría morir de hambre antes que dejárselo hacer. ¡Lo digo en serio!

Siguió observándola mientras el humo de su cigarro subía hacia el techo. La conocía lo bastante para saber que nunca faltaba a sus obligaciones, jamás se quejaba, nunca pedía nada. La admiraba por ello, y eso era raro, porque la mayoría de las mujeres provocaba una especie de desprecio en él. Especialmente las blancas. Pero pensar en el asalto de su padrastro le hacía desear estrangularle con sus propias manos. Nunca había deseado de ese modo hacerle daño a alguien.

Quitó la ceniza del puro en un gran cenicero de cristal y quedó en silencio durante un par de minutos.

Ella tomó varios sorbos de su café, incómoda. Aquel hombre seguía siendo casi un extraño para ella, y la había visto en ropa interior. Era una incomodidad diferente y extraña, una sensación que no había experimentado con nadie.

—¿Qué quieres hacer con tu vida, Cecily? —le preguntó de pronto.

—Quiero ser arqueóloga —contestó sin dudar.

Él arqueó las cejas.

—¿Por qué?

—Tuvimos un profesor, justo el último año de instituto, que era arqueólogo. Había participado en la excavación de unas ruinas mayas en la península de Yucatán —el entusiasmo iluminó sus ojos verdes—. Me parece que debe ser algo maravilloso sacar a la luz los restos de una antigua civilización y mostrárselos al mundo... —su voz perdió intensidad. Era un sueño imposible—. Pero no hay dinero para eso. Mi madre tenía unos ahorrillos, pero mi padrastro se los ha gastado ya.

—¿Cuánto tiempo hace que murió tu padre?

—Seis años, pero mi madre se casó con él el año pasado —cerró los ojos y se estremeció—. Se sentía muy sola, y él le prestaba mucha atención. Pero yo comprendí qué clase de tipo era desde el principio. ¿Por qué mi madre no se daría cuenta?

—Porque hay personas que carecen de percepción —contestó, y siguió analizándola con la mirada—. ¿Qué notas sacaste en el instituto?

–Sobresalientes y notables. Las ciencias siempre se me han dado bien –de pronto se le ocurrió una posibilidad desagradable–. ¿Vas a intentar que encierren a mi padrastro? Todo el mundo se enteraría de que...

Tenía miedo de la opinión de los demás, del juicio, de las miradas.

–¿Es que no crees que la violación sea causa suficiente?

–No llegó a hacerlo, pero tienes razón. Va a estarse todo el día sentado en casa, pensándolo. Esta noche ya no podré escapar. Ni siquiera si me escondo en el bosque.

Tate se inclinó hacia delante, una mano apoyada en la pulida superficie de la mesa de madera de cerezo. Cecily sentía ganas de vomitar. Se cruzó de brazos y dejó vagar la mirada, temblando. Era la peor pesadilla que había vivido en su corta vida.

–Deja de darle vueltas –dijo él. Daba la impresión de que nada podía desestabilizarle–. No volverá a tocarte, eso te lo garantizo. Tengo una solución.

–¿Una solución?

Sus ojos estaban llenos de esperanza.

–Podrías conseguir una beca de la universidad George Washington, en Washington D.C. –dijo, alegrándose de haber aprendido a mentir tan bien, sin delatarse y sin contemplar la posibilidad de que una mentira siempre podía volver y complicarle la vida–. Libros y manutención. Es para personas necesitadas, y tú desde luego reúnes los requisitos. ¿Te interesa?

–Sí, bueno... pero ¿cómo voy yo a llegar hasta allí y a solicitar la beca?

–Olvídate por ahora de esos detalles. En esa universidad tienen un buen programa de arqueología y estarías lejos del alcance de tu padrastro. Si te parece bien, no tienes más que decirlo.

–¡Claro que me parece bien! –exclamó–. Pero de todas formas, tendré que volver a casa y...

–No, no vas a volver –le interrumpió–. Nunca más.

Se levantó de la silla y marcó un número de teléfono. Esperó un instante y luego empezó a hablar en un idioma incomprensible para ella.

Había convivido con lakotas durante casi toda su vida, pero nunca había oído hablar así su lengua. Estaba llena de matices de la voz, de musicalidad, y parecía hablar de lugares olvidados y traer el sonido del viento. Le encantaba cómo sonaba con su voz profunda.

La conversación no tardó en terminar.

–Vámonos.

–La camioneta... yo tengo que... los pedidos...

–Yo haré que le devuelvan la camioneta a tu padre junto con un mensaje.

No mencionó que sería él personalmente quien haría ambas cosas.

–Pero ¿dónde voy a ir?

–A la reserva de mi madre. Mi padre trabaja en Chicago, así que está sola. Le gustará tu compañía.

–No tengo ropa –protestó.

–Ya me ocuparé yo de recogerla de tu casa.

–Haces que parezca tan fácil... –exclamó, sorprendida.

–La mayoría de las cosas lo son si eres capaz de quitar la paja que las rodea. Hace tiempo que aprendí a ir directo al grano –abrió la puerta–. ¿Vienes?

Cecily se levantó. De pronto se sentía libre y llena de esperanza. Era como uno de esos milagros imposibles de creer.

–Sí.

1

En la actualidad
Washington, D.C.

Las cámaras y sus flashes se disparaban sin parar alrededor de Cecily Peterson. Micrófonos blandidos por acrobáticos periodistas aparecían frente a su cara mientras caminaba sin premura para salir de la cena para recaudar fondos ofrecida por el senador Matt Holden.

A su espalda, quedaba un hombre alto y con una larga coleta de cabello negro esperando a que toda una sopera de crema de cangrejo acabase de escurrir del que hasta un momento antes había sido un inmaculado pantalón de esmoquin. Tenía que esperar para poder moverse. La rubia que le acompañaba, adornada con tantos diamantes que parecía un árbol de Navidad, había arponeado con la mirada la espalda de Cecily.

Y Cecily seguía caminando.

—Que salga en las noticias de las once —murmuró, dirigiéndose a nadie en particular y con una sonrisilla.

No parecía una mujer cuya vida acababa de quemarse y hundirse en el espacio de unos pocos minutos. Su vida estaba como el esmoquin de Tate Winthrop... destrozada. Todo iba a cambiar.

Se encaminó al coche negro en el que su acompañante la había llevado y esperó a que saliese. Los zapatos se le habían humedecido al pisar sobre la hierba y notaba cómo el pelo empezaba a soltarse del complicado moño. La calle y las luces de los coches eran para ella borrones de color, ya que no llevaba las gafas y no podía utilizar lentes de contacto. Llevaba puesto un vestido negro de finas hombreras, y el chal negro que le adornaba apenas servía para darle calor. No podía entrar en el coche sin tener la llave, pero eso no importaba. Estaba demasiado aturdida para sentir el frío de la noche, o para preocuparse por el denso tráfico de Washington. La enfurecía haber tenido que saber la verdad sobre el estado de sus cuentas y de su supuesta beca de formación a través de la rubia teñida que acompañaba últimamente a Tate Winthrop, y mentalmente retrocedió dos días. Todo parecía tan perfecto entonces que sus sueños parecían a punto de convertirse en realidad...

El aeropuerto de Tulsa estaba abarrotado. Cecily tenía que hacer malabarismos para que su bolsa de viaje y la del equipo no fueran arrastradas por la marea humana mientras oteaba el horizonte en busca de Tate Winthrop. Iba vestida con su atuendo habitual de trabajo: botas, pantalón caqui, chaqueta de safari y un sombrero colgándole a la espalda. Llevaba el pelo rubio recogido en un moño en lo alto de la cabeza, y a través de sus gafas de cristales gruesos, sus ojos verdes brillaban de alegría. No era corriente que Tate le pidiese ayuda para resolver un caso. Era toda una ocasión.

De pronto lo vio aparecer, más alto que el resto de la gente. Era un siux lakota, y lo parecía. Tenía unos pómulos muy marcados, la mandíbula firme y su ojos eran negros y profundos; su labio superior era fino, pero el inferior carnoso y bien marcado; el pelo liso y negro como la noche, y le caía hasta la cintura, de no llevarlo en coleta como en aquella ocasión. Era alto y fuerte, pero sin exageración, y una vez había trabajado para una agencia secreta del gobierno. Se suponía que ella no debía saberlo, claro; ni eso ni que se mantenía en contacto con ellos bajo cuerda para intentar solventar un caso de asesinato en Oklahoma.

–¿Dónde está tu equipaje? –le preguntó Tate con su voz profunda.

Ella lo miró descaradamente. Estaba muy elegante con su traje de tres piezas.

–¿Y dónde está tu atuendo de trabajo? –replicó con la soltura que dan los años de confianza.

Tate la había salvado de los avances de un padrastro borracho cuando solo tenía diecisiete años llevándola a casa de su madre en la reserva siux de Wapiti, cerca de Black Hills, y allí se quedó hasta que le consiguió una beca para la universidad George Washington, cerca del apartamento que él tenía en Washington D.C. Había sido su ángel guardián durante cuatro años de universidad y su curso posgrado que estaba empezando en aquel momento: Arqueología forense. Estaba empezando a ganarse el respeto de los demás por su forma de trabajar. Había sacado las mejores notas durante toda la carrera, lo cual no era sorprendente, ya que carecía de vida social.

No necesitaba salir con nadie, ya que no tenía ojos para otro hombre que no fuese Tate.

–Soy jefe de seguridad de la corporación Hutton –le recordó–. Esto es un favor que les estoy haciendo a un par de amigos, así que este es mi atuendo de trabajo.

–Te vas a poner perdido –le advirtió con una mueca.

–Ya me cepillarás tú después –bromeó.

Cecily sonrió de oreja a oreja.

–¡Eso sí que es un incentivo!

Tate se echó a reír.

–Ya basta. Tenemos una situación complicada en nuestras manos.

–Eso me pareció al hablar contigo por teléfono –miró a su alrededor–. ¿Dónde está la retirada de equipajes? He traído unas cuantas herramientas y equipo electrónico.

–¿Y ropa?

–¿Para qué voy a necesitar un montón de ropa quitándole sitio a mi equipo? Todo lo que llevo puesto es de lavar y poner.

Tate hizo una mueca.

–Pero no pensarás ir a un restaurante así, ¿no?

–¿Por qué no? Además, ¿quién va a llevarme a un restaurante? Tú nunca lo has hecho.

–Es que pretendo hacer esa penitencia mientras estés aquí –replicó, encogiéndose de hombros.

–¡Genial! ¿Tu cama o la mía?

Tate se echó a reír.

Cecily era la única persona que era capaz de hacerle sentir despreocupado, aunque fuera solo durante un momento. Hacía nacer algo en su interior; algo que él se cuidaba mucho de no mostrar.

–Nunca te rindes, ¿verdad?

–Algún día cederás –le aseguró–, y pienso estar preparada. Llevo una caja de preservativos sin estrenar en la mochila.

–¡Cecily!

Ella se encogió de hombros.

–Una mujer tiene que pensar en esas cosas, y ya tengo veintitrés años. Además, tú apareciste en escena y me rescataste de algo terrible. ¿Qué culpa tengo yo si a tu lado el resto de amantes potenciales parecen solo pedazos de alcornoque?

–No te he traído aquí para hablar de tu vida sexual –puntualizó.

–¡Y yo que esperaba que pusieras a mi disposición tu vasta experiencia!

El comentario le valió una mirada severa y Cecily suspiró.

—Está bien –dijo a regañadientes–. Me rindo... por ahora. ¿Para qué me has traído? –le preguntó–. Mencionaste algo sobre restos de esqueletos.

Tate miró a su alrededor antes de hablar.

—Hemos recibido un soplo en el que nos dijeron que podríamos solventar un caso de asesinato si investigábamos en un lugar concreto. Hace unos veinte años, un agente doble extranjero desapareció cerca de Tulsa. Llevaba consigo un microfilm en el que se identificaba a un topo infiltrado en la CIA. Sería muy embarazoso para todo el mundo que el cadáver resultase ser el de ese topo y el asunto del microfilm volviese ahora a la superficie.

—Supongo que ese topo ha escalado muchos peldaños en el mundo, ¿verdad?

—Mejor no quieras saberlo –contestó, y con una sonrisa añadió–: no quiero tener que ponerte en el programa de protección de testigos. Lo único que tienes que hacer es decirme si el cadáver es el del hombre que andamos buscando.

—¿No teníais a un experto trabajando en ello?

—No te imaginas la clase de experto que han enviado.

Sí que se lo imaginaba, pero no dijo nada.

—Además –añadió–, tú eres discreta. Sé por experiencia que no dirás todo lo que sepas.

—¿Qué os ha dicho ese experto sobre los restos?

—Pues que son muy antiguos –replicó, exagerando el tono–. ¡De hace miles de años, seguramente!

—¿Y por qué crees que no es así?

—Pues porque hay un agujero del calibre treinta y dos en el cráneo.

—Ya. Así que queda descartado que se trate de un cazador indio del paleolítico.

—Exacto. Pero necesito que sea un experto quien lo diga; si no, el caso se cerrará, y no sé qué opinarás tú, pero yo no quiero tener a un antiguo agente del KGB dirigiéndome desde el gobierno.

—Yo tampoco. ¿Te has parado a pensar que alguien

podría haber utilizado el cráneo para hacer prácticas de tiro?

Él asintió.

—¿Podrás fechar los restos?

—No lo sé. La prueba del carbono es la más fiable, pero se toma su tiempo. Haré todo lo que pueda.

—Con eso me basta. Los expertos en arqueología india no abundan últimamente en la compañía. Tú has sido la única persona a la que he podido recurrir.

—Me siento halagada.

—Eres buena en tu trabajo; no es cuestión de halagos. ¿Qué traes en esas maletas, si no es ropa? —quiso saber.

—Un ordenador portátil con módem y fax, un teléfono móvil, herramientas varias para excavar, incluyendo una pala plegable, dos libros de consulta sobre restos de esqueletos humanos...

Le costaba trabajo levantarla y Tate se la quitó de la mano.

—Dios mío, te vas a herniar con este peso. ¿Es que no has oído hablar de esos carritos que venden para llevar las maletas.

—Claro que sí. Tengo tres, pero están todos en el armario de Washington.

La condujo a un utilitario que había aparcado cerca de la puerta, metió sus cosas en el maletero y le abrió la puerta.

Cecily no era guapa, pero tenía algo especial. Era inteligente, vivaracha, descarada y le hacía sentirse bien por dentro. Podría haber llegado a ser todo su mundo, si él se lo hubiera permitido, pero su sangre era lakota, y la de ella no. Si alguna vez llegaba a casarse, algo que su profesión hacía muy poco probable, no le gustaba la idea de mezclar su sangre.

Subió al coche y con un gesto de impaciencia abrochó el cinturón de seguridad de Cecily.

—Siempre se te olvida —murmuró, mirándola a los ojos.

Ella sintió que la respiración se le volvía algo dificultosa al encontrarse con su mirada tan cerca. Siempre le pasaba lo mismo.

Tate era un hombre atractivo y muy sensual, y ella le quería más que a su propia vida. Llevaba años queriéndolo, pero era un amor sin esperanza, una adoración que no le devolvían. Jamás la había tocado, ni de la forma más inocente. Solo la miraba.

–Debería cerrarte la puerta para siempre –le dijo–. No debería hablarte, ni verte siquiera, y seguir adelante con mi vida. Eres un tormento.

Inesperadamente, él le rozó la mejilla con la yema de los dedos y suavemente llegó hasta su labio inferior.

–Yo soy lakota –dijo–. Tú, blanca.

–Existe una cosa que se llama control de natalidad –contestó con voz temblorosa.

De pronto se quedó muy serio, casi solemne.

–¿Es realmente sexo todo lo que quieres de mí, Cecily? –se burló–. ¿Nada de hijos?

Era la conversación más seria que habían tenido. No podía apartar la mirada de sus ojos. Le deseaba, sí, pero también quería llegar a tener hijos algún día. Su expresión se lo dijo todo.

–No, Cecily –continuó casi con dulzura–. Sexo no es lo que tú quieres, y lo que de verdad deseas, yo no puedo dártelo. No tenemos futuro juntos. Si me caso algún día, es importante para mí que lo haga con una mujer que tenga el mismo bagaje que yo. Y no quiero vivir con una jovencita blanca e inocente.

–No sería tan inocente si tú quisieras cooperar un poco –protestó.

Sus ojos negros brillaron.

–En otras circunstancias, lo haría –dijo, y de pronto percibió algo peligroso en su sonrisa, algo que le aceleró aún más el pulso–. Me encantaría desnudarte, meterme en la cama contigo y curvarte como la rama de un sauce bajo mi cuerpo.

—¡Basta! —exclamó ella teatralmente—. ¡Voy a desmayarme!

Su mano se deslizó bajo su nuca y tiró de ella hasta que sus alientos se rozaron.

—Me estás tentando demasiado —le dijo en voz baja, y Cecily percibió el olor a café de su respiración—, y es más peligroso de lo que te imaginas.

Ella no contestó. No podía. Estaba temblando, excitada, enferma de deseo.

En toda su vida solo aquel hombre conseguía que se sintiera viva, que sintiera verdadera pasión. A pesar de su traumática experiencia como adolescente, sentía una fiera atracción física hacia Tate, algo que era incapaz de sentir con otros hombres.

Ella rozó su mejilla con los dedos y avanzó por su cuello hasta llegar al cabello que llevaba siempre recogido, controlado... como sus pasiones.

—Podrías besarme —susurró—, solo por ver qué se siente.

Tate se quedó inmóvil, a menos de un centímetro de los labios entreabiertos de ella. El silencio que reinaba en el coche era tenso, lleno, palpitante de posibilidades. La miró a los ojos y en el verde de sus pupilas vio el calor que no podía ocultar. Su propio cuerpo sintió la tibieza del de ella y comenzó a reaccionar en contra de su voluntad.

—Tate —susurró, acercándose a su boca, a sus labios perfectamente dibujados que prometían el cielo, la satisfacción, el paraíso.

Los dedos de Tate se enredaron en su pelo y tiró, pero a ella no le importó. Todo el cuerpo le dolía.

—Cecily, estás loca —masculló.

Entreabrió un poco más los labios.

Él estaba cediendo. Sentía su debilidad. Podía ocurrir. Podría sentir su boca, saborearla, respirarla. Le sintió dudar.

Sintió la explosión de su aliento cerca de sus labios y supo que su control había cedido. Su boca se abrió y lo vio inclinarse hacia ella. Le deseaba. Oh, Dios, cómo le deseaba...

El alarido de un claxon la trajo de golpe al doloroso presente en el frío que reinaba junto al capitolio, delante del exclusivo restaurante donde acababa de dar la nota rociando a Tate Winthrop con una sopera llena de crema de cangrejo.

Un claxon también la había separado de Tate dos años antes. Se había separado de ella como golpeado por un rayo, y ese había sido el final de sus sueños. Le había ayudado a solventar el misterio del asesinato, que había resultado ser solo un cráneo indio al que le habían disparado una bala intentando complicarle la vida a un miembro del congreso. Cualquier antropólogo medianamente profesional habría podido calcular la edad del esqueleto por sus dientes y algunos indicios más que el ejecutor del disparo no había podido conocer.

Que la hubiese incluido en aquella investigación le había dado esperanzas, pero, a partir de aquel momento, se había vuelto a mantener a distancia, y durante los dos años de sus estudios de posgrado, su amistad se había enfriado. Y aquella noche, la había hecho añicos.

El doctorado era un sueño que también se desvanecía rápidamente. Tate le había dicho que sus estudios, su apartamento, la ropa, la comida y demás necesidades quedaban cubiertas por la beca de una fundación anónima que ayudaba a las mujeres sin recursos a cursar sus estudios, y con regularidad, había recibido en la cuenta del banco los fondos necesarios para todo ello. Pero aquella noche había descubierto que se trataba de una mentira. Tate había corrido con todos los gastos, todos, con dinero de su propio bolsillo.

Intentó taparse más con el chal para evitar el frío cuando una figura alta y delgada atravesó el aparcamiento y llegó a su lado.

—Ya eres famosa –le dijo Colby Lane, y los ojos le brillaron sobre las mejillas descarnadas–. Te vas a ver en las noticias de la noche, si es que vives lo bastante para verlas –señaló con el pulgar por encima del hombro–. Tate viene hacia aquí.

—¡Abre el maldito coche y sácame de aquí!

Él se echó a reír.

—Cobarde...

Abrió la puerta y subió al coche.

Cuando Colby se sentaba tras el volante y arrancaba el motor, Tate se acercaba a ellos por el aparcamiento y Cecily le tiró un beso mientras el coche se incorporaba al tráfico de la calle.

—Estás jugando con fuego esta noche –le dijo Colby–. Sabe dónde vives.

—Claro que lo sabe. Él paga el alquiler –añadió, herida, arrebujándose bajo el chal–. No quiero ir a casa, Colby. ¿Puedo quedarme esta noche en la tuya?

Sabía que Colby Lane seguía enamorado de su exmujer, Maureen, cosa que sabían muy pocas personas. No quería saber nada de otras mujeres incluso habiendo pasado ya dos años desde su divorcio. Se emborrachaba de vez en cuando como único exceso, pero no era peligroso. Llevaba años siendo un buen amigo, lo mismo que Tate.

—No le va a gustar –dijo.

Ella suspiró.

—¿Y eso qué importa ya? –preguntó–. Acabo de quemar todos los puentes.

—No sé qué te habrá dicho esa idiota de Audrey, pero fuera lo que fuese, no era asunto suyo.

—Puede que quiera que Tate le ponga un pedrusco en el dedo, y no podrá permitírselo mientras siga corriendo con todos mis gastos –contestó con amargura.

—Sabes que Tate no va a casarse con ella –contestó

—¿Por qué no? Lo tiene todo: dinero, posición, poder y belleza... y una licenciatura por Vassar.

–En psicología –murmuró Colby.

–Lleva varios meses saliendo con él.

–Tate sale con un montón de mujeres, pero no se casará con ninguna de ellas.

–Desde luego, conmigo no –le aseguró–. Soy blanca.

–Dejémoslo en tostadita –bromeó–. Podrías casarte conmigo. Te cuidaría bien.

–Me llamarías Maureen en sueños y yo te abriría la cabeza con la lámpara.

Colby inspiró profundamente y apretó el volante en las manos. Una de ellas era artificial. Había perdido un brazo en África. Era mercenario, soldado profesional. A veces trabajaba para agencias secretas de distintos gobiernos, y otras ofrecía sus servicios libremente. Ella nunca le preguntaba nada. Salían juntos de vez en cuando, y ambos eran sufridores de pasiones no correspondidas.

–Tate es un idiota –dijo sin más.

–No le atraigo –le corrigió–. Es una pena que no sea lakota.

–Leta Winthrop tendría mucho que decir al respecto –murmuró–. ¿No fuiste tú quien presionó el mes pasado en el senado para conseguir la autonomía?

–Otros activistas y yo. A algunos lakota no les hace gracia que una mujer blanca abogue por su caso, pero lo he hecho lo mejor que he sabido.

–Lo sé.

–Gracias por tu apoyo –se recostó en el respaldo–. Ha sido una noche horrible. Supongo que el senador Holden no volverá a hablarme en la vida, y mucho menos invitarme a otra cena con fines políticos.

–No te creas, que la publicidad que le has dado a la cena le va a salir gratis –bromeó–. Además, tengo entendido que ha estado intentando convencerte de que ocupes el puesto de conservadora a cargo de las adquisiciones de su nuevo Museo Nativo Americano.

–Sí, es cierto. Puede que ahora tenga que aceptarlo.

No creo que pueda seguir con mis estudios, dadas las circunstancias.

–Yo tengo algo de dinero en Suiza. Puedo ayudarte si quieres.

–Gracias, pero no. Quiero ser totalmente independiente.

–Como quieras. Si aceptas ese trabajo, no ganarás muchos puntos con Tate –le advirtió–. Matt Holden y él son viejos enemigos.

–El senador Holden no quiere que se otorgue la licencia a un casino en la reserva de Wapiti, y Tate sí. Han estado a punto de llegar a las manos un par de veces.

–Eso había oído yo también.

–Hay más casinos siux en Dakota del Sur, pero el senador se opone a este con uñas y dientes, y nadie sabe por qué. Tate y él han tenido enfrentamientos muy duros por ello.

–Esa es la excusa, y tú lo sabes. En realidad, Tate no le soporta –Colby se apartó un mechón de pelo negro que le caía sobre los ojos–. Sé que ya te lo he dicho antes, pero no me importa repetirme: a Tate no le va a gustar nada que te quedes conmigo.

–No me importa. No tengo por qué rendirle cuentas de dónde duermo. Ya no es asunto suyo lo que yo haga.

–¿Te imaginas lo que va a pensar si pasas la noche en mi apartamento?

Cecily inspiró profundamente.

–Está bien. No quiero que tengáis problemas por mi culpa, después del tiempo que lleváis siendo amigos. Llévame a un hotel.

Colby pareció dudar, algo que no era corriente en él.

–Si a ti no te importa lo que piense, a mí tampoco.

–No sé si me importa o no. Ya tengo bastante lío en la cabeza como para pararme ahora en eso. Además, si no me encuentra en casa, irá a buscarme a la tuya, y no quiero que me encuentre hasta dentro de un par de días. Quiero tener tiempo de acostumbrarme a la nueva situación y de tomar decisiones sobre mi futuro. Quiero hablar con el senador Holden y buscarme otro apartamento. Puedo hacerlo todo perfectamente desde un hotel.

—Como quieras.

—Pero que no sea de los caros —puntualizó, sonriendo—. Ya no soy mujer de posibles. A partir de ahora, voy a tener que asumir la responsabilidad de pagar todas mis cuentas.

—Deberías haber vaciado esa sopera sobre quien se lo merecía —murmuró él.

—¿Y quién se lo merecía más que Tate?

—Audrey Gannon —replicó sin dudar—. No tenía derecho a decirte que Tate es tu benefactor. Lo ha hecho por pura maldad, para enfrentaros a Tate y a ti. Esa mujer solo sirve para causar problemas. Llegará el día en que Tate lamente haberla conocido.

—Ha durado más que otras.

—No has pasado tiempo suficiente hablando con ella para saber cómo es. Yo sí. Tiene enemigos, entre ellos un exmarido que vive en un apartamento mínimo porque ella se quedó con la casa, el Mercedes y la cuenta en Suiza.

—Así que de ahí es de donde salen tantos diamantes, ¿eh?

—Sus padres también tenían dinero, pero se lo habían gastado casi todo cuando murieron en un accidente de aviación. Dicen que le gustan los hombres poco corrientes, y Tate lo es.

—No creo que le apetezca ir a la reserva a ver a Leta —comentó.

—Por supuesto —pararon en un semáforo en rojo—. ¡Audrey Gannon en una reserva de nativos, por Dios!

Cecily se rio y le sacó la lengua.

—Leta vale por dos Audreys.

—Por tres. Bueno, busquemos un hotel, que luego tengo que marcharme de la ciudad antes de que Tate me encuentre.

–Siempre puedes colgar un cangrejo en la puerta – bromeó–. Puede que le asuste.
–¡Ja!
Cecily se volvió a mirar por la ventanilla. Se sentía vacía, sola y un poco asustada, pero todo iba a salir bien. Tenía que salir bien. Era una mujer adulta y capaz de cuidar de sí misma, y aquella era la oportunidad de demostrarlo.

2

Y salió en las noticias de las once. Al senador Holden le hizo tanta gracia que cuando Cecily le llamó para preguntarle por el trabajo que le había ofrecido en el nuevo museo, se lo dio inmediatamente y sin hacer preguntas.

A primera hora del lunes, encontró un pequeño apartamento que podría pagar con el salario que iba a ganar y dejó el apartamento que le había estado pagando Tate. Dejó las clases de la universidad. A partir de aquel momento, se iba a pagar hasta el último de sus gastos, y un día le devolvería a Tate todo lo que se había gastado en ella, hasta el último céntimo. Pero por el momento, dolida como estaba y asqueada de no ser para él más que un caso de caridad, no quería saber absolutamente nada del hombre al que había querido durante tanto tiempo.

Se vio obligada a utilizar los pocos ahorros que tenía para pagar la fianza del apartamento, pequeño y modesto, la mudanza de sus pocas posesiones y poder mantenerse mientras llegase el primer cheque del trabajo. Como no estaba amueblado, empezó con muy poco. Ni siquiera tenía televisión. Por lo menos, estaba más cerca del museo.

Colby fue a ayudarla a instalarse. Se presentó con una pizza, unas cuantas cintas grabadas y un regalo de bienvenida. Comieron mientras desembalaban lámparas y platos.

–No me gusta la cerveza –se quejó, pero era lo único que Colby había llevado para beber.

–Si bebes la suficiente, ya no te importará el sabor –bromeó, y Cecily sonrió–. Es la primera sonrisa que te veo desde hace días –comentó él.

–Lo estoy superando –le aseguró–. Empiezo a trabajar el lunes. Estoy deseando que llegue el día.

–Ojalá pudiera estar aquí para que me contaras qué tal te va, pero tengo un trabajo fuera del país.

Iba a tomar un bocado de la pizza, pero volvió a dejarla en la caja.

–Colby, ya has perdido un brazo...

–Y precisamente por eso, tendré más cuidado –contestó–. Lo perdí porque me emborraché, y eso es algo que no volverá a ocurrir –miró la lata de cerveza–. La cerveza ya no me afecta. Es solo una diversión agradable –dijo, y la miró a ella–. He pasado por los peores momentos de mi vida, y ahora voy a ayudarte a pasar el tuyo. Cuando vuelva.

–Pues no dejes que te maten, ¿vale?

Él se echó a reír.

–Vale.

Durante la ausencia de Colby, celebró su veinticinco cumpleaños con un pastel individual, una vela y una felicitación de Leta, a quien nunca se le olvidaba su cumpleaños. A Tate sí se le había olvidado, o seguía enfadado. Por primera vez desde hacía ocho años, su cumpleaños le había pasado inadvertido.

Había tomado plena posesión de su cargo en el

museo y estaba disfrutando de lo lindo. Echaba de menos a sus compañeros de clase de la universidad, pero le encantaba el trabajo.

Las adquisiciones eran parte de su responsabilidad como conservadora auxiliar, y podía trabajar en su campo: la arqueología paleoindia. No echaba de menos la parte forense como había imaginado que ocurriría. Era muy excitante tener acceso a determinadas colecciones de miles de años de antigüedad, entre las que se contaban herramientas, abalorios y cerámica creada por manos que llevaban siglos muertas.

Su nuevo número de teléfono no aparecía en la guía, pero Tate la llamó una vez al museo. Ella le colgó el teléfono con decisión. No había vuelto a llamar.

El senador Holden, por el contrario, sí que la llamó.

–El sábado es mi cumpleaños –le dijo–. Quiero que Colby y tú vengáis a cenar.

–Colby está de viaje, pero yo estaré encantada de asistir.

–Estupendo. Así podremos hablar de algunos proyectos que tengo en mente. A las seis en punto en mi casa. No llegues tarde, que será un bufé.

–No pienso. Estaré sin comer varios días, así que estaré a las seis, como un reloj.

Colgaron riendo, pero lo que había dicho la dejó pensativa. Era verdad que comía más frugalmente que antes. También tenía mucho más cuidado con los gastos. No le rodeaba un ambiente demasiado confortable, pero no dependía de la caridad de nadie. Tenía veinticinco años y dependía solo de sí misma. Saberlo le hacía sentirse bien.

Cecily llamó a Leta para hacerle saber que tenía pensado tomar un avión a Rapid City y continuar luego en coche hasta la reserva siux de Wapiti Ridge cerca del Parque Nacional de Dakota del Sur para las fiestas anuales de la tribu. Asistiría un gran número de lakotas al evento, que duraría tres días del mes de septiembre, y habría bailes y cantos tribales. Ya había sacado el billete del avión y hecho la reserva del coche. No iba a dejar de asistir solo porque Tate y ella no se hablaban. Además, era poco probable que él asistiera.

–Tate no ha llamado últimamente –le dijo Leta cuando hablaban sobre el tema–. Le llamé para saber si estaba en su apartamento y me contestó esa tal Audrey Gannon. Me dijo que estaba fuera del país con un trabajo para su jefe, Pierce Hutton.

Cecily sintió un nudo en la garganta y tuvo que tragar saliva antes de contestar.

–No sabía que estaba viviendo con él –dijo, intentando no parecer afectada.

–Es muy introvertido, ¿verdad? Supongo que debe sentir algo por ella –contestó Leta con cierta irritación–. Odia la reserva, a los lakota y le costó un triunfo ser educada cuando le dije quién era. Si de verdad está loco por ella como dice esa mujer, podría volverle contra su propia gente, incluso contra mí.

–No creo que lo haga –intentó tranquilizarla.

–Pues yo creo que sí. Está contra la autonomía de los nativos –hubo una pequeña duda–. Me alegro de que vayas a venir. Te echo mucho de menos. Desde que te fuiste a vivir a Washington, apenas te veo.

–Yo también te echo de menos –contestó Cecily, emocionada.

–Necesito que alguien me levante la moral –continuó Leta–. Acabamos de perder la esperanza de conseguir una ambulancia y una nueva clínica porque los fondos del presupuesto han desaparecido.

–¿Desaparecido? ¿Cómo?

–Nadie lo sabe. Tom Cuchillo Negro... supongo que le recordarás. Es el jefe de nuestra tribu, dice que debe tratarse de un error en los cálculos, pero yo no estoy tan segura. Se oyen muchas cosas por aquí últimamente, especialmente desde que se rechazó definitivamente la propuesta del casino. Supongo que no habrás tenido oportunidad de conseguir que el senador Holden escuche nuestra versión de la historia, ¿verdad? –preguntó.

–Matt Holden está totalmente en contra del casino, a pesar de todo lo que yo le he dicho, y eso que le he bombardeado con toda clase de información al respecto. Me ha invitado a su fiesta de cumpleaños. Quizás pueda aprovechar la oportunidad en nuestro favor.

–Sí. Su cumpleaños. Es inflexible cuando cree que algo está en contra de sus principios –murmuró Leta.

–Hablas como si lo conocieras.

Hubo una larga pausa y cuando Leta volvió a hablar, su voz parecía cansada.

–Lo conozco. Todo el mundo aquí lo conoce.

–¿Por qué no vienes a Washington más adelante y hablas con él en persona? –le propuso–. Podrías quedarte en mi casa.

–¿En ese apartamento tan moderno?

Cecily hizo una mueca.

–Me he mudado. Ahora estoy en un apartamento nuevo, más pequeño y un poco desastrado, pero más acogedor. Te gustará. Tengo un sofá cama. Yo dormiría en él y tú en mi cuarto.

Leta hizo una pausa.

–Me encantaría verte, pero lo del avión... no sé. Tendré que pensarlo. Si fuese, Tate, tú y yo podríamos ir juntos a algún sitio. ¡Sería divertido!

–Tate y yo no nos hablamos, Leta –le confesó al fin.

–¿Por qué?

–He averiguado quién pagaba todos mis gatos.

–Una fundación, ¿no? –preguntó, toda inocencia–. ¿Y eso qué tiene que ver con que Tate y tú no os habléis?

¡Leta no sabía que Tate había estado manteniéndola! En cualquier caso, era un asunto del que no se podía hablar por teléfono. Ya tendrían tiempo de hablar en Dakota.

—Ya te lo contaré todo cuando nos veamos —le prometió—. Hasta pronto.

—De acuerdo. Cuídate mucho, niña.

—Tú también.

Y colgó.

A Leta iba a disgustarle que sus niños estuviesen enfrentados, y frunció el ceño al recordar lo que le había contado sobre los fondos que se habían perdido. ¿Qué estaría pasando en Wapiti?

El sábado, Colby volvió inesperadamente, así que le pidió que la acompañase a la fiesta del senador. Él accedió, pero parecía muy serio. Cuando fue a buscarla, se dio cuenta de lo cansado que estaba.

—No debería haberte pedido que me acompañases —le dijo, ya que sabía que no debía preguntarle nada.

Él se encogió de hombros.

—Es mejor que quedarse en casa pensando —contestó con una sonrisa—. Hoy soy mala compañía, pero intentaré resultar soportable.

Una vez en casa del senador, Cecily miró a su alrededor, a la elegante compañía de políticos, millonarios y otros invitados reunidos en el enorme salón de baile de la casa que el senador Matt Holden tenía en Maryland. Cecily se había recogido el pelo cuidadosamente en un moño y su vestido negro de cóctel, aunque nada especial, le sentaba bien y era elegante. Pero su mirada estaba inquieta. Se sentía vulnerable sin las gafas, y no le gustaba llevar lentes de contacto. Además, ¿a quién tenía que ver? Colby y ella habían llegado justo a tiempo de pasearse por el bufé y elegir unos cuantos bocados exquisitos de cuanto había allí, desde caviar a champán.

Ya habían terminado de comer. Ojalá Colby se diese prisa con el café. Se sentía incómoda entre gente cuya conversación se centraba en inversiones, viajes por el extranjero y compras millonarias, y sonrió para sí misma al pensar que su compañía habitual era la de los esqueletos. En aquel momento, un camarero con una sopera en las manos pasó delante de ella, y sintió un tremendo remordimiento de conciencia.

Con su pequeño bolso de fiesta colgando del hombro, echó a andar tranquilamente por la habitación, inclinando la cabeza y sonriendo a personas que solo había visto en las noticias de las once. Se sentía como pez fuera del agua.

La fiesta era inusualmente tranquila, pensó, y las conversaciones tenían lugar en un tono apagado y casi sombrío. El torbellino que se había desatado en Washington debía ser la nube que había oscurecido la fiesta del senador. Holden era el senador republicano de más edad de entre los representantes de Dakota del Sur, un hombre difícil y fiero que se granjeaba enemigos con la misma facilidad que dirigía el comité del senado para asuntos indios, del que era presidente. Andaba metido en muchos fregados políticos y privados, el último de estos recaudar fondos para su proyecto favorito: el recién creado Museo Antropológico y Arqueológico de América Nativa, para el que Cecily trabajaba.

Localizó a Matt Holden y los ojos le brillaron. Era un diablo muy atractivo, a pesar de su edad. Su esposa había muerto un año antes, y el político de ojos negros, pelo plateado y elegancia natural era el objetivo número uno de todas las viudas respetables de la comunidad. Incluso en aquel momento, dos de las representantes de la alta sociedad le atacaban por los flancos a base de perfume y atrevidos escotes.

Otra mirada siguió la dirección de la suya.

–¿No te recuerda a un ataque de tiburones? –le susurró una voz agradable al oído.

Cecily dio un respingo.

–¡Por Dios, Colby, qué susto me has dado! –exclamó, echándose a reír.

Colby solo sonrió.

—Aquí tienes el café. No está mal.

Le entregó la taza y tomó un sorbo de la suya. ¿Por qué habría estado fuera al mismo tiempo que Tate? Pero no iba a pensar en Tate aquella noche.

—No me has contado adónde has ido esta vez —le dijo.

Mencionó un país de África destrozado por la guerra.

—Pero yo nunca te he dicho esto.

Cecily se quedó seria. ¿Quién no había oído hablar de los conflictos del país y de la terrible oleada de bombardeos furtivos?

—Pobre gente.

—Desde luego. Pobre gente.

—Supongo que habrás estado trabajando en la localización de los sospechosos, ¿no? —quiso saber.

Él se limitó a sonreír. Nunca hablaba sobre sus misiones. Colby no era un hombre guapo, sobre todo por las cicatrices que le surcaban la cara enjuta. Su mayor atributo era un pelo negro y suavemente ondulado, pero aun así desprendía una especie de peligroso magnetismo que no pasaba inadvertido para las mujeres. Desgraciadamente estaba demasiado aferrado al pasado para mirar a otras mujeres. Su matrimonio se había roto a los cinco años, cuando su mujer encontró a otro hombre, alguien que estaba en casa más, que ya tenía dos hijos y que no ponía en peligro su vida constantemente. Sus borracheras a partir de ese momento habían sido legendarias. La intervención de Cecily con el psicólogo de Maryland le habían salvado de caer en el más feroz alcoholismo, pero, aun así, seguía caminando por el filo de la navaja. Era una pena querer a alguien tanto, perderlo, y después no poder olvidar. Igual que le ocurría a ella con Tate.

—¿Has visto a Tate últimamente? —preguntó Colby sin darle importancia.

—No.

—De todas formas, era un banquete muy aburrido —dijo, sonriendo—. Saliste en todos los telediarios, y creo que uno de los programas de por la noche hizo un análisis exhaustivo de lo ocurrido.

—Vamos, sigue —le invitó—. Regodéate sin miedo.

—Es que no puedo evitarlo —dijo, intentando contener la risa—. Creo que debió ser la primera vez que un antiguo agente de la CIA era bautizado con una crema de cangrejo en pleno evento político televisado —Colby tuvo que esforzarse por contener la carcajada, para lo cual tomó un sorbo de café. Antes de conocer a Cecily, jamás habría podido imaginarse que una mujer fuese capaz de hacerle algo semejante al elegante y atractivo Tate Winthrop—. Matt Holden parece haberte perdonado —añadió.

Cecily sonrió con malicia.

—La verdad es que le encantó —confesó—. Entre tú y yo: la publicidad es el aire que respira.

Colby miró a Holden.

—Puede que precisamente te invitase porque le gusta poner en aprietos a Tate —musitó—. Son enemigos naturales.

Cecily cambió de postura. Aquellos tacones tan altos eran criminales. No tenía costumbre de ponérselos.

—Lo sé. Tate es un defensor a ultranza del proyecto del casino en la reserva de Wapiti para ayudar a recaudar fondos para la reserva y poner en marcha más programas para los adolescentes, a ver si se pueden rebajar los niveles de alcoholismo y violencia. El senador, por otro lado, se opone tajantemente al casino, y ambos se han enfrentado abiertamente por ese tema y unos cuantos más que tienen que ver con la autonomía lakota.

—¿Es que el senador no es lakota? —preguntó, sorprendido.

—Su padre era marroquí —contestó con una sonrisa—. No tiene ni una sola gota de sangre lakota, pero parece todo lo contrario, ¿verdad? Puede que sea esa la razón de que en todas las elecciones se lleve su voto. Esa, junto con el hecho de que su madre diera clases en la reserva de Wapiti, según parece.

¿Se habrían conocido Matt y Leta en su juventud? Ambos debían ser más o menos de la misma edad.

–Entonces, debe conocer a la familia de Tate.

–Puede que sí, pero llegó al congreso antes de que Tate hubiera nacido y alcanzó el puesto de senador en Washington el mismo año.

–Tú no lo conocías hasta que surgió lo del museo, ¿no?

–No, no lo conocía –se estiró disimuladamente la falda de su vestido y se irritó al ver una mancha de barro en sus zapatos de ante–. Maldita sea... estaba lloviendo y como he tenido que andar por el césped, me he manchado los zapatos de barro. Y son nuevos.

–Puedo llevarte en brazos hasta el coche, si quieres –bromeó–. Aunque, claro, tendría que ser sobre el hombro, más exactamente – añadió, mirándose la prótesis del brazo.

La amargura de su tono no le pasó inadvertida y Cecily frunció el ceño.

–Oye, Colby, nadie en su sano juicio te tomaría por un tullido –contestó con dulzura, y apoyó la mano en la pechera de su camisa–. Y, de todas formas, ya he dado que hablar más que suficiente últimamente –añadió, sonriendo–. No necesito más complicaciones. Apenas acabo de deshacerme de una gorda.

Colby la miró, divertido. Era la única mujer a la que le había hecho saber abiertamente que le gustaba. Estaba a punto de hablar cuando por el rabillo del ojo vio que un hombre se les acercaba.

–Hablando de complicaciones...

–¿Qué?

–Es como si la hubieras conjurado con hablar de ella. No, no te des la vuelta –añadió rápidamente, y le rodeó la cintura con aquel brazo artificial que parecía tan real–. Sigue mirándome la nariz y así le daremos algo en lo que pensar.

Cecily se echó a reír a pesar de que el pulso se le

había acelerado, como siempre que Tate aparecía en su vida, y siguió con la vista fija en el rostro de Colby. No era un hombre guapo, pero tenía estilo y carácter, y de no ser por Tate, le encontraría muy atractivo.

–Por lo que veo, se te ha roto la nariz dos veces.

–Tres –corrigió, y su expresión fue de pronto de sorpresa, como si acabase de ver a alguien–. ¡Tate! No esperaba encontrarte aquí esta noche.

–Es evidente que no –farfulló con una voz afilada como una navaja.

Colby soltó la cintura de Cecily y retrocedió un poco.

–Creía que no ibas a venir.

Tate llegó junto a ella. Era casi una cabeza más alto que Colby, y a pesar de que iba vestido con un traje de noche, parecido al del resto de hombres de la reunión, tenía una elegancia natural que le hacía sobresalir de entre los demás. Era tan perfecto que solo le faltaban las plumas y el peto para transformarse en un guerrero lakota del siglo anterior. Cecily le recordaba perfectamente con ese atuendo de las reuniones ceremoniales de Wapiti, una imagen que llevaba grabada indeleblemente en la memoria.

–A Audrey le gusta codearse con los ricos y famosos –replicó Tate, y miró a Cecily a los ojos–. Veo que te has congraciado con Holden. ¿Ya te ha comprado el anillo?

–¿Se puede saber qué te pasa, Tate? –le preguntó con frialdad–. Te encuentro más rezongón de lo normal.

Sus ojos brillaron como ascuas.

–¿Qué le has dado a Holden para conseguir el trabajo en el museo? –le preguntó por pura malicia.

La cólera provocada por su comentario le hizo mirar tentadoramente el café que le quedaba en la taza, pero Colby le sujetó la muñeca antes de que pudiera lanzarle el contenido.

–No vuelvas a cometer ese error –le advirtió Tate en un susurro apenas audible. Parecía una serpiente esperando una excusa para lanzar su ataque–. ¡Si te atreves a tirarme ese café, te siento en la fuente del ponche!

—¿Tú solito? —le desafió—. ¡Si tienes riñones, inténtalo!

Tate llegó a dar un paso hacia ella antes de que Colby se interpusiera entre ellos.

—¡Vamos, chicos! —les reconvino.

Cecily no retrocedió ni un centímetro y Tate, tampoco. En las últimas semanas pasaba de la indolencia al antagonismo exacerbado en cuanto se mencionaba el nombre de Cecily, pero no se lo había dicho a ella.

—No tienes derecho a hacer esa clase de insinuaciones sobre mí —le dijo entre dientes—. ¡No necesito meterme en la cama con nadie para conseguir trabajo, y tú lo sabes!

Tate entrecerró los ojos. Era un adversario formidable, pero Cecily no se dejaba intimidar por él. Nunca lo había hecho. Le había enfurecido ser objeto de ridículo en la televisión, y los comentarios de Audrey solo habían servido para empeorarlo todo. Pero al verla así, apretando la taza de café en las manos, rígida como un palo, sintió un tremendo vacío en el alma. Aquella mujer era una espina clavada en su carne desde que, por un impulsivo acto de compasión, decidiese hacerla responsabilidad suya. Era entonces dulce e indefensa, y la adoración que sentía por él como su héroe le resultaba vagamente halagadora. Pero ahora era una mujer fuerte e independiente a la que no le importaba un comino su opinión ni su compañía, hacía todo lo posible por mantenerse alejada de él.

Para su madre era como una hija adoptiva, y él no quería admitir lo mucho que le dolía que le hubiera dado la espalda, pero ni todo el encanto de Audrey había conseguido hacerle olvidar la mirada herida y acusadora de Cecily al saber la verdad de su beca. Jamás se le había ocurrido pensar que Audrey fuese a hablar de lo que él le había confiado a todo bicho viviente. Pero había aprendido la lección. No había vuelto a decirle una palabra que pudiera importarle que apareciera al día siguiente en los medios de comunicación, aunque el daño ya estaba hecho. Estaba frente a él echando chispas de sus ojos verdes y con los puños apretados. Y pensar que Colby, su amigo, podía estar a punto de iniciar una aventura con ella...

–¿Cómo es que estás aquí? –le preguntó de pronto.

–Ya no me necesitaban –contestó Colby con una sonrisa–. Al parecer, mis métodos de interrogatorio eran demasiado... intensos para algunos de nuestros colegas más políticamente correctos, así que me enviaron a casa.

Tate hizo una mueca de comprensión y desprecio por esos hipócritas.

–¿Y sabes quién estaba a cargo de la investigación?

–Sí –Colby apuró el café–. ¿Qué ha sido de los viejos tiempos cuando la compañía era responsable también de los servicios de inteligencia exterior?

–No, no, no –intervino Audrey, acercándose a ellos, deslumbrante con un vestido rojo de satén y un chal a juego. Parecía de alta costura y terriblemente caro. Seguramente lo sería. Llevaba diamantes a granel–. Nada de hablar de trabajo –continuó, presionando el brazo de Tate contra su pecho. Miró a Cecily someramente y pasó a Colby, a quien dedicó su mejor sonrisa–. Hola, Colby. Hacía mucho que no nos veíamos.

Él sonrió, pero el gesto no le llegó a los ojos.

–He estado bastante ocupado.

–¿Tanto como para no venir a ver a tu mejor amigo? –le reprendió–. Te hemos invitado a cenar dos veces y siempre has tenido excusa.

Había aprovechado la oportunidad para hacer saber que Tate y ella estaban viviendo juntos, lo cual Cecily ya sabía a través de su conversación con Leta, de modo que no reaccionó visiblemente, aunque por dentro fuese harina de otro costal.

–Yo también he estado una semana fuera del país, ocupándome de la seguridad de uno de nuestros nuevos pozos de petróleo en el mar Caspio –dijo Tate–. Hemos tenido algunos problemas.

–Eso había oído –contestó Colby–. Brauer tenía amigos, ¿verdad? –añadió, refiriéndose al alemán que había involucrado al jefe de Tate en un secuestro–. Supongo que incluso desde la cárcel ha podido contratar a quien hiciera falta.

Tate se encogió de hombros.

–Pierce y yo podemos ocuparnos –sonrió a Audrey–. Aún no estoy preparado para estirar la pata.

Cecily deslizó su mano en la de Colby en busca de consuelo y él se la apretó.

–Bueno, me alegro de haberos visto –dijo Colby, leyendo bien en aquella pequeña señal–, pero tenemos que irnos ya.

Tate los miró a ambos. Sabía que Colby seguía enamorado de su exmujer, pero le había dado la mano a Cecily y parecía querer protegerla, lo cual no le gustaba nada. Colby estaba al borde de convertirse en un alcohólico y no quería que Cecily pudiera arruinar su vida por él. Tenía que encontrar la forma de arreglarlo, por el bien de ella, por supuesto.

–Así que al final ha venido –dijo Matt Holden, aproximándose al grupo y mirando a Tate–. No pienso cambiar ni un ápice mi postura respecto al casino, en caso de que lo haya imaginado –dijo sin molestarse en preámbulos.

Tate lo miró fijamente.

–Un hombre solo no puede obstaculizar el progreso.

–Claro que puede –replicó Holden con hostilidad–. No pienso consentir que el crimen organizado entre en Wapiti Ridge, y si no le gusta, ya sabe lo que puede hacer.

–No hay conexión alguna con el crimen organizado en Wapiti y usted lo sabe, pero está decidido a utilizarlo como excusa. Pero usted no es el gobernador, ni el abogado general del estado.

–¿De verdad quiere tener en Wapiti a hombres que se llevarán el ochenta por ciento del beneficio y que dispararán a cualquiera que intente impedírselo? ¡No pienso consentir que el crimen organizado se gane la vida a costa de la comida de los niños, de su ropa y de sus casas!

Tate dio un paso hacia él. Holden era más bajo, pero sus ojos tenían la misma fuerza.

–¡Eso no es más que palabrería de un burócrata de Washington que viaja en limusina y come en platos de porcelana! ¿Qué demonios sabe usted de niños cuyos padres no se pueden permitir calentar la casa en invierno, o que viven en una reserva que ni siquiera tiene una maldita ambulancia para llevar a los enfermos al hospital?

–Más de lo que se cree –espetó–. Sé perfectamente cuáles...

Cecily se interpuso entre ellos, igual que Colby se había interpuesto entre Tate y ella hacía un momento.

–Mi jefe me ha dicho que tiene una colección de puntas de flecha magnífica –le dijo a Holden con una sonrisa–. ¿Cree que podría tener un momento para enseñármela?

Holden se quedó vibrando como un junco por la ira, pero al mirar a Cecily se relajó visiblemente e incluso sonrió.

–Sí. ¿De verdad quieres verla?

–La arqueología paleoindia sigue siendo mi primer amor. Me encantaría.

–Si nos disculpan –dijo él, tomándola por el brazo.

Cecily no miró hacia atrás, sino que caminó al lado del senador mirándolo como si no quisiera perderse ni una sola de sus palabras.

–¿Por qué haces estas cosas? –preguntó Audrey de pronto, mirando a su alrededor. Algunas personas seguían mirándolos tras la acalorada discusión–. Es un hombre muy poderoso, y yo creo que tiene razón en cuanto a lo del casino –se apartó la melena rubia que le llegaba a los hombros–. Ni siquiera creo que debieran existir las reservas –murmuró–. Todos somos americanos, y es estúpido que tengamos que mantener a un puñado de gente que prefiere vivir entre osos que en las ciudades.

Colby apretó los labios y miró a Tate un instante antes de dirigirle unas cuantas palabras en un idioma gutural que ambos entendían muy bien.

—¿Por qué sales con Cecily? —le preguntó, en lugar de contestar a la pregunta que le había hecho en lakota.

—Ella es soltera, y yo también. Me gusta.

—No puedo comprender por qué te gusta que te vean con ella en público —dijo Audrey con desdén—. No tiene educación y, socialmente, es un desastre.

—Mira, no he sido yo a quien han duchado con crema de cangrejo —le dijo a Tate—. Y tampoco lo habría hecho contigo si le hubieses dicho la verdad desde el principio. Cecily no soporta las mentiras. No sé cómo la conoces hace ocho años y no te habías dado cuenta de ello.

—Tiene un orgullo de mil demonios. Nunca habría aceptado ir a la universidad si era yo quien corría con los gastos. Ahora es independiente y capaz de cuidar de sí misma, así que ha merecido la pena hasta el último céntimo.

—Va a devolvértelo todo, ahora que sabe la verdad —dijo Audrey—, así que no le debes nada, Tate. No tuviste más remedio que sacarla adelante, y no eras familia suya.

—Hay cosas en cuanto a mi obligación con Cecily que tú no entiendes.

—¿Como qué? —persistió—. ¡No me digas que erais amantes!

—Claro que no —contestó, molesto—. Y no quiero hablar más del tema.

—Ni siquiera es gran cosa —continuó, mirándola—, pero a él le gusta, ¿verdad? —se burló Audrey—. Además, puede permitirse mantenerla. Deben pasar mucho tiempo juntos, ahora que ella trabaja para el museo.

Eso mismo se le había ocurrido a Tate y no le gustaba. Holden era muy mayor para Cecily.

–Necesito otro café –dijo Colby, que había leído perfectamente el pensamiento de Tate–. Disculpad.

Audrey se apoyó sobre el brazo de Tate con un suspiro.

–¿Por qué has querido venir a esta fiesta tan aburrida? Podríamos haber ido al ballet con los Carson.

–No me gusta el ballet.

–Pero sí te gusta la ópera.

–Es totalmente distinto –aún estaba mirando la puerta por la que Holden y Cecily se habían marchado–. ¿Qué puede ver en él? –le preguntó.

–Puede que a él también le guste revolver entre los muertos –contestó con una risa desdeñosa.

Tate sintió que el calor le asomaba por las mejillas.

–Aún estoy intentando comprender por qué le dijiste a Cecily que era yo quien pagaba sus estudios.

Ella lo miró con aire inocente.

–No me dijiste que no debía hacerlo. Es demasiado mayor para tener un ángel custodio, ¿sabes?, y solo le servía como excusa para estar siempre a tu alrededor, interponiéndose en mi... entre nosotros. Lo superará.

–¿El qué tiene que superar?

–El enamoramiento pasajero– le dio unas palmaditas en el brazo sin darse cuenta de la sorpresa que mostraba su rostro–. A todas las chicas les pasa. Alguien tenía que enseñarle que ya no hay sitio en tu vida para ella –lo miró embelesada–. Ahora me tienes a mí.

Se acercaron a la mesa del bufé a tomar un ponche, pero Tate no podía dejar de darle vueltas a la cabeza. Audrey estaba constantemente pegada a él, se las arreglaba para que el portero la dejase entrar en su apartamento a cualquier hora, incluso le llamaba al trabajo por teléfono. Era posesiva hasta un punto casi asfixiante, y no entendía por qué, ya que sí, salían juntos, pero no tenían relación íntima alguna. Y el que ella actuase como si la tuviesen, empezaba a molestarle.

–¿Y qué te hace pensar que Cecily pueda estar enamorada de mí? –quiso saber.

–Ah... Colby me lo dijo una vez, un día que había bebido más de la cuenta. Fue antes de que empezasen a salir juntos. A él le daba pena, pero a mí no. Hay montones de hombres disponibles en el mundo, y aunque no es muy atractiva, encontrará a alguien cuando llegue el momento. Puede que incluso sea Colby –añadió, pensativa–. Parecen muy unidos, ¿verdad?... incluso más de lo que lo está con Holden. ¡Puede que incluso sea la mujer que pueda ayudarle a superar lo de su exmujer!

3

La fiesta anual de Pow Wow que se celebraba en la reserva siux de Wapiti Ridge en septiembre era el evento favorito de Cecily. Le había prometido a Leta que asistiría, y con la excusa de que iba a examinar algunas piezas de artesanía para el museo, había conseguido un fin de semana de tres días. Colby le había mencionado que Tate estaba otra vez fuera del país, así que no pensaba encontrárselo allí.

No tenía en sus venas ni una gota de sangre lakota, pero se sentía más unida a aquella rama de la tribu oglala que la mayoría de los blancos. Además, Leta era para ella como la madre que había perdido.

–Hay mucha más gente este año –comentó, contemplando la asamblea multicolor desde la bala de heno en la que estaba sentada con Leta y que habían dispuesto alrededor de la zona de baile, en la que se desarrollaba una disputada competición al ritmo de los tambores.

–Es que le han dado más publicidad este año –sonrió Leta. A pesar de sus cincuenta y cuatro años y de estar un poco regordeta, parecía más joven, con sus mejillas llenas, sus ojos oscuros y el pelo entrecano peinado en un moño. Iba vestida con pantalones de ante beis y botas, y llevaba el pelo adornado con plumas y cuentas de color. Uno de los adornos era un círculo con una cruz dentro, símbolo del círculo de la vida.

–Estás muy guapa –le dijo Cecily cariñosamente.

Leta hizo una mueca.

–Yo estoy gorda, pero tú has perdido peso –añadió, mirándola atentamente.

Cecily se estiró, perezosa. Llevaba una sencilla camisa de cuadros azules con una falda de loneta y botas, y el pelo recogido en lo alto de la cabeza. Sus ojos de color verde claro miraban al vacío desde detrás de las gafas.

–¿Recuerdas lo que te dije por teléfono sobre que había averiguado quién pagaba en realidad todos mis gastos?

Leta asintió.

–Pues no era una beca, sino Tate –suspiró.

Leta frunció el ceño.

–¿Estás segura?

–Completamente. Lo supe en mitad de la cena que daba el senador Matt Holden para recaudar fondos y perdí los estribos. Había una sopera de crema de cangrejo y se la eché por encima de los pantalones a tu hijo delante de las cámaras de televisión que cubrían el evento –miró a los bailarines–. Fue horrible saber que para él no era más que un acto de caridad.

–Eso no es verdad –contestó Leta–. Ya sabes que Tate te tiene mucho cariño.

–Sí. El cariño que el guardaespaldas le tiene a la persona que protege. Era de su propiedad –clavó la mirada en la hierba–. No pude soportar la humillación. Supongo que debió pensar que no podría arreglármelas sola. La verdad es que a los diecisiete no se es muy maduro, pero podría haberme dicho la verdad. Fue horrible enterarme así, a mi edad –inspiró profundamente–. He dejado la universidad, el apartamento, y he aceptado el trabajo que el senador Holden me había ofrecido en el museo que acababa de abrir. Es un buen hombre.

Leta miró hacia otro lado.

–¿Ah, sí?

–A ti te gustaría –contestó con una sonrisa–, aunque Tate no pueda ni verlo.

Leta cambió de postura, como si estuviera incómoda.

–Sí, ya sé que ha habido un enfrentamiento fuerte entre ellos. No están de acuerdo en la forma de enfocar los asuntos de nuestro pueblo, sobre todo en lo del casino.

–El senador piensa que el crimen organizado se haría con las riendas, pero personalmente pienso que sería muy poco probable. Otras reservas siux tiene ya sus casinos y funcionan perfectamente. Más bien son las tribus de otros estados las que están atrayendo a los sindicatos del juego.

Leta dudó un poco antes de contestar.

–Sí, pero es que últimamente... –se detuvo y sonrió–. Bueno, este no es el momento de hablar de esas cosas. ¿Y qué va a pasar ahora con tus estudios, Cecily?

–Podré volver cuando pueda permitirme pagarlos.

–Hay algo más, ¿verdad? –preguntó Leta con suavidad–. Vamos, hija. Cuéntaselo a mamá.

Cecily sonrió con dulzura. Acababa de cumplir veinticinco años, pero Leta había sido su mamá desde que la suya muriera, dejándola a merced de un padrastro borracho y corrompido.

–La chica con la que sale Tate –le dijo tras un momento de silencio–. Es muy guapa. Parece una modelo. Tiene treinta años, ojos azules, rubia, figura perfecta, se mueve en los círculos más selectos de la ciudad, y es rica y divorciada.

–O sea, un coñazo.

Cecily se echó a reír. Leta era una mujer educada, activa políticamente hablando y en las cuestiones de autonomía de su pueblo, además de profesora de literatura para los jóvenes lakotas. Su marido había muerto hacía años, y había cambiado mucho desde entonces. Jack Pájaro Amarillo Winthrop era un hombre brutal, muy parecido a su padre adoptivo. Durante el tiempo que ella había convivido con Leta, él estaba trabajando en la construcción en Chicago. De otro modo, habría sido imposible.

–Tate es un hombre –continuó Leta–. No puedes esperar que viva como un monje. Además, por su trabajo, tiene que asistir a numerosos actos sociales. Donde va Hutton, va él.

–Sí, pero en esta ocasión es... diferente –continuó Cecily, encogiéndose de hombros–. Lo vi con ella la semana pasada, en una cafetería cerca de mi casa. Estaban dándose la mano. Le tiene totalmente cautivado.

–El lakota cautivo –enunció, como si fuese el título de una novela–. El salvaje y valiente guerrero lakota y la pionera blanca se alejan juntos hacia la puesta del sol...

Cecily le dio en el brazo con una ramita que llevaba en la mano.

–Tú cuentas la historia como te parece, así que yo hago lo mismo –protestó.

–Los nativos americanos son estoicos y muy poco emocionales –le recordó–. Todos los libros lo dicen.

–Antes no leíamos demasiados libros, así que no lo sabíamos –contestó–. Qué estereotipo tan triste el nuestro: un pueblo ignorante y sediento de sangre que nunca sonríe porque está demasiado ocupado torturando a pobres inocentes.

–Esas eran las tribus del nordeste –corrigió Cecily.

–¿Quién es aquí la nativa: tú o yo?

Cecily se encogió de hombros.

–Yo soy germanoamericana, pero mi abuela salió con un cheroqui una vez. ¿Eso no cuenta?

Late la abrazó sonriendo.

–Eres mi hija adoptiva, una lakota, aunque no tengas mi sangre.

Cecily apoyó la mejilla en su hombro y se dejó abrazar. Era tan hermoso sentirse querida por alguien... desde la muerte de su madre, no había tenido a nadie a quien considerar tan cercano. A pesar de que su trabajo le gustaba mucho, tenía que reconocer que su vida era muy solitaria. Solo con Leta mostraba abiertamente su cariño.

–¡Pero bueno! ¿Es que piensas dormirla en brazos esta noche? –se oyó una voz profunda a su espalda, y Cecily se separó inmediatamente. Había reconocido la voz sin ninguna dificultad.

–Es mi niña –le dijo Leta a su hijo con una sonrisa–, así que cállate.

Cecily se volvió hacia él con cierta incomodidad. No esperaba encontrarle allí. Tate Winthrop era como una torre a su espalda. Llevaba el pelo negro suelto, como nunca lo llevaba en la ciudad, y le caía liso y pulido como el ébano casi hasta la cintura. Llevaba un peto con pantalones de ante y mocasines altos. De su pelo colgaban dos plumas con varias muescas que, entre su pueblo, eran marcas de valor.

Cecily intentó no quedarse mirándolo. Era el hombre más guapo que conocía. Desde su decimoséptimo cumpleaños, Tate había sido todo su mundo. Afortunadamente nunca se había dado cuenta de que su flirteo con él ocultaba siempre un sentimiento mucho más profundo. Aunque salía con chicos, nunca había tenido un novio serio. En el fondo, sentía pánico por la posibilidad de llegar a la intimidad, excepto si se la imaginaba con él.

–¿Por qué no vas vestida debidamente? –preguntó Tate, mirando su ropa–. Te compré unos pantalones de ante para tu cumpleaños, ¿no?

–Hace tres años –contestó, sin mirarlo a los ojos. No le gustaba recordar que aquel año había olvidado su cumpleaños–. He ganado peso desde entonces.

–Ah. Bueno, pues entonces busca algo que te guste aquí y...

–No quiero que me compres nada más –le dijo, levantando una mano–. No voy a vestirme como una mujer lakota. Por si no te habías dado cuenta, soy rubia, y no quiero que me tomen por una esnob a la que le da por comprar cachivaches y ropas para intentar actuar como un miembro de la tribu.

–Es que tú ya perteneces a la tribu –replicó él–. Hace años que te adoptamos.

–Ya –así es como la veía: como a una hermana. Sonrió a duras penas–. Pero no puedo pasar por lakota, me ponga lo que me ponga.

–Podrías soltarte el pelo –insistió él.

Ella contestó que no con la cabeza. Solo se soltaba el pelo por la noche, cuando se iba a la cama. Quizás lo llevase recogido por puro espíritu de contradicción. Porque a él le gustaba suelto y lo sabía.

–¿Cuántos años tienes? –le preguntó, intentando recordar–. Veinte, ¿no?

–Sí, los tenía hace cinco –respondió, exasperada–. Antes trabajabas para la CIA, ¿no? Has ido a la universidad y tienes un título de derecho. ¿Cómo es que todavía no has aprendido a contar?

Tate pareció sorprenderse. ¿Adónde se había ido tanto tiempo?

–¿Y Audrey? –le preguntó, pretendiendo desenfado aunque el corazón se le rompiera.

Algo cambió en la expresión de Tate.

–No ha podido venir –dijo, en un tono que no invitaba a hacer preguntas precisamente–. Una de sus amigas tenía una recepción en su casa y le había prometido ayudarla a prepararlo todo. He venido solo.

¿Sería verdad lo de la fiesta, o sería que su novia de alcurnia no quería ser vista en una reserva? De hecho, sabía que en más de una ocasión le había sugerido a Tate que se cortase el pelo, como si llevarlo largo o corto fuese algo sin importancia para él. Formaba parte de su herencia, de la cual estaba muy orgulloso.

Por lo menos no tenía que preocuparse de que fuese a terminar casándose con ella. Montones de veces le había dicho que no iba a casarse con una mujer blanca; que quería un hijo que fuese cien por cien lakota, como él. La primera vez que se lo había dicho, Cecily se había quedado con el corazón destrozado, pero al final había llegado a aceptarlo.

–He encontrado a Cecily de mal humor –comentó Leta, mirando a su hijo–. Habéis discutido, ¿no? –preguntó, fingiendo no saber nada.

Tate inspiró profundamente antes de contestar.

–Me echó por encima una sopera llena de crema de cangrejo delante de las cámaras de televisión.

Cecily se levantó.

–¡La pena es que no estuviese ardiendo! –exclamó.

Leta se colocó entre ambos.

–Las guerras entre siux han terminado.

–Eso es lo que tú te crees –murmuró Cecily, mirando a Tate.

Desde luego, la echaba de menos, se dijo Tate. Incluso tan enfadada como en aquel momento, era una bocanada de aire fresco, de pura energía.

Cecily se volvió hacia la improvisada pista de baile. El primer concurso del día había terminado y estaban anunciando a los ganadores. A continuación venía un concurso de baile de mujeres.

–Ahora me toca a mí –dijo Leta, aunque no le hacía gracia marcharse en aquel momento. Sabía muy bien lo que iba a ocurrir–. Tengo que darme prisa. Deseadme suerte.

–Buena suerte –sonrió Cecily.

–Déjanos en buen lugar –añadió Tate.

Su madre lo miró con el ceño fruncido, pero después sonrió.

–Y hacedme el favor de no discutir –dijo, blandiendo un dedo, antes de unirse al resto de participantes.

El rostro como de granito de Tate se había suavizado al mirar a su madre. Independientemente de todo lo demás, era un buen hijo.

–La veo diferente desde que tu padre murió –comentó Cecily, acomodándose de nuevo en la paca de heno–. Nunca la había visto tan animada.

–Mi padre era un hombre muy difícil –contestó Tate–. De no haberse pasado la mayor parte del tiempo fuera de la reserva trabajando, creo que le habría matado.

Sabía que no bromeaba. Jack Winthrop había pegado una vez a Leta, y Tate había fregado el suelo con él al llegar a casa inesperadamente y encontrarse a su madre malherida. Entonces ya llevaba algún tiempo trabajando para la CIA, así que, a pesar de que Jack Winthrop era un hombre duro y corpulento, no era rival para su hijo. Fue la última vez que pegó a su esposa.

–No te gustaba mucho tu padre –comentó.

–Era un hombre que no podía gustarle a nadie –dijo, y se sentó junto a ella.

Sintió la tibieza y la fuerza de su cuerpo y cerró un instante los ojos para saborear ambas cosas. Casi nunca establecía contacto físico con nadie, ni siquiera con su madre. Durante todos los años que hacía ya que se conocían, nunca la había tocado deliberadamente. Jamás le había tomado la mano, ni el más casto beso en la mejilla, ni una caricia en el pelo. Había sido aquella ocasión en que se reunió con él en Oklahoma para ayudarle con un caso la única en que habían compartido unos minutos de intimidad. Y, sin embargo, le había visto de la mano de Audrey aquel día en la cafetería. Nada le había dolido tanto.

Sonrió al ver a Leta realizar el complicado paso de la danza. Todas las mujeres llevaban pantalones de ante, lo cual era toda una prueba con aquel calor del mes de septiembre.

–Lo que ocurrió en la fiesta de cumpleaños del senador Holden fue bastante desagradable –dijo Tate tras un momento de silencio–. No era mi intención.

Era lo más parecido a una disculpa que iba a obtener de él, y como estaba cansada de discutir, aceptó la ramita de olivo.

–Lo sé.

La mención de los cumpleaños le trajo a la memoria que, aquel año, había olvidado deliberadamente el de Cecily. No era un recuerdo agradable, así que cambió de postura.

–¿Te gusta el trabajo en el museo?

–Mucho. Estoy a cargo de las adquisiciones y es esa precisamente una de las razones por las que he venido. Me gustaría exhibir cerámica y abalorios oglala.

–¿Cómo conociste a Holden? –le preguntó sin mirarla.

–Era amigo de un miembro de la facultad –dijo–. Me le encontré un día en el vestíbulo. Me conocía de una de las mesas redondas...

Se detuvo sin terminar la frase. Aquella era una parte de su vida que no había compartido con Tate.

–¿Mesas redondas?

Cecily se cruzó de brazos. Hacía calor.

–Una mesa redonda sobre la autonomía de los nativos. Me invitaron para hablar a favor de ella ante el comité del senado para asuntos indios, en nombre del comité de la reserva de Wapiti. Holden es el presidente de ese comité –hablaba sin dejar de mirar a las mujeres que bailaban–. Fue idea de Leta –añadió rápidamente–. Me dijo que al senador Holden le impresionaban los antropólogos, y que yo había sido la única que habían podido encontrar con el poco tiempo del que habían dispuesto.

–No sabía que estuvieras implicada en nuestros asuntos políticos.

–Ya lo sé. Hay muchas cosas que desconoces de mí.

Con el ceño fruncido, Tate se volvió a mirar a su madre. No, había muchas cosas que no sabía de Cecily, pero sí que sabía cómo le había afectado saber que él había corrido con los gastos de la universidad debido a la lástima que le había inspirado su situación. Sentía haberle hecho tanto daño, pero deliberadamente durante los últimos dos años, se había distanciado de ella, y se preguntaba por qué...

–La semana pasada cené precisamente con el senador Holden –le dijo como si solo pretendiera encontrar un tema de conversación, cuando en realidad pretendía molestarle–. Quería hablarme de unas colecciones que le gustaría tener en el museo.

Tate seguía mirando a su madre, pero tenía el ceño fruncido.

–No me gusta Holden –dijo sin más.

–Lo sé, y supongo que te encantará saber que el sentimiento es mutuo. Está totalmente convencido de hacer lo correcto en lo del casino de Wapiti. Le hemos explicado una y otra vez los beneficios que podría reportarle a la tribu, pero es inflexible. Le hemos dicho que podríamos construir un dispensario más grande, comprar una ambulancia y contratar un conductor, que podríamos promover programas recreativos para que los chavales no terminen metiéndose en la bebida, y un programa prenatal que...

–¿Cuándo has hablado con él de todo eso? –le preguntó, mirándola abiertamente.

–He sido como una mosca para él durante meses –contestó, sonriendo–. Le enviaba mensajes de correo electrónico, le dejaba notas bajo la puerta, mensajes en el buzón de voz. Incluso le he enviado varias cintas de vídeo con imágenes de la pobreza que hay en la reserva. Me conoce muy bien, desde luego, y últimamente he conseguido que me escuche mucho más cómodamente cenando en una cafetería entre sesión y sesión del senado. Tiene miedo de lo que pueda hacer el crimen organizado. Parece desconfiar de las intenciones del jefe de la tribu, que tanto insiste en que se conceda la licencia de apertura.

–Tom Cuchillo Negro –asintió, porque conocía al jefe de la tribu y habían circulado rumores sobre la forma de distribuir los fondos. No se recibía un presupuesto muy generoso, pero nadie parecía saber adónde iba a parar el dinero. Tom era un buen hombre con un gran corazón, quizás el mejor de la reserva, y le resultaba extraño que pudiese estar relacionado con algo así–. Aun así, Holden se empeña en no querer ver los beneficios que reportaría el casino. Además los hay en otras reservas, y funcionan muy bien, pero el senador se opone a ello con todas sus armas, que son muchas, porque tiene aliados muy poderosos y ningún escrúpulo a la hora de utilizarlos contra nosotros.

–Lo sé –contestó, mirándolo a los ojos–, pero estoy trabajándome al senador.

Tate ni siquiera parpadeó.

–¿Trabajándotele?

Ya iban a volver a empezar... y bien pensado, ya que él lo daba por hecho, ¿por qué no darle algo en lo que pensar?

–Pues lo primero fue untarle de miel e irle lamiendo muy despacio hasta llegar a...

Tate maldijo entre dientes, y ella se echó a reír.

–Solo fue una cena, hombre de Dios. Pero es un hombre muy agradable, Tate.

–Mira, Cecily: el que salgas con un hombre que por la edad que tiene podría ser tu padre no es la forma de superar tus complejos.

–¿Mis complejos? Explícate.

–Pues el hecho de que tienes amigos, pero no amantes –dijo sin más.

–Soy una mujer que puede decidir lo que quiere hacer con su cuerpo –contestó con frialdad–, pero hay otras que utilizan a los hombres solo para procrear. Yo, personalmente pienso que son más útiles como mascotas.

Los ojos negros de Tate brillaron y saludó a su madre que pasaba en aquel momento bailando por delante de ellos, con una sonrisa de oreja a oreja.

–En cualquier caso, no me gusta verte con Holden.

–Y a mí no me importa lo que te guste o te deje de gustar –espetó, sonriendo dulcemente.

–Escúchame, Cecily: tú no sabes una palabra sobre algunos de los políticos más conocidos del congreso, y nadie sabe nada sobre Holden. Mantiene oculta su vida privada con uñas y dientes. No me gusta y no me fío de él. Guarda demasiados secretos.

–¡Mira quién habla! –exclamó–. ¡Con lo que sabes y no dices, podrías incluso derrocar gobiernos!

–Seguramente, pero no soy tan oscuro como él.

La mirada que ella le dedicó hablaba por sí sola.

–Bueno, puede que un poco –concedió–, pero un hombre debe tener sus secretos.

–Lo mismo que una mujer.

Él se pasó una mano por la pernera del pantalón.

–Espero que no permitas que lo que te ocurrió en Corryville eche a perder el resto de tu vida –dijo sin mirarla–. Deberías salir con hombres de tu edad.

–Ya salí con hombres de mi edad cuando empecé la universidad, y fue sorprendente comprobar cómo todos creían tener derecho a meterse en mi cama a cambio de una cena y unos cuantos bailes. ¿Y sabes lo que me decían cuando yo les decía que no? Pues que no estaba liberada. ¿Qué demonios tiene que ver la liberación con rechazar a un tipo con halitosis que se parece a una rata de laboratorio?

–No vas a darme esquinazo cambiando de tema, te lo advierto. Holden no es la clase de hombre que necesitas en tu vida, y Colby Lane tampoco.

El silencio se hizo denso, casi sólido. Colby había sido también agente de la CIA, y ahora era un mercenario que trabajaba a sueldo para varias organizaciones, incluyendo al gobierno, según se decía por ahí. Era casi tan duro como Tate, pero tenía unas cuantas cicatrices más visibles.

–Sé que ha tenido sus problemas en el pasado con...

—Es incapaz de respirar sin tener cerca una botella, y todavía no ha superado la pérdida de su mujer.

—Le envié a la consulta de un terapeuta en Baltimore —continuó—, y su hábito ha quedado reducido al consumo de unas cuantas cervezas el sábado por la noche.

—¿Y qué ha conseguido como recompensa? —preguntó con insolencia.

—¡Nadie te parece bien! —suspiró, cansada—. Ni siquiera el pobre senador Holden.

—¿Pobre senador Holden? ¡Yo mismo haría la pira y encendería la cerilla para quemarle en la hoguera!

—Los lakota no quemaban gente en la hoguera, Tate. Parece mentira que no lo sepas.

Y se lanzó a explicarle quiénes lo hacían, cómo y por qué.

—Te encanta la historia de los nativos de Norteamérica, ¿eh?

Ella asintió.

—La forma de vivir de tus ancestros era tan lógica... Honraban al hombre más pobre de la tribu porque era el que más daba. Lo compartían todo. Hacían regalos hasta el punto de quedar en la más absoluta necesidad. Jamás pegaban a un niño para enseñarle. Aceptaban las diferencias más grandes sin condenarlas... —miró a Tate. Él la observaba con atención, y sonrió—. Me gustan más que los míos.

—La mayoría de hombres blancos nunca llegan a entendernos, por mucho que lo intenten.

—Yo os he tenido a Leta y a ti para enseñarme. Aquí, en la reserva, he aprendido lecciones maravillosas. Me siento... en paz aquí. En casa. Como si perteneciera a este lugar.

Él asintió.

—Y así es —dijo, y había una nota en su voz profunda que no había oído antes.

Inesperadamente le hizo levantar la cara hacia él empujándola con suavidad por la barbilla y la miró a los ojos hasta que Cecily sintió que el corazón le iba a explotar. Luego, sin dejar de mirarla a los ojos, acarició con el pulgar sus labios y frunció el ceño, como si la sensación le crease una especie de confusión.

El momento era casi íntimo y ella entreabrió los labios ante la presión de sus dedos.

–Qué maravilla, ¿no crees?–susurró él, casi para sí mismo.

–¿El qué? –balbució.

Bajó la mirada hasta el inició de su cuello, donde el pulso le latía con fuerza. Como si se tratase de un imán, llevó hasta aquel punto su pulgar, y el contacto con la fuerza de su sangre provocó una intensa reacción en él. Estaban de nuevo en Oklahoma, en el momento en que se había prometido no volver a tocarla. Dejarse llevar por los impulsos era estúpido y, a veces, peligroso. Y Cecily estaba fuera de su alcance. Punto.

Apartó la mano y se levantó, felicitándose por llevar aquellos amplios pantalones de ante que le ocultaban la erección.

–Mi madre... que ha ganado un premio –dijo y su voz sonó extrañamente opaca.

Con una sonrisa forzada, se volvió hacia Cecily. Estaba visiblemente afectada. No debería haberla mirado, porque su reacción volvía a atizar el fuego en su interior.

Tiró de sus brazos para hacerla levantar, más cerca de él de lo necesario, tanto que sentía su respiración en el cuello. Apretó sus brazos con fuerza, casi haciéndola daño. El tiempo pareció detenerse durante unos segundos. Ni siquiera oía los tambores, ni los cantos, ni el murmullo de las conversaciones. Por primera vez, deseó abrazar a Cecily y besarla en la boca, y aquel deseo intenso e inesperado le sobresaltó de tal modo que la soltó de inmediato, dio media vuelta y echó a andar hacia el círculo sin mirar atrás.

Las piernas empezaron a temblarle a Cecily. Debía haber sido un sueño. Hacía años que Tate no la tocaba siquiera. Además, no sentía atracción alguna por ella. Sí, se dijo mientras caminaba hacia Leta como sonámbula, había sido un sueño. Otro sueño con un amargo despertar.

Cecily había planeado quedarse a dormir allí aquella noche y marcharse a la mañana siguiente, pero cuando volvieron a la casa de madera que Leta tenía en el pueblo, Tate estaba tumbado en el sillón viendo la televisión que le había regalado a su madre en Navidad. La casa estaba bien amueblada y tenía calefacción, lujos de los que muy pocas otras casas disponían. Tate se aseguraba de que no le faltase nada a su madre, a diferencia de las penurias que pasaban otros ancianos de la tribu que intentaban mantener el calor en temperaturas que llegaban a alcanzar los veinte grados bajo cero a base de estufas de leña y en casas que nunca estaban lo suficientemente aisladas para mantener ese calor. La reserva era pequeña y pobre, a pesar de los esfuerzos de varios grupos misioneros y la escasa ayuda del gobierno. La educación de los niños iba a ser la clave del progreso; de eso estaba segura Cecily, pero también era una dificultad más que vencer. En otras reservas se habían puesto en marcha universidades multidisciplinares en las que los alumnos podían mantener sus tradiciones al tiempo que aprendían lo necesario para poder desarrollar después un buen trabajo. Era uno de los sueños de Leta.

–¿Todavía estás aquí? –le preguntó a su hijo con una sonrisa de felicidad.

–He pensado quedarme hasta mañana –contestó sin mirar a Cecily.

–Yo tengo que marcharme hoy –contestó ella, con cuidado de sonreír para que Leta no sospechase–. Mañana por la mañana tengo que estar en el museo.

Pero no consiguió engañar a Leta. Ambas sabían que no podía estar bajo el mismo techo que Tate. Ahora, no.

—¿Qué tal un poco de café? —preguntó Tate a su madre, al tiempo que apagaba la televisión.

—Yo lo preparo —se ofreció Leta, e inmediatamente entró en la cocina.

Tate se acercó a Cecily, lo cual era bastante extraño, ya que siempre mantenía un mínimo de un metro de distancia. Tenerle tan cerca la ponía nerviosa.

—Hay un baile esta noche —dijo—. Vamos a ir.

—Creo que Leta ya ha bailado bastante por hoy...

—Vamos a ir tú y yo.

—¿A quién se lo has pedido? —replicó, sorprendida.

Sin mediar otra palabra más, tomó su cara entre las manos y la besó en los labios.

Cecily emitió un sonido que le excitó y le encantó al mismo tiempo, y el beso se transformó de pronto en un intercambio sediento, exigente, íntimo.

Era como estar cayendo. Era como estar viviendo en uno de sus sueños. Se aferró a sus brazos para no caer e intentó responderle con pasión, aunque con cierta inexperiencia. Sabía como el agua para la sed. ¡Años de soñar con aquello, de esperarlo, de desearlo, y por fin estaba ocurriendo!

Tate levantó la cabeza y sus ojos eran ilegibles al mirarla fijamente.

—Cenaremos antes de ir al baile —dijo.

—¿Qué queréis cenar? —dijo de pronto Leta desde la cocina.

—Sándwiches —contestó él—. ¿Te parece bien?

—Perfecto. Voy a prepararlos.

Tate volvió a mirarla. Cecily le observaba como si fuese el secreto mismo de la vida. Ya que él se había metido hasta el cuello, podía terminar de recorrer el camino. El cuerpo le temblaba con tan solo haber probado sus labios. Tenía que saber más. ¡Tenía que hacerlo, y al diablo con las consecuencias!

Se agachó para tomarla en brazos como si fuese un preciado tesoro y la llevó al sofá con el corazón amenazando con escapar del pecho, y volvió a besarla en la boca antes de que ella pudiese hablar.

Los segundos se alargaron, se dulcificaron mientras Cecily exploraba su pelo largo, sus mejillas, sus cejas, su nariz, como si no hubiese tocado a un hombre en su vida. Era delicioso y prohibido. Era exquisito. La felicidad de estar en los brazos de Tate la hizo gemir, y aquel sonido hizo que su beso se tornase ávido y hambriento.

Pero enseguida dejó de ser suficiente y muy despacio ascendió con la mano por su costado hasta llegar a uno de sus pechos, pequeño y firme, y la miró a los ojos porque sabía que aquel terreno era difícil para ella, con los recuerdos de su padre adoptivo. Aquel cerdo había estado a punto de violarla, y ni siquiera la terapia había conseguido borrar su miedo a la intimidad tras ocho años.

Cecily leyó todo aquello en sus ojos.

–Estoy bien –susurró, preocupada porque fuese a detenerse.

Y así fue, porque a pesar de que acarició su pecho una vez más, la culpa pudo más. No era justo que la tratase así. No cuando no tenía un futuro que ofrecerla.

–No deberías haberme permitido que lo hiciera, Cecily –le dijo en voz baja, y volvió a tirar de ella para ponerla en pie. Estuvo unos segundos sujetándola por los hombros antes de volver a respirar con normalidad–. Ve a la cocina a ayudar a Leta.

–Eres un mandón –le acusó. Estaba casi sin voz.

–No querrás que miles de años de costumbres se borren de un plumazo –murmuró–. ¿Sigues llevando la caja de preservativos en el bolsillo? –le preguntó con malicia, y ella enrojeció.

–Cuando perdí la esperanza contigo, la tiré.

La miró de arriba abajo y Cecily tuvo la sensación de que sus manos volvían a recorrer su cuerpo.

–Qué pena.

–Es culpa tuya. Me dijiste que nunca ocurriría –protestó.

Estaba intentando suavizar la tensión, pero le era tan difícil cuando con solo mirarla...

–Ya lo sé.

Cecily temblaba y se cruzó de brazos para dominar la emoción que la consumía.

–Disfrutas atormentándome, ¿verdad?

Él frunció el ceño.

–Puede.

–Me marcho esta noche –dijo, y le dio la espalda.

–No es necesario. Yo no voy a quedarme.

Entró en la cocina y se despidió de su madre, que estaba preparando los sándwiches.

–Haz las paces con ella antes de irte –le rogó en voz baja.

–Ya las he hecho –mintió.

Leta acarició su mejilla con tristeza.

–Qué testarudo eres –murmuró sonriendo–. Como tu padre.

La mención de Jack Winthrop le cambió la cara.

–Yo nunca te pegaría.

–Algún día –dijo su madre tras una leve pausa–, tenemos que hablar.

–Pero hoy no. Tengo que volver al trabajo.

–No te gusta el senador Holden –dijo sin pensar, igual que había dicho que se parecía a su padre. En realidad, Tate no sabía quién era su verdadero padre, y ella aún no había reunido el valor suficiente para decírselo.

–No hay nadie en el mundo que me guste menos –replicó–. No tiene ni idea de lo que es bueno para nosotros y para Wapiti Ridge, pero no se aviene a razones. ¡No sabe nada de los lakota, y no quiere saberlo!

–Él creció aquí –dijo, despacio.

–¿Qué?

–Que creció aquí. Antes de quedar viuda, su madre vino a dar clases al colegio, así que tenía amigos en la reserva. Cuchillo Negro era amigo suyo.

–No me habías dicho que lo conocías.

–No me lo habías preguntado. Lo conozco desde hace mucho tiempo.

Tate la miró con curiosidad.

–Si conoce la situación de la reserva, ¿por qué se opone al casino?

–Detesta el juego –dijo–. Hace muchos años que no le veo –añadió–, desde que se casó con esa preciosa mujer blanca y se presentó al senado por primera vez.

–Su mujer murió.

–Lo sé. Lo leí en los periódicos. Cecily dice que tú también tienes una mujer blanca preciosa –añadió, mirándolo a los ojos.

–Maldita Cecily... –dijo entre dientes, maldiciéndose por haberla tocado y frustrado por la dolorosa atracción que no podía satisfacer–. ¡Lo que yo haga no es asunto suyo, y nunca lo será!

–Estoy totalmente de acuerdo con eso –replicó Cecily desde la puerta–. ¿Por qué no te vuelves a casa con tu Audrey? –le desafió.

–No entiendo nada –dijo Leta, mirando preocupada a su hijo–. Siempre has dicho que no querías tener nada que ver con las mujeres blancas...

–Solo con las mujeres blancas corrientes –corrigió Cecily–. ¿Verdad, Tate? Pero Audrey es muy guapa.

Solo entonces se dio cuenta Tate de cómo se debía sentir Cecily por su relación con Audrey: como si la hubiera despreciado a ella por no ser hermosa. Y no era verdad. Había luchado contra la atracción que sentía por ella porque se sentía como un explotador que se cobrase el precio de su ayuda. ¿Cómo explicárselo sin empeorar la ya delicada situación?

Leta sintió un profundo dolor por Cecily, por verla allí, de pie, haciendo frente a la hostilidad de Tate con tanta dignidad.

–No tiene nada que ver con la belleza –dijo Tate al fin.

Cecily se limitó a sonreír.

—Yo terminaré los sándwiches mientras tú te despides de Tate —le dijo a Leta.

—Cecily...

—Todos actuamos alguna vez sin pensar —dijo, mirándolo a los ojos con valentía—. No tiene importancia, de verdad —y se volvió hacia el frigorífico—. ¿Vas a cenar antes de irte?

Así que pensaba que lamentaba haberla tocado. Quizás fuese así. No recordaba haberse sentido tan confuso nunca.

—No —dijo tras un instante—. Tomaré algo en el aeropuerto.

Leta le acompañó a recoger la maleta y al coche de alquiler que había aparcado junto al de Cecily.

—Antes os llevabais tan bien —musitó Leta.

—He estado ciego hasta ahora —contestó él entre dientes—. Completamente ciego.

—¿A qué te refieres?

Tate dejó vagar la mirada por las colinas que se iban volviendo doradas a medida que avanzaba el otoño.

—Está enamorada de mí.

Oírse pronunciar las palabras fue duro. Cecily se había confiado en sus brazos como una niña mientras los ojos le brillaban de alegría, de puro placer. ¿Por qué no se había dado cuenta hasta aquel momento? ¿O no había querido considerarlo?

—No debes hacerle saber que lo sabes —le advirtió su madre—. Es muy orgullosa.

—Sí —contestó, apoyando la mano en su hombro—. Quedamos tan pocos con sangre lakota —suspiró. ¿Por qué aquella mueca de dolor de su madre? Quizás le habría gustado que se casase con Cecily, a pesar del orgullo con que llevaba su pureza de sangre.

—Y tú no vas a casarte con una chica blanca.

Él asintió.

—Audrey es como una especie de adorno para mí. La

llevó del brazo, es sofisticada, culta y vacía. No significa nada, lo mismo que otras tantas tampoco lo han significado.

Leta bajó la mirada.

–Eso no es todo.

Tate suspiró.

–He cuidado de Cecily durante ocho años. Incluso si no existiese la diferencia cultural entre nosotros, siempre he sido un tutor para ella, tanto si le gusta como si no. No puedo aprovecharme de lo que siente por mí.

–Claro que no –entrelazó las manos–. Conduce con cuidado.

Del bolsillo de la chaqueta sacó un pequeño paquete.

–Dale esto cuando me haya ido. Es su regalo de cumpleaños –sonrió con tristeza–. No nos hablábamos, así que no pude dárselo.

–Puede que no quiera aceptarlo.

Ya lo sabía, y le dolía.

–Inténtalo.

Lo vio alejarse por el camino polvoriento que llevaba a la carretera principal. Pronto llegaría el momento en que tendría que compartir con su hijo una dolorosa verdad. Estaban ocurriendo cosas que él no sabía, y que tenían que ver con Matt Holden, unos cuantos hombres de los que viajan en limusina y el jefe de la tribu. Era un momento que no esperaba precisamente con ilusión.

4

La semana siguiente, Cecily la pasó como en una especie de nebulosa mientras intentaba asimilar el enorme cambio en su relación con Tate. Si había tenido que recurrir a un estallido de mal humor para salir de la situación, era porque había sentido algo. Además, su abrazo, sus besos, las caricias de sus manos le habían revelado sus verdaderos sentimientos, pero lo mejor de todo era que ella no había sentido miedo. Quizás parte de la repulsa que había sentido con otros hombres no se debía al trauma de su juventud, sino a que su corazón estaba ocupado por Tate. Él era el único hombre para ella. Siempre había sabido que le tenía cariño, pero hasta aquel momento, no sospechaba que la desease también.

Pero lo que también era evidente era que Tate no iba a rendirse a sus sentimientos, por fuertes que fuesen, y en cierto sentido, no podía culparle por ello. Ya habían tenido aquella conversación dos años antes con la famosa caja de preservativos, cuando ella ocultaba sus sentimientos exagerándolos. Pero ahora, después de lo ocurrido, sabría la verdad.

A partir de aquel día, intentó evitar en la medida de lo posible los lugares que sabía que él frecuentaba. Había un pequeño restaurante cerca del museo cuya especialidad era el pescado, y había empezado a ir a comer allí, ya que a Tate no le gustaba demasiado ese tipo de comida.

Uno de los días, mientras comía, vio un rostro que le era familiar. El senador Matt Holden estaba justo en la puerta, las manos metidas en los bolsillos del pantalón y el ceño fruncido. Miraba como si buscase a alguien, y al verla a ella, se le acercó inmediatamente.

–Vaya, senador... – le saludó ella, con el tenedor suspendido en el aire.

Él levantó una mano, se sentó a la mesa y apoyó los antebrazos.

–Cecily, estoy metido en problemas hasta el cuello y necesito hablar contigo en privado lo antes posible.

Aquella situación no tenía precedentes y Cecily se sintió algo halagada. Si ella podía ayudarle lo haría sin dudar, pero en qué podía ella asistir a un senador de los Estados Unidos era todo un misterio.

Ya había pagado la comida, así que le siguió a la limusina que esperaba fuera.

El senador corrió la cortina que los separaba del conductor y se recostó en el asiento.

–¿Qué ocurre? –preguntó Cecily.

–He pensado que no te vendría mal que te acercase al museo –dijo perezosamente, casi como si no tuviese ningún problema en el mundo–. Y necesito hablar con tu jefe sobre la nueva exposición en la sección siux.

–Ya. Pues le agradezco el paseo. De hecho, quería preguntarle qué le han parecido los mocasines con abalorios y las muestras de tela que traje de mi viaje a la reserva de Wapiti Ridge.

–Estaré encantado de verlo todo –contestó el senador con una sonrisa.

Recorrieron en silencio el escaso trecho que les separaba del museo, y una vez allí, el senador despidió al conductor de la limusina con instrucciones de volver a recogerle una hora más tarde antes de tomar a Cecily del brazo para subir las escaleras del brillante edificio, al cual aún estaban dando los últimos toques.

Cecily abrió la puerta de su despacho. Beatrice, su secretaria, le había dejado una nota pegada al ordenador: Me he ido a comer.

El senador entró y cerró la puerta, apoyándose en ella mientras Cecily ocupaba su silla y esperaba.

—Te agradezco que hayas guardado silencio delante del conductor —dijo—. Es un sustituto de mi conductor habitual, y no me fío de él. Bueno, en realidad no me fío de nadie, excepto de ti.

—Me halaga, senador. ¿Qué le ocurre?

—¿Te ha mencionado Leta algo de que el sindicato del juego haya andado husmeando por la reserva?

Cecily frunció el ceño.

—¿El sindicato del juego?

Él suspiró.

—Ya veo que no te ha dicho nada. Puede que ni siquiera ella sepa lo que está pasando —se pasó la mano por el pelo plateado y empezó a pasearse por el despacho—. ¡No sé qué hacer! Ahora no puedo dar marcha atrás. Esa gente es peligrosa. Si no se les detiene ahora, estrangularán de tal modo la reserva que ya no tendrá solución. Además, acababa de ofrecerle un trabajo a tiempo parcial a Tate Winthrop en mi despacho para que refuerce la seguridad después de los disparos que hicieron hace unos meses contra el capitolio. Ahora voy a tener que pedirle que lo olvide, y no va a entender por qué, ¡y no puedo explicárselo! —miró entonces a Cecily y, viendo su confusión, sonrió tristemente—. No tienes ni idea de qué te estoy hablando, ¿verdad?

—Exacto. ¿Por qué no se sienta y deja de pasearse?

—Me voy a volver loco.

—Por favor...

El senador se sentó por fin con un suspiro.

—¿Qué sabes del... padre de Tate Winthrop?

—Pues no mucho —contestó—. Pasaba mucho tiempo fuera, trabajando en la construcción, mientras yo vivía con Leta, y lo que sé de él me lo ha contado ella. Era un hombre brutal que bebía demasiado cuando estaba en casa, que le pegaba, y que odiaba a su único hijo —explicó—. Parece ser que atormentaba a Tate cada vez que se le presentaba la oportunidad, y si ella intervenía, la apartaba de un golpe. Al menos eso era lo que ocurría hasta que Tate volvió un día por sorpresa a casa y encontró a su madre después de que Jack había tenido una de sus explosiones con ella. En la reserva aún se habla de cómo Jack Winthrop salió corriendo de la casa, huyendo de su propio hijo, apenas capaz de correr por el estado en que se encontraba —¿por qué tendría la sensación de que Holden parecía estarse enfureciendo?—. Tate me dijo en una ocasión que si Jack Winthrop no hubiera muerto de causas naturales, habría terminado por matarle él, y no me dio la impresión de que bromease.

Holden se miró las manos.

—Leta es una mujer tan frágil —dijo, casi como si hablase consigo mismo—. No puedo imaginarme qué clase de hombre podría ser tan brutal, tan cruel para hacerle daño deliberadamente.

—¿Conoce usted a Leta?

—De toda la vida —contestó—. Mi madre dio clases en la reserva antes de enviudar, así que yo crecí entre los lakota. De hecho, Tom Cuchillo Negro y yo hicimos la mili juntos —miró a Cecily un instante antes de continuar—. He oído que está aceptando dinero, pero no lo he creído. Es uno de los hombres más honestos que conozco. Quiere que se abra el casino, sí, pero no aceptaría que el sindicato del juego metiese sus manos en él, y es la última persona que desviaría fondos destinados para la tribu.

—¿Y qué tiene todo eso que ver con Leta y Tate? —preguntó Cecily, que seguía sin comprender.

—¿Sabes guardar un secreto? —le preguntó él, inclinándose hacia delante.

—Si guardándolo no hago daño a nadie —dijo tras meditarlo un segundo.

—Daño lo harías si lo revelases —le aseguró—. Cecily, hace treinta y seis años, más o menos cuando yo me presenté por primera vez al senado, tuve una aventura con una encantadora chica lakota que había conocido desde la infancia. Pero acababa de casarme, y el padre de mi mujer era el principal benefactor de mi campaña. No podría haber ganado sin su apoyo —bajó la mirada—. Elegí seguir adelante con mi carrera política y renunciar a la pasión, pero no ha pasado un solo día desde entonces que no lo lamente —volvió a mirarla—. Pero hubo una complicación de la que ella nunca me habló. Tuvo un hijo. Y ahora hay un renegado del sindicato del juego que se ha unido a un grupo de Las Vegas y que está intentando meter sus tentáculos en Wapiti Ridge. Wapiti es una reserva pequeña, y precisamente por eso tiene el potencial de atraer a un montón de clientes. Hay mucho dinero en juego, y ese sindicato tiene conexiones con gente verdaderamente peligrosa del norte.

—Dios mío —exclamó—. No tenía ni idea.

—Ni yo tampoco hasta hace más o menos un mes, que empezaron a llegarme los rumores. Investigué un poco y averigüé lo suficiente para conseguir una investigación, pero el sindicato se enteró de ello y amenazan con sacar a la luz toda la historia a menos que deje de buscar los fondos destinados a la reserva que han desaparecido y que apoye el casino. Pero lo peor de todo es que mi hijo no sabe nada de mí. Cree que otro hombre es su padre.

Cecily palideció y mirándolo fijamente cayó de pronto en la cuenta de que la mujer de quien hablaba debía ser Leta y que su parecido con Tate era más que casual.

—Tate... —susurró.

—Es mi hijo —confirmó con voz ahogada—. ¡Mi hijo! Y yo no lo he sabido hasta hoy, cuando esta mañana vino a verme un tipo del sindicato. Si no doy marcha atrás, acudirá a la prensa con la historia.

Cecily se recostó en su silla.

—Tate cree que su sangre es lakota pura; es más, está obsesionado con preservar su pureza. ¡Se volverá loco si se entera de la verdad!

—No puede saberlo —replicó Holden—. Todavía no... y puede que nunca, si soy capaz de encontrar la forma de salir de este embrollo —se pasó la mano por el pelo—. Pensé que iba a morir sin tener hijos, Cecily. Mi mujer no quería tenerlos —cerró los ojos—. Leta no me lo dijo. Seguramente tuvo miedo de hacerlo porque sabía que mi carrera política lo era todo para mí —miró a Cecily—. ¿Y sabes una cosa? El dinero y el poder son cosas vacías y huecas si no puedes compartirlas con nadie. Y ahora que descubro que tengo un hijo, no puedo decírselo —se echó a reír sin piedad—. Qué ironía.

—Tampoco es justo para él que siga pensando que Jack Winthrop era su padre.

—Pero tampoco lo es destrozar sus ilusiones, la persona que siempre ha creído ser. Por esto tengo que parar a esa gente mientras aún quede tiempo. Necesito ayuda, y tú eres la única persona a la que puedo acudir, Cecily. No puedo dejar que humillen públicamente a Leta y a Tate por algo que, básicamente, es culpa mía. Y, por otro lado, no puedo permitir que el crimen organizado meta sus tentáculos en Wapiti —la miró fijamente con sus ojos negros—. Creo que la clave está en lo que tengan contra Tom Cuchillo Negro. Creo que también están presionándole con algo, y que lo están utilizando para apropiarse de parte de los subsidios gubernamentales que recibe la tribu en concepto de pastos y alquileres. ¿Me ayudarás?

—¿Acaso tengo elección? —replicó sonriendo—. Al menos, sé que tiene buen gusto en cuanto a mujeres —añadió.

—Pero ella no tuvo buen gusto en hombres —replicó él, cortante—. Yo la quería, sí, pero decidí sacrificarla por una brillante carrera, y me he pasado la mayor parte de mi vida casado con una mujer que bebía como un pez, maldecía como un marinero y me odiaba porque yo no podía amarla. La engañé a ella y me engañé a mí mismo. Al final, se quitó la vida bebiendo.

—Hay personas que son autodestructivas. Uno hace lo que puede por ayudarlas, pero tienen que ser ellas quienes quieran superarlo. De no ser así, no hay tratamiento que funcione.

Él la miró fijamente un momento.

—Tengo entendido que Tate se ocupó de ti desde que eras muy pequeña. Tú le quieres, ¿verdad?

Ella bajó la mirada.

—Sí, aunque no me sirva de nada.

—No tendrá la excusa de querer preservar su sangre lakota durante mucho tiempo más.

—Ya no espero milagros, y voy a dejar de desear lo que nunca podré tener. A partir de ahora, aceptaré lo que la vida quiera ofrecerme e intentaré sentirme satisfecha con ello. Tate tendrá que encontrar su propio camino.

—Hay amargura en tus palabras.

—Desgraciadamente, sí. ¿Qué quiere que haga para ayudarle?

—Es peligroso —puntualizó. Su juventud le hacía dudar—. No sé si...

—Soy arqueóloga titulada —le recordó—. ¿Es que no ha visto las películas de Indiana Jones? Pues todos somos así —declaró con una sonrisa—. Apocados por fuera y verdaderos leones por dentro. Puedo comprarme un látigo y un sombrero de fieltro, si quiere —añadió.

Él se echó a reír.

—De acuerdo, pero a condición de que, si llegas a encontrarte en peligro, me lo hagas saber inmediatamente.

—Llamaré a Colby Lane si eso ocurre —dijo—. No es Tate, pero casi.

–¿Estás segura de que quieres correr el riesgo? –insistió, mirándola a los ojos.

Ella asintió.

–¿Cuál es el plan?

–Quiero que te busques una excusa para ir a Wapiti Ridge y poder vigilar a Tom Cuchillo Negro. Quiero saber por qué está cooperando con esa gente y qué se proponen exactamente. Intenta averiguar dónde han ido a parar esos fondos mientras yo intento unas cuantas maniobras políticas por aquí. Como vas de vez en cuando a ver a Leta y ahora trabajas en el museo, no despertarás sospechas. Si yo puedo descubrir mientras quiénes son esas personas y dónde están, podré llegar a ellos antes de que empiecen a publicar mis pecados.

–Buena idea –contestó–. ¿Y qué le digo a Leta?

Él se miró las manos un instante.

–Dios mío... la verdad es que no tengo ni idea. Tuvo un hijo mío y no me dijo ni una palabra –cerró los ojos–. Tengo un hijo y no lo sabía. Supongo que no me habría enterado nunca de no haber surgido todo esto. Ahora entiendo mejor por qué Jack Winthrop era tan cruel con ella y con Tate –inspiró profundamente, vencido–. Y lo peor de todo es que mi hijo, mi único hijo, ha tenido que resultar ser la persona que más me odia de todo Washington.

–Usted tampoco le ha querido demasiado que digamos.

–¡Es un hombre temperamental, arrogante y testarudo!

–¿A quién se parecerá, digo yo?

El senador pareció considerarlo durante unos segundos y al final, esbozó una sonrisa.

–En cualquier caso, es reconfortante saber que no voy a morir sin haber tenido hijos –dijo, mirándola–. Leta no puede saber nada de todo esto. Cuando llegue el momento, si es que llega, se lo diré.

–¿Y quién va a decírselo a él?

—¿Tú? —sugirió él.
—Ni lo sueñe —replicó ella.

El senador se guardó las manos en los bolsillos.

—Bueno, ya cruzaremos ese puente cuando llegue el momento. Por ahora lo más importante es que tengas cuidado, ¿me oyes? He invertido un montón de tiempo y energía en secuestrarte para que trabajes para el museo, así que no quiero que corras ni el más mínimo riesgo. Si en algún momento sospechas que te han descubierto, sal de allí inmediatamente. Y llévate a Leta contigo.

—Tiene miedo de volar —le recordó—. No se subirá a un avión a menos que se trate de una urgencia.

—¡Entonces iré yo en persona a meterla! —replicó.

Cecily hizo una mueca divertida. Era exactamente igual que Tate.

—Sí, le creo muy capaz de hacerlo.

Holden echó a andar hacia la puerta, pero se detuvo con la mano ya en el pomo.

—Ya que he sido yo quien te ha metido en esta excursión, haré que mi secretaria te envíe los billetes de avión.

—Más adelante tendrá que enfrentarse a un comité de investigación por todo esto y...

—Los pagaré de mi bolsillo —le interrumpió—. No quiero echar a perder mi reputación de santo.

—¡Ja!

El senador se echó a reír.

—Estaremos en contacto —se despidió—. Hasta pronto.

—Hasta pronto.

Cerró la puerta y Cecily se quedó recostada en su sillón, mirando sin ver el montón de papeles que esperaban sobre la mesa, compartiendo espacio con varias de las últimas adquisiciones del museo.

Holden daba por sentado que iba a poder solucionar aquel problema sin tener que decirle la verdad a Tate, pero ella no estaba tan segura. Más tarde o más temprano saldría a la luz, y eso le haría mucho daño a Tate, aparte de disminuir su autoestima y de incrementar el odio que sentía hacia Holden. Y, por añadidura, le proporcionaría motivos para odiarla a ella por conocer la verdad y no decírsela. Odiaba las mentiras tanto como ella.

Ojalá Colby no estuviera fuera. Él era la persona adecuada para ayudarla a enfrentarse a los malos y a descubrir hasta dónde llegaban sus planes.

El senador le envió los billetes al día siguiente, tras mantener una reunión con el director del museo, el doctor Phillips.

Jock Phillips era un hombre alto y con calvicie incipiente, sangre cheroqui, gran amabilidad y auténtica pasión por todo lo relacionado con la cultura india.

–Matt me ha dicho que vas a salir de viaje a Dakota para comprar algo que, según me ha insinuado, es muy especial –le comentó Phillips con una amplia sonrisa–. Anda, Cecily, dime de qué se trata.

–Es algo poco corriente, y te va a encantar –contestó, con el ferviente deseo de que pudiera ser verdad.

–¿Y cuánto me va a costar? –preguntó.

–Poco, te lo prometo. Ya verás como merece la pena.

–Estoy impaciente por verlo –replicó, e hizo una breve pausa–. Habría sido una pena que hubieses seguido en Arqueología forense. La arqueología es mucho más reconfortante.

–Eso pienso yo también. Me encanta trabajar aquí.

–Y a mí que estés con nosotros. Eres una joya, jovencita –añadió con una sonrisa–. Vete a Dakota y tráenos algo que nos haga famosos. Somos muy jóvenes, ya sabes, y tenemos que competir con los grandes.

–Haré todo lo que pueda –le prometió.

Preparó las maletas aquella misma tarde después de cenar, y estaba tomándose un café cuando llamaron a la puerta. Ojalá fuese Colby, que había vuelto antes de lo previsto, lo cual sería un verdadero regalo del cielo. Pero cuando abrió la puerta, se encontró con Tate frente a ella.

Iba vestido con vaqueros, jersey negro de cuello alto y chaqueta de seda. Su aspecto era tan sofisticado que ella, descalza, con unos viejos vaqueros y una camisa que, de tanto lavarla, ya no era del rojo original sino de un desvaído color rosa, debía tener una pinta espantosa. Lo miró sin hablar.

–¿Puedo entrar? –preguntó él.

Ella se encogió de hombros y se hizo a un lado.

–Estoy haciendo las maletas.

–¿Es que vuelves a mudarte? –preguntó con sarcasmo–. Antes era más fácil seguirte el rastro.

–Porque vivía en un nido de espías –espetó. Hacía poco tiempo que Colby le había revelado el secreto–. ¡Me metiste en un apartamento en el que estaba rodeada de agentes del gobierno!

–Era el lugar más seguro para ti –replicó sin más–. Siempre podía haber alguien vigilándote cuando yo no estaba.

–¡Pero es que yo no necesitaba que me vigilasen!

–Te equivocas. Tú no te dabas cuenta, pero eras objetivo constante de cualquiera que pudiese tener algo contra mí. Al final, fue precisamente eso lo que me empujó a renunciar al trabajo para el gobierno y a pasarme a la empresa privada –se cruzó de brazos y fue a apoyarse contra el respaldo del sillón–. En una ocasión, pillaron a un agente comunista con un rifle de mira telescópica, y a la semana siguiente, a un caballero sudamericano con una pistola automática, pero no te hablaron de ello. De no haber estado viviendo en un nido de espías, habría tenido que enterrarte, y los funerales son caros –concluyó, sonriendo.

Cecily se lo quedó mirando boquiabierta.

–¿Y por qué no me mandaste de vuelta a Dakota?

–¿A casa de tu padrastro?

Aquel tema seguía siendo delicado para ella, pero no iba a darle la satisfacción de discutir. Era más, daba la impresión de que fuese precisamente eso lo que andaba buscando.

–¿Quieres un café? –le preguntó, entrando en la cocina.

Él la siguió y la sujetó por los hombros.

–Lo siento –se disculpó–. Ha sido un golpe bajo.

–Uno más en la lista –contestó sin mirarlo a los ojos–, porque últimamente parece que siempre me llevo tu peor parte.

–¿Y no sabes por qué? –preguntó, soltándola.

Ella se encogió de hombros antes de sacar del armario una taza y un plato.

–Pues me da la impresión de que estás enfadado con alguien a quien no puedes atacar, y yo estoy en la línea de fuego.

Él se echó a reír.

–¿Cómo puedes adivinar tan fácilmente lo que me pasa? Ni siquiera mi madre lo consigue con tanta facilidad.

–¿Quién te ha tirado hoy de la oreja?

–Holden.

Menos mal que consiguió no mostrar nada ante la respuesta.

–¿Y eso? –preguntó fingiendo despreocupación.

–Me había contratado para que revisase la seguridad de sus oficinas, y hoy me ha llamado para cancelarlo todo.

–No estarás enfadado por lo que no vas a cobrar –bromeó. Conducía un Jaguar y se vestía en Armani, así que no podía ser eso. Le dolía saber que sus gastos de universidad no habrían sido para él más que calderilla.

–No. Lo que me molesta es el asunto en sí, porque estoy seguro de que lo ha hecho deliberadamente. Holden es un tipo que no olvida fácilmente, y supongo que ha sido su forma de hacerme pagar por la amigable charla que tuvimos en la fiesta de su cumpleaños.

Cecily se mordió un labio. Matt Holden la había puesto en una situación terriblemente comprometida al revelarle su secreto.

—¿Charla? Querrás decir los gritos.

—¿Y qué estás haciendo, si es que no vuelves a mudarte? —cambió de tema.

Cecily dejó la taza de café solo en la mesa de centro frente al sofá, y se acomodó en el sillón mientras él hacía lo mismo en el sofá.

—Voy a volver a ver a Leta —le dijo, lo cual, en parte, era verdad—. Quiero ver un artefacto que tengo intención de comprar para el museo —lo cual, no era verdad.

Hubo una larga pausa.

—Esos artefactos tienen un significado sagrado para nuestro pueblo —le dijo—. No tienen por qué estar en un museo. Forman parte de nuestra cultura.

Estaba tan orgulloso de sus ancestros... la verdad iba a herirle profundamente.

—No es esa clase de artefacto —mintió. En realidad no tenía ni idea de qué iba a poder encontrar que satisficiese al doctor Phillips y a Tate, y que al mismo tiempo justificase el espionaje que iba a llevar a cabo para el senador Holden.

—Estuviste en Dakota hace un par de semanas. ¿Cómo es que no te lo trajiste entonces?

—Pues porque no estaba disponible —contestó, apartándose un delgado mechón de pelo—. Y haz el favor de no preguntar tanto. He tenido un día bastante duro.

Tate se pasó una mano por la nuca, bajo la coleta; luego reparó en el moño bajo en el que ella se recogía el pelo.

—Creía que te lo soltabas por la noche.

—Cuando me voy a dormir.

—Qué suerte tiene Colby —murmuró.

No iba a darle cuerda con la que ahorcarse, así que se limitó a sonreír.

—No va a cambiar —dijo él, tras un instante, mirándola con el ceño fruncido.

–No me importa. Te agradezco todo lo que has hecho por mí, Tate, pero mi vida privada es solo asunto mío.

–Muy bonito. Vaya forma de hablarme.

–Lo mismo digo –espetó–. ¿Quién te da derecho a hacerme preguntas sobre los hombres con los que salgo?

Lo vio apretar los dientes y sus labios conformaron una línea recta. Se parecía a su padre cuando se enfadaba. Terminó el café en un tenso silencio y se levantó. Miró el reloj.

–Tengo que irme. Solo quería saber qué tal estabas.

–Solo querías saber si Colby estaba aquí –corrigió, y sonrió con descaro.

–Ya sabes que no apruebo tu relación con él.

–¿Y eso debería importarme?

Dio un paso hacia ella, y en sus ojos negros brilló un conflicto de emociones. Últimamente, con solo mirarla, se excitaba más que con cualquier otra mujer que conociera.

–Colby es un buen hombre –le dijo. No podía permitir que iniciase una discusión sobre él cuando en realidad su frustración provenía de otras fuentes–. Es un buen amigo, y no bebe cuando está conmigo. Nunca.

–Es un alcohólico –puntualizó, intentando controlarse.

–Ya te he dicho antes que está asistiendo a sesiones de terapia –dijo–. Está intentando rehabilitarse, Tate.

–¿Y esperas que con eso deje de preocuparme de ti, después de lo que mi propio padre nos hizo pasar a mi madre y a mí?

5

El dolor palpitó en sus ojos aunque su rostro permaneciese impasible. Cecily se levantó de la silla para plantarse delante de él.

—La gente no es cruel por naturaleza —dijo con suavidad—. A veces lo que ocurre es que sufren tanto por dentro que no pueden soportar el dolor; no son capaces de resistir las presiones de la vida diaria y recurren al alcohol o a las drogas en busca de consuelo.

—¿Qué razón tenía mi padre para sufrir tanto? —inquirió.

«Pues que su hijo no era hijo suyo y que su mujer quería a otro hombre», pensó. Al mirarlo, reconoció cómo los años de sufrimiento y angustia habían conformado al hombre que era. Su rostro era como el granito pero cada línea, cada músculo ocultaba tras de sí una herida del pasado.

—Acero templado por el fuego —dijo en voz alta y sin pensar.

—¿Quién, yo?

Cecily le dedicó una sonrisa triste.

—¿Me equivoco?

Tate dejó escapar un largo suspiro, y parte de la tensión que le atenazaba se marchó con él.

—Estar contigo me proporciona paz —confesó inesperadamente—. Solo la encuentro cuando estoy contigo. No tengo ni idea de por qué, pero es como una bomba a la que le quitaran la espoleta.

—Tate, el senador Holden ha debido tener una razón para hacer lo que ha hecho —le dijo, buscándole los ojos—. No voy a pretender conocerla, pero lo conozco a él. No es uno de esos políticos que mienten cuando le conviene a sus intereses. Es un hombre íntegro que no haría lo que ha hecho por una absurda venganza, y tú lo sabes —añadió con convicción.

Él frunció el ceño.

—Sí, lo sé. ¿Y tú qué sabes, Cecily?

—De arqueología, un poco —sonrió.

—Me estás ocultando algo —dijo, sujetando su barbilla con los dedos—. Lo presiento.

—Eso es porque crees saberlo todo de mí —contestó, intentando apartarse—. No... no hagas eso —balbució, apartando su mano.

—Has cometido un error fatal —dijo él en voz baja, y se acercó a ella, rendido a la necesidad que era lo que de verdad le había empujado a ir allí a aquellas horas—. No deberías haberme tocado.

Antes de que ella pudiese decir nada, la besó en la boca, aprisionándola contra la pared. Cecily sintió su muslo entre las piernas y su cuerpo delgado y duro apretarla contra la pared.

No podía defenderse. Se moría de deseo por él, y hundiendo las uñas en su espalda, gimió dentro de su boca.

Todo su cuerpo era como un instrumento de tortura que la empujaba más allá de cualquier placer que hubiera experimentado antes, y mientras su cuerpo empezaba a inflamarse, sintió que en él también se obraba un cambio que no podría haber pasado desapercibido, dada su proximidad.

Tate sabía que se estaban metiendo en un callejón del que no iban a poder salir, y con un enorme esfuerzo se separó de ella. Tenía la mirada desenfocada y él exhaló violentamente, temblando junto a su boca. Sus cuerpos estaban tan cerca que casi ni el aliento cabía entre ellos. Tenía una erección, y ella lo sabía. Era la primera vez que no se lo ocultaba.

—Tienes que impedirme hacer esto —le dijo, casi enfadado.

—¡Si te quitas ahora mismo de aquí, agarro lo primero que encuentre y te...!

Le impidió terminar la frase con un beso.

—No es una broma —murmuró junto a su boca. Sus caderas se movían suavemente hacia delante y hacia atrás, y la sintió temblar.

—Eso es... nuevo —dijo, intentando bromear.

—No, no lo es. Lo que pasa es que nunca he querido que lo notaras.

La besó entonces despacio, saboreando la sumisión de sus labios tiernos y calientes. Escabulló las manos bajo su blusa y sobre sus pechos, por encima de su sujetador de encaje. Se estaba poniendo al límite, y si no paraba ahora que aún era posible, los dos lo iban a lamentar después.

—¿Es esto lo que le ofreces a Colby cuando viene a verte?

Su sarcasmo funcionó. Cecily le pisó con toda la fuerza de sus pies descalzos, y aunque le sorprendió más que hacerle daño, retrocedió. De un empujón, ella se liberó de sus brazos, mirándolo como lo haría una pantera.

—¡Lo que yo le ofrezca a Colby no es asunto tuyo! ¡Fuera de mi casa ahora mismo! —le gritó.

Estaba magnífica, se dijo Tate. No había un solo hombre sobre la faz de la tierra que pudiera arrinconarla o plegarla a su voluntad. Ni siquiera su padrastro, borracho y brutal, había conseguido obligarla a hacer algo que no quería hacer.

–¡Cómo detesto esa sonrisa de suficiencia!

–No era eso lo que estaba pensando –contestó–. Mi madre era una mujer insegura y asustadiza cuando era joven –recordó–, pero siempre se interponía entre mi padre y yo para evitar que me pegase. Tardé mucho en crecer lo suficiente como para protegerla yo a ella.

Cecily lo miró sin comprender.

–No te entiendo.

–Tú eres una mujer valiente, con fuego en tu interior –dijo–, y eso es algo que yo admiro, aunque a veces me exaspere. Pero no bastaría para protegerte de un hombre decidido a hacerte daño –suspiró–. Has sido... responsabilidad mía durante demasiado tiempo –dijo, eligiendo con cuidado las palabras–. No importa lo mayor que te hagas. Yo siempre seguiré sintiendo la necesidad de protegerte. No puedo evitarlo.

Pretendía reconfortarla, pero sus palabras le hacían daño.

–Sé cuidarme sola.

–¿Ah, sí? –replicó, mirándola a los ojos–. En un momento de debilidad...

–No tengo demasiados momentos de debilidad, y de esos pocos momentos, eres tú responsable en su mayor parte –dijo con humor negro–. ¿Quieres hacer el favor de marcharte? Se supone que soy yo la que tiene que intentar seducirte y no al revés. Estás rompiendo las reglas.

Tate arqueó las cejas. Su sentido del humor siempre parecía arreglar las cosas entre ellos.

–Es que habías dejado de intentar seducirme.

–Claro. Tanto me habías rechazado que ya no tenía ganas de seguir intentándolo.

Tate la miró con tanta intensidad como si la acariciase.

—No podía quitármelo de la cabeza —murmuró—... lo que sentí en casa de mi madre. Nunca había deseado a una mujer de esa forma, pero ni siquiera en aquel instante fue solo algo físico —frunció el ceño—. Te deseo, Cecily, y me odio por ello.

—¿Alguna otra novedad? —intentó bromear de nuevo—. Vete a casa. Y espero que no puedas pegar ojo en toda la noche.

—Seguro que no.

—Buenas noches —le despidió.

Estaba junto a la puerta, de espaldas a ella, inmóvil.

—Puedo nombrar a mis ancestros desde la guerra de México a principios del siglo diecinueve. Todos ellos pura sangre lakota. Quedamos tan pocos...

Cecily podría haberse echado a llorar por lo que ella sabía y él ignoraba.

—No tienes que explicarme nada —dijo—. Sé cómo te sientes.

—No, no lo sabes —espetó—. Moriría por tenerte, aunque fuera solo una vez —se volvió hacia ella, y había fuego en sus ojos—. Y para ti también es así.

—Pura corrupción de los sentidos. Tú no me quieres, y sin amor, es solo sexo.

Tate inspiró profundamente. No quería preguntar, pero no pudo evitarlo.

—¿Lo sabes por experiencia?

—Exacto —replicó, e intentó sonreír con desenvoltura. Los hombres se volvían taimados en cuanto el deseo les rondaba, incluso hombres como Tate, y no podía permitirle que supiera que era incapaz de desear a ningún otro hombre que no fuese él.

Su respuesta le dolió. Era lo que ella pretendía. Tate dudó aún un minuto más; luego abrió la puerta y salió.

Cecily cerró los ojos y le agradeció a la providencia haber tenido el buen juicio de negarse lo que más deseaba en el mundo. Tate había dicho una vez que el sexo solo no bastaba, y tenía razón. Y ella se lo repitió una y otra vez, dirigiéndose a su cuerpo palpitante, hasta que por fin se quedó dormida.

Cecily condujo hasta Wapiti Ridge al día siguiente por la tarde desde el aeropuerto de Rapid City, en Dakota del Sur.

Leta salió al porche a recibirla secándose las manos en un delantal y sonriendo.

—Casi no me ha dado tiempo de preparar algo en condiciones para cenar. ¡Deberías haberme llamado ayer, y no desde el aeropuerto, so bribona!

—Quería darte una sorpresa.

Leta hizo una mueca al oír la palabra sorpresa.

—¿Qué pasa? —le preguntó Cecily mientras subía los peldaños del porche.

—Se me olvidó darte una cosa.

—¿El qué?

—Tate me dio tu regalo de cumpleaños cuando estuvisteis aquí la última vez —confesó—. Yo lo dejé encima del aparador del salón, y luego se me olvidó dártelo. ¡Espera, que ahora te lo traigo!

Cecily tuvo la sensación de que el viento la había derribado con tan solo oír pronunciar su nombre. Casi volvía a sentir su sabor en los labios, el hambre de su cuerpo empujándola contra la pared...

—Se ha acordado de mi cumpleaños —dijo en voz baja, conmovida.

—Nunca se ha olvidado, pero era cuando no os hablabais —le entregó una caja pequeña—. Vamos, ábrela.

A Cecily le temblaron un poco las manos mientras quitaba el papel de regalo. Era una caja de joyería. No iba a ser un anillo, claro. No podía ser que...

—¡Será asqueroso! —exclamó—. ¿Cómo ha podido hacerme esto?

Leta se asomó por encima de su hombro a ver lo que había en la cajita y rompió a reír.

—No tiene gracia —la reprendió Cecily.

—¡Vamos, hija, claro que la tiene!

Era un cangrejo plateado con ojos de rubí y pinzas de perla, y sonrió de medio lado.

—Es bonito, ¿verdad?

Sacó el alfiler de la caja y lo estudió. No era plata, sino oro blanco, y los ojos eran rubíes auténticos, igual que las perlas. No lo había comprado por impulso, sino que debía tratarse de un diseño hecho especialmente para ella. Los ojos se le llenaron de lágrimas. Era la clase de regalo que se hacía a una persona que significaba algo importante. Recordó entonces la pasión de sus besos y deseó con todo su corazón que también hubieran significado algo importante.

Se colocó el pequeño cangrejo en el cuello de la blusa y supo que lo conservaría toda su vida.

—Bueno... ¿y cómo es que estás aquí? —preguntó Leta mientras cenaban.

—Quiero conseguir un artefacto para el museo —dijo sin poner demasiado interés.

Leta la miró antes de contestar.

—No hay ningún artefacto aquí excepto los sagrados, y tú sabes muy bien que solo se enseñan en las ceremonias. Ningún miembro de la tribu permitiría que los tocases, y mucho menos que te los llevaras a un museo.

Cecily suspiró y tomó un sorbo de café.

—Leta, sería mucho más fácil si simplemente me creyeras cuando te digo una mentira.

Leta se echó a reír.

—Es que lo haces fatal.

—No puedo contártelo todo. He venido a fisgonear un poco.

Leta abrió los ojos de par en par.

—Operaciones encubiertas —dijo, entusiasmada—. Genial. ¿Qué tenemos que hacer?

—Es un asunto muy serio —replicó—. Hay gente que no tiene las manos limpias por aquí.

—Ya lo sé. Vienen y van en limusina con matrícula de fuera del estado, y cada vez que vienen, Tom Cuchillo Negro se va a la casa de su sobrino y tiene varios barriles de whisky.

Cecily se quedó con la boca abierta.

—Sé muy bien lo que está pasando —continuó Leta—, y sé que algo va mal. Los fondos destinados a la tribu se están evaporando, y no puedo creer que sea Tom quien se los queda. Es mi primo.

—También es buen amigo de un hombre poderoso de Washington, que está dispuesto a hacer saltar todo por los aires si consigue pruebas suficientes.

Leta removió la comida en su plato con el tenedor.

—Esa gente no ataca de frente, sino que te busca las vueltas. Buscan tus secretos.

—Pero no a personas como tú —contestó Cecily deliberadamente—. Tú no tienes secretos.

Leta volvió a guardar silencio.

—¿Has visto a Tate?

El corazón le dio un brinco.

—Anoche.

—¿Está bien?

—Muy bien. No le gusta que salga con Colby Lane.

Leta arqueó una ceja.

—No es eso, Leta. Está preocupado por mí. Colby bebía mucho antes. Ahora ya no, pero Tate cree que es una mala influencia —tomó un sorbo de café—. El hermano mayor Tate al rescate.

—Se preocupa mucho por ti.

—Como se preocuparía por una hermana pequeña, y las dos lo sabemos, Leta. Audrey es la mujer que hay en su vida, y que no muestra síntomas de abandonarla en breve. De no haber sido por esa obsesión suya de no casarse con una mujer de otra raza, a estas alturas ya llevaría un anillo en el dedo. Es guapísima.

—Pero detesta a los nativos, igual que otra persona de la alta sociedad que conocí hace tiempo. Se deja llevar por los clichés de siempre: que somos sucios, ignorantes, salvajes que nos tumbamos a la bartola mientras el gobierno paga por mantenernos...

Cecily se levantó y abrazó a la mujer que había ocupado el lugar de su madre en su vida.

—Tú eres una mujer limpia, inteligente, moderna, con una gran capacidad y un corazón enorme —declaró—. ¡Y cualquiera que diga lo contrario, tendrá que vérselas conmigo!

—Haces mucho por nosotros, Cecily —dijo con solemnidad—. Más de lo que te imaginas —añadió, mirándola detenidamente—. ¿Cómo te has arañado la mejilla?

En aquel instante recordó con claridad la aspereza de la barba de Tate contra su piel y enrojeció.

—Así que eso es lo que ha pasado —musitó—. Me lo imaginaba. La noche en que Tate se marchó, mientras yo preparaba los sándwiches, os quedasteis muy callados...

—No significó nada para él —la interrumpió.

Aquellos ojos oscuros, sabios y tristes, llenos de conocimiento, la miraron un instante.

—Es fácil rendirse, Cecily, pero luego se paga el precio. Y a veces es muy alto.

Y Leta sabía bien de qué hablaba, abandonada en estado por un político ambicioso que se casó para dar un paso hacia delante en su carrera. Cecily sintió su dolor muy cercano, y apretó su mano sobre la mesa.

—Puede que sí —dijo—, pero a veces la recompensa merece la pena.

Leta frunció el ceño y pareció dejar de respirar.

—¿Qué es lo que sabes? —le preguntó, y sin esperar respuesta, el horror desfiguró sus facciones—. Cecily...

—No puedo tener secretos contigo —dijo, apretando su mano con más fuerza—, pero he prometido no decir nada, y tengo que ser fiel a esa promesa.

—El hombre que te ha enviado aquí... ¿es un senador?

—No puedo contestarte a eso.

–¿Un senador por Dakota?
–Leta...
–¿Matt Holden?
Cecily cerró los ojos. No podía contestar. No debía hacerlo.
–Dios mío –susurró Leta, soltándose–. Lo sabe, ¿verdad?

Cecily se mordió los labios.
–Lo siento, Leta. Sí, lo sabe. La gente a la que he venido a investigar conoce toda la historia, y amenazan con contársela a los medios de comunicación. Teniendo en cuenta el prestigio del senador Holden en la cámara, podría destruir su carrera; eso sin tener en cuenta lo que sufriríais Tate y tú si todo saliera a la luz.

Leta se cubrió la cara con las manos y lloró en silencio.

Cecily volvió a levantarse de su silla y acudió a abrazarla.
–No te preocupes. El senador Holden cree que aún podemos detenerlos, si averiguamos exactamente quiénes son y lo que están usando contra Tom Cuchillo Negro. No estamos vencidas, Leta. Vamos a salir de esta.

Leta se abrazó a ella.
–He querido decírselo muchas veces, a los dos, a mi hijo y a su padre, pero intentaba encontrar la mejor ocasión de hacerlo, y la mejor ocasión nunca llegaba. Matt estaba casado y Tate se sentía tan orgulloso de su herencia... –se separó y se secó los ojos–. Jack sabía que estaba embarazada cuando me casé con él, pero no sabía quién era el padre. Me dijo que me quería lo suficiente para hacerse cargo de mi hijo y de mí. Saber que otro hombre era el padre de mi hijo le corroía por dentro, sobre todo después de que supiéramos que no iba a poder tener más hijos. Me odiaba a mí y odiaba a Tate, y nos castigaba a los dos por su propia esterilidad. Empezó a beber y pasó de ser un buen hombre a un monstruo. La culpa fue mía –declaró–. Y para empeorarlo

todo, le negué a Matt el derecho de saber que había tenido un hijo, y a Tate la identidad de su verdadero padre. Y ahora lo va a saber a través de algún periódico, o en alguno de esos programas de televisión. Él también acabará por odiarme.

–Nos odiará a todos durante un tiempo, después de saberlo –la consoló–, pero lo superará.

Leta negó con la cabeza mientras se restregaba los ojos una vez más.

–No, no lo superará. Es como tú con las mentiras. No nos perdonará.

Cecily sintió que el corazón se le partía. Era la verdad.

–No podemos adivinar el futuro –dijo–, pero podemos intentar hacer algo. Tienes que enfocarlo por el lado positivo.

–¿Es que lo hay?

–Por supuesto. Vamos a descubrir a un renegado del sindicato del juego, a salvar al jefe de la tribu y a evitar que los fondos sigan desapareciendo, todo de un plumazo. ¡Saldremos en el telediario!

–Por segunda vez –musitó Leta, recordando el otro incidente.

Cecily se rozó el cangrejo prendido en la solapa.

–Pero esta vez, será una imagen políticamente correcta.

–¿Cómo está Matt? –preguntó Leta, a pesar de sí misma.

–Guapo como un demonio. Tiene el pelo plateado, una planta arrogante, es testarudo y temperamental... muy parecido a alguien que tú y yo conocemos –sonrió–. Habla muy bien de ti, y se arrepiente de lo que hizo, ¿sabes? Me dijo que se equivocó al elegir.

–Me odiará por no haberle hablado de Tate.

–¡En absoluto! –exclamó, mirándola a los ojos, que eran pozos de sufrimiento–. Es más, se siente culpable por lo que los dos habéis sufrido a manos de Jack Winthrop.

El único problema es que... bueno, ya sabes que Tate y él son enemigos, y saber que se trata de su propio hijo, ha sido toda una impresión.

—Yo lo quería —recordó con la mirada perdida en el pasado—. Crecimos juntos. Matt era mayor que yo, pero tenía tan claro cómo iba a vivir su vida, cómo iba a ayudar a la gente de aquí. Yo habría hecho cualquier cosa por él. Entonces me dijo que iba a casarse con una mujer rica de la alta sociedad y que iba a presentarse a las elecciones. Discutimos. Pero después de las elecciones, antes de salir para Washington, vino a verme por última vez. Habíamos estado separados tanto tiempo, y yo le había echado tanto de menos... empezamos a besarnos y ya no pudimos parar —enrojeció, azorada—. Entonces me dijo que ya se había casado. Él se avergonzó de lo que había hecho, pero yo no. Era todo lo que iba a tener de él, y lo sabía, y unas semanas después de que se hubiera marchado, supe que estaba embarazada.

Leta sonrió.

—No puedes imaginarte la alegría que fue para mí. Sabía que no iba a poder decírselo nunca, pero yo estaba feliz. Entonces Jack me ofreció un hogar, y yo lo acepté —movió la cabeza apesadumbrada—. No sé cómo fui tan tonta. Pagué por mi error, y Tate también pagó. Intenté huir una vez, pero Jack me dio una paliza tan grande que después no podía ni siquiera andar. Me amenazó con hacerle lo mismo a Tate si volvía a intentar escapar, así que me quedé —miró a Cecily—. Dicen que es muy fácil dejar a un marido que te maltrata. Que no hay más que marcharse y ya está. Pero yo sé que si nos hubiéramos ido, él nos habría encontrado y nos habría matado. Me lo dijo un par de veces, y yo sé que no exageraba. Estando borracho era capaz de cometer un asesinato a sangre fría. En aquellos tiempos no había casas de acogida para mujeres maltratadas. Nadie nos protegía. Ahora las cosas son distintas. Pero Tate tiene tantas cicatrices ya... aunque sean internas y nadie las vea, igual que las mías.

—Pero no lamentas haberle tenido —adivinó.

—Nunca lo lamentaré. Pero me entristece que Matt haya tenido que saberlo así. ¿Se lo ha dicho a Tate?

—No. Sugirió que lo hiciese yo —confesó—. Y yo le he dicho que no contenga la respiración esperando.

—A Tate no va a gustarle que le ocultemos la verdad.

—Ya lo sé. De todas formas, nunca habría cambiado de opinión respecto a mí, aun sabiendo que su sangre no es pura. Llevo demasiado tiempo viviendo de sueños.

—Si te alejas de él, te seguirá —dijo Leta inesperadamente—. Hay una unión, un vínculo entre vosotros que no puede romperse.

—Pero está Audrey —le recordó.

—Cariño, para Tate ha habido muchas Audreys. Nunca las ha traído a casa, ni me ha hablado de ellas. Eran relaciones temporales, y ninguna de ellas era, digamos... inocente.

—Audrey está durando más que las demás.

Leta la miró a los ojos.

—Si se está acostando con Audrey, ¿por qué es incapaz de no tocarte a ti?

Cecily sintió que el corazón le daba un vuelco.

—¿Cómo?

—Es una pregunta sencilla —contestó, y su azoramiento le hizo sonreír—. Cuando entraste en la cocina la última vez que estuvisteis aquí, justo antes de que Tate se marchara, tenías los labios enrojecidos y no lo mirabas a la cara. Él estaba muy alterado, así que no hace falta ser adivina para saber lo que había pasado en mi salón. No es propio de Tate jugar con chicas inocentes.

—No creo que piense que yo lo soy —replicó—. Le he hecho pensar que Colby y yo...

—Vaya, vaya.

—¿Vaya, qué?

—Pues que lo único que le ha mantenido alejado de ti es que no quiere aprovecharse de ti. Pero si ahora piensa que tienes alguna experiencia, ya no tendrá razón para mantenerse al margen. Tu juego es muy peligroso, Cecily, y sé que el amor que sientes por él será tu perdición si él insiste. ¡Lo sé por experiencia!

Cecily prefirió no pensar en ello. Tenía que quitarse a Tate de la cabeza, sobre todo mientras tuviese que estar allí.

–Ya me preocuparé de eso cuando llegue el momento –dijo tras un instante de reflexión–. Ahora sécate esas lágrimas y acábate el café. Tenemos que planear la estrategia. ¡Hay que acabar con el enemigo como sea!

6

Durante los días siguientes, Cecily conoció a Tom Cuchillo Negro, un hombre de edad con unos vivarachos ojos negros y de carácter amable, así como a varios miembros del consejo de la tribu. Ninguno de ellos le pareció sospechoso o turbio en ningún sentido. Estaba casi segura de que, pasara lo que pasase allí, ninguno estaba tomando parte.

Una de aquellas noches, compartió sus pensamientos con Leta.

–El problema es que no van a querer confiar en mí –dijo tras reflexionar–. Ojalá hubiese vuelto Colby. Podría hacerse pasar por un miembro de otro sindicato del juego e infiltrarse. Yo no puedo hacerlo.

–Pues a mí no me mires –replicó Leta–. No sé jugar ni al cinquillo.

–Voy a llamar a Colby –dijo, descolgando el teléfono que Tate había hecho instalar en casa de su madre y del que él pagaba la cuenta–. Si está en casa, nos echará una mano.

–Lane –contestó al descolgar.

–Temía que estuvieras aún fuera del país –dijo Cecily, aliviada al oír su voz–. ¿Estás bien?

–Solo unas cuantas cicatrices más –contestó, despreocupado–. ¿Qué te parece si salimos a tomar una pizza? Te recojo a...

–Estoy en Dakota.

–¿Qué?

–Es una historia muy larga. Leta tiene un sofá muy cómodo. ¿Puedes venir?

Hubo una pausa.

–Si tanto me echas de menos, podríamos casarnos –respondió.

–No pienso casarme con un hombre que anda por ahí pegando tiros –dijo ella, sonriendo.

–Solo disparo a los malos –protestó–. Además, soy un chico listo. Sé lo que es un *foramen magnum*.

–¡Cariño! –exclamó, teatral–. ¡Saca ahora mismo la licencia!

Colby se echó a reír.

–¿En qué clase de lío estás metida, Cecily?

–No es un lío. Simplemente estoy intentando comprar un artefacto, pero te necesito.

–Entonces, salgo para allá. Alquilaré un coche en el aeropuerto. Hasta pronto.

Y colgó.

–No irás a casarte con Colby Lane –preguntó Leta.

–Es que sabe lo que es un *foramen magnum*.

–¿Un qué?

–Es una abertura grande que hay en la parte trasera del cráneo.

–¡Puaj!

–Para un arqueólogo es algo muy importante. ¿Sabías que por las características de ese orificio se puede identificar al menos una raza? Los indios nativos norteamericanos son mongoloides, y tienen los incisivos en forma de pala.

Leta se tocó inconscientemente los dientes y siguió

haciendo preguntas, lo cual evitó que siguiera pensando sobre lo que Colby acababa de proponerle a su niña.

Colby llegó al día siguiente, con unos puntos en la mejilla y una nueva prótesis. Se la enseñó a Cecily nada más bajarse del coche.
—Bonita, ¿eh? ¿No te parece más real que la anterior?
—¿Y qué ha sido de esa?
—Ha quedado hecha añicos. No me preguntes dónde —añadió.
—No sé nada —le aseguró—. Vamos, entra. Leta ha preparado unos sándwiches.

Leta solo había visto una vez a Colby, en una visita que le había hecho con Tate. Se comportó educadamente con él pero distante, y eso se notaba.
—No le gusto —le dijo Colby a Cecily cuando aquella misma tarde estaban sentados en la escalera del porche.
—Es que piensa que me acuesto contigo —le explicó sin más—. Y Tate también.
—¿Por qué?
—Porque yo se lo he hecho pensar.
Él la miró con dureza.
—Pues en eso te has equivocado.
—No voy a permitir que piense que estoy esperando a que se dé cuenta de que existo. Ya está convencido de que estoy enamorada de él, y ya tengo bastante con eso. No puedo permitir que sepa que... bueno, que lo estoy. Todavía me queda un poco de orgullo.
—Desde luego yo estoy dispuesto a darle un poco de verosimilitud a tu mentira, si es eso lo que quieres —dijo, serio, pero añadió—: ¿O es que temes que no pueda manejarme con un solo brazo? —preguntó, riendo.
Cecily se echó a reír, y se apretó contra él con cariño.
—Te quiero, Colby, de verdad, pero tuve una mala experiencia cuando era una adolescente. He seguido un

programa de terapia y esas cosas, pero sigue siendo traumático para mí pensar en intimar con alguien.

–¿Incluso con Tate? –preguntó con cuidado.

–Tate no me desea.

–Tú no haces más que repetir eso, y él no hace más que dejarte por mentirosa.

–No te entiendo.

–Vino a verme anoche, justo cuando acababa de colgar contigo.

Se pasó una mano por la cicatriz de la mejilla, y Cecily contuvo la respiración.

–¡Creía que te habías hecho eso en el último trabajo!

–Tate lleva un anillo con una turquesa en la mano derecha –le recordó–, y hace daño cuando te da un puñetazo con él.

–¿Que te dio un puñetazo? ¿Por qué?

–Porque tú le habías dicho que nos estábamos acostando –explicó–. La verdad, Cecily, me gustaría que me pusieras sobre aviso cuando pretendes utilizarme en una mentira. Me pilló desprevenido por completo.

–¿Y qué pasó después?

–Pues que le pegué yo... y detrás de lo uno, fue lo otro. Ya no tengo mesa de centro en el salón. Y no voy a contarte lo que hizo con mi mejor cenicero.

–¡Ay, Dios, cuánto lo siento!

–Tate y yo estamos muy igualados en la pelea, aunque no nos hemos peleado muchas veces. La verdad es que pega fuerte –frunció el ceño–. ¿Estás segura de que Tate no te desea? No se me ocurre otra razón por la que quisiera fregar el suelo con mi cabeza.

–El hermano mayor Tate al rescate –dijo, sonriendo con amargura–. Cree que no eres bueno para mí.

–Y no lo soy.

–Me gusta tenerte como amigo.

Él sonrió.

–A mí también. A lo largo de los años, no me ha quedado mucha gente. Cuando Maureen me dejó, me volví loco. No podía soportar el dolor, así que busqué la forma de entumecerlo –movió la cabeza despacio–. Creo que no recuperé un poco la cordura hasta que me mandaste a esa psicóloga de Baltimore. ¿Sabías que tiene serpientes en su casa? –le preguntó.

–Todos tenemos nuestros pequeños vicios.

–En fin... que me convenció de que no se puede poseer a las personas. Maureen no podía soportar lo que yo era, y ahora es feliz –añadió con una pizca de amargura–. Su marido es vicepresidente de un banco y tiene dos hijos de su anterior matrimonio. Todo muy apacible. Sin riesgos de que le disparen en cualquier guerra.

–Lo siento, Colby.

Él apoyó los antebrazos en las rodillas.

–La quería.

–Yo quiero a Tate, y tú al menos tendrás un matrimonio que recordar. Yo no tendré nada.

–Estarás mejor sin nada que recordar. Tate es imbécil. Está perdido. No sabe quién es.

–¿Por qué dices eso?

–Le da demasiada importancia a su cultura. La utiliza para identificarse a sí mismo. La herencia es importante, pero no lo es todo en una persona. Tate vive en un mundo de blancos, se gana la vida en su mundo. ¿Es lógico que un hombre tan obsesionado como él con sus raíces viva en ese mundo?

Cecily se preguntó si Tate se lo habría planteado alguna vez en aquellos términos.

–Te refieres a que no vive con Leta, o cerca de su gente.

–Exacto. Algunas de las personas con las que ha tratado le han hecho sentirse incómodo, le han recordado que es parte de una cultura minoritaria, que no es lo bastante sofisticado ni urbano para sentirse orgulloso de nada.

–Colby...

Él la miró.

—Tú eres blanca. No tienes ni idea de lo que es pertenecer a una minoría, ser tratada como una minoría. Nunca podrás saberlo, Cecily. Aunque trabajes por la autonomía de los nativos, aunque comprendas y admires la cultura de Tate, nunca podrás formar parte de ella.

Cecily no supo qué responder. Ni siquiera Tate le había dicho esas cosas, y se pasó la mano por la frente, dolida por la verdad que se ocultaba tras aquellas palabras.

—Supongo que te preguntarás por qué sé tanto del tema —sugirió—. Soy apache, Cecily —dijo—. No se deduce a simple vista porque tengo la piel clara después de la mezcla con sangre escocesa y alemana, pero lo soy. De hecho, se me considera completamente apache. Podría vivir en la reserva de White Mountain si quisiera.

—No me lo habías dicho —murmuró.

—No te conocía lo bastante bien. Es casi gracioso. Tate es un fanático de sus raíces, y yo me avergüenzo de las mías. Ni siquiera voy a ver a mi gente. Odio ver cómo viven.

Aquella confesión la sacudió de pies a cabeza. No sabía qué decir, ni cómo hablarle. El Colby que había conocido hasta aquel momento acababa de desvanecerse.

—Esa fue la verdadera razón de que Maureen me dejase —reveló—. No por mi trabajo, o porque me tomase una copa de vez en cuando. Me dejó porque... porque no quería tener hijos mestizos. Es que no le dije que era apache hasta que no llevábamos casi un año casados. Unas gotas de sangre nativa aportaban un toque único y excitante, pero un verdadero apache... le horrorizaba.

La opinión de Cecily sobre la legendaria Maureen cayó en picado. No podía imaginarse cómo alguien podía avergonzarse de una herencia tan magnífica.

Él la miró y sonrió.

—Casi oigo hervir tu sangre. Sé que tú no te habrías avergonzado de mí. Pero tú eres única. Ayudas cuándo y dónde puedes. Ves la pobreza a tu alrededor y no arrugas la nariz, te remangas y ayudas en la medida de tus posibilidades. Haces que hasta yo me avergüence, Cecily.

–¿Por qué?

–Pues porque tú ves belleza y esperanza donde yo solo veo impotencia –se frotó el brazo artificial como si le doliera–. No tengo ni la mitad del dinero que tiene Tate en bancos extranjeros, pero he decidido empezar a utilizar parte de él en otra cosa que no sea comprar licores exóticos. Una persona puede marcar la diferencia. No lo he sabido hasta que apareciste tú.

Ella sonrió y rozó su brazo.

–Me alegro.

–Podrías casarte conmigo –se aventuró, sonriéndole–. No soy una perita en dulce, pero sería bueno contigo. Jamás volvería a beber, ni siquiera una cerveza.

–Tú necesitas a alguien que te quiera, Colby, y yo no puedo hacerlo.

–Podría decirte lo mismo a ti. Pero yo podría quererte, creo, con el tiempo.

–Pero nunca serías Tate.

Colby inspiró profundamente.

–La vida nunca es sencilla. Es una especie de rompecabezas, pero cuando creemos tenerlo resuelto, las piezas salen disparadas en todas direcciones.

–Si te pones filosófico es que es hora de entrar. Mañana tendremos que hablar de lo que está ocurriendo aquí. Hay algo muy turbio, y Leta y yo necesitamos que nos ayudes a descubrir de qué se trata.

–¿Para qué están los amigos?

–Ya haré yo lo mismo por ti algún día.

Colby no contestó. Estaba claro que Cecily no tenía ni idea de hasta que punto le había afectado a Tate su invención de que se estaban acostando juntos. En el hombre que se había presentado en su casa la noche anterior apenas había podido reconocer al amigo y compañero de tantos años. Tate apenas conseguía articular frases con coherencia, y para cuando terminaron, los dos estaban agotados y sangrando. Quizá su amigo no quisiera casarse con ella, pero lo de la noche anterior solo podía ser un ataque de celos. Los celos de un hombre que estaba enamorado hasta la médula y que ni siquiera lo sabía.

Dos días tardó Tate, aún dolorido y con algún que otro moretón, en pasarse por el museo para averiguar el verdadero motivo de que Cecily se hubiera marchado a Dakota, porque sabía que no tenía nada que ver con los artefactos. Algo estaba ocurriendo, y Cecily actuaba de un modo extraño, lo mismo que Colby. Y él iba a averiguar por qué.

Habló con el doctor Phillips, que le dijo que se había marchado para comprar un artefacto que había localizado y que iba a hacer famoso su pequeño museo. De hecho, hasta el mismo senador Holden estaba tan entusiasmado con el proyecto que le había pagado el billete de avión.

Siguiendo el hilo de aquella información, Tate entró como un rinoceronte en la oficina de Matt Holden, pasando casi por encima de su secretaria.

—No pasa nada, Katy —le dijo Holden a la joven—. Cierra la puerta, ¿quieres?

Ella obedeció aunque con evidente aprensión. Tate parecía haberse vuelto loco.

Era la primera vez que se veían desde que Matt Holden supiera que aquel hombre era su hijo, y lo miró atentamente. En su rostro estaban presentes generaciones de sangre lakota, en aquellos ojos negros, la mandíbula firme, su constitución alta y elegante. Tate no podía saber que por sus venas corría también sangre francesa; que su abuelo había sido un virrey en Marruecos y que su abuela pertenecía a la aristocracia francesa. Tate era la continuación de una línea orgullosa, pero él no podía decírselo. Que tristeza. Cuántos errores había cometido...

—¿Y bien? —le preguntó, intentando mantener el antagonismo de siempre, aunque en su corazón sintiese una grieta.

—¿Por qué ha enviado a Cecily a Dakota?

Holden contuvo la respiración. Miró a su alrededor, seguro de que debía haber algún micrófono en su despacho, a pesar de que algunos agentes lo habían revisado con equipo electrónico. No podía hablar allí.

Tate interceptó la mirada y sacó de su bolsillo un pequeño aparato, lo activó, y lo dejó sobre la mesa.

—Nada mejor que un espía para cazar a otro espía, Holden —dijo, sonriendo—. Ya puede hablar. Eso —señaló al aparato—, le dará a quienquiera que pueda estar escuchando un buen dolor de cabeza.

Holden se relajó un poco.

—No puedo decirle mucho —confesó—. Es un asunto complicado y hay gente inocente involucrada.

Él era una de esas personas.

—Díganos lo que pueda —le pidió Tate tras un instante.

Era extraña la duda que percibía en Holden. La verdadera hostilidad parecía haber desaparecido. Estaba cambiado. ¿Por qué?

Holden se recostó en su sillón y miró a su hijo.

—Hay una serie de intrigas y misterios en la reserva. Prometí a alguien echar un vistazo, y Cecily está haciendo unas cuantas preguntas por mí.

—Eso es asunto de la tribu, y no suyo. ¿Por qué quiere meter la nariz? —preguntó frunciendo el ceño. Para su padre, el hombre que estaba sentado al otro lado de la mesa, fue como mirarse en un espejo que le devolviese por arte de magia a la juventud—. Su influencia no llega hasta allí.

Holden enrojeció y bajó la mirada. En su mandíbula tembló un músculo involuntariamente.

—Es un asunto personal, y muy delicado. Cecily está... averiguando unas cuantas cosas en mi nombre. Solo tiene que observar a unas cuantas personas, eso es todo. Nada que entrañe ningún peligro.

Tate se inclinó hacia él inesperadamente, los ojos como dos relámpagos negros.

—Si quería vigilar a alguien, ¿por qué no acudió a mí? ¡Tengo contactos en todas partes! Podría haber llevado a cabo esa investigación sin tener que mezclar a Cecily.

Holden cerró los ojos.

—No lo entiende. Usted no... podía intervenir.

Aquello cada vez era más raro.

—¿Por qué no?

Había un retrato de Andrew Jackson en la pared de su despacho, y vagamente pensó en el escándalo que había tenido que soportar por su querida Rachel.

—No puedo decírselo —volvió su atención a su hijo—, pero tiene que mantenerse al margen de todo esto. Su participación es impensable.

Tate frunció aún más el ceño.

—No tiene sentido.

—¡Maldita sea! —exclamó, pasándose las manos por la cara—. Está bien. Se trata de un asunto político —dijo, escogiendo cuidadosamente cada palabra—. Hay algo en mi pasado que no quiero que se sepa, porque tiene que ver con una mujer inocente cuya vida quedaría destrozada si se hiciese público. Unos tipos me han amenazado con sacarlo a la luz si no hago... ciertas cosas por ellos.

—Yo puedo ser muy discreto —replicó Tate, sorprendido.

—Lo sé —inspiró profundamente y miró a su hijo con toda preocupación—. Pero no puede involucrarse en ello. De ninguna manera. Si siente el más mínimo respeto por mí, le ruego que confíe en mi palabra. Tiene que quedarse al margen, todo lo lejos que pueda.

Qué raro. Aquel hombre era su enemigo y sin embargo estaba sintiendo una especie de unión con él, un vínculo fuerte y extraño. Era casi como si Holden pretendiera protegerle, pero ¿por qué iba a necesitar él protección?

–He trabajado para la CIA –puntualizó–. Sé cuidarme bien.

–Lo sé, pero esto no tiene nada que ver con su capacidad de mantenerse vivo –Holden volvió a pasarse la mano por la cara–. Nunca antes había estado en una situación como esta; jamás había tenido las manos atadas de este modo. Me merezco lo que me ocurra, porque yo soy el único responsable, pero no puedo permitir que esa mujer pague por mis pecados. Tengo que protegerla, cueste lo que cueste.

Nunca se hubiera imaginado que el senador fuese un hombre sensible y sin embargo su voz vibraba de dolor, sonaba cubierta por un velo de pérdida.

–Sigue queriéndola.

–¡Por supuesto que aún la quiero! –explotó–. Siempre la he querido. Pero era tan condenadamente ambicioso... tenía que ser poderoso y rico, así que me casé por dinero y sacrifiqué todo lo demás por este escaño. Y ahora estoy aquí, sentado en el sillón por el que tanto he perdido, con mis pecados sobre la mesa y esperando que el hacha caiga sobre mi cuello. Y no puedo culpar a nadie excepto a mí mismo.

Tate se quedó mirándolo en silencio.

–¿Tiene esto que ver algo con que cancelase la revisión de su sistema de protección?

Holden asintió sin mirarlo.

–No tiene ningún sentido.

–Y espero que nunca lo tenga –declaró Holden solemnemente. Con un ademán de infinito cansancio, se recostó en su sillón, apretando los brazos con las manos hasta que los nudillos se le volvieron blancos–. Cecily no corre ningún peligro, se lo prometo. Tengo amigos de los que ella no sabe nada que la están vigilando.

La sorpresa cada vez era mayor.

—¿Tiene amigos en Wapiti?

Holden volvió a apartar la mirada.

—Mi madre fue profesora en la reserva cuando yo era niño mientras mi padre servía en el ejército, para que yo no tuviera que viajar cada vez que a él le cambiaban de destino. Crecí en la reserva.

En la reserva... tenía algo en la punta de la lengua. Algo que había oído decir, pero que no conseguía recordar...

Holden se puso de pie.

—No vaya. No se mezcle en esto. Podría causar un daño irreparable. Es una situación... delicada.

Tate se levantó también, pero no se movió del sitio.

—Era una mujer de nuestra reserva —dijo de pronto.

Holden no contestó.

—Se avergüenza de ella, ¿no? Por eso lo ha mantenido en secreto.

—No es la clase de mujer de la que un hombre pueda avergonzarse —declaró, mirándolo a los ojos—. Todo lo contrario. Pero elegí mal, y la perdí.

A Tate le sorprendió que confiase de aquel modo en él. No tenía sentido. Pero claro, tampoco nada de lo que le había dicho antes lo tenía.

Tate se llevó una mano a la frente y el anillo de turquesa llamó la atención del senador. Qué curioso. Era como si lo hubiese reconocido.

—Mi madre me lo dio después de morir mi padre —le explicó, ya que su curiosidad era obvia—. Era de él. Mi madre se lo regaló cuando empezaron a salir juntos. Yo no quería a mi padre, pero lo llevo por ella. Le tiene mucho aprecio.

Holden recordaba perfectamente aquel anillo. Leta se lo había regalado un día antes de que él se viera obligado a confesar que no había posibilidad alguna de que siguieran juntos. Se lo había devuelto tras la confesión, y ella se lo había regalado a su hijo. Al hijo de los dos. Casi no podía soportar el dolor.

Qué reacción tan extraña la de Holden, se dijo Tate.

–¿Conoce a mi madre? –le preguntó de pronto.

Holden lo miró esforzándose por simular indiferencia.

–Cecily me ha hablado de ella. Se llama Leta, ¿verdad?

Él asintió.

–Conocí a mucha gente de la reserva, pero ha pasado ya tanto tiempo que no consigo recordar las caras –mintió.

–No malgastó el tiempo haciendo campaña en Wapiti Ridge, ¿eh? –preguntó cáusticamente.

Holden se irguió.

–Pues no –confesó con frialdad–. A mi mujer no le gustaban los indios, y se avergonzaba de que la gente supiera que mi madre había dado clases en la reserva –la ira empezó a brillar en los ojos de Holden–. Por si tiene dificultades en reconocer esa actitud, podría preguntarle a su amiga Audrey por qué no quiere ir a Wapiti con usted. ¿O es que tiene miedo de la respuesta?

Tate apretó los puños.

–Váyase al infierno.

Holden no retrocedió ni un centímetro.

–Fui comandante de un escuadrón en Vietnam –le dijo con excesiva suavidad–. Fuerzas especiales, así que no cometa el error de pensar que sería peso muerto en una pelea con un hombre más joven.

Tate lo miró con curiosidad, sin sentirse intimidado, pero reconociendo algo en la planta de aquel hombre, en su aspecto. Qué rara aquella sensación. Holden era su peor enemigo, pero le respetaba. No. Había algo más que respeto, pero no conseguía identificar qué.

–Dígale a Cecily que vuelva –replicó–. No quiero que corra ningún peligro.

–Yo me cuidaré de ella –contestó él–. Está mejor sin usted.

–¿Cómo? –exclamó.

–Ya sabe perfectamente a qué me refiero. Dele tiempo para que se cure. Es demasiado joven para consagrarse ya a la soltería por un hombre al que ni siquiera ve.

–Es un enamoramiento pasajero. Lo olvidará.

–Eso espero. Buenos días.

–Lo mismo que la adoración hacia el héroe –continuó Tate.

–Y por eso, después de ocho años, Cecily va de una aventura a la otra sin preocuparse de más –objetó.

Las palabras podían herir. Y mucho.

–Qué ingenuo. ¿De verdad piensa que va a permitir que otro hombre la toque que no sea usted? –Holden se fue a la puerta del despacho–. No olvide su aparato –añadió, señalando la mesa.

–¡Espere!

Holden se detuvo con la mano en el pomo.

–¿Qué?

Tate recogió el aparato.

–Mezclar dos culturas cuando una de ellas está al borde de la extinción es puro egoísmo –dijo tras un instante–. No tiene nada que ver con los sentimientos personales. Es una cuestión de necesidad.

Holden soltó el pomo y volvió para colocarse frente a Tate.

–Si yo tuviera un hijo –dijo, casi atragantándose con la palabra–, le diría que hay cosas mucho más importantes que unos volubles principios. Le diría que... que el amor es algo escaso y precioso, y que no hay nada que pueda sustituirlo.

Tate lo miró a los ojos.

–Mira quién habla.

–Precisamente por eso –replicó y dio media vuelta.

–No pretendía decir eso –se disculpó. ¿Por qué demonios tenía que sentirse culpable?–. No puedo evitar sentir lo que siento por mi cultura.

–Si no fuese por la diferencia de razas, ¿qué sentirías por Cecily?

Tate dudó.

–No cambiaría nada. Cecily es responsabilidad mía. He cuidado de ella, y por su parte solo sería gratitud, nada más, y yo no podría aprovecharme de eso. Además, sale con otro hombre.

–Y no puedes vivir siendo el segundo, claro.

El gesto de Tate se endureció.

–Qué cantidad de excusas –murmuró Holden, moviendo la cabeza–. Pero, en realidad, no se trata de la raza, ni de la cultura, ni de haber sido su guardián durante tanto tiempo. Es puro y simple miedo.

Tate apretó los dientes y no contestó.

–Cuando se quiere a alguien, se puede perder el control sobre uno mismo –continuó el senador–. Empiezan a considerarse las necesidades de la otra persona, sus deseos, sus temores. Lo que uno hace afecta a esa otra persona, y hay también una cierta pérdida de libertad –dio un paso más hacia él–. Lo que pretendo decir es que Cecily ya ocupa ese lugar en tu vida. Sigues protegiéndola, y no importa que haya otro hombre, porque no puedes dejar de buscarla. Todo lo que has dicho en este despacho lo demuestra –concluyó, mirándolo a los ojos–. No te gusta Colby Lane, y es porque crees que Cecily está teniendo una relación con él. Es porque él ha estado unido a una mujer tan fuertemente que no puede librarse de su amor por ella a pesar de los años que han transcurrido desde el divorcio. Así es como te sientes tú también, ¿verdad, Tate? Tampoco tú puedes librarte de Cecily. Pero Colby está siempre con ella y puede que Cecily llegue incluso a casarse con él por pura desesperación. ¿Y entonces, qué? ¿Adónde irán a parar todas tus nobles excusas?

Tate apagó el aparato y salió del despacho sin pronunciar una palabra y sin mirar atrás. Fue mucho después cuando se dio cuenta de que Holden había empezado a tutearle.

7

El sol del otoño brillaba con fuerza, pero el día era frío. Colby se había vestido con una bonita chaqueta de traje y Leta y Cecily se lo presentaron a Tom Cuchillo Negro.

—Tienes buena compañía estos últimos días —comentó Tom a Leta con una sonrisa.

—Ah, sí. Estos dos tortolitos —contestó ella—. Colby está descansando entre dos trabajos así que ha venido a pasar unos días con mi Cecily a donde mi hijo no pueda verlos juntos. Tate es como un hermano mayor para Cecily. La vigila constantemente.

—Ya conozco a tu hijo —dijo Tom, y miró a Colby—. ¿A qué te dedicas?

—Soy crupier —mintió alegremente—. Pero puedo trabajar en el *blackjack* igualmente. He trabajado para la nación cheroqui en su casino de Carolina del Norte.

Tom pareció incómodo de pronto.

—Ah, ya.

—Tengo entendido que quieren abrir también aquí un casino —comentó—, y se me ha ocurrido que a lo mejor podía dejar caer mi nombre en el sombrero. No estaría mal encontrar trabajo en el lugar en que Cecily pasa tanto tiempo.

Tom se mordió un labio y se acercó para hablar a Colby en voz baja.

–El casino no... contrata gente de fuera. Es decir, si es que llega a construirse. Deberías marcharte. No deberías estar aquí. Y tú, tampoco –añadió, mirando a Cecily–. Podríais estar en peligro.

–¿Qué clase de peligro? –preguntó Colby.

–No puedo decir más –contestó el hombre con tristeza–. Rezo para saber qué hacer, pero nadie me contesta. Es como si todo el mundo me hubiese abandonado.

Colby le apartó de las mujeres y le habló en lakota en voz baja, para que nadie pudiese oírlos.

Tom Cuchillo Negro lo miró con los ojos abiertos de par en par.

–¡Hablas mi lengua! –exclamó.

–La tuya y la mía... apache. No le diré nada ni a Cecily ni a Tate. Tienes mi palabra. Cuéntamelo todo.

El hombre se abrió a Colby sin pensárselo dos veces. Los del sindicato del juego sabían de un crimen que se había cometido durante los años setenta, cuando los levantamientos de las reservas siux, y podían relacionar a Tom con uno de los que había quedado sin resolver. Podía ir a la cárcel. Había suficientes pruebas para ello. Había sido una pelea justa, pero por aquel entonces él bebía de vez en cuando, y como aquella noche estaba borracho, no recordaba la mayoría de los detalles. Esos hombres le habían llevado pruebas de su crimen, aportadas por su propio nieto, que era quien le había vendido la idea del casino al sindicato para salvar su vida. Había sido él quien les había hablado del pasado de su abuelo y ellos se habían apropiado de una buena parte de los fondos destinados a la reserva, desafiando después a Tom a que se atreviera a revelarlo. Incluso habían contratado un arquitecto y un constructor, y habían empezado a untar las palmas de los políticos para conseguir la aprobación del casino.

–Dame sus nombres –insistió Colby.

–No puedo dártelos si quiero conservar la vida –dijo Tom.

–Está bien. Entonces dime cuándo van a volver.

–No puedo –replicó el hombre–. Y no debes estar aquí cuando vuelvan. Están utilizando nuestro propio dinero para hacer estudios comerciales y, cuando intenté detenerlos, amenazaron con llamar al FBI.

Colby sabía bien qué terror podían inspirar esas palabras en el corazón de un hombre que había vivido libre toda su vida.

–No le digas nada a nadie –concluyó–. Yo estaré vigilante. Conseguiré hacer algo.

Tom Cuchillo Negro le pareció en aquel momento más viejo que las mismas colinas.

–No eres crupier, ¿verdad?

–No.

–Pero eres un buen hombre.

–Ya no –dijo Colby con tristeza–, pero tengo amigos que sí que lo son. Debe haber algo por escrito, algún registro en el que figuren esos fondos.

–Sí, pero los tengo yo guardados en mi oficina. No puedo enseñártelos. Se darían cuenta.

Seguramente, pensó Colby mientras veía alejarse a Tom. Pero aún no era demasiado tarde. Se le había ocurrido una idea de cómo conseguir esos documentos sin que tan siquiera Tom Chuchillo Negro lo supiese.

–¡Cuéntame! –le pedía Cecily más tarde, tirando de los dos brazos a Colby.

–¡Que me vas a desmembrar! –protestó él, riendo.

Cecily soltó su brazo artificial y le tiró del bueno.

–Quiero saberlo todo. Esto es cosa mía. ¡Tú eres solo un testigo!

–He prometido no decírselo a nadie.

–Pero lo prometiste en lakota, así que cuéntamelo en un idioma en el que yo te entienda.

Le contó solo lo de que aquellos hombres llegarían pronto a la reserva.

–Necesitamos el número de matrícula –dijo–. Podremos localizarlos.

–Ya, claro. Seguro que van a venir aquí con su coche particular para que todo el mundo sepa quiénes son.

–¡Maldita sea!

Colby se echó a reír, y estaba a punto de contarle lo de su método alternativo cuando un coche deportivo llegó a gran velocidad y se detuvo delante de la casa de Leta.

Tate Winthrop se bajó de él, vestido con vaqueros, chaqueta de piel y con gafas de sol. Llevaba el pelo suelto y le caía a la espalda como una cortina de seda negra. Cecily lo miró fascinada. En todos los años que hacía que lo conocía, muy pocas veces le había visto con él suelto.

–Solo te faltan las pinturas de guerra –comentó Colby en tono resignado, y le ofreció la mejilla que tenía sana–. Adelante. Me gusta ir a juego.

Tate se quitó las gafas y los miró a ambos sin reír.

–Holden no me ha dicho nada, y quiero respuestas.

–Entonces, entremos –dijo Cecily–. Ya estamos llamando bastante la atención.

La casa estaba vacía.

–¿Dónde está mi madre? –preguntó Tate inmediatamente.

–En la cooperativa de manualidades, dando instrucciones a las mujeres. Están haciendo unos pendientes y un vestido de ante para el museo.

Tate se sentó sin dejar de mirarla.

–Yo voy a acercarme a Alce Rojo a por unas cuantas cosas. ¿Queréis algo? –preguntó Colby.

Tate negó con la cabeza.

–¿Cecily?

Ella también contestó negando con la cabeza.

—Volveré dentro de una hora.

Y se marchó.

—Quiero una respuesta —repitió Tate.

Cecily se sentó en el borde del sofá.

—Tendrás que preguntarle a Matt Holden. Yo solo sé una pequeña parte de lo que está sucediendo aquí. Estaba intentado sacarle otra a Colby cuando tú lo has echado todo a perder.

Dejó las gafas sobre la mesa y se sentó a su lado.

—¿Qué está haciendo Colby aquí?

—Le he pedido yo que viniera. Necesito alguien que no sea conocido en la reserva y que se haga pasar por... por jugador para que pueda hacer algunas preguntas. ¿Por qué llevas el pelo suelto?

—No te preocupes de mi pelo. ¿Por qué un jugador?

—El senador Holden tenía razón: el sindicato del juego pretende entrar aquí. Tom Cuchillo Negro sabe del tema, y está asustado. No sé hablar lakota, pero veo las caras de la gente. Tom le ha contado a Colby toda la historia en lakota.

—Eso era lo que querías que Colby te contara.

Ella asintió, y Tate la miró de un modo extraño.

—Y le has pedido ayuda a él en lugar de a mí.

Cecily bajó la mirada.

—Sí.

Tate no contestó durante un minuto. Después, se acercó a ella y empezó a deshacerle el moño.

—Tate, ¿qué...

—Calla.

Terminó de quitarle las pinzas y su pelo rubio cayó hasta la cintura y alrededor de su cara. Tate le quitó las gafas y las dejó sobre la mesa y, sin dejar de mirarla, cerró la puerta y echó la cadena.

—¿Cuánto tiempo va a estar fuera mi madre?

Ella apenas podía hablar.

—Se fue hace un momento, y va a comer con su grupo.

–Colby no volverá hasta dentro de una hora
Entonces avanzó hacia ella con una determinación que incluso una virgen ciega podría reconocer. Cecily se levantó e intentó retroceder, pero él la sujetó por los brazos.
–¿Es que has cambiado de opinión, Cecily? –le preguntó junto a los labios–. ¿O tienes miedo?
–No... no lo sé.
Tate tiró suavemente de su barbilla para poder ver sus ojos.
–Yo nunca te forzaría –dijo solemnemente–. Ni en este sentido, ni en ningún otro.
Su respiración se tranquilizó un poco y bajó la mirada. Un mechón de pelo negro cubría el bolsillo de su camisa y lo tocó. Estaba frío.
Él no se movió. La postura de Cecily, su nerviosismo la estaban delatando.
–Tienes miedo de mí.
A ella le costó trabajo responder.
–No, claro que no.
No sin cierto nerviosismo, Tate enredó los dedos en su pelo.
–¿Por qué me dijiste que Colby te había poseído?
–¡Mira, Tate...
Pero él la interrumpió apoyando un dedo sobre sus labios.
–Le di una paliza de muerte. ¿Te lo ha dicho?
–Sí, pero no me digas que ha sido por mí, que no soy tan importante para ti.
Él se rio.
–No tienes ni idea.
–¿Qué tal está Audrey? –le preguntó con sorna.
–No lo sé –contestó, tomando un puñado de su pelo–. No la he visto últimamente. Y nunca me he acostado con ella.
–Menudo cuento.
–Es la verdad.

–Pues no has salido con nadie más.

–¿Pero tú la has mirado bien? Es delgaducha. Con el pelo medio blanco. De ojos pálidos.

Le estaba diciendo algo que no podía creer.

–He soñado con tenerte muchas veces –dijo en voz baja–. Lo he deseado sin cesar desde que te besé. Viniendo hacia aquí, los celos que sentía de Colby no me dejaban ver el camino. Pensar que podría haberte tenido sin complicaciones, sin sentirme culpable después... –suspiró ásperamente y se acercó a la ventana–. He debido perder la cabeza. Debería haberme dado cuenta de que, después de lo que te ocurrió, llegar a intimar así con un hombre sería muy difícil para ti.

Ella no se movió.

–Intentaba tocarme en cuanto se le presentaba la oportunidad, incluso cuando mi madre estaba viva. Y cuando murió... –bajó los ojos–. Esa no fue la única vez que intentó violarme. Supongo que tuve suerte. No sé qué habría hecho sin ti.

Cuando se volvió a mirarla, la rabia de su mirada era incontenible. Casi le hacía temblar. Nunca le había hablado de ello.

–No te lo dije porque no quería que pudieras hacerle daño a mi padrastro y que te metieras en problemas con la ley, pero todo ello me enseñó a no confiar en los hombres. Más tarde, en la universidad, reaccioné muy mal cuando los chicos intentaban intimar conmigo –se las arregló para esbozar una sonrisa–. Uno de los chicos que intentó pasarse conmigo acabó mal después de que le aplicase una de las técnicas de defensa personal que tú me habías enseñado. A partir de entonces, nadie quiso salir conmigo. La terapeuta me dijo que, incluso después de las sesiones, tardaría tiempo en confiar en un hombre lo suficiente para hacer el amor con él. Mis recuerdos en ese sentido están envueltos en una sensación de asco y de culpa también. Debería haber huido antes...

–No.

Su voz sonó atronadora, descarnada por la ira.

—Tienes que saberlo —insistió ella—. No puedo hablar de ello con nadie más, y mucho menos con tu madre. Cuando me besas, siento que mi cuerpo se derrite y que quiero sentirte cerca, muy cerca. Me encanta cuando siento tu erección junto a mí, y saber que yo la he provocado, pero nunca hemos llegado más allá. Es gracioso que creyeras que había podido acostarme con Colby —continuó, apartándose un mechón de pelo—, aunque siento que le golpeases por algo que no había hecho —lo miró con una sonrisa triste—. No sé si puedo llegar a funcionar sexualmente, ni siquiera contigo.

Tate hundió las manos en los bolsillos de su pantalón y, en el silencio de la habitación, se oyó el tintineo de unas monedas.

—Ojalá me hubieras hablado antes de todo esto.

—No habría cambiado nada.

—Puede que no, pero hablar de las heridas puede ayudar a curarlas.

—Tú no hablas de las tuyas —espetó.

Se sentó en el sofá frente a ella.

—Claro que sí —replicó—. Contigo. Nunca le he hablado a nadie más de cómo nos trataba mi padre. Es algo muy personal que no comparto. No puedo compartirlo con nadie que no seas tú.

—Yo soy parte de tu vida —contestó ella, apartándose de nuevo el pelo—. Eso no podemos evitarlo. Tú fuiste mi consuelo cuando mi madre murió, y mi salvación cuando mi padrastro me hizo daño. Pero no puedo esperar que sigas ocupándote de mí. Tengo veinticinco años, Tate. Es hora de separarme de ti.

—No, no lo es —tiró de sus manos para acercarla. Nunca le había visto más solemne que en aquel momento—. Estoy cansado de contenerme. Averigüemos hasta dónde llegan tus cicatrices. Hagamos el amor, Cecily. Sé lo bastante para ayudarte.

Ella lo miró sin decir nada.

–Tate... –rozó su mejilla con la punta de los dedos. Le estaba ofreciendo el paraíso, como si pudiera ser capaz de conjurar sus demonios acostándose con él–. Solo conseguiremos empeorar las cosas, pase lo que pase.

–Tú me deseas –dijo con suavidad–. Y yo te deseo a ti. Deshagámonos de los fantasmas. Si puedes olvidarte del miedo, no tendré a nadie más a partir de este momento excepto a ti. Acudiré a ti cuando sea feliz, cuando esté triste, cuando el mundo me pese sobre los hombros. Me acurrucaré en tus brazos y te consolaré cuando seas tú quien esté triste, o cuando estés asustada. Podrás acudir a mí cuando me necesites. Yo te acurrucaré.

–Y pondrás todos los medios para que nunca me quede embarazada.

Tate apretó los dientes.

–Ya sabes lo que pienso sobre ese tema. No puedo comprometerme de otro modo. Nunca.

Cecily acarició su pelo. ¿Podría vivir con tan solo una parte de él, y esperar a que llegase el día en que la abandonara para casarse con otra mujer? Si no llegaba a saber la verdad sobre su padre, eso sería lo que ocurriría. Pero no podía decirle lo de Matt Holden, aunque su propia felicidad dependiese de ello.

–Tendré mucho cuidado –dijo, mirándola a los ojos–. E iré muy despacio. No te haré daño de ningún modo.

–Colby podría volver...

–No, no volverá –se levantó y tiró suavemente de ella–. No te pediré más de lo que puedas darme –la tranquilizó–. Si solo quieres que nos abracemos y nos besemos, eso será lo que hagamos.

Mirándolo a los ojos, Cecily suspiró.

–Daría... lo que fuera... por dejar que... me hicieras el amor –dijo en voz baja–. Durante ocho años...

Tate la silenció con un beso, y la respuesta inmediata de Cecily le maravilló. Incluso antes de saber toda la verdad sobre su experiencia tan traumática, muchas veces se había preguntado si sería capaz de llegar a la intimidad total con alguien. Era algo que siempre le había preocupado, porque algunos hombres eran insensibles a esas cosas y podían marcarla para siempre. Él no lo haría. Aunque ella no fuese capaz de entregarse completamente, iba a conseguir que su primera experiencia íntima fuese memorable.

Ella le deseaba, eso estaba claro; el primer paso estaba dado.

Cecily le sintió sonreír y lo miró a los ojos con ansiedad.

–Todos hemos sido debutantes alguna vez –le susurró, mirándola con ternura mientras acariciaba su boca con los labios, deteniéndose en aquel placer lento y sensual, invitándola a relajarse.

Pero Cecily estaba aferrada a su camisa, a sus labios, bebiendo de aquel goce pausado en el silencio de la habitación.

Tate deslizó las manos por su espalda para acercarla a su cuerpo, y cuando sus caderas entraron en contacto, su cuerpo reaccionó tal y como esperaba que lo hiciera.

Cecily quiso mirarlo de nuevo a los ojos, y encontró en ellos un fuego nuevo, y cuando volvió a besarla, a devorarla con besos que ya no eran juguetones, le sintió temblar. Aquello era pura seducción. Aunque no la había experimentado nunca, la reconoció inmediatamente y las nuevas sensaciones que estaban haciendo vibrar su cuerpo le hicieron gemir y apretarse contra él, animando a las manos de Tate que la empujaban contra su vientre.

Podía oír los latidos de su corazón. Casi los sentía palpitar en sus labios, en sus gemidos, y hundió las manos bajo su blusa para subirlas lentamente por sus costados hasta llegar a la curva de sus pechos y por fin a sus pezones endurecidos.

Cecily volvió a gemir y le rodeó el cuello con los brazos, contestando a sus besos con absoluta sumisión.

Parecía febril, completamente entregada, tanto que podría haberla tomado allí mismo.

–Si quieres que pare, dímelo ahora –le ofreció en voz baja.

Ella no podía pensar; apenas podía respirar. Lo único lúcido que había en su cabeza era precisamente que no debía parar.

–No... no pares –balbució, temblando al intentar ganar de nuevo su boca–. Te quiero –gimió.

Con un quejido, Tate volvió a besarla, y tomándola en brazos como si fuese ligera y delicada como un cristal, la llevó a la habitación de invitados que ella ocupaba, deteniéndose tan solo a cerrar la puerta con pestillo.

Se quedó tumbada sobre el edredón de la cama, en aquella pequeña habitación, vibrando de sensaciones que nunca antes había sentido mientras le veía desnudarse. Luego, se quedó un instante junto a la cama, desnudo, para que ella pudiera satisfacer su curiosidad sobre la erección que ni siquiera una virgen podía confundir.

–Supongo que habrás visto fotografías –murmuró al empezar a desnudarla a ella.

–Ninguna como tú –contestó en voz baja.

Él sonrió.

–¿No hay reservas de última hora? –preguntó suavemente, mientras le quitaba la última prenda.

–No –contestó, y lo vio acariciarla despacio y sonreír al disfrutar por primera vez de la visión de su cuerpo desnudo. No sintió vergüenza. Al contrario, era excitante.

Empezó por besarla en el vientre mientras se acomodaba a su lado y después tomó lentamente el camino de sus pechos. Cuando los alcanzó, su sollozo de placer le produjo un estremecimiento ante lo que iba a venir después, y Cecily se aferró a su pelo, sujetando su cabeza donde estaba por temor a que pudiese parar.

Tate sonrió. Iba a necesitar mucho tiempo, pero eso ya no le preocupaba. Le deseaba, y todo saldría bien.

Ralentizó el ritmo de sus caderas para acomodarse a su inexperiencia, enseñándole cómo debía acariciarle, cómo devolverle el placer que él le proporcionaba. Al final, cuando temblaba ya como una hoja con los ojos abiertos y empañados por las olas de placer que había extraído de su cuerpo, se colocó sobre ella.

–No tengas miedo –le dijo, moviendo despacio sus caderas–. Si te hago un poco de daño, te compensaré después por ello, ¿de acuerdo?

Ella asintió y mientras Tate volvía a moverse despacio, ella no dejó de mirarlo a los ojos. Le había sujetado las manos junto a la cabeza y Cecily se aferró a ellas. La primera punzada de dolor la paralizó. Nunca había soñado que podría estar mirándolo a los ojos cuando ocurriera, o que ello pudiera excitarla tanto.

–¿Tienes miedo? –le preguntó suavemente.

–No –susurró ella, sorprendida de que pudieran hablar en esa intimidad. Las piernas le temblaron cuando volvió a moverse sobre su cuerpo. Era... increíble la sensación, y movió las piernas para acomodarle justo antes de sentir el escozor de su invasión.

–¿Así? –preguntó él cuando sintió que apretaba de nuevo sus manos–. ¿Así, Cecily?

–¡Sí! –exclamó ella, y le oyó como una risa honda, una especie de deleite de depredador que se transformó en un ardiente beso.

No podía verlo con claridad, pero le sentía moverse dentro de ella, cada vez más hondo, más fuerte, más... bienvenido en el vacío de su cuerpo. Arqueó la espalda y sintió de nuevo la punzada que presagiaba el éxtasis con cada movimiento de sus caderas. Se aferró a él, gimiendo. Nunca se habría atrevido a soñar que pudiera ser tan placentero.

–En toda mi vida no había disfrutado tanto –susurró él, apretando los dientes con el placer que le traspasaba. Con una mano siguió la línea de su muslo mientras incrementaba el ritmo. Ella cerró los ojos y él también, cuando la gloria de aquel encuentro le bañó como una ola de fuego. Profundo y aterciopelado, pensó; profundo, aterciopelado y lento como un río de lava fluyendo, fluyendo...

Su cuerpo empezó a temblar. La sentía retorcerse bajo su peso, intentando alcanzar la satisfacción final, desesperada por alcanzar el clímax, sus ruegos ahogados perdidos en el latido de su corazón.

–Cecily... Cecily...

Ella gritó y no reconoció su propia voz. El placer era increíble, casi insoportable, pero no podía dejarse ir, todavía no... ¡todavía no! Su cuerpo era como una vela, quemándose, quemándose, sí; y entonces, sí, sí... allí... ¡la explosión!

–¡Tate! –gimió triunfal, porque su cuerpo acababa de encontrar lo que había estado buscando. Olas de placer le recorrieron las piernas, el vientre, la levantaron en su cresta, la lanzaron entre espuma.

Tate gimió violentamente y su cuerpo se quedó rígido e inmóvil sobre ella. Luego sobrevinieron los temblores, y por un segundo, abrió los ojos y los clavó, negros como la noche, en los de ella.

–Nunca... tan intenso... –murmuró sin dejar de temblar–. Dios... nunca ha... sido así...

Cecily lo abrazó mientras el clímax le hacía gemir roncamente, indefenso en sus brazos. Tardó mucho en quedarse inmóvil, con la mejilla apoyada en la de ella. Podía haberse quedado embarazada, pensó Cecily. Él no le había preguntado si tomaba algún anticonceptivo. Ella no le había preguntado si estaba protegiéndola. Pero no diría una palabra. No tendría por qué enterarse. Entonces recordó al senador Holden, con un hijo del que Leta nunca le había hablado, y se sintió tremendamente culpable.

Tate se movió despacio, su cuerpo aún deliciosamente palpitante, y perezosamente volvió a acariciarla, a explorar su cuerpo, viendo como ella le observaba azorada. Sonrió. Había sido como la explosión de un volcán.

Se tumbó boca arriba y le rodeó la cintura con un brazo.

—Ven aquí.

Y la pegó contra su cuerpo. Estaba saciado, se dijo mientras acariciaba su pelo, y debería sentirse culpable por lo que había hecho, pero le era imposible. Ella lo quería, y él la había seducido y le había hecho el amor con absoluta dedicación. Ella se lo había entregado todo, y él tenía ahora la sensación de haberse aprovechado. No habían usado nada. Ojalá estuviese tomando la píldora. No se lo había preguntado. Había sido un irresponsable, y ella estaba demasiado excitada y era demasiado inocente para haberse dado cuenta. Era curioso que él, que tan escrupuloso era con el uso de contraceptivos, hubiera tenido aquel descuido. Con una mujer virgen. Su virgen. Su mujer. Inspiró profundamente, sorprendido por el orgullo que sentía. De todos los hombres que había en el mundo, le había elegido a él y, teniendo en cuenta su traumático pasado, era un regalo de gran magnitud.

—Culpabilidad. Tormento. Pena. Sorpresa. ¿Cuál? —preguntó ella.

—Estoy intentando decidirme —contestó él, riendo—, pero lo único que encuentro es orgullo. Te he satisfecho completamente, ¿no?

—Más que completamente —murmuró ella sobre su hombro humedecido y dibujando el contorno de su pecho firme—. Abrázame.

Tate la rodeó con ambos brazos, tumbándola sobre él.

—Te he seducido —dijo, entrelazando sus piernas.

Ella lo besó en el cuello.

—Sí —Cecily le oyó contener la respiración—. ¿He hecho algo más?

Él arqueó las cejas y con la cabeza señaló hacia su

vientre. Ella siguió la dirección de su mirada y contuvo la respiración.

Tate la besó apasionadamente en la boca antes de levantarse de la cama.

–¿Adónde vas? –le preguntó.

Tate se puso los calzoncillos y los pantalones y la miró divertido.

–Uno de nosotros tiene que mantener la cabeza fría. Colby debe estar a punto de llegar.

–Pero si acaba de irse.

–Hace casi una hora que se fue –le corrigió, haciendo un gesto hacia el reloj de la mesilla.

¡Una hora ya! Cecily se incorporó de golpe.

–Es que me he tomado mucho tiempo contigo –dijo él–. ¿No te habías dado cuenta?

Ella se echó a reír.

–Sí, pero no creí que fuese tanto.

Tate tiró de sus manos para hacerla levantar.

–¿Ha merecido la pena esperar? –le preguntó, tomando su cara entre las manos.

Ella sonrió.

–Qué pregunta más tonta.

–Ha sido maravilloso –dijo él, serio de pronto–, pero debería haber sido más responsable.

Sabía perfectamente de qué estaba hablando. Él no había usado nada y tenía que saber que ella tampoco.

–Ya sabes que existe esa píldora de la mañana después –dijo–. Mañana puedo acercarme a la ciudad y comprarla –mintió como una bellaca. No tenía la más mínima intención de hacerlo, pero si eso le consolaba.

Tate descubrió que la idea le disgustaba y frunció el ceño.

–Podría ser peligroso.

–No, no lo es.

Tate se quedó pensativo un momento. En toda su vida había tenido una experiencia igual con una mujer.

–Nunca podría haberlo hecho con otro hombre –le

dijo ella en voz baja–. Ha sido incluso más bonito que en mis sueños.

El corazón le dio un salto. Así había sido también para él.

–Bésame –le pidió en voz baja.

Y ella lo besó.

–No me has obligado a nada, Tate –le dijo después, adivinando sus pensamientos–. He tomado una decisión consciente. Necesitaba saber si lo que me ocurrió hace tanto tiempo me había destruido como mujer, y he averiguado del modo más maravilloso posible que no ha sido así. No me avergüenzo de lo que hemos hecho juntos.

–Yo tampoco, pero no tenía derecho.

–¿A qué? ¿A ser el primero? –sonrió–. Lo habrías sido hace ocho años, o dentro de otros ocho. No quería que fuese otro hombre. Nunca lo he querido.

–Cecily...

–No te estoy pidiendo que me hagas una declaración de amor eterno. No pienso pedirte nada. No soy de esa clase de mujeres –hizo una pausa–. Tienes que irte a casa.

–Pero si estoy en casa.

–Ya sabes a qué me refiero. Le sacaré a Colby lo que haya descubierto y le diré a la gente adecuada lo que tenga que saber –le acarició el pelo. Qué suave era. Sonrió y rozó sus labios–. Antes me dijiste que nos tendríamos el uno al otro a partir de ahora, si esto ocurría. Que no habría ni Audrey, ni otra mujer. Que acudirías a mí en busca de consuelo o de cuidados.

Tate tomó dos puñados del pelo de Cecily y enmarcó con él su cara antes de volver a besarla.

–Y así será, aunque no sepa si voy a poder volver a soportarlo.

–¿El qué? ¿Hacer el amor conmigo?

–Tú no sabes mucho de todo esto –dijo con un suspiro–, pero hay grados de placer. A veces es bueno, a veces es mejor, pero solo una vez en la vida es sagrado.

–No comprendo.

–Tú eras virgen –susurró muy serio–, y hemos unido nuestras almas. Yo estaba dentro de ti, y tú lo estabas de mí –rozó su nariz con la suya–. Me he llegado a preguntar si un hombre podía morir de placer. Ha sido tan bueno que casi me duele.

Ella sonrió.

–Lo sé. Te quiero.

Él apartó la mirada.

–Lo siento –murmuró Cecily, separándose de él–. Sé que no quieres oírlo. Pero es un hecho de la vida, como los huesos en la arqueología. No puedo evitarlo, y tú ya lo sabías. No podría haberme acostado contigo solo porque te deseaba. Con mi pasado, no.

Él lo sabía. Perfectamente. Pero es que la pasión que habían vivido le había dejado inseguro por primera vez en su vida.

–Escúchame –le dijo Cecily, intentando aparentar una serenidad que no sentía–: tienes que irte a casa. Hay una razón de peso por la que no deberías estar aquí.

–Eso es lo que me dijo Holden. ¿Por qué? Sé ser discreto. Si está ocurriendo algo aquí, tengo todo el derecho a saber de qué se trata. Ya sabes lo que pienso del casino. ¿Cómo puedes estar segura de que no ha sido idea de Holden lo del sindicato del juego para conseguir apoyo y oponerse tajantemente a lo del casino?

–Estoy segura de que no es así –contestó–, pero lo que sí puedo decirte es que estás poniendo en peligro el futuro de una persona inocente estando aquí.

Tate la miró frunciendo el ceño y se guardó las manos en los bolsillos.

–Cecily, quiero que te vengas a vivir conmigo cuando vuelvas a Washington –le dijo de pronto.

El corazón le dio un vuelco, pero contestó que no con la cabeza.

–¿Por qué no?

–Ya he sido responsabilidad tuya durante demasiado

tiempo. Ahora soy independiente, y puedo cuidar perfectamente de mí misma.

—¿Y una sola vez conmigo, te ha bastado? —sugirió.

Ella sonrió.

—No me bastaría aunque lo hiciésemos cuatro veces al día durante el resto de nuestras vidas y tú lo sabes —contestó—. Pero no voy a ser tu querida, Tate.

—Cecily...

—Vuelve a casa y deja de sentirte culpable por algo que queríamos los dos. No voy a meterme en tu vida. No te he pedido nada, y no pienso hacerlo después —se acercó y le besó en la mejilla—. Y no te preocupes por las consecuencias, porque no va a haber ninguna, ¿vale?

Esas últimas palabras le atravesaron el corazón de parte a parte. Él tenía la culpa de que hubiese tomado esa decisión, con su fanatismo sobre la mezcla de sangre, y sabía bien que si tomaba alguna decisión drástica, no se lo perdonaría el resto de su vida. Terminó de vestirse mientras ella hacía lo mismo. No podía dejar de pensar.

—No tienes que hacer nada, Cecily —dijo de pronto cuando salieron de nuevo al salón.

—¿Qué?

—Me refiero a lo de esa píldora. No me gusta la idea.

Le gustaba que se preocupase por ella. ¿Haría siempre el amor así? Ojalá supiera más de hombres. Había sido la experiencia más maravillosa de su vida. Se sentía completa, pero no quería que Tate sospechara que no tenía intención de tomarse la dichosa píldora.

—Vale. Vete a casa —tomó su mano y le acompañó hasta el coche—. No tienes de qué preocuparte.

—¡Deja de empujarme hacia el aeropuerto, Cecily! —protestó.

—No te estoy empujando. Solo te animo.

—No quiero irme —dijo, y tanto si ella se dio cuenta como si no, le salió de lo más hondo del corazón.

—Todos tenemos que hacer a veces cosas que no nos

gustan –le recordó–. No va a pasar nada. Además, en este momento del mes, sería dificilísimo –mintió.

–¿Ah, sí? –preguntó, vagamente desilusionado.

Ella sonrió y asintió.

–Sí. Que tengas buen viaje.

Tate se rindió al fin y subió al coche.

–Si es dificilísimo, no tendrás que correr riesgos tomando ninguna porquería, ¿no?

–No.

–Ni de ninguna otra manera.

Cecily volvió a sonreír.

–No –le prometió.

Tate sonrió también, grabándosela en la memoria tal y como estaba en aquel momento, con su preciosa cabellera rubia suelta y moviéndose suavemente alrededor de su cara. Seguía sin haberse puesto las gafas, y se preguntó si le estaría viendo con claridad.

–Si me necesitas, volveré en un abrir y cerrar de ojos. Lo único que tienes que hacer es llamarme.

–Lo sé.

Se acercó para ver mejor sus ojos negros. La miraba de un modo distinto. Posesivo, sí, pero no como antes.

Tate sacó un brazo por la ventanilla y tocó el cuello de su blusa. Era la que tenía puesto el cangrejo.

–¿Te gusta?

–Sí, mucho. Es precioso. Gracias, Tate. Y... bueno, que siento lo de la crema –añadió, riéndose.

–Como has comprobado hace un momento –dijo–, no ha causado daños irreparables.

Cecily enrojeció y él se echó a reír.

–Bueno, me voy –dijo–. Dame un beso y me iré, si es que tengo que irme de verdad.

Salió del coche y se besaron, Cecily sujetando un manojo de pelo negro con una mano.

–¿Por qué te habías soltado el pelo? –le preguntó tras un instante.

–¿No lo sabes? Pregúntaselo a mi madre. O mejor, a

Colby. Él lo supo nada más verme –entrecerró los ojos–. Si te toca, le costará más que unos cuantos puntos en la mejilla. Ahora me perteneces.

Puso en marcha el coche y Cecily se apartó y le vio alejarse antes de haber podido decirle que las personas no son posesiones de nadie. Ojalá pudiera haberse ido con él. Ahora que iba a tener tiempo para pensar, terminaría por llegar a la conclusión de que se había aprovechado de ella. Claro que también, siendo un poco optimista, cabía la posibilidad de que se convenciera de que no podía vivir sin ella.

Al empezar a subir las escaleras del porche, recordó de pronto lo que significaba que un lakota se soltase el pelo. Tiempo atrás, justo antes de ir a la guerra, los guerreros se soltaban el pelo y se pintaban la cara, y al caer en la cuenta del significado de lo que había hecho Tate, se sonrió. Sin pronunciar una sola palabra, le había dicho a Colby que venía dispuesto a luchar.

8

Cecily estaba ya totalmente serena cuando Colby volvió.

—¿Cómo has conseguido convencerlo de que se fuera? —quiso saber Colby.

—Le he sobornado —contestó ella.

—Conmigo no habría funcionado.

—Es que no lo habría intentado contigo —replicó, forzando la sonrisa.

—Me alegro, sobre todo después de haberle visto con el pelo suelto. Me alegro que dejase tan claras sus intenciones. Supongo que ahora estás fuera del alcance de nadie.

Cecily se rio.

—Eso era lo que él pretendía, pero seré yo quien lo decida.

Colby sonrió, pero su mirada lo decía todo. No iba a haber nadie para ella, excepto Tate. Y lo entendía. Él tenía sus propios fantasmas. Se alegraba de que por fin Tate hubiera aceptado la importancia de Cecily en su vida.

–Quiero saber... necesito saber qué te ha dicho Tom –preguntó ella, invitándole con un gesto a sentarse en el sofá.

–Le prometí que no lo haría. Le han amenazado con algo muy concreto. Algo por lo que puede perderlo todo.

Tom, el senador Holden, Leta, Tate... todos podían perder algo. Se sentía impotente y furiosa por ello.

–Odio a los chantajistas –dijo entre dientes–. ¡Tiene que haber algo que podamos hacer!

–Lo hay –le aseguró–. Voy a hacer un trabajo de bolsa negra.

–¿Qué?

–Conoces a Tate hace mucho tiempo, así que tienes que saber de qué estoy hablando. Es una operación encubierta, y no pienso decirte nada más. Mañana tendrás un nombre. Puede que incluso una dirección. ¿Te servirá?

Cecily sonrió.

–Claro que sí.

Tate tenía una reunión con Pierce Hutton en Washington al día después de volver de Dakota del Sur. No había parado de darle vueltas a la cabeza y seguía sintiéndose culpable de haberse aprovechado de los sentimientos de Cecily... eso sí, entre recuerdos de ella que empeoraban a cada segundo.

–No estás centrado en lo que estamos hablando –se quejó su jefe al verlo mirar al vacío.

–Lo siento –se disculpó–. Es que estoy un poco... distraído.

–Sí, ya lo sé –replicó él–. Tengo entendido que se ha quedado con tu madre para buscar piezas nuevas para el museo.

Tate lo miró frunciendo el ceño.

–¿Por qué no te tomas unos cuantos días libres y los pasas allí?

—Ya he estado allí, pero ella me ha facturado de vuelta para aquí.

—¿Ah, sí?

—Está haciendo algo peligroso, pero no sé el qué. No consigo que nadie me diga nada.

—Estarán preparando tu fiesta de cumpleaños —sugirió, estirando las piernas—. Brianne me hizo lo mismo el día de mi cumpleaños —sonrió—. Tuvimos un cantante de ópera, dos jugadores de baloncesto famosos, un cuarteto de cuerda y un cocinero francés.

—Absolutamente decadente —reprendió Tate.

—Podrías venir al próximo. Cecily y tú.

Pensar en ir a algún sitio con ella le confortó por dentro. Habían salido juntos en contadas ocasiones, aunque en muchas otras cenaban en su apartamento mientras veían alguna película en la tele. Su vida se había quedado inexplicablemente vacía sin ella, y ahora era aún peor, porque antes no tenía recuerdos íntimos que le atormentasen.

—Puede que lo haga —musitó, ausente.

Pierce se recostó en su sillón.

—Y ahora, si puedes dedicarme unos minutos, me gustaría decirte lo que hay que hacer.

Tate apoyó los brazos en la mesa con una sonrisa de disculpa.

—Lo siento. Adelante.

Cuando volvió a su apartamento, se encontró la puerta abierta. Con el ceño fruncido, abrió y entró. Audrey estaba en la cocina, sacando comida del horno.

—Ah, ya estás aquí —dijo alegremente, como si él no le hubiese dicho que su relación, aunque superficial, había terminado.

—¿Cómo has entrado?

Acababa de cambiar la cerradura de la puerta.

—El portero me ha dejado entrar, como siempre. Mira, he preparado la cena.

–Ya he cenado –espetó–. Puedes marcharte cuando quieras.

Audrey lo miró con un extraño brillo en los ojos.

–¿Por qué, Tate? Soy culta, tengo talento, me parece que soy bastante guapa y estaría dispuesta a hacer lo que tú quisieras en la cama.

Él se limitó a mirarla.

–Hemos sido amigos, Audrey, y me gustaría que lo siguiéramos siendo, pero no admito que alguien invada mi intimidad sin haber sido invitado, y eso también te incluye a ti.

Se quitó el guante del horno y lo apagó. Segundos después, las lágrimas rodaban por sus mejillas.

–¿Es que estás enfadado conmigo? –le preguntó, temblorosa.

Tate abrió la puerta y se quedó sujetándola. No podía pensar en volver a tocarla, aunque fuese solo inocentemente, después de lo que había compartido con Cecily.

Como el truco no estaba funcionando, Audrey se secó las lágrimas de cocodrilo y se encogió de hombros.

–No pienses que me he rendido –dijo al pasar por delante de él con el abrigo en la mano y sonriendo, coqueta–. Imagínate cuántos hombres querrían estar en tu lugar. Soy rica.

A costa del dinero de su exmarido, sí.

–Yo también lo soy.

Ella se echó a reír.

–Tú eres indio, y los indios no son ricos.

–Yo sí –su tono despectivo, más que sus palabras, le habían hecho daño, pero no lo demostró–. Buenas noches, Audrey.

–¡No pienses que voy a permitir que me humilles así! –explotó de repente–. ¡No voy a permitir que un hombre con tu origen me plante! ¡Yo no soy una lastimosa arqueóloga de tres al cuarto a la que puedes manipular a tu antojo!

Qué estúpido había sido. ¿Qué habría visto en aquella mujer?

–Jamás serás la mitad de mujer que es Cecily –espetó.

Su sonrisa fue fría como el hielo. Él no podía saber que Cecily había llamado mientras él estaba fuera, y que ella le había contado con todo detalle cómo era el vestido de novia que había encargado a un prestigioso diseñador, o cómo le había insinuado lo bueno que era en la cama. Y no iba a saberlo. El orgullo de Cecily no iba a permitirle mencionarlo, y ella no iba a hablar. Tate era suyo, y no estaba dispuesta a perderle.

–Estaré cerca cuando recuperes la cordura, cariño –ronroneó–. Volverás. Todos lo hacen.

Tate cerró la puerta. Por la mañana volvería a cambiar la cerradura y tendría una pequeña charla con el portero.

Cecily estaba muy callada cuando Leta y ella se sentaron a la mesa para cenar. Colby había salido sin decir adónde iba, o cuándo volvería.

Leta la miró en silencio hasta que Cecily levantó la mirada.

–Me han dicho que Tate estuvo ayer aquí –dijo–. No me lo has comentado.

–Es que le hice volver a casa –explicó, intentando quitarle de la cabeza la llamada que había hecho a su casa.

–¿Por qué no podía quedarse aquí?

–Porque el senador Holden no quiere que se involucre. Tiene miedo de que pueda averiguar algo si empieza a investigar.

–Eso es cierto –admitió Leta con tristeza–, pero me habría gustado verlo –hizo una pausa–. Estás muy callada esta noche. Algo pasa.

Cecily se encogió de hombros.

—No mucho. Llamé para asegurarme de que Tate había llegado bien y me contestó Audrey.

—Debe vivir con él. En el fondo, esperaba que no fuese así.

—Pues al parecer, es cierto —replicó.

Tate le había dicho que su relación con ella no era íntima pero, evidentemente, había mentido. Audrey estaba preparándole la cena. ¿Por qué le habría mentido? ¿Solo para llevársela a la cama? Sabía que estaba casi obsesionado con ella físicamente, que había ido hasta allí para buscarla, que estaba celoso de Colby. Y los hombres podían perder la razón cuando deseaban a una mujer. Decía que se sentía culpable por lo que habían hecho, y seguramente era así, pero porque le había sido infiel a Audrey. ¡Nada le había dolido así antes!

—¿Y qué te ha dicho Audrey? —insistió Leta.

—Que había llegado bien, que es un amante magnífico y que le están haciendo el vestido de novia —miró a Leta—. Vas a tener una nuera guapísima.

—Tate no va a casarse con ella, y tú lo sabes.

—Pues ella piensa que sí, y yo también. En cuanto sepa la verdad, lo hará. Lo siento, Leta, pero tienes que saber que, tarde o temprano, saldrá a la luz. Incluso si la prensa no se entera de la historia, es inevitable que termine por enterarse.

—No me gusta pensar en ello.

—Lo sé.

—Me odiará.

—No te odiará —replicó Cecily con firmeza—. Al principio se enfadará y desaparecerá durante varios días. Pero después lo aceptará y volverá a casa. Ya lo conoces —añadió con una sonrisa.

—Sí, lo conozco —Cecily estaba pálida—. Deberías decirle lo que sientes.

—Él ya lo sabe, pero no va a cambiar nada. Sigue diciendo que no quiere casarse con una mujer blanca, y supongo que Audrey es la excepción.

—Aquí está ocurriendo algo raro.

—Lo sé. Y tiene que ver con el jefe de la tribu –cambió de tema–. Ahora no tenemos tiempo para preocuparnos por mis problemas. Tenemos que ayudar al senador –suspiró–. Se va a enfadar conmigo cuando sepa que te he dicho que sabe lo de Tate. Me hizo prometer que no te lo diría.

—Ya cruzaremos ese puente cuando lleguemos a él. Tómate la cena. Estás demasiado delgada.

Cecily sonrió y levantó la cuchara.

Colby no tardó nada en abrir el cajón cerrado con llave de la mesa de Tom Cuchillo Negro y en encontrar todo lo que necesitaba. Fotografió libros de contabilidad, extractos bancarios y una carta sin firma y sin membrete con un matasellos de Nueva Jersey. Fotografió también una agenda con números de teléfono. Luego cerró el cajón y la cerradura después de haber colocado cada papel exactamente igual que estaba, salió de la oficina y se perdió en la noche.

—Ten –le dijo a Cecily a la mañana siguiente, entregándole una pequeño rollo de película–. Dáselo a tu contacto en Washington con mis bendiciones. Es todo lo que necesitas para encontrar a quien esté metido en esto.

—Eres un cielo, Colby. ¿Vuelves a casa conmigo?

—Hasta que Tate se enfríe un poco, no. Me voy a Arizona un par de días a ver a mis primos.

Ella sonrió.

—Me alegro. Gracias, Colby –añadió con sinceridad–. No podríamos haber hecho esto sin tu ayuda.

—Ha sido un placer. Nos veremos en Washington.

—No lo dudes.

Cecily dejó a Leta tras abrazarla cariñosamente y tomó el camino que entre curvas y más curvas llegaba hasta la carretera, cuando de pronto se dio cuenta de que no llevaba lo que le había prometido al doctor Phillips.

No podía pedirle nada a la tribu porque las cosas antiguas eran sagradas para ellos. Sería como pedirles el corazón. Ya está. Podía acercarse a la tienda de Alce Rojo. Conocía al dueño, un hombre de edad avanzada que no tenía familia. Quizás el pudiese sugerirle algo.

Alce Rojo era un siux tan viejo que nadie le preguntaba la edad, y recibió a Cecily con un cálido apretón de manos.

–Necesito algo fuera de lo corriente –le explicó–. Es para el museo. Estamos montando una exposición con artesanía lakota y artefactos, pero no puedo pedirle a la tribu nada sagrado. ¿Qué puede venderme que no ofenda a nadie?

El hombre sonrió, dejando al descubierto la falta de un diente.

–Tengo lo que buscas, Cecily.

Entró a la trastienda y salió con una bolsa de cuero, muy vieja y manchada, con un fleco descolorido y un agujero. Se la entregó con gran ceremonia.

–Esto perteneció a mi padre –le explicó–. No tengo familia a quien legárselo, y mi pequeña tribu no tenía relación con la de Tom Cuchillo Negro. Me gustaría que estuviera en lugar seguro, y que la gente lo viera. Salvó la vida de mi abuelo en Greasy Grass. Llevaba una pipa de piedra en esta bolsa, una pipa ceremonial de gran poder. La bala de un soldado se estrelló en la piedra, pero no alcanzó el pecho de mi abuelo.

Y la depositó en manos de Cecily, quien la rozó con sumo cuidado.

–¿Puedo abrirla?

El hombre asintió.

Abrió la tapa. Dentro estaban los restos de una pipa de piedra roja junto con pequeños trozos de madera.

–Esto es... un tesoro. Puedes pedirme por ella lo que quieras.

Él hizo un gesto con la mano.

–No la vendería por nada del mundo. Te la doy para

que quede en tu museo. Me gustaría que pusieras el nombre de mi abuela, Grito de Cuervo, debajo, en una placa, y que digas que mi abuelo fue uno de los indios waist que luchó en Greasy Grass.

–Lo haré –le prometió–. ¿Hay algo que pueda darte a cambio, algo que te gustase poseer de verdad? –añadió, porque era la costumbre ofrecer un regalo de igual valor por otro.

–Sí –contestó el hombre con una tímida sonrisa–. Me gustaría tener una pipa alemana. Una vez vino un hombre con una. Tenía una cazoleta redonda y grande, y una caña curvada magnífica.

Sabía exactamente de qué le hablaba.

–Vivo cerca de una tienda de pipas. Se la enviaré a Leta Guerrera Winthrop y ella te la traerá.

–Conozco a Leta. Es una mujer valiente, hija de una familia valiente.

Cecily estrechó su mano.

–*Pilamaya yelo*.

Él se echó a reír.

–*Pilamaya ye* –le corrigió–. En femenino.

–Aún estoy aprendiendo –se disculpó.

–Y muy bien. Que tengas un buen viaje –añadió.

–Y usted cuídese mucho. Gracias por el regalo.

Nada más llegar, le mostró su adquisición al doctor Phillips, que no cabía en sí de alegría.

–Nuestro primer artefacto real, Cecily –se maravilló–. ¡Y qué artefacto! Quizás podríamos convencer a Alce Rojo de que viniera aquí para hablar sobre él cuando inauguremos el museo.

–¡Qué idea! –exclamó, entusiasmada–. ¿Y qué te parecería si encargásemos que nos hicieran una igual, del mismo material, que la gente pueda tocar?

–Genial. ¿Podrás encargarla?

–Pondré a mi madre adoptiva a ello inmediatamente.

Pero antes de llamar a Leta, le llevó la película al senador y se la entregó sin decir una palabra.

Holden sonrió de oreja a oreja.

—¿Fotografías de la reserva?

—De un antiguo artefacto —mintió—. Una bolsa de cuero que contenía una pipa sagrada. Salvó a su dueño de una bala de la caballería en Little Big Horn.

—Tengo que verlo en persona.

—Venga cuando quiera. Estaremos encantados de enseñársela.

Con el rollo de película en la mano, asintió, solemne. Ella sonrió. Al menos algo bueno había salido del viaje.

Tate la llamó en cuanto entró en su despacho.

—Leta me ha dicho que Colby y tú os habíais marchado de pronto —dijo—. ¿Qué habéis averiguado?

—No es seguro hablar por teléfono —le dijo con voz sin expresión. Le dolía oírle hablar en un tono casi íntimo después de lo que le había dicho Audrey.

—Deja de hablar como un agente secreto —bromeó.

—Eres tú quien piensa como si lo fuera. Nos encontraremos para tomar un café en el sitio de siempre.

—¿Qué sitio es ese?

—Donde vais Audrey y tú, claro.

Estaba demasiado seria para ser una broma.

—Solo la he llevado en una ocasión, Cecily, el día que nos encontramos...

—Dentro de diez minutos —dijo, y colgó. Salió del despacho y le dijo a su secretaria que tenía una reunión y que volvería en una hora. No le hacía ninguna gracia volver a verlo, pero si mantenía la cabeza fría, podría salir airosa del trance. Se sentía traicionada.

Tate esperaba con impaciencia, sentado en una mesa cerca de la ventana, con una taza de café solo en la mano. La vio llegar al mostrador, pagar el café y caminar hacia la mesa. Era difícil fingir que no habían compartido lo que habían compartido. Al mirarlo podía sentir el peso de su cuerpo en los brazos, su calor, su pasión. Le había dicho que no habría nadie más que ella, pero Audrey estaba en su apartamento apenas había vuelto. Tomó un sorbo de café intentando olvidar. Estaba demasiado caliente.

–¿Por qué aquí? –preguntó él sin preámbulos.

Cecily lo miró por encima del borde de su taza. Volvía a llevar el pelo recogido. Se había vestido con un traje gris de Armani y un jersey negro de cuello alto. Tan elegante como siempre.

–Creía que te gustaba el buen café –contestó al fin–. Aquí tienen uno jamaicano buenísimo.

–Me gusta el café cuando la cucharilla se tiene de pie en él. El origen me es lo mismo.

¿Por qué aquel cambio? Parecían extraños. Aquel comportamiento le estaba empezando a poner nervioso.

–Quiero saber qué está pasando.

–Ya lo sabes.

–No. Solo sé de rumores e insinuaciones. Nadie me dice nada. Es como un código de silencio.

Estaba frustrado.

–Colby ha averiguado unas cuantas cosas –le dijo–. Yo ya he transmitido esa información a la persona adecuada. Ahora solo queda esperar que tengamos lo suficiente para evitar el escándalo.

–Un escándalo que tiene que ver con Holden.

–¿Cómo lo has sabido? –preguntó, mirándolo a los ojos.

–¿Sabes qué es lo que tienen contra él?

–Sí, claro. Voy a decírselo precisamente a su peor enemigo.

–Puede que no creas lo que te voy a decir, pero fue él mismo quien me lo dijo.

Cecily se quedó inmóvil.

—¿Te lo ha dicho... todo?

La pesca podía ser un deporte excitante.

—¿Y cómo es que tú lo sabes?

Cecily dejó su copa sobre la mesa y clavó la mirada en el mantel. Un vals vienés sonó como música de fondo.

—El senador Holden tuvo que contármelo todo para que yo pudiera ayudarle —dijo tras un minuto—. Te lo has tomado con mucha calma. ¿Es que no estás enfadado conmigo?

Él sonrió.

—¿Por qué iba a estarlo?

—Pensé que iba a ser más traumático para ti —aventuró. Parecía sorprendido, y Cecily se preguntó si no estaría mordiendo un anzuelo—. ¿Por qué no me cuentas lo que te ha dicho Holden?

—Pues que le están chantajeando por una mujer que hubo en su pasado. Tuvieron una aventura estando él casado, y esa mujer vive en la reserva.

Ella asintió.

—Sí. ¿Y?

Tate frunció el ceño.

—¿Y qué?

¡No lo sabía! Ya le extrañaba tanta calma.

—El senador tendrá que contarte el resto. Yo ya te he dicho todo lo que podía decirte. ¿Por qué querías verme?

—¿Por qué siempre quiero verte? —preguntó él, y su voz sonó como el terciopelo—. Ahora eres parte de mí, Cecily.

Ella enrojeció. No podía mirarlo a los ojos. ¿Acaso se imaginaba que no sabía nada de Audrey?

—Y tú no me mentirías.

—Lo mismo que tú no me mentirías a mí.

Así que los dos estaban mintiendo. Tomó un sorbo de café en silencio. Era duro hablar con él, y estuvieron unos minutos en silencio.

—Tengo que irme —dijo ella, poniéndose en pie—.

Estoy trabajando en la exposición y tengo un montón de llamadas que hacer.

Él se levantó también frunciendo el ceño.

—¿Qué ha salido mal entre nosotros? —preguntó sin más.

Ella lo miró con infinita tristeza.

—Nada.

—¡Háblame!

Cecily suspiró.

—Audrey te estaba preparando la cena —dijo, incapaz de ocultar el dolor en la voz—. Me habló del precioso vestido de novia que ha escogido, y de lo bueno que eres en la cama, claro.

—¡Maldita Audrey! —masculló.

Ella se encogió de hombros, pero Tate no reaccionó hasta que Cecily no estaba ya en la acera.

—Te equivocas de camino —le dijo—. Las oficinas de Pierce Hutton quedan por el otro lado.

—No voy a marcharme hasta que hayas terminado de acusarme.

Cecily se dio la vuelta.

—Has vuelto con ella.

—No.

—¡Te llamé, y estaba en tu apartamento...!

—Consiguió que el portero le abriese la puerta, y estaba esperándome cuando llegué, pero la eché. Solo te he mentido sobre una cosa, y era lo del asunto de la beca. Aparte de eso, siempre he sido completamente sincero contigo, pero si eliges no creerme, de acuerdo.

Eso le recordó que ella también le había mentido, aunque por omisión, en el asunto de su padre.

—Audrey es hermosa.

—Como una cobra.

Cecily sonrió aunque no hubiera querido hacerlo.

—Aún tenemos mucho camino por andar —suspiró Tate—. ¿Estás segura de que no quieres venirte a vivir conmigo?

Ella negó con la cabeza.

–¿Qué tal si cenamos juntos esta noche?

–No me parece buena idea.

–¡Quiero estar contigo!

–Y yo contigo –lo miró a los ojos con tristeza–, pero tú no quieres que sea para siempre, Tate. Más tarde o más temprano, te cansarás de mí y encontrarás a otra persona. ¿No es así como se hace? Vives con una persona hasta que te cansas de ella y después te buscas otra.

Su expresión se endureció.

–¿Y qué vas a hacer, Cecily? ¿Fingir que no ha ocurrido nada?

–Exactamente –contestó–. Porque no puedo soportar la idea de vivir día a día con un hombre que no comparte mi ilusión por el futuro.

Él hundió las manos en los bolsillos.

–Podrías darme una oportunidad.

–Viviré con un hombre cuando me case con él. Y si no, nada.

Eso mismo pensaba él.

–Estamos en el siglo veinte –le dijo–, y el matrimonio ha dejado de ser indispensable para que dos personas vivan juntas. Te he dicho que no tengo intención de casarme, ni ahora ni nunca, y además, ¿qué diferencia hay, si ya te has acostado conmigo?

–Si no eres capaz de verla, no me voy a molestar en explicártela –espetó, dio media vuelta y echó a andar.

–Cecily.

Ella lo miró sin volverse.

–¿Fuiste a la farmacia?

Quería saber si corría el riesgo de quedar embarazada. La verdad es que era una posibilidad bastante cierta, y ni había ido ni iba a ir a la farmacia. Y si había concebido un niño, lo tendría y viviría por él. No iba a presentarse con un hijo que no era lakota. Eso debía ser lo que más le asustaba.

–No tienes absolutamente nada de lo que preocuparte –mintió–. Ya nos veremos, Tate.

Él se quedó viendo cómo se alejaba. Nunca se había sentido tan solo como en aquel momento. No quería dejar que se marchase de su lado, pero le pedía algo que él no podía ofrecer: matrimonio e hijos.

Además, a su frustración se añadía curiosidad: ¿qué sería lo que había en el pasado de Holden que Cecily no quería decirle, y que podía enfadarle con ella? Decididamente, iba a tener que empezar a investigar por su cuenta.

9

Dos semanas más tarde, Matt Holden se presentó en casa de Cecily.

–Siento haber tenido que venir aquí –dijo, cuando se sentó en el sillón que Cecily le ofreció–. Creo que mi despacho está vigilado. Recurrí a un extraño para que mejorase la seguridad, pero tengo la impresión de que ahora estoy peor que antes. Al menos aquí Tate sabría si hay escuchas.

–Solo si tiene poderes psíquicos –replicó ella–. Ya no viene por aquí –añadió en tono apagado.

Matt suspiró.

–Supongo que has visto el anillo que Audrey anda enseñando por ahí.

–¿Anillo?

–Una copia del de turquesa que lleva él –se recostó en el sillón y cruzó las piernas. Parecía inexplicablemente irritado–. Todo el mundo sabe que es una devoradora de hombres. En cuanto se convenza de que tiene a Tate en el bote, se buscará otras conquistas. No va a casarse con él. ¡Es solo un indio!

Cecily hizo una mueca y se acomodó en el sofá.

–Tate me dijo que no había nada entre ellos y que se había colado en su apartamento sin su consentimiento la última vez que yo llamé y la encontré allí. Pero ayer vi una foto de ellos en una revista. Estaban juntos en una gala benéfica.

–Lo sé. Yo también los he visto.

–No se lo tome a mal, pero ¿por qué ha venido a verme?

–Tengo nombres, fechas y sitios –dijo–. Se los he entregado a un miembro de mi personal al que le confiaría mi vida misma. Su hermano tiene una agencia de detectives. Ahora tengo todo lo que necesito, y la bomba está a punto de saltar. Se corre el riesgo de que los medios lleguen a enterarse, claro, pero en fin... Cuando exponga a las ratas a la luz, lo más probable es que contraataquen.

–Está preocupado por cómo les afecte a Tate y a Leta.

Holden asintió.

–Leta se las arreglará. Es una mujer dura. Pero Tate va a saber unas cuantas cosas que pueden hacerle mucho daño. Creo que su madre debería contárselo primero –suspiró–, así que la he llamado desde una cabina y le he dicho que lo sé todo, y que pienso que debe decirle a Tate la verdad antes de que la oiga en las noticias de la tele. Tras treinta y seis años de silencio, me llamó algo que no puedo repetir, me dijo lo que pensaba de mí y de mi carrera y colgó. Volví a llamar, y no contestó –se pasó una mano por el pelo–. No sé qué hacer.

–¿Y si la invito a pasar unos días conmigo? –sugirió–. Podría volver a hablar con ella...

–No hay tiempo, Cecily –contestó, apoyando las manos en las piernas–. Voy a tener que decírselo yo.

Cecily hizo una mueca de dolor.

–Lo siento.

–Yo también lo siento –suspiró–. Nos va a odiar a todos durante un tiempo, incluida Leta. Se lo he dicho a ella, y se ha puesto furiosa, pero es la verdad. Se desencadenará una tormenta de unas cuantas semanas, y después saldrá el sol.

Ella sonrió.

—Más que tormenta, va a ser tornado.

Él se levantó.

—Solo quería que estuvieses prevenida. Había llegado a creer que iba a poder hundir la cabeza en la arena. Pensé que podría deshacer el chantaje a que tienen sometido a Tom Cuchillo Negro, ahuyentar al sindicato de la reserva y que Tate nunca llegase a saber la verdad. Soñar es fácil. Una mentira no puede ocultarse para siempre.

—Va a hacerle daño.

—Y a ti también. Lo sabes, ¿verdad? Sabías la verdad y no se lo dijiste. Es rencoroso, y le cuesta trabajo perdonar. Es como su madre —añadió en voz oscura.

—Leta no es así.

—Contigo no, claro, pero a mí me odia —dijo. Él también estaba sufriendo—. No es que la culpe, porque yo mismo me odio. Tate tendrá algo más en común con su madre cuando sepa la verdad. Espero ser capaz de encontrar las palabras adecuadas para que el daño sea el mínimo. Para Leta sería terrible que su hijo le diera la espalda.

—Hará lo que sea mejor para ella. ¿Y qué pasa con Tom?

Holden le había contado la historia de Tom.

—Tengo a los mejores investigadores trabajando en ello. Están intentando encontrar a dos testigos que presenciaron lo ocurrido en los años setenta. Uno de ellos está en la cárcel, y es posible que consigamos negociar con él para que diga lo que sabe. Es lo mejor que puedo hacer. He hablado con Tom, y él lo comprende. Es un hombre valiente.

—Sí. Y su historia, muy triste.

—En fin... —suspiró, y se levantó—. Ya que nadie más

tiene el valor de hacer el trabajo sucio, mañana iré a ver a Tate y le diré quién es su padre.

–Buena suerte.

Él se encogió de hombros.

–Me temo que voy a necesitar algo más que suerte.

Tate estaba tomándose una cerveza. No solía beber, pero últimamente estaba malhumorado y triste. No podía ir a una fiesta sin encontrarse a Audrey, dispuesta a colgarse de su brazo en cuanto se disparaba el flash de una cámara. Negaba haber hablado con Cecily, pero él la conocía bien. A ella y a Cecily. Hubiera querido verla y hablar con ella, pero se había negado a verlo desde que había descartado completamente la posibilidad del matrimonio. Quizá después de un tiempo recuperase la cordura y dejara de negar a ambos la satisfacción del deseo, pero mientras tanto aquella forzada abstinencia le estaba poniendo de un humor de perros.

El timbre de la puerta le sacó de su ensimismamiento. Dejó la cerveza y, descalzo como estaba, salió a abrir la puerta. Si era Audrey, no abriría ni la puerta.

Pero la persona que apareció al otro lado de la puerta resultó ser toda una sorpresa: el senador Holden, vestido como él en vaqueros y camiseta. Claro que era domingo por la tarde. No iba a llevar puesto el traje a todas horas.

A regañadientes, abrió la puerta.

–¿Se ha perdido, senador?

Holden le estudió en silencio.

–Necesito hablar contigo. En mi despacho hay micrófonos. El tipo que contraté para renovar la seguridad ha añadido unos cuantos a la colección.

–No es culpa mía. Yo los habría encontrado todos.

–Lo sé –miró a la pared. Un escudo medicinal, trampas para sueños y una bolsa de cuero con flecos adornaban la pared de madera–. Bonita decoración –dijo.

–El escudo medicinal debe servir contra el mal –dijo

Tate, haciéndose a un lado para dejarle pasar–. Pero no funciona –añadió, mirándolo abiertamente.

–Yo no soy el mal. Simplemente me he visto atrapado en algo que no puedo evitar, y quiero hablarte de ello antes de que lo veas en la CNN.

–¿Qué tiene eso que ver conmigo? Además, a usted le encanta la publicidad. Ya tuvo una buena ración con la captura de Brauer, por no hablar de la crema de cangrejo y Cecily.

Holden se acercó a la ventana en lugar de sentarse en la silla que le ofreció. El edificio del capitolio se veía en la distancia.

–Esta publicidad no va a ser beneficiosa.

–Cecily dice que Colby y ella han encontrado algo en Wapiti Ridge.

Él asintió.

–Han encontrado pruebas concluyentes de que se han desviado fondos y de que el sindicato del juego tenía sus tentáculos metidos en el proyecto del casino –se volvió hacia él–. He estado hablando con el fiscal general del estado y le he dado todos los detalles. También he hablado con Tom Cuchillo Negro y el consejo de la tribu. Todos conocen la historia. Puede que Tom termine yendo a la cárcel a pesar de todos mis esfuerzos, pero no por los fondos desviados, sino por algo que hizo durante los levantamientos de los setenta.

Tate se sentó en el borde de la mesa de trabajo.

–Así es como consiguieron que cooperase.

Holden asintió.

–Le estaban chantajeando, lo mismo que a mí –se volvió hacia su hijo–. He intentado convencer a tu madre de que te lo dijera ella, pero me colgó el teléfono y se ha negado a venir aquí. No está dispuesta a hablar contigo de ello. Cecily también se niega, y ya que yo soy el único miembro de la familia con el valor para hacerlo, voy a decirte algo que deberías haber sabido hace muchos años.

–La mujer con la que tuvo la aventura era mi madre.
Holden parpadeó varias veces.
–¿Cómo lo has averiguado?
–Era la única razón por la que podía quererme fuera del asunto: para proteger a mi madre. Eso no quiere decir que haya mejorado mi opinión sobre cómo la trató –añadió fríamente–. Ni siquiera usted podría haber sido peor marido que mi padre, aunque claro, usted no habría querido casarse con alguien de rango inferior, ¿verdad? Una india lakota en su árbol genealógico no habría...
–¡Me lo estás poniendo muy difícil! –le interrumpió, pasándose una mano por el pelo.
–Puede decirle a mi madre que no se preocupe. Cualquiera puede cometer un error, y no la culpo de nada. Haré todo lo que pueda por protegerla de los medios.
–¡A ti es a quien hay que proteger, maldita sea! –explotó–. Hay más que una simple aventura de hace treinta y seis años. ¡Hubo un niño! Leta estaba embarazada cuando se casó con Jack Winthrop.
Tate no se movió. No respiró. No pestañeó. Todas las piezas del rompecabezas de su vida encajaron de un solo movimiento. Por qué Jack Winthrop bebía tanto. Por qué maltrataba a Leta. Por qué lo odiaba a él.
–Jack Winthrop no era mi padre –llegó a la conclusión con una serenidad fría.
–No. Ese hijo de perra no era tu padre –Holden apretó los dientes. Estaba siendo más difícil de lo que se había imaginado–. Me he pasado toda la vida pensando que Leta se había casado con él porque lo quería. Cuando tuvo su hijo, pensé que había formado una familia y que llevaba una buena vida. Nunca me culpó por casarme por dinero, ni por anteponer mi carrera a su felicidad. Me dejó marchar sin decirme que... que estaba embarazada.
La voz se le quebró y le dio la espalda a su hijo, incapaz de mirarlo, incapaz siquiera de hablar.
–Qué forma de enterarme de que tenía un hijo –declaró

tras un momento–. ¡Qué forma de saberlo! Un miembro del sindicato del juego se sienta frente a mí en mi despacho y me dice que me va a meter en un escándalo de mil demonios al exponer a la luz a mi amante lakota y a mi hijo bastardo.

Tate seguía sin pronunciar palabra. Estaba intentando asimilar lo que acababa de oír, pero no lo conseguía. Vagamente reparó en la forma de moverse de Holden, en su nariz, en sus ojos. El parecido había estado siempre ahí, y él lo había sabido, pero no conscientemente. No hasta aquel momento.

–Usted no es lakota –dijo tras un momento de silencio.

–Mi madre era francesa –contestó Holden con la voz opaca–. Mi padre, marroquí. Llegaron a este país cuando yo tenía tres años y se nacionalizaron.

–Lo que hace de mí un mestizo –concluyó Tate.

Holden se dio la vuelta.

–Es un poco peor que todo eso –replicó Holden, herido–. Te hace hijo ilegítimo del senador republicano por Dakota del Sur. Y la prensa te devorará cuando todo salga a la luz. A ti, a Leta, a mí, a cualquiera que roce nuestras vidas. Incluyendo a Cecily.

–Perderá los votos de sus electores –constató con ironía.

–¡Que se vayan al infierno mis electores! Puede que pierda mi trabajo, sí, ¿y qué? –espetó, mirándolo a los ojos–. ¡Todo eso no me importaría nada si tu madre quisiera hablar conmigo! No me ha dejado decirle más de dos frases por teléfono. No quiso venir aquí a ayudarme a decirte la verdad. ¡Me colgó antes de que pudiera proponérselo!

–Bien por mi madre. Qué pena que no hiciera lo mismo hace treinta y seis años.

El gesto de Holden se endureció.

–Yo la quería –dijo–. Aún la sigo queriendo. Cometí el error de mi vida al pensar que por alcanzar poder y dinero merecía la pena casarme con una mujer vacía que podía ayudarme en mi carrera política. Tu madre valía diez veces más que mi mujer. Conocí el infierno cuando tuve que vivir con el pacto que había hecho con el diablo para alcanzar el escaño –se sentó en el sofá pesadamente con la mirada clavada en la cerveza–. No deberías beber –dijo, ausente.

Tate tomó la lata de cerveza y la apuró de un trago, arrugando después la lata en una mano.

–¿No se marcha aún? –espetó.

Holden suspiró.

–¿Adónde iba a ir? Vivo en una casa enorme y vacía con un Jacuzzi y dos gatos siameses. Hasta hace unas semanas, creía que no me quedaba familia.

Por nada del mundo, Tate le habría revelado que quería saber más de sus verdaderos antepasados, sino que siguió mirando fríamente al hombre que acababa de destruir su vida.

Holden lo miró con orgullo.

–Uno de tus bisabuelos era berebere –recordó–. Luchó con Rizouli, un revolucionario de Marruecos de fin de siglo. Hay un retrato suyo sobre la chimenea de mi estudio. He ido a visitar el palacio de Rizouli en Asilah, cerca de Tánger. Es una ciudad pequeña y muy hermosa.

Tate guardó silencio y hundió las manos en los bolsillos.

–Esta es la razón de que cancelase el contrato de seguridad –dijo–. Habría sido nepotismo.

Holden asintió.

–Y también por lo que no quería que fuese a Wapiti.

Volvió a asentir.

–Pero Cecily lo sabía. Lo ha sabido desde el principio, ¿verdad? –preguntó, recordando pequeños trozos de conversación que le habían llamado la atención.

Holden se levantó de su asiento y el peso de sus años pareció caerle de pronto sobre los hombros. Las cosas se iban a deteriorar a partir de aquel momento. Tenía que irse. Tenía que darle a Tate la oportunidad de asimilar las cosas. Para él también había sido un golpe terrible que un extraño se presentase diciéndole que tenía un hijo. Por supuesto no se lo había creído a pies juntillas, sino que había hecho una investigación sobre la fecha de nacimiento de Tate, su grupo sanguíneo... y todo había encajado.

—Quería que supieras la verdad antes de que llegases a oírla en el telediario —dijo, ya en la puerta—. Nunca sabrás cómo me sentí cuando supe que existías. Durante unos días, odié a tu madre. Tenía un hijo al que nunca había visto. Me había perdido sus primeros pasos, sus primeras palabras, ¡toda su vida! Y mientras yo estaba sentado en mi nube blanca, Jack Winthrop maltrataba a la familia que yo no había tenido. Cuando me odies, piensa en eso. Todo habría sido distinto si hubiese sabido la verdad.

Abrió la puerta, salió y cerró de un golpe.

Tate abrió otra cerveza. Menos mal que tenía muchas, y la levantó frente a sí mismo en el espejo.

—¡A la salud de los bastardos del mundo! —exclamó, y bebió largamente.

Más tarde, cuando estaba ya lo bastante sereno para utilizar el teléfono, llamó a su madre.

—¿A que no sabes quién ha venido a verme? —le preguntó—. Mi padre.

Hubo una pausa larga y pesada.

—¿Tu... tu padre? —balbució. No creía que Matt Holden fuese capaz de decirle la verdad a Tate. Ella se sentía tan mal, tan culpable al saber que ahora su hijo iba a descubrir que toda su vida era una mentira...

—¿Por qué no me lo habías dicho? —le preguntó Tate—. ¿Por qué?

Hubo otra pausa.

–No sé cómo decirte que lo siento, pero este no es el momento. Hablaremos de ello un día, cuando estés preparado para escuchar. Llámame cuando se te haya pasado la primera impresión. Perdóname, Tate, por favor. Te quiero, hijo.

Y colgó.

Tate volvió a marcar, pero ella no contestó. De un tirón, arrancó de la pared el cable del teléfono y estrelló el aparato contra el suelo, y vagamente se preguntó si aquella habría sido la reacción de su padre al colgarle su madre el teléfono.

Su padre. ¡Su padre! Hundió la cabeza entre las manos para luchar contra la náusea que sentía en el estómago. Hasta entonces se creía único, miembro de una raza en extinción, una tribu a punto de desaparecer, un individuo perteneciente a una antigua sociedad. Y ahora acababa de descubrir que era uno de los miles cuya sangre era mezclada. Había dejado de ser único, incluso de ser lakota. Ahora era parte marroquí y parte bereber, según el senador. El hijo ilegítimo de un senador. Y de no ser por el sindicato del juego, habría seguido toda la vida sin saber la verdad. Su madre había mantenido el secreto durante treinta y seis años. Toda su vida.

Recordó el temperamento de Jack Winthrop, sus ataques, su actitud odiosa. Ahora tenía sentido. Ahora comprendía por qué lo odiaba tanto. Ahora que era demasiado tarde. Todo culpa de Leta. Culpa de su madre. Y no es que ella no hubiera sufrido.

Apoyó la cabeza contra la pared. No quería pensar en lo que acababa de saber. No en aquel momento. Era demasiado. Necesitaba dormir.

Cayó en la cama casi desmayado, gracias a las seis cervezas que se había tomado y que le habían machacado, ya que no tenía costumbre de beber. A la mañana siguiente, se despertó con un tremendo dolor de cabeza y con el mismo malhumor. Cecily le había mentido, y no iba a irse de rositas. Tenía que decirle un par de cosas.

Era mediodía de un día corriente cuando Cecily levantó de pronto la cabeza ante la fuerza inusual con que se había abierto la puerta de su despacho y se había vuelto a cerrar después. Su secretaria estaba comiendo, y la oficina, desierta. Y un hombre echaba fuego por sus ojos negros, plantado delante de su mesa. Sabía lo que había ocurrido incluso antes de que Leta la llamase la noche anterior para darle la noticia. Había conseguido convencerla de que tomase el avión y se fuese a pasar una temporada con ella antes de que la noticia llegase a los medios y rompiera la tranquilidad de Wapiti.

–¿Es que pensabas que no me iba a enterar? –inquirió con amargura.

Cecily no sabía muy bien cómo enfrentarse a aquella situación. Tate parecía completamente fuera de control.

–¿Enterarte de qué?

–Matt Holden me ha dicho quién es mi padre –replicó. La calma de su voz se veía traicionada por la tormenta de sus ojos.

No tenía sentido seguir fingiendo inocencia.

–Todos intentábamos protegerte –suspiró–. Si hubiésemos conseguido llegar lo bastante dentro del sindicato, no se habrían atrevido a publicar lo que saben. Pero no contábamos con que lo hicieran por pura venganza, así que Matt se vio en la obligación de hablar contigo. Tu madre no quería hacerlo.

–Mi madre no tenía derecho a guardarme un secreto así. Ni él tampoco. ¡Ni tú! –estalló–. ¡No tenías derecho, Cecily!

–Di mi palabra a tu madre y al senador Holden de que no diría nada –contestó con suavidad, levantándose de su mesa. La bordeó y se acercó a él muy despacio, casi como si fuese una fiera salvaje. Y casi lo era. Temblaba de frustración, de horror, de dolor, de furia–. Sabía que iba a ser imposible mantener el secreto, pero quisieron intentar ahorrarte la verdad.

–Toda mi vida he sabido quién era, adónde pertenecía, adónde quería ir en la vida. Y ahora, en el espacio de unas horas, he perdido el rumbo. De pronto soy un extraño entre mi propia gente. Mi herencia es una mentira. ¡Mi vida entera es una mentira!

–Eso no es cierto. Tu madre no se atrevió a decirle a tu padre la verdad, porque su mujer detestaba a los indios, y podría haberle hecho mucho daño a tu madre. Puede que incluso a ti. Y a tu padre podría haberle costado la carrera.

–Jack Winthrop sabía la verdad –dijo él en voz baja–. Por eso nos odiaba tanto... a mi madre, por querer a otro hombre, y a mí por no ser hijo suyo. ¡Estuvo haciéndonos pagar por ello un día tras otro y, hasta ayer, yo no sabía por qué!

Cecily hizo una mueca de dolor. Sentía su tormento como propio, e hizo ademán de rozarle, pero él retrocedió.

–No –le advirtió, y en sus ojos brillaron emociones encontradas–. Si me tocas, te hago el amor aquí mismo, en la alfombra.

Lo hizo parecer una amenaza, pero de hecho era lo que necesitaba, quizás incluso lo que había ido a buscar. Necesitaba consuelo, y había acudido a ella en su busca, disfrazándolo de ira. Pero Cecily no le tenía miedo. Lo quería demasiado para dejarse intimidar por sus ojos como saetas y sus dientes apretados, y además, podría darle lo que necesitaba. Quizás fuese la última vez que la tocase. A Tate no le resultaba fácil perdonar, y ella le había traicionado.

Echó el pestillo a la puerta antes de volver junto a él, y sin una palabra, tiró de su cuello y lo besó en la boca.

Tate tembló un momento antes de abrazarla, de levantarla contra su cuerpo. Estaba devorándole la boca;

incluso le hacía un poco de daño abrazándola de aquel modo, pero era tan dulce, tan maravilloso sentirse necesitada de aquel modo.

Tate no quería hacerlo. Sabía que no estaba bien, pero la deseaba, la necesitaba hasta un punto que era pura locura. Había ido en busca de consuelo, aunque no quisiera admitirlo. Era como un festín tras la hambruna. La ira parecía traducirse en la pasión más ardiente y fiera que había expresado con una mujer.

Sin importarle el lugar o el momento, se tumbó con ella en el suelo, desabrochó botones, abrió broches, se deshizo de todo obstáculo en una frenética carrera por alcanzar su piel.

Entonces ella se dejó poseer sobre la alfombra persa con los ojos cerrados, respondiendo con la boca a sus besos feroces y necesitados. Y fueron sus labios los que ahogaron el gemido de alegría que anticipó los temblores violentos de su cuerpo. Tate la sujetó contra él por la cadera y aceleró el ritmo, haciéndolo más violento, más desenfrenado, y gimió también en su boca cuando aquella fiebre explotó en pequeñas partículas de placer que le traspasaron de parte a parte.

Cuando por fin consiguió volver a respirar, levantó la cabeza y la miró a los ojos.

—Me has estado mirando —dijo.

—Sí —contestó ella. Desabrochó los botones de su camisa, que antes no había podido desabrochar, y acarició su pecho. Su pene aún estaba erecto dentro de ella, y supo que podía renovar la pasión, así que movió las caderas y contuvo la respiración—. ¿Vas a ser tú... quien mire... esta vez? —susurró, y volvió a tirar de su cuello.

Tate volvió a alcanzar el borde del precipicio rápidamente, y mirándola a los ojos la penetró con fuerza renovada. Los ojos de Cecily brillaron como centellas.

—Sí —gimió—. Sí, hazlo otra vez. Quiero que dure para siempre... ¡mírame, Tate!

—Maldita seas... —masculló, temblando, y volvió a

apoderarse de su boca mientras se movía dentro de ella una vez más. No debería ser posible. Era ella quien pedía aquella vez y disfrutaba de todo lo que le hacía. Y él nunca se había sentido tan excitado.

Levantó la cabeza para mirarla y ella sonrió con el amor brillándole en la mirada. Cuando levantó el cuerpo hacia él con un grito ahogado, vio que sus pupilas se dilataban hasta tornar sus ojos negros, y se aferró a él, gimiendo.

Estaba preciosa así, pensó mientras le quedó capacidad para hacerlo. Estaba completamente desinhibida, como si su pasado nunca hubiera existido. Su rostro contorsionado y sus gemidos le empujaron al precipicio en el que cayó con ella, en aquel exquisito y ardiente vacío. Se oyó gritar antes de caer exhausto sobre ella.

–¿Por qué lo has hecho? –le preguntó cuando recuperó la capacidad de hablar–. ¿Por qué?

–Ya lo sabes –contestó, apartándole un mechón de pelo–. Me necesitabas.

–¡Se suponía que tenía que ser un castigo! –protestó.

Ella sonrió.

–¿Ah, sí? Pues no me había dado cuenta, pero, si quieres, puedes volver a hacerlo y yo intentaré parecer castigada.

Aquella mujer siempre era capaz de hacerle sonreír, incluso cuando los demás no se atrevían ni a tocarle. Pero aún estaba demasiado afectado por lo que acababa de saber y su participación en ello. Además, no le gustaba que supiera lo indefenso que estaba ante ella. Había ido con la intención de decirle que no quería tener en su vida a una mujer que le mintiera, pero había sido pura fantasía imaginar que iba a poder acercarse a ella tras semanas de abstinencia y hablar con racionalidad.

Su orgullo fue lo que le hizo levantarse sin mirarla a los ojos. Ni siquiera la miró mientras se vestía, con una vaga sensación de vergüenza y culpabilidad.

Ella se levantó dando gracias al buen trabajo que la señora de la limpieza había hecho con aquella alfombra y se arregló la ropa. Menos mal que no le había dicho que sospechaba estar embarazada. Habría sido la gota que colmase el vaso.

—¿Cómo he podido hacer esto? —se preguntó, furioso—. ¡No puedo creer que me hayas dejado hacerlo! ¡Aquí, tirados en el suelo! ¿Es que no tienes orgullo ni vergüenza?

Cecily se apoyó contra su mesa con un suspiro cansado y satisfecho.

—Supongo que no. Los dos sabemos que sería capaz de andar descalza sobre ascuas por ti —replicó sin pudor—. ¿Por qué te sorprende tanto lo que hemos hecho?

—No quieres venirte a vivir conmigo porque yo no quiero casarme, pero ahora que sé que soy medio blanco, piensas que vuelvo a estar en el mercado así que te dejas hacer el amor aquí, en el suelo de tu despacho, para enseñarme lo que podría tener si te pusiera un anillo en el dedo. ¿Es así como lo ves?

Sus palabras le dolieron y negó con la cabeza. Recordaba perfectamente lo que Holden le había dicho sobre la copia del anillo de Tate que llevaba Audrey, y si decidía casarse con aquella horrible mujer no podía hacer nada por evitarlo. Aunque, bien mirado, no se comportaba como un hombre que encontrase lo que necesitaba en la cama de otra.

—No estás en condiciones de pensar —le dijo—. Ya me dijo Matt que te sentirías traicionado y que nos odiarías a todos durante un tiempo. Lo comprendo, Tate. No pasa nada.

—Me gustaría que los tres dejaseis de jugar a saber lo que yo voy a pensar o hacer —replicó, mirándola fijamente—. Mi madre nos ha colgado el teléfono, a mí y a él. Supongo que habrás hablado con ella.

—En efecto. Está pasándolo fatal. Le he pedido que se venga a vivir conmigo antes de que la noticia se publique. Mañana la recogeré en el aeropuerto.

—No quiero verlos a ninguno de los dos —replicó—. Y a ti, tampoco.

–Muy bien. ¿Y qué más viene ahora? Piensas emplumarme, o te decidirás por el látigo de siete colas.

Tate no iba a ceder ni un ápice.

–¿Por qué no me lo dijiste, Cecily?

–Porque no me correspondía a mí hacerlo –replicó muy seria–. Siento que hayas tenido que saberlo así, pero podría haber sido mucho peor. Podrías haberlo sabido por los telediarios, y así habría sido si tu padre no se hubiese plegado a las demandas del sindicato. Por eso fui a Wapiti, y por eso me acompañó Colby.

–Así que lo sientes, ¿eh? ¿Y crees que con una disculpa vas a arreglarlo todo?

–No –contestó. Parecía muy triste–. En la vida no siempre conseguimos las cosas que más deseamos. Tú sabes que, en el fondo, no era solo cuestión racial el que no quisieras casarte conmigo –dijo inesperadamente–. Era porque quieres ser autosuficiente. No quieres tener que depender de nadie, porque la gente te ha decepcionado en muchas ocasiones. Tu trabajo para el gobierno te ha vuelto un cínico, y ahora, para colmo, sientes que tu madre te ha traicionado con tu peor enemigo. Y luego, por otro lado, yo, que también te he traicionado.

Tate no respondió.

–Te querré durante el resto de mi vida –declaró con suavidad–, pero no puedo vivir sola, trabajar sola y morir sola. No pienso lamentar tu pérdida hasta que el pelo se me vuelva gris. A ti te gusta estar solo, pero a mí no. Quiero tener un hogar y criar en él a mis hijos, y eso es algo que tú no puedes darme. He tardado mucho tiempo en darme cuenta de por qué podías estar con una mujer como Audrey, pero creo que ahora lo comprendo. Es porque ella nunca entraría en tu intimidad. Podría incluso casarse contigo y no llegarte dentro nunca, excepto en la cama. No es que fuese una relación completa, pero es que tú no quieres eso. No tienes nada que dar. Solo sabes recibir.

Sus palabras le atravesaron como la hoja de una espada y se dio la vuelta, pero antes de salir, le dijo:

–No podré olvidar tu traición –dijo–, y tampoco podré perdonarla.

–Lo sé, Tate –dijo con una serenidad falsa–. Tú no perdonas a la gente, y era inevitable que terminases por encontrar algún motivo por el que no poder perdonarme. Es tan buena excusa como cualquier otra para apartarme de tu vida antes de que pudieras hacerte adicto a mí.

–No te sobrestimes tanto –replicó con una sonrisa burlona–. No has sido mi primera mujer, y no serás la última.

–Eso también lo sé –contestó, aguantando a duras penas la sonrisa. No quería mostrarle su dolor.

Le irritaba aún más ver que no podía herirla. Sabía que estaba pasándose, pero no podía evitarlo. Había perdido todo lo que era de valor para él. Le había mentido, le había traicionado, y nada le dolía tanto como eso, ni siquiera el silencio de su madre.

La miró una vez más de arriba abajo antes de llegar a sus ojos.

–Adiós, Cecily.

Ella siguió sonriendo.

–Adiós, Tate.

Cerró la puerta al salir. La sonrisa de cartón desapareció del rostro de Cecily, se dejó caer en su sillón pesadamente. La cinturilla de la falda le apretaba y tuvo que desabrocharse el botón, y con una mano sobre el vientre, sonrió. Aquel era otro secreto que Tate desconocía, y así iba a seguir siendo, porque no estaba dispuesta a compartirlo con él. Aunque nunca llegase a perdonarla, llevaba consigo una pequeña parte de él que la acompañaría toda la vida.

–No te preocupes –le dijo a la pequeña criatura en su vientre–. Deseo tenerte y te querré siempre. Estaremos bien... solos tú y yo.

10

Cecily se compró un par de faldas nuevas y algunos jerseys amplios que disimulasen su estado. No podía permitir que Leta lo averiguase. Era un secreto que no se atrevía a compartir.

Leta estaba destrozada.

–Mi hijo me odia –se lamentó aquella noche mientras preparaban la cena en casa de Cecily. Era martes, y al día siguiente Cecily entraba más tarde a trabajar–. Estaba furioso cuando me llamó por teléfono.

–Nos odia a todos –le recordó con una cálida sonrisa–. Ya se le pasará.

–No he hecho nada bien en mi vida.

–Existen los borradores en los lápices porque las personas no somos perfectas.

–Ya, pero tú no has destrozado tu familia como he hecho yo.

Podría haber tenido algo que decir a ese respecto, pero guardó silencio y siguió troceando tomate y zanahoria para la ensalada, mientras rezaba para que la inestabilidad de su estómago no se presentara en el momento más inoportuno. Además, estaba muy cansada. Había comprado una de esas pruebas de embarazo que pueden hacerse en casa y estaba intentando reunir el valor suficiente para hacérsela. Deseaba tanto tener un hijo...

–¡Cecily! –exclamó Leta de pronto–. ¡Te has cortado el pelo!

Leta debía estar deshecha para no haberse dado cuenta antes. El día en que Tate salió de su vida, decidió cortárselo. Quería volver a empezar. La verdad era que el peluquero le había dicho que aquel corte le favorecía más, y ella creía que era verdad. La daba un aire de madurez, y el maquillaje que había aprendido a aplicarse realzaba los mejores rasgos de su cara. Además, se había hecho una última concesión: unas lentes de contacto que podía llevar sin que se le infectasen los ojos.

–He hecho algunas mejoras –contestó Cecily, sonriendo y sacó del horno unos *fetuccini* que había preparado y unas tartas de manzana–. Por cierto, no te había mencionado que tenemos un invitado a cenar. Espero que no te moleste.

–Me gusta Colby –contestó Leta.

No se trataba de Colby, pero por el momento no iba a sacarla de su error. Leta estaba muy guapa con aquella falda con los colores de las hojas en otoño y el jersey beis. Además, llevaba el pelo recogido en un precioso moño. No era que no aparentase la edad que tenía, pero quedaban rasgos patentes de su belleza en su rostro de pómulos marcados y sus ojos oscuros y llenos de vida, a pesar de la tristeza.

El timbre sonó en aquel momento, y Cecily se volvió hacia el horno deliberadamente.

–¿Podrías abrir tú? –le pidió inocentemente–. No puedo dejar los *fetuccini* ahora mismo.

–Claro.

Leta abrió con la sonrisa ya dispuesta para recibir a Colby, pero se encontró ante los ojos de un hombre al que no había visto cara a cara desde hacía treinta y seis años.

Matt encontró en ella su recuerdo de una mujer joven y hermosa en cuyos ojos brillaba el amor cada vez que lo miraba, y el corazón le dio un vuelco.

—Cecily me había dicho que era Colby quien venía a cenar —dijo Leta.

—Pues a mí me llamó para preguntarme si estaba libre esta noche —se encogió de hombros y sonrió débilmente—. Estoy libre todas las noches.

—No parece que esa sea la vida que debe llevar un viudo de buen ver —replicó Leta con ironía.

—Mi mujer era como un vampiro —dijo—. Me absorbió la vida misma y la esperanza. Bebía tanto que me agotó, y su muerte fue un alivio para ambos. ¿Puedo entrar? —añadió—. Voy a cubrirme de polvo si tengo que seguir estando aquí, y además, tengo un hambre de lobo. Las hamburguesas con patatas fritas no me terminan de llenar.

—Tengo entendido que es el plato favorito del presidente —intervino Cecily, acercándose hasta ellos—. Entre, senador Holden.

—Antes era Matt —replicó—. ¿O es que intentas hacerme la pelota para conseguir más fondos para tu museo?

—No estaría mal —contestó ella, sonriendo.

—Bueno —suspiró el senador mirando a Leta, que parecía bastante incómoda—. Al menos aquí no vas a poder colgarme. Te alegrará saber que nuestro hijo no me habla. Y creo que a ti tampoco, según me dijo. ¿Y a ti, Cecily?

—Me dijo adiós definitivamente, eso sí, tras decirme que era una imbécil si creía que iba a cambiar de opinión respecto a casarse conmigo solo por haber descubierto que corría sangre blanca por sus venas.

—Le daré un buen golpe por eso —masculló Matt.

—Fuerzas especiales —dijo Leta, señalando a Matt con la cabeza—. Iba de uniforme la primera vez que salimos.

—Tú llevabas un vestido de algodón blanco —recordó—,

y el pelo suelto... –se volvió hacia Cecily e hizo una mueca de disgusto–. Dios mío, ¿qué te has hecho en el pelo?

–A Tate le gusta largo. Por eso lo he hecho.

–Espero que nunca te enfades conmigo.

–No tendrás esa suerte. Vamos, pasad al comedor. Tengo la cena servida.

Matt y Leta parecían algo incómodos, pero después de unos minutos, con la cena y la botella de buen vino que Cecily había comprado, empezaron a relajarse un poco.

–¿Tú no bebes? –le preguntó Matt.

–Tengo el estómago un poco irritable –replicó Cecily–. Últimamente me sienta mal el ácido.

–Vaya –miró a Leta con los ojos llenos de recuerdos–. ¿Te acuerdas de aquellas naranjas que Alce Rojo vendía en su tienda? Eran siempre las más dulces, sobre todo en vacaciones.

–Sí, es cierto.

Matt se encogió de hombros.

–Siento que hayamos malgastado tantos años, y siento haberte engañado... a ti, y a mí mismo. Acababa de volver de la guerra, con las medallas prendidas del pecho y todas mis aspiraciones, y ella tenía un padre rico. Nos casamos en una ceremonia discreta y empecé a preparar mi campaña para el senado. Después volví a encontrarme contigo y me di cuenta del error que había cometido. Tenía la intención de decirte que me había casado, pero lo fui dejando hasta que fue ya demasiado tarde. Como ahora.

–Todo eso es historia –dijo Leta con tristeza–. No podemos cambiar el pasado.

–¿Me creerías si te digo que ojalá fuese posible?

Leta sonrió.

–Sí, pero no sirve de nada.

Matt tomó su mano y vio el anillo que le había regalado hacía tanto tiempo.

–Nunca me lo quito –dijo ella.

Él se lo llevó a los labios y lo besó.

–Le diste el mío a Tate.

–Sí. Tiene tus mismas manos. No supo de quién era el anillo, lo mismo que no supo de ti. Lo siento –añadió–, pero hacía lo que me parecía lo mejor para él.

Matt soltó su mano.

–Lo sé. Es curioso, pero antes de saberlo, sentía una especie de complacencia cuando tenía a Tate alrededor, a pesar de que me sacase de mis casillas. Discutíamos, pero siempre sabía dónde estaba con él. Y una vez que necesitó ayuda, vino a pedírmela a mí –recordó–. Pierce Hutton, su mujer Brianna y él vinieron a verme con un refugiado árabe que sabía que se estaba preparando una conspiración que podía conducir a su país a la guerra civil. Llamé a un amigo que tenía en una cadena de televisión y se desbarataron sus planes –el recuerdo le hizo sonreír–. No lo había mirado bajo este prisma antes. Podría haber tomado otras alternativas, pero vino a mí.

–Él siempre te ha respetado, a pesar de que piensa que eres arrogante y testarudo –dijo Cecily, sonriendo.

–Y todos sabemos de dónde ha sacado él esos rasgos, ¿no os parece? –preguntó el senador con una nota de orgullo en la voz.

Se quedó aún un buen rato, sentado en el sofá con Leta, hablando de personas que ambos conocían, de lugares en los que habían estado juntos. Se comportaban como si aquellos treinta y tantos años no hubiesen pasado. Acabaron por darse la mano. Hablaron de Tate con tristeza y Cecily se dio cuenta de lo duro que había sido para ellos tenerle que revelar el secreto, e inconscientemente, se tocó el vientre. La historia parecía volver a repetirse.

Al cabo de un rato, Matt miró su Rolex y se levantó.

–No tengo más remedio que marcharme. Debo intentar hablar con un colega que me está volviendo loco con los nuevos presupuestos, y a estas horas es cuando únicamente puedo localizarle. Lo siento.

Cecily se levantó y estrechó su mano.

–Me alegro de que hayas venido. Tendremos que repetirlo algún día de estos.

–Podríais venir las dos mañana por la noche a mi casa. Yo no sé cocinar, pero tengo un cocinero que hace maravillas con el pollo. ¿Qué os parece? Puedo enviar mi coche a buscaros.

–¿No es un poco arriesgado? –preguntó Cecily, preocupada.

–Ya todo ha salido a la luz –contestó él–. Pueden hacer lo que les dé la gana con la información. Tengo gente trabajando para el bueno de Tom Cuchillo Negro, y su nieto ya está entre rejas. Tate sabe la verdad, y Leta y yo podemos enfrentarnos a las consecuencias, ¿verdad? –le preguntó con una sonrisa que envolvió a Leta en nubes de algodón.

Años de castigo asomaban en las arrugas de su rostro, pero la sonrisa le iluminó por completo los ojos.

–Yo puedo enfrentarme a lo que sea.

Él asintió con el mismo orgullo que cuando hablaba de su hijo.

–Lo sé.

–Iremos.

–Invita también a Colby si llega –añadió él.

–No sé dónde está –contestó. La verdad es que había pasado demasiado tiempo–. Me dijo que se iba a pasar unos días a Arizona, pero eso fue justo antes de irse de Wapiti. No creo que se haya quedado allí durante tanto tiempo.

–Debe estar fuera del país, pero si aparece, será bienvenido.

–Gracias –contestó, y empezó a recoger la mesa, una indicación a Leta de que era ella quien debía acompañar a su invitado hasta la puerta.

Holden abrió la puerta e impulsivamente tiró de Leta para hacerla salir al vestíbulo vacío, cerrando después a su espalda.

—Matt... —protestó ella, pero él la besó con la pasión contenida de tantos años. Su sabor era tal y como lo recordaba, y Leta, tras un instante de duda, se abrazó a él.

Fue Matt quien por fin se separó de ella con los oídos atronados por el latido de su corazón.

—Me diste un hijo —dijo, enmarcando su rostro con las manos—. Sabías que para mí no había sido una aventura. ¡Yo te quería!

—Lo sé —los ojos le escocían por las lágrimas—. Yo también te quería, pero estabas casado. ¿Qué podía hacer? Ella te habría hecho pagar por Tate.

—A mí y a ti. Y a Tate. Pero he perdido tanto, amor mío, tantos años —le secó las lágrimas—. No llores. Nos hemos perdido durante un tiempo, pero ahora ya no volveremos a estar solos, y nada volverá a hacerte daño mientras a mí me quede aliento.

No podía parar de llorar. Era curioso que hasta aquel momento no lo hubiera hecho, pero ahora la rodeaban los brazos de Matt y ya no volvería a estar sola. Apoyó la mejilla en su pecho y dejó salir la agonía de los años pasados sin él, de la hostilidad de Tate.

—Os espero mañana por la noche, ¿de acuerdo? —le preguntó unos minutos después.

—¿La querías? —tuvo que preguntar.

—Al final sentía un cariño tibio por ella, y sobre todo, me daba mucha lástima. Pero no me casé con ella por amor. Cometí un gran error, Leta, y los dos hemos sufrido por ello. Ahora nuestro hijo también está sufriendo, pero yo no habría sabido nada de él si esto no hubiese llegado a suceder, ¿no?

Leta suspiró.

—Quise decírtelo miles de veces, pero tenía miedo. Había pasado demasiado tiempo, y pensé que si te lo decía, llegarías a odiarme.

—Jamás podría odiarte, Leta. Sé que lo pasaste muy mal con tu marido. ¿Llegaste a quererlo?

—No pude —confesó—. Cuando nos casamos, sabía que

estaba embarazada, aunque no quién era el padre, y me dijo que me quería lo suficiente para aceptarnos al niño y a mí. Pensó que su amor sería suficiente para sentirse padre de Tate, pero no fue así, y cuando descubrió que era estéril, se volvió cruel. Terminó por odiarnos a los dos. Tate ha tenido una niñez difícil.

La expresión de Matt se endureció.

–Lo siento, Leta, pero así ha llegado a ser el hombre que es hoy. Todos somos producto de los tiempos más difíciles de nuestra vida. El fuego da forma al acero.

–Eso dicen –trazó las líneas de su rostro con las puntas de los dedos, recordando–. Pensaba en ti cuando estaba sola en la oscuridad, solo con el consuelo de Tate.

–Yo también pensaba en ti –respondió, mirándola a los ojos–. Yo también he estado solo. Mientras ella vivía, y después de su muerte.

Ella asintió.

–Es una maldición querer solo a una persona.

Matt la abrazó y volvió a besarla.

–No es una maldición, sino todo lo contrario. Es una bendición del cielo querer solo a una persona y que esa persona te quiera, aunque tengas que esperar treinta y seis largos años –susurró.

La velada de la noche siguiente resultó maravillosa para Leta. Matt y ella fueron recorriendo cada estancia de la casa, reparando en todos los detalles mientras a Cecily le servían el café en el salón en bandeja de plata. No había querido unirse a ellos, sabiendo que disfrutarían de poder estar solos.

Lo que no se imaginó fue que la primera habitación en la que iban a entrar resultó ser la de Matt, y que apenas tuvieron tiempo de cerrar la puerta antes de caer en la enorme cama en un barullo de brazos, piernas y bocas.

–¿Es aquí dónde... con ella? –le preguntó con voz ahogada mientras él se reencontraba con su cuerpo.

—Aquí, nunca —contestó—. Con ella, nunca. ¡Con nadie!

Mientras pronunciaba a duras penas esas palabras, la estaba desnudando. Su cuerpo resultó ser tan suave y cálido como lo había sido todos aquellos años atrás.

Se besaron y se acariciaron, y cuando sus articulaciones algo estropeadas por la edad no eran capaces de adoptar las mismas posiciones que entonces, rieron también. Pero Matt le hizo el amor con tanta dulzura como en su juventud.

—Las personas mayores no hacen el amor, ¿sabías? —le susurró, moviéndose despacio dentro de ella—. Lo he leído en un libro.

Ella hundió los dedos en su pelo.

—Deja de leer.

Matt hundió la cara en el pelo suelto de ella y lamió su cuello. Sintió que el corazón se le paraba y arrancaba después con furia.

—Creía recordar que eso te gustaba —susurró—. Y esto...

—Sí —gimió ella, renaciendo con las sensaciones que había olvidado que podía sentir—. ¡A... mis... años! —gimió, y tuvo que apretar los dientes para no gritar cuando el éxtasis la empapó entera—. ¡Matt!

Él a duras penas había sido capaz de contenerse lo suficiente para buscar primero el placer de ella. Leta no tenía ni idea de los años que habían pasado desde la última vez que había estado con una mujer, y estar ahora con ella, con la mujer a la que amaba, a la que siempre había amado...

Gimió contra sus labios cuando una convulsión tras otra sacudió su cuerpo. Era como morir, nacer, atravesar el fuego...

Ella se rio, y Matt oyó las campanillas de su risa como desde muy lejos. Abrió los ojos. Estaba tumbado boca arriba, completamente desnudo bajo su mirada.

—Eres tan guapo como lo eras la noche que hicimos a nuestro hijo —susurró Leta.

–Ojalá pudiéramos tener otro hijo –se lamentó, acariciando los planos de su cara.

–A mí también me gustaría, pero soy demasiado mayor –apoyó la mejilla en su pecho y acarició el vello plateado que lo cubría–. Tendremos que esperar a tener nietos, si es que Tate nos perdona alguna vez.

Matt la abrazó con fuerza, como si así pudiese mantenerla a salvo, evitarle cualquier dolor.

Ella malinterpretó aquella fuerza y sonrió.

–No podemos volver a hacerlo. Cecily pensará que la hemos abandonado.

–Seguramente ya se habrá imaginado qué estamos haciendo –contestó, acariciando su pelo largo y con la risa en la voz–. Te quiere mucho.

–Y tú le gustas. Podríamos adoptarla.

–Mejor si nuestro hijo se casase con ella.

Leta sonrió.

–Esperemos –se incorporó estirándose–. La última vez que me sentí así fue hace treinta y seis años –le confió.

–A mí me pasa lo mismo.

Lo miró a los ojos, pensando ya en que tendrían que separarse. Ella tenía que volver a su casa. Pero Matt leía sus pensamientos mejor de lo que ella se imaginaba.

–Es demasiado tarde, pero quiero casarme contigo –dijo, llevándose su mano a los labios–. Esta semana. Tan pronto como sea posible.

Leta no supo qué decir.

–Te quiero –insistió él–. Nunca he dejado de quererte. Perdóname y di que sí.

Ella consideró la enormidad de lo que se abría ante ella. Ser su compañera. Acudir a eventos públicos. Llevar ropa elegante. Ser sofisticada.

–Tu vida es tan distinta de la mía...

–No empieces –murmuró–. Ya he visto lo que Tate ha hecho con Cecily al utilizar como argumento todas sus diferencias. No funcionará conmigo. Nos queremos demasiado para preocuparnos por trivialidades. Di que sí. Ya solucionaremos los detalles más adelante.

–Habrá fiestas, reuniones...

Matt volvió a abrazarla y la besó con ternura.

–No sé mucho de etiqueta –intentó de nuevo Leta, pero él se colocó de pronto sobre ella, sujetándola suavemente–. Qué demonios... –murmuró Leta, y le rodeó con las piernas, pero sus articulaciones protestaron.

–¿Artritis?

–Osteoporosis.

–Yo también –se rio–. Ya buscaremos posiciones nuevas, pero ahora... es... demasiado tarde. ¡Leta!

A pesar de las protestas de sus huesos, consiguieron hacer unas cuantas cosas que no estaban recomendadas para personas de su edad.

Cecily supo antes de que se lo dijeran que iban a casarse por la forma en que se miraban el uno al otro, y los envidió con todo su corazón.

Leta no volvió a casa con ella, tal y como se había imaginado. Ahora era el mayor tesoro de Matt Holden y él no iba a permitirle marchar de entre sus brazos hasta que le hubiera puesto un anillo en el dedo. Era conmovedor.

El timbre de la puerta sonó a la mañana siguiente justo cuando Cecily salía de la ducha. Rápidamente se puso las zapatillas y el albornoz. Esperaba que fuese Leta, pero resultó que era Colby, con peor aspecto que nunca.

–¡Entra! –le invitó llena de entusiasmo–. ¡Tengo tantas cosas que contarte!

–Yo también tengo algo que contarte –dijo sin sonreír–. Y me temo que no va a gustarte.

–¿Dónde has estado? –le preguntó, seria.

–Vengo de casa de Matt Holden.

–¿Por qué?

–He estado trabajando para ayudar a nuestro amigo Tom. Conseguí que uno de los testigos se decidiera a hablar. Tom va a salir bien parado –hizo una mueca–. Me convencieron de que me quedara a tomar café. Por eso me han pillado en medio.
–¿En medio de qué?
–Del senador y de un desbocado Tate Winthrop.

11

Cecily se abrochó bien la bata de baño y se sentó.
—Vamos, cuéntamelo.
—Un momento —sacó el mismo aparato que ella ya había visto usar antes, lo puso sobre la mesa y lo activó—. Por si acaso.
—¿Cómo está Tate? —le preguntó.
Él se dejó caer en la silla que había frente a ella.
—Bueno, no es el mismo hombre que yo conocía.
—Y no sabes por qué —contestó ella con tristeza.
—¿Te apuestas algo a que sí? Le ha llamado a Holden de todo antes de empezar luego con su madre. Le recriminó que le hubiese ocultado la verdad durante todos estos años y que le hubiese colgado el teléfono, pero cuando se enteró de que estaba viviendo con Holden, se volvió verdaderamente loco, y la llamó algo que no puedo repetir.
—¿Y qué ocurrió?
—Pues que el senador se lanzó sobre él y ambos cayeron sobre el sofá. Leta intervino y se separaron, pero Tate se marchó echando espuma por la boca jurando que no volvería a hablarles mientras viviera.

No era más de lo que se esperaba, conociendo a Tate como lo conocía, pero sentía lástima por Matt y Leta.

—¿Sabes adónde ha ido?

—No lo dijo, y yo no me atreví a preguntárselo. Tate y yo hemos tenido nuestras diferencias últimamente –añadió con tristeza.

—Qué desastre.

—Se le pasará. Cuando la gente se enfada, termina por apaciguarse.

—Tate, no.

—Pues no estaría mal que empezase a unirse al resto de los humanos –replicó–. Por cierto, ¿qué haces tú aquí un lunes a estas horas?

—Es que ando un poco revuelta. En cuanto se me pase, me voy para la oficina.

—¿Un poco... revuelta?

—Sí –Cecily ladeó la cabeza–. Vamos, pregúntame quién es el padre.

—¿Es que crees que soy tonto? –sonrió.

Cecily suspiró.

—No lo sabe, y tú no vas a decírselo. Ni en inglés, ni en apache, ni en lakota –añadió.

Colby asintió.

—¿Y qué vas a hacer?

—No tengo ni la más remota idea –confesó–. Hasta esta mañana no me había hecho la prueba del embarazo, pero de todas formas ya estaba bastante segura. Tengo que encontrar un sitio en el que vivir y en el que Leta no me vea. No puedo arriesgarme a que se lo diga a Tate. Y, por cierto, ¿dónde has estado todo este tiempo?

—Sentado tranquilamente en una mecedora, tomando café e intentando parecer invisible –la expresión de sorpresa de Cecily le hizo arquear las cejas–. Alguien tenía que mantener la cabeza sobre los hombros.

—Hay un refrán que dice que si alguien puede mantener la cabeza sobre los hombros cuando el resto la ha perdido, es porque no tiene ni idea de lo que está pasando –alteró el refrán a su conveniencia.

–Podría ser, pero no me habría gustado que me marcasen la otra mejilla –se inclinó hacia delante–. ¿Quieres casarte conmigo?

–Gracias, Colby. De verdad. Pero no sería justo para ninguno de nosotros, y mucho menos para ti.

Volvió a recostarse en el respaldo con los brazos cruzados.

–El ofrecimiento no tiene fecha de caducidad. Me encantan los niños.

–A mí también. Los niños y las niñas. Me da exactamente igual lo que sea.

–Y no vas a decírselo a Tate.

En su rostro se vio reflejada la confusión que había provocado su pregunta.

–Por el momento, no. Además, ahora mismo no me habla. Dice que nunca me perdonará que supiera lo de su padre y no se lo dijera.

–Un hombre que no sabe perdonar no es humano.

–Ve y díselo, si puedes encontrarle. Yo ya se lo he dicho hasta quedarme afónica, pero él no escucha lo que no quiere oír –se levantó–. Voy a vestirme y a preparar unas tostadas. ¿Quieres desayunar?

–Yo las prepararé –contestó él, y entró en la cocina mientras ella se vestía.

–Espero que hayas hecho el café bien fuerte –le dijo un momento después, al unirse a él–. Es lo único que me calma el estómago.

–Lo he hecho descafeinado. La cafeína no es buena en tu estado.

–Gracias, mamá Lane.

Él le contestó sacándole la lengua.

–Tate y yo lo compartíamos todo. Déjale que siga enfadado. Yo compartiré a su hijo. Y si no vuelve, me lo quedaré, a ti y a él.

–Me temo que, en este sentido, tu preparación como

mercenario no te va a servir, querido mío –le dijo con afecto–. Eres un gran amigo y me gustas mucho. Puedes ser el padrino del niño, pero pienso criarle yo sola.

–El padrino –saboreó la palabra. Las tostadas saltaron en el tostador.

–Pero no te hagas ilusiones –le advirtió–. No pienso permitir que le regales metralletas y uniformes militares.

–¡Vaya por Dios! ¿Dónde está tu sentido de la aventura?

–Colgado en la ducha para que se seque –sirvió el café y los dos se sentaron con el plato de tostadas entre ambos–. ¿No tienes ni idea de dónde puede estar?

–Ni idea.

–Pobre Leta.

–Matt cuidará de ella.

–Y viceversa –lo miró por encima del borde de su taza–. Se los ve de lejos que están enamorados. Fíjate, después de treinta y seis años.

–Sí.

Aún parecía preocupado.

–¿Qué pasa?

–Pues que todavía no te he dicho lo que había venido a decirte.

–Pues hazlo.

–La historia ha salido a la luz pública esta mañana –le informó–. Lo he oído en las noticias de las siete. Supongo que a estas horas tiene que estar también en los periódicos.

–¿Todo?

–Todo. Eso debe ser lo que ha disparado a Tate. Tú sabes mejor que nadie que odia la publicidad.

–Maldita sea...

–Te encontrarán también a ti, más tarde o más temprano. Puedes irte a vivir a un hotel, pero tienes que ir a trabajar, y te encontrarán allí. Lo mejor sería que preparásemos las preguntas que te van a hacer. No será nada agradable –añadió.

—Menos mal que todavía no he ido al médico —comentó.

—Pues sí, menos mal. Lo del bebé añadiría un toque delicioso al escándalo. ¿Cómo crees que reaccionaría Tate al enterarse de eso en las noticias?

Cecily se estremeció.

—Ni lo menciones —dejó el último trozo de tostada y tomó otro sorbo de café–. ¿Cómo crees que se lo estarán tomando Leta y el senador?

—Como cabía esperar: mal. Eso también ha contribuido a que Tate perdiera los papeles: enterarse por la prensa de que su madre se había ido a vivir con su padre.

—Qué pena que Matt no le tirase por una ventana, en lugar de sobre el sofá. Necesita un pequeño reglaje de válvulas —masculló.

—No puedes culparle, Cecily. Todo su mundo está patas arriba.

—El mío, también —añadió con tristeza–. Y el de sus padres. Y todo por una pequeña mentira, una omisión de hace treinta y seis años. Es verdad eso de que nuestras pequeñas indiscreciones del pasado vuelven después a perseguirnos. Supongo que es mejor decir la verdad desde un principio, por dolorosa que pueda ser. Fíjate en el daño que me hizo al no decirme que era mi benefactor. Pero claro, eso se le ha olvidado. Seguro.

—Muy poca gente puede anticiparse a las consecuencias de sus acciones.

Eso le recordó que Tate no había pensado en tomar precauciones en las ocasiones en que habían estado juntos. Ni ella tampoco. Pero ella lo quería, y le habría encantado quedarse embarazada de él. En el caso de Tate, era curioso que un hombre tan fanático con lo de la pureza de sangre hubiera sido tan descuidado. Quizás pensase que tomaba algo ella, lo cual habría sido una estupidez, y él no era estúpido. ¿Habría perdido la cabeza, o podría haber alguna otra razón? ¿Y si quería, inconscientemente claro, tener un hijo con ella? Pero recordó la frialdad de su mirada al decirle adiós. Había dicho que jamás la perdonaría, y no le quedaba más remedio que creer que lo decía de verdad.

–¿Me estás oyendo? –preguntó Colby–. Tengo que tomar un avión esta tarde a las seis y no volveré hasta dentro de un par de semanas o tres.

–Vaya. Lo siento. ¿Vas lejos?

–Sí, y no puedo decirte adónde –apuró el café–. Leta me ha pedido que te diga que el senador y ella van a casarse en una ceremonia íntima en la iglesia que hay cerca de la Casa Blanca el viernes por la mañana. Hubiera querido llamarte por teléfono para decírtelo, pero teme que el teléfono esté pinchado.

–No me sorprendería.

–Lo revisaré antes de marcharme –le prometió–. Por ahora, eso... –dijo, refiriéndose al aparato que estaba sobre la mesa del salón– ...bastará. Bueno, una taza más de café y me marcho.

Había un micrófono. Colby se deshizo de él y le advirtió que no debía dejar pasar a nadie a menos que pudiese acreditar su identidad. Los periodistas no podían ser tan descarados, así que solo quedaba el sindicato del juego. En cualquier caso, le inquietaba saber que podían estar vigilando todos sus movimientos y todas sus palabras. Procuró no asustarla, pero le advirtió que no fuese a ningún lugar poco concurrido sola, y que no hablase de su estado.

La historia estaba en la portada de todos los periódicos de la mañana, descubrió Cecily al ir a trabajar. Algunos la presentaban con más suavidad que otros, pero no había manera de esquivar el hecho de que un senador republicano por Dakota del Sur tenía un hijo ilegítimo.

Pierce Hutton consiguió, al parecer, evitarle a Tate el golpe directo del escándalo enviándole fuera del país unos días, pero Matt, Leta y Cecily no fueron tan afortunados. Tampoco Audrey, pero ella parecía disfrutar con la publicidad. Había llegado incluso a exagerar su relación con el hijo del senador.

Y luego los medios habían llegado hasta Cecily, y ella había aprendido lo terrible que puede ser estar en el ojo del huracán. Cuando los periodistas supieron que Tate había pagado sus facturas durante años, dieron por sentado que había sido su amante, y se encontró en la portada de todos los periódicos como la esclava del amor de Tate en su adolescencia.

Audrey la llamó al despacho enrabietada por aquella falsa información.

—Y no creas que a Tate le ha hecho la menor gracia —espetó—. Le he llamado a Nassau para contárselo, y está furioso contigo por hacerle parecer un asaltacunas. ¡Qué intento tan patético de llamar su atención!

—Yo no les he dicho nada —contestó Cecily entre dientes—, que es más de lo que puede decirse de ti.

—Yo no necesito manipular la verdad, ya que Tate va a casarse conmigo —replicó en un tono suave como la seda—. Pobre Cecily. ¿De verdad habías llegado a pensar que tenías algo que hacer con él? Siente lástima por ti, pero me quiere a mí. Ahora no renunciará a casarse conmigo. El hecho de no ser siux al cien por cien significa que ya no tiene por qué preocuparse de casarse con una mujer blanca. De hecho él es casi blanco.

Cecily podría haberla estrangulado.

—Eso es lo que a ti te gustaría que fuese, pero su madre es lakota.

—Su madre es un estorbo, pero como ya no se habla con ella, no cuenta. Aléjate de Tate, o lo lamentarás —añadió—. No le llames, ni vayas a verlo. ¡Nos casamos en Navidad, pero no esperes una invitación a nuestra boda!

Colgó el teléfono antes de que Cecily pudiera volver a hablar. Así que había llegado tan lejos. Iba a casarse con aquella horrible mujer. Apretó los dientes y colgó el auricular con tanta fuerza que se hizo daño en la mano.

–Eres un castigo mayor del que incluso Tate se merece –dijo en voz alta–. ¡No se lo desearía ni a mi peor enemigo!

El teléfono volvió a sonar y lo descolgó decidida a decirle un par de cosas a aquella mujer, pero resultó ser un periodista que quería saber si era verdad que Tate y ella habían sido amantes mientras ella estaba aún en el instituto.

–Por supuesto que no –espetó–, pero lo que sí es cierto es que Tate Winthrop se casa con la señorita Audrey Gannon en Navidad. ¡Eso puede imprimirlo, con mis bendiciones!

Y colgó.

La historia llegó a los periódicos con la fuerza de una bomba, y Cecily tenía que contener las lágrimas cada vez que veía la cara de Audrey en la portada. Lo bueno era que, al menos, le había quitado la presión de encima. Los medios habían decidido que Audrey era mucho más fotogénica y que estaba mucho más dispuesta a hablar, llegando incluso al punto de revelar detalles íntimos de su relación con Tate, así que la dejaron a ella de lado.

Matt y Leta se casaron una semana después. Colby se enteró y llamó a Cecily para ofrecerse a volver por si Tate se presentaba, pero ella no se lo permitió.

–No tengo miedo de él, Colby –le dijo–. Es más, dudo mucho que se presente, así que no tienes por qué volver antes de lo que tuvieras previsto. Pero te agradezco mucho el ofrecimiento.

–Ten cuidado –le dijo–. No me gusta nada que pusieran un micrófono en tu apartamento.

–Estoy bien –le aseguró–. Tengo siempre cerrada con llave la puerta y sé llamar a la policía en caso de que ocurriese algo.

Colby se quedó callado un momento.
—De todas formas, sé cuidadosa. Prométemelo.
—Lo seré, no te preocupes. Oye, Colby, ¿es que hay algo que no me estés diciendo?
Otra pausa.
—Digamos solo que es mejor prevenir que curar. Y eso es todo lo que puedo decirte por el momento. Ten mucho cuidado.
—Lo tendré. Y tú también —añadió.
—Yo soy ya un hueso duro de roer. Si no, hace tiempo que estaría criando malvas. Ah, y hazme el favor de comer en condiciones y de tomarte las vitaminas.
—Deja de hacer de gallina clueca.
Colby se rio.
—Alguien tiene que hacerlo. Hasta pronto, pequeña.
—Hasta pronto.

Asistió a la boda, para la que se compró un bonito vestido azul una talla mayor de la que solía usar. Hacía frío, así que pudo ponerse su abrigo de piel, lo cual de paso disimulaba su vientre, y un pequeño sombrero. Entró en la iglesia intentando no prestar atención a las cámaras y los periodistas que se agolpaban en el exterior.
En las noticias había visto la fiera persecución de que había sido víctima el senador, quien al final, había contado toda la historia a uno de los periódicos conservadores. Desde entonces, le había resultado un poco más fácil mostrarse en público con Leta, quien había utilizado la publicidad para redirigirla hacia los problemas de la reserva. Era un ejemplo magnífico de cómo transformar la publicidad perniciosa en beneficiosa. Se sentía orgullosa de cómo Leta se las arreglaba con los periodistas, y Matt también debía estarlo, a juzgar por la sonrisa con que la miraba colocarse ante los micrófonos.
La iglesia estaba medio vacía. Entre los asistentes, la

mayoría eran compañeros de Matt en el congreso que habían desafiado a la prensa para apoyarle. Cecily se quedó un instante junto a la puerta y Leta y Matt acudieron inmediatamente a saludarla. Matt aún tenía una pequeña marca de la pelea con su hijo, pero irradiaba felicidad por los cuatro costados, y tenía a Leta de la mano como si temiera que pudiese escapar. Leta llevaba un vestido gris y un peinado precioso. Estaba muy elegante.

–No va a venir –le dijo con tristeza tras abrazarla–. Le hemos enviado una invitación, pero no va a venir.

–Bueno... yo sí he venido –intentó consolarla.

Matt la miraba casi con demasiada atención.

–¿Estás bien? –le preguntó.

–Tan bien como cabe esperar. Esperaba que Tate hubiera aparecido y poder hablar con él.

–No tendrás tanta suerte –contestó él–. Supongo que sabes lo que ocurrió

Ella asintió.

–Bien hecho –contestó, sonriendo.

Él hizo una mueca.

–No pretendía perder los estribos de ese modo –dijo, rodeando a Leta con un brazo–. Solo he conseguido empeorar las cosas.

–No podían empeorar –murmuró Leta–. Echa un vistazo fuera, y verás a qué me refiero.

–Al menos la policía les ha impedido entrar aquí –se volvió hacia el altar y vio al sacerdote ya dispuesto–. Vamos allá –dijo, sonriendo a Leta.

Ella se colgó de su brazo.

–Deséanos suerte –le dijo a Cecily.

–No la necesitáis –contestó, sonriendo–. Me alegro de que las cosas os hayan salido tan bien.

–Pero todavía no hemos salido del bosque –replicó Matt–. Ya hablaremos más tarde. Vamos a comer en el Carlton con algunos miembros del congreso que han venido a apoyarnos –añadió, señalando a unos cuantos caballeros con aspecto digno que ocupaban los primeros bancos–. ¿Quieres venir?

–Gracias, pero no puedo estar fuera del museo más que el tiempo de la ceremonia. El doctor Phillips está fuera y tengo que recibir a una delegación para hablar de las futuras muestras.

–No te dejes convencer de algo que no te guste, y díselo a Phillips –le indicó–. Como benefactor particular del museo, creo que tengo algo que decir sobre la dirección que tome.

–De acuerdo.

Cecily se acomodó en uno de los bancos del final y la ceremonia comenzó.

No sabría decir cuándo se dio cuenta de que no estaba sola. Oyó un murmullo algo más intenso de la gente que estaba fuera, pero no se dio cuenta de que la puerta se había abierto. Miró por encima del hombro y vio a Tate de pie contra la pared del fondo. Llevaba uno de esos trajes de Armani que le quedaban tan bien, y llevaba la trenca sobre un brazo. Había algo distinto en él, pero no habría podido decir qué. No era el golpe que aún tenía en la mejilla, sino algo... entonces se dio cuenta. Se había cortado el pelo, y la miraba fijamente.

No se iba a dejar acobardar, así que se levantó de su asiento y se acercó a él.

–Así que has venido, con marcas y todo –susurró con una media sonrisa.

Él la miró con sus turbulentos ojos negros y no contestó. Estaba estudiando también sus cambios. Al final, no dijo ni una palabra y siguió presenciando la ceremonia.

En realidad, no necesitaba decir nada. En su cultura, al menos en la cultura a la que había pertenecido hasta aquel momento, cortarse el pelo era signo de dolor.

Hubiera querido poder decirle que el dolor se aliviaría día tras día, que era mejor saber la verdad que seguir viviendo una mentira. Hubiera querido decirle que tener un pie en cada cultura no era el fin del mundo. Pero estaba allí, como una estatua de piedra, los dientes tan apretados que los músculos de la mandíbula le temblaban, y negándose a reconocer su presencia.

–Por cierto, enhorabuena por tu compromiso –le felicitó sin un solo rastro de amargura en la voz–. Me alegro mucho por ti.

Tate la miró a los ojos.

–Pues eso no es precisamente lo que le has dicho a la prensa –replicó–. Me sorprende que hayas llegado a esos extremos para vengarte de mí.

–¿Qué extremos?

–Por publicar la historia en los periódicos. Nunca me lo hubiera esperado de ti.

–Y yo nunca me hubiera esperado que me creyeses capaz de hacer algo así –replicó. Debía ser la historia de la esclava sexual.

Fue a contestar, pero decidió guardar silencio y volver la mirada hacia la pareja que estaba en el altar.

Tras un minuto, Cecily dio media vuelta y volvió a su sitio en el banco. No volvió a mirar hacia atrás.

Tate se quedó solo al fondo de la iglesia envuelto en su resentimiento como si fuese un capullo de seda. Odiaba al hombre que era su padre biológico, odiaba a su madre por haberle mentido durante toda una vida, y odiaba a Cecily por haber entrado a formar parte del engaño. Era más, no tenía ni idea de por qué estaba allí, pero le había parecido lo correcto y lo había hecho sin más y a pesar de su rabia.

Miró a Cecily con los ojos entornados. Había reparado inmediatamente en que, como él, se había cortado el pelo, y se preguntó por qué. Su excusa era el dolor, pero era poco probable que ella albergase el mismo sentimiento. Pasaba mucho tiempo con Colby. Quizás a él le gustase corto. Imaginársela con otro hombre después de lo que habían compartido le dolía. Últimamente todo le dolía. Algo en su interior se alegraba de conocer la verdad acerca de sus padres, pero no podía superar el sentimiento de traición, y con la mirada clavada en el suelo, se preguntó si alguna vez cesaría ese dolor.

Minutos más tarde, cuando el sacerdote ya les había declarado marido y mujer, Cecily se acercó al altar para felicitarlos, poniendo mucho cuidado en no mirar hacia atrás.

Matt la abrazó con cariño, y fue precisamente mientras lo estaba haciendo cuando sus ojos empezaron a oscurecerse.

—Lo que faltaba —murmuró.

Cecily siguió la dirección de su mirada y el corazón le dio un salto al ver a Audrey colgada del brazo de Tate. Así que esa había sido la razón de que estuviese tan poco comunicativo: estaba esperando a Audrey. Cecily se sintió verdaderamente perdida. Ahora ya sabía que Audrey decía la verdad sobre su relación con Tate. No se acercaron al altar sino que, tras echar un último vistazo a Leta y a Matt, salieron de la iglesia. Tate no se volvió a mirar una sola vez, pero Audrey sí, y lo hizo con una sonrisa pagada de sí misma que iba dedicada a Cecily.

—Por lo menos ha venido —dijo Leta, intentando parecer alegre—. Ha sido un detalle por su parte, teniendo en cuenta las circunstancias.

Matt parecía querer decir algo, pero no lo hizo. Se limitó a tomar la mano de su esposa y a ignorar lo que pasase al fondo de la iglesia.

Tres semanas pasaron con increíble lentitud. Tate parecía haber salido de nuevo del país. Y Cecily no tuvo noticias de Colby tampoco. Un viernes por la tarde mientras revisaba una queja que había enviado un grupo de indígenas de Montana, empezó a caer aguanieve. No era raro para el mes de noviembre en Washington, pero no había escuchado el parte meteorológico y ahora lo lamentaba. A medida que el embarazo avanzaba, se sentía cada vez más cansada y aquella mañana se había puesto unos zapatos de tacón y suela fina, e iba a ser complicado llegar al coche en aquellas condiciones.

Se preguntó si Tate habría recibido el mensaje que le había dejado en el contestador sobre las historias que se habían publicado en los periódicos. Quería que supiera que ella no le había dado tales mentiras a la prensa, pero también quería que supiera que Audrey le había hablado de su boda con todo lujo de detalles. Seguramente a él le daría lo mismo todo aquello, pero aun así quería limpiar su nombre.

No había reparado en el coche oscuro aparcado en el aparcamiento del museo. Tampoco sabía que su conductor llevaba toda la semana estudiando sus movimientos.

Cuando echó a andar hacia su coche, aquel vehículo que había mantenido el motor en marcha se puso de pronto en movimiento y aceleró en dirección hacia ella sin dificultad gracias a las cadenas. Oyó el ruido que hacían en el hielo, pero no se dio cuenta de que el coche estaba tan cerca hasta que lo sintió cerca, y ya no tuvo tiempo de reaccionar.

Levantó un brazo y saltó justo en el último momento, lo que evitó que el coche se la llevara por delante. Como cabía esperar, sus zapatos resbalaron sobre el hielo y cayó sobre el asfalto con un grito. Pero la zona en la que había caído estaba muy cerca del jardín y rodó por un pequeño terraplén de hierba hasta aterrizar delante de otro coche que avanzaba. Lo último que podía recordar era el chirrido de los neumáticos en el asfalto.

Recuperó la consciencia en el servicio de urgencia del hospital. Inmediatamente se echó mano al vientre y miró a su alrededor intentando encontrar algún médico o alguna enfermera, alguien que pudiese tranquilizarla.

Una enfermera se dio cuenta y sonrió.

–No ha pasado nada –le dijo–. El bebé está bien.

Cecily suspiró. ¡Gracias a Dios!

—Pero tiene unas cuantas magulladuras y una torcedura de muñeca —continuó la enfermera—. El médico quiere dejarla ingresada una noche para mantenerla en observación. Ha sufrido una pequeña conmoción.

—Tengo un horrible dolor de cabeza —murmuró.

—El médico le dará algo para mitigarlo. Ha resbalado en el hielo, ¿verdad?

—Más o menos.

No quiso contar lo que había ocurrido de verdad, al menos hasta que hubiera tenido la oportunidad de hablar con Matt Holden. El coche había intentado atropellarla deliberadamente. Si no hubiera reaccionado a tiempo, podía estar muerta.

La enfermera sonrió.

—¿Hay alguien a quien quiera que llamemos? ¿Algún familiar?

Cecily cerró los ojos. Los medicamentos que le habían administrado empezaban a hacer efecto.

—No tengo familia —murmuró—. Nadie.

Era cierto, aunque Leta se habría subido por las paredes de oírla decir eso. Habría acudido a su lado inmediatamente, pero no podía hacerla volver de su luna de miel. Además, el bebé era ahora su familia. Apoyó las manos en su vientre con una sonrisa soñadora y así se quedó dormida.

Dos días más tarde le dieron el alta después de haberle hecho un montón de pruebas y de vendarle la muñeca. Afortunadamente era la izquierda, así que podía seguir trabajando.

Los periodistas no habían ido a buscarla al hospital, gracias a Dios. Y, por otro lado, había un nuevo y jugoso escándalo en Washington que relegó al pasado la historia de Matt Holden.

¿Dónde estaría Tate? Seguramente se habría ido con

Audrey a algún lugar retirado. El haberla llevado a la boda de sus padres era toda una declaración de intenciones, y cada vez que lo recordaba, sentía un profundo dolor al pensar que Tate iba a darle la espalda definitivamente.

No había olvidado lo del coche del aparcamiento. Lo que pasaba era que no sabía qué hacer. Debería decírselo a alguien, porque lo más seguro era que quienquiera que fuese lo volviese a intentar. Las únicas personas que podían tener motivos para hacerle daño eran los del sindicato del juego, pero su jefe estaba en prisión en espera de juicio.

Se vistió con unos pantalones de deporte amplios y una sudadera, y mientras ponía una cafetera al fuego, tomó unos bocados de queso. No tenía hambre, pero debía comer por el bien del niño.

–Lo siento, pequeñín –murmuró–. Sé que deberían ser hortalizas, fruta, pescado y frutos secos, ¿verdad? Mañana iré de compras.

Sonó el timbre de la puerta. Debía ser Colby. Podía contarle lo ocurrido, y él se ocuparía de ello. Abrió la puerta con una sonrisa, que murió casi de inmediato. Era Tate.

La miró fijamente, reparando en su palidez, en el pelo corto, en las gafas que había vuelto a llevar porque no se las arreglaba bien para ponerse las lentillas con la muñeca vendada. Él iba con pantalones negros y un jersey de cuello vuelto también negro. Muy sofisticado.

–¿Qué quieres? –le preguntó sin más.

–Necesito hablar contigo –suspiró.

–No tenemos nada de qué hablar tú y yo –replicó.

–Y unas narices. Has estado en el hospital. Hace dos días que te llevaron allí en ambulancia.

¿Cómo podía haberse enterado?

–Resbalé en el hielo –explicó, mirando hacia otro lado–. Estoy bien.

Él siguió mirándola. Parecía preocupado.

—Dijiste en el hospital que no tenías familia.

—Y no la tengo. Excepto Leta, quizás. Matt y ella están en Nassau de luna de miel, y no iba a llamarla para que volviera.

Eso pareció molestarle.

—Por muchos desacuerdos que hayamos tenido, tú siempre serás de mi familia para mí.

Cecily se irguió.

—Estoy muy cansada —le dijo—. Si eso es todo lo que tenías que decir.

Extrañamente, Tate pareció dudar.

—Pues no, no lo es. Cecily, estaríamos más cómodos si nos sentásemos, ¿no?

No quería que entrase en su casa. Estaba agotada y medio enferma, y verlo le hacía mucho daño.

—Vete, por favor —le pidió—. Ya hemos dicho todo lo que podía decirse. Tú sigue con tu vida y déjame encontrar paz en la mía.

—No puedo hacerlo —contestó, y empujándola suavemente, la hizo retroceder y cerró la puerta. Su expresión no era fácil de descifrar—. He tenido a un hombre vigilándote desde que se desencadenó el escándalo. No te has caído en el hielo, Cecily. Un coche intentó atropellarte, y estuvo a punto de matarte, y tú vas a contarme ahora mismo lo que está pasando. ¡Ahora mismo!

12

Cecily cedió por fin y dejó entrar a Tate. Le ofreció asiento en el sofá y ella se acomodó en el sillón, llena de resentimiento e intentando que no se le notase. Si al menos su corazón dejase de latir con tanta prisa. Si pudiera olvidar cómo era estar en sus brazos...

–Soy todo oídos –dijo, dejando el abrigo a su lado.

–Iba de camino a mi coche cuando levanté la mirada y vi que un coche oscuro venía hacia mí. De un salto me quité de en medio, pero resbalé en el hielo y caí por un pequeño terraplén de hierba, justo delante de otro coche que pasaba. Debía tener buenos frenos y llevar las cadenas puestas, porque no me rozó. Tuve una pequeña conmoción y me torcí la muñeca –dijo, mostrándole el vendaje–. En el hospital me han tenido en observación y me han vendado la muñeca, pero ahora ya estoy bien.

Pero eso no era verdad. Estaba más pálida que nunca y parecía preocupada.

–¿Le has dicho tú al médico que no le proporcione la información de tu historial médico a nadie?

–Sí.

Lo había hecho por temor a que Tate se enterase del accidente y empezase a indagar. No quería que supiera lo del niño.

–¿Y por qué?

–Pues porque no le importa a nadie más que a mí –replicó, mirándolo a los ojos, pero su expresión parecía tan preocupada que añadió–: no tengo nada fatal, si es eso lo que te preocupa.

Pareció relajarse, aunque solo un poco. Le huella del puñetazo de Matt había desaparecido ya.

–¿Quién puede tener motivos para querer matarte?

Ella entrelazó las manos en el regazo.

–Creo que no tengo enemigos. Puede que sea alguien que ande tras Colby –añadió, dando voz a un temor del que no había podido desprenderse–. Pasamos mucho tiempo juntos.

–Así es –replicó él con frialdad–. Así que, en otras palabras, puede que estén intentando llegar a Colby a través de ti.

–Podría ser, aunque me parece poco probable.

–No tanto. Incluso podría tratarse de alguien que quisiera saldar una cuenta conmigo –se lamentó, pasándose una mano por el pelo–. Y queda también Matt Holden.

Ella asintió.

–Mucha gente del hampa ha perdido una buena tajada con lo del casino, e incluso van a tener que enfrentarse a una posible condena de cárcel –cambió de postura–. Supongo que querrán vengarse, y ya que no pueden hacerlo ni con Leta ni con Matt, porque tienen vigilancia policial las veinticuatro horas... contra Tom es poco probable que vuelvan a ir, y solo un idiota iría contra ti –musitó–. Yo debo ser el eslabón más débil de la cadena.

–Esa es la misma conclusión a la que hemos llegado el hombre que vigila tu casa y yo.

Volvió a cambiar de postura.

–¿Qué posibilidades tengo de ingresar en un programa de protección de testigos?

–Pues las mismas de que a mí me den un papel en la próxima película de Batman. No viste nada contra lo que pudieras testificar.

Cecily suspiró.

–Si tienes alguien vigilándome, ¿puedo asumir que utilizaría un arma para defenderme si llegase el caso?

–Sí, pero eres responsabilidad mía...

–Ya no –su voz era mucho más tranquila de lo que reflejaba su mirada–. He sido responsabilidad tuya durante ocho años, pero eso se terminó. Vivo sola, y en condiciones normales, soy perfectamente capaz de cuidar de mí misma. Lo único que necesito es que alguien me vigile hasta que los organizadores de este tinglado estén en la cárcel.

–Cecily, la gente se escapa de cumplir una pena de cárcel por mil tecnicismos y por jueces bienintencionados. No hay garantía de que vayan a ser condenados. Y aunque la hubiera, seguirían teniendo buenos contactos con el exterior. Pueden pagar a alguien para que vaya a por ti sin ninguna dificultad.

Cecily sintió que el estómago empezaba a revolvérsele. Estaba pintándole una pesadilla, aún peor de lo que él se imaginaba porque no sabía nada del niño. Ojalá pudiera decírselo, pero sabía que la noticia no sería bienvenida.

–No voy a dejarte sola, ni siquiera con una buena vigilancia, así que o te vienes a vivir conmigo, o duermo en el sofá. Tú decides.

–¿Y dónde dormiría Audrey?

–En su propia casa –replicó, sorprendido por la pregunta.

Estaba entre la espada y la pared. No podía convivir con él. Tate no era estúpido y relacionaría inmediatamente sus náuseas matinales y su cansancio con el embarazo.

–Puedo quedarme con Matt y Leta cuando vuelvan –mintió. Tampoco podría ocultarle el embarazo a Leta.

Tate sabía que estaría a salvo con sus padres, pero le dolía que estuviese tan decidida a no dejarle protegerla. Audrey y él habían ido juntos a la boda porque no quería ir solo. Quizás lo hubiera hecho también por vengarse de ella por haberle ocultado la verdad y decirle todas aquellas mentiras a la prensa. Pero Audrey se había vuelto tan posesiva y celosa que no había querido volver a verla desde la boda. Hubiera querido decírselo a Cecily, pero no iba a creerle.

–También puedo quedarme con Colby cuando vuelva –añadió deliberadamente–. Él me cuidará bien.

Tate apretó los dientes.

–Pero si apenas es capaz de cuidar de sí mismo. Es un alma perdida. No puede escapar del pasado ni mirar al futuro sin Maureen. ¡No está preparado para iniciar una relación con nadie, aunque él piense lo contrario!

–Pero puedo contar con él –contestó, ignorando sus palabras–. Me ayudará si lo necesito.

–Porque no quieres dejar que lo haga yo.

Parecía frustrado.

–Colby no sale con alguien que se ponga celosa por el tiempo que tenga que pasar conmigo. Esa es la diferencia.

Tate suspiró.

–Supongo que tienes que exprimir el asunto al máximo, ¿no? –preguntó, irritado.

–Tú tienes tu propia vida, Tate –contestó–, y yo ya no formo parte de ella. Tú me lo has dejado bien claro.

–¿Tan fácil es para ti olvidarte del pasado?

–Es lo que tú quieres, ¿no? –le recordó–. Me dijiste que nunca me perdonarías –añadió–, y yo me lo he tomado al pie de la letra. Pero siempre guardaré un grato recuerdo tuyo y de Leta. Ahora soy una mujer adulta, Tate, con mi carrera y mi futuro. He sido un lastre económico para ti durante años sin saberlo, y ahora que...

–¡Vamos, Cecily, por amor de Dios! –la interrumpió, y se levantó del sofá para pasearse por la habitación con las manos en los bolsillos–. ¡Podría haberte enviado a Harvard si hubieses querido y no haberlo notado!

–Te estás desviando del asunto central –replicó. Estaba empezando a sentir náuseas. Ojalá pudiese controlarlas–. Podría haberme pagado la universidad trabajando. No me habría importado. Pero nunca podré pagarte lo que hiciste por mí.

Dejó de pasearse y la miró.

–¿Es que alguna vez te he pedido que me lo devuelvas?

Cecily sonrió a pesar de todo.

–Cuando frunces así el ceño, te pareces a Matt.

Tate lo frunció aún más.

–Lo sé –dijo ella, levantando la mano–. No quieres hablar de eso. Lo siento.

–El resto del mundo está deseando hablar de ello –replicó–. Desde que la historia salió a la luz, no he hecho más que esquivar periodistas. ¡Mi vida en una cadena de televisión!

–Matt no tenía dónde elegir. Si hubiese intentado ocultarlo, el frenesí de los medios habría sido mucho peor. Es un poderoso miembro del senado, y tenía que intentar controlar los daños, o despedirse de su carrera.

Tate lo sabía, pero no por ello se sentía mejor.

–¿Estás enferma? –le preguntó de pronto.

–No, ¿por qué?

Tate se acercó.

–Pues porque tienes la cara del color de la cera.

–Lo de la caída fue un buen susto, pero estoy bien.

Su intento no coló. Había algo diferente en ella. No era solo la caída o el susto.

–¿Quieres hacer el favor de dejar de mirarme como si fuera un insecto? –se quejó.

–Algo ha cambiado –dijo despacio–. No sé que es, pero te encuentro distinta.

–Es que he madurado –contestó, intentando disimular–. Tengo un trabajo del que soy responsable y he de enfrentarme a diferentes grupos de personas cada vez que organizamos una exposición, además de con la competencia de otro museo más grande, con más fondos y con más material. Casi estamos de más.

–Tú eres única –contestó él–. Se trata de un museo pequeño, sí, pero que de verdad está en conexión con lo que muestra. No se trata simplemente del trabajo de unos burócratas.

–Vaya... gracias –se sorprendió.

Él se limitó a encogerse de hombros y a volver a mirarla con los ojos entornados.

–Me estás ocultando algo, Cecily –dijo, y el corazón a ella le dio un brinco. Siempre habían tenido una unión muy especial, y no solo era algo reciente porque hubiesen compartido su intimidad. Había algo... más.

–No puedo ocultarte nada –replicó, intentando parecer despreocupada–. Si te mintiera, lo notarías.

–Pues no lo noté cuando me ocultaste la verdad sobre mi padre.

Aquel hecho iba a interponerse siempre entre ellos, y no había nada que pudiese decir para defenderse.

–Pareces olvidar que tú también has mentido, Tate –respondió, mirándolo–. Lo has venido haciendo desde que tenía dieciséis años, y tuve que enterarme de ello por Audrey.

Tate apretó los dientes.

–Lo hice por tu propio bien.

–Exacto. ¿Qué bien habría podido hacerte a ti saber que Matt era tu padre antes de tiempo?

Él no contestó. El tintineo de unas monedas en el bolsillo llenó el instante de silencio.

–Lo pasó terriblemente mal hasta que decidió cómo decírtelo, ¿sabes? –le contó–. De haber podido, no te lo habría dicho jamás. Ni Leta tampoco.

–¿Por qué?

–Porque estabas tan orgulloso de ser lakota... nada parecía importarte más. Sabían el daño que te iba a hacer la verdad, y Leta tenía miedo de que la odiases cuando supieras la verdad.

—Jack Winthrop me odió a mí.

—Sí, porque no podía tener hijos propios, y tú eras un recordatorio constante de esa imposibilidad. Quería a Leta, pero ella quería a su vez a otra persona. Y tú también eras recordatorio de eso.

Apartó la mirada.

—Una sola mentira e implicó a tanta gente...

Ella asintió.

—Todas las mentiras importantes hacen daño —reflexionó.

Tate guardó silencio un minuto más antes de volverse hacia ella.

—Está bien. Si sigues decidida a quedarte aquí, pondré dos hombres para que puedas estar vigilada las veinticuatro horas del día —ella fue a protestar, pero él levantó en alto la mano—. Colby no se ha puesto en contacto con nosotros, así que supongo que debe seguir estando fuera del país. Esta es la única solución que estoy dispuesto a admitir, siempre y cuando me contestes a una pregunta.

Cecily tardó un momento en contestar.

—Si puedo...

Tate se acercó.

—¿Por qué no quieres que me quede aquí?

Esa era una pregunta complicada a la que no podía contestar con toda sinceridad.

—Porque no me perteneces —dijo eligiendo las palabras con cuidado—. Estás comprometido con otra mujer.

Él frunció el ceño. No era la respuesta que esperaba.

Iba a contarle la verdad sobre Audrey cuando sonó el timbre. Rápidamente echó mano al cuarenta y cinco que llevaba oculto bajo la chaqueta, hizo un gesto a Cecily de que no se moviera y se acercó a la puerta.

Estaba claro que esperaba problemas y también que estaba acostumbrado a manejar situaciones peligrosas. Aun así, era la primera vez que lo veía actuar, y eso la ayudó a comprender por qué nunca había podido echar raíces y formar una familia. Y ella había sido una tonta por esperarlo, ni siquiera en sueños. Estaba acostumbrado al peligro y disfrutaba con el reto que suponía para él. Sería como meter un tigre en un apartamento. Su último sueño de compartir juntos el futuro se hizo añicos.

Tate miró por la mirilla y quitó la mano de la pistola, y antes de abrir, miró a Cecily con una expresión indefinible.

Colby Lane entró, obviamente sorprendido. Tenía nuevas cicatrices en la cara y un cansancio que le desbordaba.

—¡Colby! —exclamó Cecily, encantada—. ¡Bienvenido a casa!

El rostro de Tate se contrajo como si le hubiesen golpeado. Colby lo notó y sonrió mirando a Cecily.

—¿Interrumpo algo?

—No —contestó Tate con frialdad—. Estábamos hablando de su seguridad, pero si tú vas a estar por aquí, ya no va a ser necesario.

—¿Qué?

—Estoy casi convencido de que el sindicato del juego ha intentado matarla —relató—. Un coche estuvo a punto de atropellarla en el aparcamiento del museo, y terminó en el hospital. Y además, había decidido no decirle nada a nadie —añadió, mirándola.

—Te has pasado, Cecily —dijo Colby, muy serio—. Podrías haber terminado flotando en el Potomac. Ya te dije que tuvieras cuidado. ¿Es que no escuchas?

—Claro que escucho —replicó, enfadada—. No soy idiota.

Colby seguía mirando a Tate.

—Te has cortado el pelo.

—Estaba cansado de la coleta —replicó—. Tengo que volver al trabajo. Si me necesitáis, estaré por aquí —hizo una pausa en la puerta—. No la pierdas de vista —le dijo a Colby—. Se empeña en correr riesgos.

–No necesito que nadie cuide de mí, muchas gracias –espetó ella.

Y él la miró por última vez antes de marcharse.

Mientras bajaba por las escaleras, no podía quitarse la imagen de Cecily de la cabeza. Había algo raro en su forma de actuar, de moverse, incluso en su aspecto. Algo le estaba pasando, e iba a averiguar de qué se trataba.

Cecily había hecho café y Colby lo llevó en una bandeja al salón; luego se sentó frente a ella frunciendo el ceño y colocó el aparato de interferencias sobre la mesa.

–Todavía no lo sabe, ¿verdad? –le preguntó sin más.

Ella negó con la cabeza mientras le echaba leche y azúcar a su taza de café.

–Y no lo sabrá, si yo puedo evitarlo –recostó la cabeza en el respaldo–. Quizás deberías buscarme un trabajo en alguna ciudad más tranquila.

–Yo creo que no deberías irte –contestó, y cambió de postura en el sofá como si algo le doliera.

–¿Qué te ha pasado?

–Pues que las balas hacen daño. Le faltó un centímetro a ese maldito tirador para darme en el brazo artificial. Detesto a la gente que no tiene puntería.

–¿Cuántas esta vez?

–Solo una. En el hombro –añadió–. Pero ya estoy mucho mejor. Me parece que me estoy haciendo demasiado viejo para esto. Tengo tantos huesos rotos que ya no me puedo mover con rapidez.

Cecily sonrió.

–Algún día encontrarás una mujer por la que te merezca la pena renunciar al peligro –su sonrisa se apagó–. Eres como Tate. Ama su trabajo. Supongo que las descargas de adrenalina son como el aire para él. Nunca lo había comprendido hasta ahora, es curioso. Estaba viviendo de sueños.

Él suspiró.

—Aparte de lo de su herencia, había más cosas que le mantenían alejado de ti. Yo lo sabía, pero no podía explicártelo. Un trabajo como el nuestro requiere sacrificios, y el amor puede transformarse en una trampa. Cualquier relación puede hacernos perder la concentración que se necesita cuando estás bajo el fuego enemigo. A un hombre con algo que perder no se le puede enviar a una misión que pueda ser suicida. Si te distraes de tu objetivo aunque solo sea un minuto, estás muerto.

—Ahora lo comprendo.

Colby bajó la mirada.

—¿Qué vas a hacer?

—Marcharme —contestó con determinación—. Y tú vas a tener que ayudarme. No quiero que Leta y Matt sepan lo del niño. Tendré que buscarme un trabajo nuevo en algún sitio remoto, tan alejado de una ciudad que los periodistas tengan que buscarme con perros de rastreo.

Él hizo una mueca.

—Ese no sería el mejor sitio para una mujer embarazada y sola.

—Tampoco este lo es. ¡Al menos, si soy inaccesible, será más difícil matarme! —intentó bromear.

—Dios mío, Cecily... esta situación no es para tomársela a broma.

—Ya lo sé —murmuró—. ¡Tantos sermones de Tate en mi juventud sobre cómo debía tomar precauciones, y mírame ahora!

A pesar de todo, Colby sonrió.

—Te sienta bien —dijo—. Estás radiante.

—Pues estoy viviendo a base de café, batidos de fresa y hielo. Vamos, Colby, tienes que ayudarme a encontrar un sitio en el que hibernar hasta que esto pase.

—El mejor sitio para ti sería junto a Tate.

El corazón le dio un vuelco.

—No tenemos futuro juntos.

—Entiendo cómo te sientes, créeme, pero huir es lo peor que puedes hacer. He visto a uno de los hombres de Tate en la entrada al llegar. Ahora vas a estar vigilada constantemente, y yo no quiero ser responsable de llevarte a algún lugar en el que puedas estar en peligro. Además, Tate me mataría si te ocurriese algo.

–Hombre, puede que te diese un par de puñetazos, pero...

–No te lo tomes a broma, Cecily. No tienes ni idea de cómo se toma todas tus cosas. Cuando presiente que puedes estar amenazada en cualquier sentido, pierde los estribos –se quedó mirándola un instante antes de continuar–. Cecily, ¿cómo crees que se lo tomaría si supiera que estás embarazada de él?

El corazón a punto estuvo de salírsele del pecho.

–No lo sé –suspiró, llevándose la mano al vientre–. Sé que le gustan los cachorros –dijo, recordándole con sus animales a lo largo del tiempo–, y los niños también. Celebrábamos una fiesta de Navidad en la reserva y a él le encantaba distribuir los regalos. Los críos se volvían locos con él.

–Sí. Y él se volvería loco con un hijo.

Cecily bajó la mirada.

–Puede. Pero también es posible que le hiciera sentirse atrapado –se cubrió un instante la cara con las manos–. Qué lío. No sé qué hacer.

–En ese caso, no hagas nada.

–Buen consejo –sonrió.

Pero eso no quería decir que estuviera dispuesta a seguirlo, pensaba una hora después mientras hacía la maleta. No podía hablarle a Colby de sus planes porque podía decírselo a Tate, y por la misma razón, tampoco podía contárselo a Matt y Leta. La única solución lógica era tomar un avión o un autobús y, simplemente, desaparecer. Y eso era lo que iba a hacer.

13

Viajar en avión habría sido mejor, pero Cecily había sido contratada por un pequeño museo de Tennessee, y la ciudad en la que estaba situado no tenía aeropuerto. Habría tenido que ir en avión hasta Nashville y después alquilar un coche para llegar a Cullenville. Era más fácil tomar el autobús, que iba directo.

Almacenó la mayor parte de sus cosas en cajas y desconectó todos sus aparatos antes de marcharse de Washington. Se llevó con ella solo la ropa que iba a necesitar y parte de la información y los libros más esenciales. Le había resultado difícil manejar el carrito con el equipaje llevando la muñeca vendada, pero algunos pasajeros del autobús le habían echado una mano.

Había sido complicado dejar su trabajo en el museo antes de que Matt y Leta volviesen, pero era la mejor solución. No podía permitir que Tate llegase a averiguar lo del niño, estando planeando su boda para diciembre. Además, nunca conseguiría olvidarse un poco de él viviendo en la misma ciudad. Huir, aunque cobarde, era lo mejor.

Colby se había puesto furioso cuando le había llamado desde la estación de autobuses de Washington, sin decirle dónde estaba, claro, para informarle de que se marchaba. Le había rogado que le dijera adónde se dirigía, pero no lo había hecho.

El viaje en autobús se le hizo largo debido a las náuseas, que no la abandonaron ni un instante. Lo primero que tenía que hacer era buscarse un especialista en obstetricia. El museo le había proporcionado una pequeña casita de alquiler para vivir con todo lo necesario, que quedaba a tan solo dos manzanas del museo, dedicado a piezas paleoindias del valle de Tennessee. No era grande, ni el museo ni el salario, pero se trataba de una ciudad pequeña y encajaba con su experiencia. Había tenido suerte al encontrar trabajo tan rápidamente.

En el fondo, tenía miedo de estarse poniendo en peligro, a sí misma y al niño, pero si cubría sus pasos lo bastante bien como para que Colby no pudiera seguirla, ya que seguro que iba a intentarlo, el sindicato tampoco podría hacerlo. Y en cuanto a Tate, bueno, su desaparición sería un alivio para él. Así podría seguir con su vida sin más distracciones.

Tate estaba teniendo una larga conversación telefónica con Audrey, que se había convencido a sí misma de que iban a casarse en Navidad.

—No vamos a casarnos, Audrey —concluyó, cansado—. Ya te lo he dicho.

—Cecily se lo dijo a los periódicos —contestó ella con voz arrulladora—, así que debiste decírselo tú. Mira que publicar también ese episodio de su adolescencia contigo... debe odiarte mucho para ponerte en ridículo de ese modo.

Eso era verdad. Le estaba sacando de sus casillas que Cecily se negara a contestar a sus llamadas y no le abriese la puerta. La echaba tanto de menos que estaba empezando a afectar a su trabajo y a su descanso. No conseguía dormir bien. Estaba preocupado por su seguridad. La verdad era que no debería haber discutido con ella, y haberle contado lo de Audrey. Pero se había metido ella sola en ese lío, avergonzándole en público con la noticia de una boda que no se iba a celebrar. Aunque lo había negado, claro.

–Se lo he hecho pasar mal a Cecily –dijo Tate en su defensa–, pero, a pesar de lo que haya publicado la prensa, no tengo intención de casarme, y lo sabes. Somos amigos, Audrey, y hemos salido juntos unas cuantas veces, pero nunca ha sido nada más.

Hubo una pausa.

–No creas que te aceptaría ahora si vuelves a ella –le envenenó–. Ya le he dicho yo que no la querías y que no ibas a casarte con ella. Que ya era hora de que te dejase en paz.

–¿Qué es lo que le has dicho? –exclamó.

–Pues que ya no la soportas. Y la muy tonta, ni siquiera protestó. Está tan enamorada de ti que la muy boba sería capaz de hacerse a un lado y dejar que te casaras con otra mujer con tal de que fueras feliz. Cuando le dije que íbamos a casarnos, y que ya he encargado el vestido, ni siquiera replicó. Y tampoco cuando supo que estábamos viviendo juntos desde que volviste de la reserva.

¿Cómo podía ser capaz de hacer tanto daño? ¡Ahora comprendía por qué Cecily no quería ni mirarlo a la cara!

–Si no te casas conmigo –continuó Audrey–, tu reputación quedará arruinada. Les daré a los periódicos una historia aún mejor que la de Cecily. Puedo averiguar cosas sobre ella. Soy rica, y no me importaría pagar a un detective.

–Si le haces daño, sea como sea, pagarás por ello –le advirtió en voz baja–. Supongo que recordarás cómo me ganaba la vida antes de trabajar para Pierce Hutton. Si tienes algún esqueleto en el armario, lo verás publicado en los mismos periódicos que utilices para ridiculizarme a mí.

—¡No te atreverás!

—Ponme a prueba.

Y colgó, para inmediatamente después llamar a un periodista amigo suyo. Ya era hora de poner fin a todo aquello. Audrey iba a ver la cancelación de su boda en todos los periódicos de la mañana.

Intentó llamar a Cecily a casa, pero no había nadie. Solo un mensaje de la compañía telefónica en el que decían que el abonado había cambiado de número. De un golpe, colgó el teléfono.

Desde que Cecily le tirase aquella crema de cangrejo sobre los pantalones, su vida parecía haber sido succionada por un torbellino. Había perdido su herencia, descubierto que tenía un padre del que no sabía nada, había seducido a Cecily, le había dado la espalda a su propia madre, había sido crucificado en los periódicos... y, para colmo, Cecily no quería saber nada de él.

Miró a su alrededor. Tenía su trabajo y, de alguna manera, encontraría el modo de hacer las paces con su madre, pero el daño causado a su relación con Cecily era irreparable. El miedo que le inspiraba amar a otra persona era lo que le había empujado a apartarla de su lado. No quería unirse a ella demasiado por si no duraba. Había tenido tan poco amor en su vida, sin contar a su madre, que no podía confiar en que durase, sobre todo si pensaba en lo que Leta había tenido que soportar con Jack Winthrop y en su propia y atormentada niñez. Si eso era el amor, mejor no conocerlo.

Pero entonces recordó los brazos de Cecily, su generosidad aquel día en que tanto necesitaba su consuelo. Ella llevaba años intentando quererlo y él no se lo había permitido. Incluso cuando la sedujo, sus motivos habían sido egoístas. Le había echado la culpa de las historias publicadas en los periódicos cuando en el fondo sabía que no era posible que fuesen responsabilidad suya.

Había cometido tantos errores... Ahora tenía que enfrentarse a una vida sin ella y sin su madre, las únicas dos mujeres en el mundo a las que quería. Su padre también tenía motivos para odiarlo. No era de extrañar que se hubiese abalanzado sobre él, después de lo que le había dicho a Leta. Sonrió con tristeza. Menudo carácter tenía Holden. Y era bueno con los puños, desde luego. Recordó lo que le había contado sobre Marruecos y los bereberes, e impulsivamente entró en Internet para recabar información.

Mientras navegaba por la red, el teléfono sonó. Podía ser Audrey, así que mejor no descolgar. Marruecos era un país fascinante y no quería que le interrumpieran.

Pero el teléfono sonó y sonó hasta unas diez veces. Podía ser Pierce Hutton. Quizás debía contestar.

–¿Sí? –dijo con impaciencia.

Hubo una pausa.

–No te haces idea de a cuánta gente he tenido que sobornar para conseguir este nuevo número tuyo, para que luego no quisieras descolgar –dijo Colby–. No sé cómo decirte lo que tengo que decirte.

–Que Cecily y tú os vais a casar –sugirió con sarcasmo–. No puedo decir que sea una sorpresa. ¿Algo más?

Otra pausa.

–Cecily no quiere casarse conmigo.

–Vaya –no iba a admitir cuánto le complacía esa negativa, aunque ella se negase a contestar a sus llamadas–. ¿Y?

Colby se sonrió.

–Pensaba que esto era lo correcto. Ahora ya no estoy tan seguro.

–Pues no querrás que lo adivine yo –replicó, y de pronto le asaltó una duda. El corazón dejó de latirle un instante–. ¿Es que le ha ocurrido algo a ella?

–No. Lo que pasa es que no puedo encontrarla. Puede que así ellos tampoco la encuentren –continuó, casi como si hablase para sí.

Tate sintió que el estómago se le retorcía. Salió de Internet y apagó el ordenador.

–¿Cuál es el problema? –preguntó, y de pronto pareció ser de nuevo el viejo compañero de aventuras de Colby.

–Cecily se ha largado, y no puedo encontrarla. He utilizado todos los contactos que he podido encontrar o comprar. No ha dejado huella.

Tate se quedó sin respiración.

–¿Que se ha ido?

–Eso parece. Ha dado de baja su teléfono y su casero dice que ha pagado por adelantado el alquiler de los próximos dos meses hasta que pueda llevarse sus cosas.

–¡Ha perdido la cabeza! –exclamó–. ¿Le habías dicho que los del sindicato pueden seguir tras ella?

–Claro que se lo había dicho. Me había hablado de marcharse de la ciudad, pero yo no lo tomé en serio. Simplemente le dije lo peligroso que podía ser para ella estar sin protección, pero, al parecer, no me escuchó.

–Dios mío... –¿por qué no se le habría ocurrido pensar que había dado de baja su número, en lugar de imaginar simplemente que lo había desenchufado?–. Puede que se haya ido a Nassau, a ver a Leta.

–No. He revisado los vuelos, uno por uno.

–¿Y a Wapiti?

–Tampoco. Ha dejado el trabajo y el apartamento sin dejar una dirección a la que enviarle el correo.

Un salmo de juramentos le llegó a través del hilo.

–¿Cuánto hace que se marchó?

–Ese es el problema: que no lo sé –dijo Colby con rabia–. Tuve que hacer un trabajo de solo dos días. ¡Diablos, Tate, creía que la tenías vigilada!

–¡Y así era! Hay un hombre vigilando su apartamento desde hace más de una semana.

–Entonces, ¿por qué no se ha dado cuenta de que no está?

–¿Estás en casa?

–Sí.

–Ahora te llamo.

Y colgó.

Tate marcó inmediatamente el número del hombre que había estado vigilando a Cecily. No obtuvo respuesta. Eso era inquietante. Marcó entonces el número de otro de sus compañeros.

–¿Dónde está Wallace? –preguntó sin preámbulos.

–Un momento, que voy a preguntar. ¿Alguien sabe algo de Wallace?

Se oyó a alguien hablar al fondo.

–¡Maldita sea! ¿Y nadie se ha molestado en decírnoslo?

–¿Qué pasa? –inquirió Tate con impaciencia.

–Lo siento, Tate. Wallace tuvo un infarto y murió en el acto. ¡Es increíble que ninguno de nosotros lo supiera! Hace tres días, parece ser... ¿Tate? ¿Oye?

Había colgado. Pasó quince minutos bañado en sudor frío, haciendo llamadas a contactos, a antiguos colegas, haciendo todo lo posible por tener un indicio de adónde podía haber ido, pero no consiguió nada.

Volvió a llamar a Colby.

–No he averiguado nada, pero he organizado una red de búsqueda. La encontraré.

–El problema es que no quiere ser encontrada, y eso no va a facilitarnos las cosas.

–¿Y por qué no quiere que la encontremos? –preguntó, a pesar de sí mismo.

–Porque tú te vas a casar con Audrey en Navidad – replicó sin más.

–Yo no voy a casarme con nadie –respondió–. Es más, nunca he tenido intención de hacerlo con Audrey. Se lo dijo a la prensa antes de que yo hubiera podido asimilar lo de encontrar mi foto en todos los periódicos.

–Pues Cecily no lo sabe.

–Genial –murmuró–. Esto es genial. ¡Me marcho del país y cuando vuelvo me encuentro con una mujer a la que no querría ni en pintura!

—Esa no es la única razón de que se haya marchado —añadió—. Sabe que no la perdonarás por no haberte dicho lo de Matt Holden.

Tate se pasó una mano por el pelo. Qué raro era hacerlo sobre un pelo corto.

—He tenido unas cuantas semanas muy duras.

—Y ella también —espetó.

—¡Podría habérmelo dicho!

—Cecily es una persona de palabra y tú lo sabes. Le prometió al senador que no iba a decirte nada, y mantuvo su promesa.

El senador. Su padre. Tate se paseó por la habitación con el teléfono en la oreja, intentando pensar en lugares a los que hubiera podido irse.

—Puede que le haya dicho a mi madre adónde se iba.

—Yo diría que no. No quiere que la encuentres.

Tate dejó de pasearse y frunció el ceño.

—¿No quiere que yo la encuentre?

—No quiere que la encontremos ninguno de los dos, pero sobre todo tú.

—¿Por algo en particular, aparte de lo que ya sé?

—Demonios... —masculló—. Sigo sin saber si debería decírtelo o no. Pero si le ocurriera algo...

—¡Habla, maldita sea!

Colby inspiró profundamente.

—Está bien. Cecily está embarazada. Por eso ha huido.

—¡Hijo de perra!

Tate colgó con tanta fuerza que Colby se estremeció. No debería haberle contado el secreto de Cecily, pero ¿qué otra cosa podía hacer? Estaba embarazada y sola, y alguien andaba tras ella. Si no se lo decía y Cecily sufría algún percance o perdía el niño, nunca lo superaría. Y mucho menos Tate.

El estruendo del mobiliario al volar por los aires era tremendo. Jamás se había sentido tan traicionado. Primero por su madre, luego por Cecily y ahora por Colby. Cecily estaba embarazada y había huido. ¿Por qué no se había ido Colby con ella para cuidarla?

Dejó de pagarla con los muebles y recordó su apasionado encuentro en Wapiti. No había usado nada. ¿Y en aquel interludio en su despacho? Tampoco.

El niño podía ser suyo. ¡Claro que era suyo! Cecily no se habría acostado con otro hombre, porque lo quería.

Pero estaba convencida de que iba a casarse con Audrey, así que había decidido desaparecer de escena. Iba a tener a su hijo lejos de él por no meterle en otro lío. Estaba haciendo lo mismo que había hecho su madre con Matt Holden, y por primera vez se dio cuenta de lo que debía haber sentido su padre, y era algo tan fuerte como si le hubieran dado en el estómago con un ladrillo.

Cecily llevaba a su hijo en el vientre y alguien había intentado matarla. El horror por las cosas que le había dicho y cómo la había tratado le obligó a sentarse. Había desaparecido borrando cuidadosamente su rastro. ¿Y si no conseguía encontrarla? Todos los días desaparecían personas que no volvían a aparecer. ¿Y si Cecily pasaba a engrosar esa estadística? Tendría a su hijo y nunca llegaría a verlo, ni a él ni a ella.

El teléfono sonó y lo descolgó inmediatamente.

Hubo una pausa.

—¿Es usted Tate Winthrop? —preguntó una voz desconocida.

Tate frunció el ceño.

—Sí.

—Trabajo para un amigo suyo. Se trata de la señorita Peterson.

—¿Cecily? —preguntó, sorprendido.

—Exacto. Sé quién intentó atropellarla. Intenté detenerle, pero mi coche estaba fuera del aparcamiento del museo. No hubo tiempo para nada.

—Ya. ¿Quién intentó matarla?

—Un tal Gabrini. Trabaja para una organización de juego de otro estado, y le están buscando para llevarle a los tribunales. Se enfrente a una sentencia de cárcel por fraude, pertenencia a banda armada y blanqueo de dinero, y ha querido vengarse del senador Holden. La señorita Peterson es un blanco fácil, y buena amiga del senador. Gabrini había contratado a un detective privado para que colocase un micrófono en el apartamento de la señorita Peterson. No lo he sabido hasta hoy, cuando logré echarle el guante al detective.

—¿Y dónde está ahora Gabrini?

—No lo sé —confesó—, pero si yo estuviera en su lugar, tendría a su amiga vigilada las veinticuatro horas del día. Gabrini no es un tipo al que pueda tomarse a la ligera.

—¿Quién es usted?

El hombre se rio.

—¿No me recuerda? Soy Micah Steele. Tuvimos el mismo jefe hace unos años.

Tate se tomó un instante para pensar y al poco tuvo una cara que acompañase al nombre. Era un hombre rubio, marcado de cicatrices y grande como una casa, que hablaba cuatro idiomas y era un magnífico cocinero.

—Sí, ahora me acuerdo.

—Ya me lo imaginaba. Estaba trabajando en otro caso en el que surgió el nombre de Gabrini y empecé a seguirle. Menos mal. Es un tipo peligroso.

—Pues tendrá suerte de seguir vivo para ir a juicio, si yo le encuentro antes —replicó Tate.

—Lo mismo diría yo. Si necesitas algo más, estoy en el Departamento de Justicia.

—Gracias, Steele.

—Tú me hiciste un favor una vez, aunque ha pasado tanto tiempo que seguro que te has olvidado. Te debía una. Buenas noches, Winthrop.

—Buenas noches.

Tate colgó el teléfono y se levantó con la sensación de

ser un tigre en una trampa. Así que no se trataba de alguien que buscase venganza por Colby o por él, sino el sindicato. Apretó los puños. Gabrini iba a pagar, de un modo o de otro, pero por el momento su única preocupación era Cecily. Estaba en peligro mientras Gabrini anduviera suelto. ¿Dónde estaría? ¿Y cómo iba a encontrarla? Tenía que ser el primero en llegar hasta ella, e intentar no pensar en su estado. Se volvería loco si lo hiciera.

El museo era un lugar encantador. Cecily celebró la Navidad con un pequeño árbol que colocó en el salón de su casa y sus vecinos de al lado, una pareja de edad a la que invitó a tomar con ella un trozo de tarta y café la tarde de Nochebuena. Se sentía sola, pero los Martin eran buena gente y se sentían muy conmovidos por una mujer embarazada cuyo esposo había muerto en accidente de tráfico.

Se sentía algo culpable por la mentira, pero tenía que pensar en el futuro, y aquella era una comunidad rural y pequeña en la que su hijo no podía empezar a vivir arrastrando un escándalo a su espalda.

Su trabajo en el museo era mayormente de conservación, pero tenía algunas ideas que podían encajar en el presupuesto para aumentar sus fondos y atraer a los turistas. Podía conseguir labrarse un futuro en Cullenville. Al menos quien la hubiese atacado no sabría dónde encontrarla, o al menos eso esperaba ella. Era correr muchos riesgos irse a vivir allí sin protección, pero si Tate y Colby no habían conseguido localizarla, eso podía significar que el atacante también se olvidara de ella. Apoyó la mano en su vientre y sonrió. La próxima Navidad tendría a alguien a quien comprarle regalos. Iba a ser maravilloso tener a alguien a quien querer.

Llegó el año nuevo, y por fin Tate consiguió localizar a un conductor de autobús que había estado de baja por enfermedad que recordaba haber visto a una joven con la mano vendada y bastante equipaje que encajaba con la descripción de Cecily.

–La recuerdo bien –dijo el hombre con una sonrisa–. Llevaba la mano vendada, pero era demasiado orgullosa para pedir ayuda. Los demás pasajeros la ayudaron enseguida. Dijo que en una de las maletas llevaba libros y que por eso pesaba tanto. Estudiaba a los indios americanos, según dijo.

A Tate le dio un brinco el corazón.

–¿Adónde iba?

–A Nashville –recordó el hombre–. Tuve que enseñarle adónde tenía que ir una vez llegamos a la terminal porque tenía que tomar otro autobús. Déjeme pensar... ¿dónde dijo que iba? ¿A Clarksville? No. No era a Clarksville, pero era un nombre parecido –tuvo que hacer memoria mientras Tate conseguía a duras penas contener su impaciencia–. ¡Cullenville! Eso es. Cullenville. Iba a trabajar para un museo. Una chica muy lista. Lo sabía todo sobre los primeros indios que vivieron en estas montañas.

Tate le dio las gracias al hombre junto con un billete de veinte dólares por su tiempo, y volvió a su apartamento para hacer la reserva en el primer avión. Había ido a ver a Audrey para aclarar su situación de una vez por todas y, sorprendentemente, ella se había venido abajo. Al parecer tenía un problema con las drogas que había afectado a su capacidad de razonar. Le pidió perdón por haber publicado esa historia de cuando Cecily era aún una adolescente y se ofreció para hablar con ella en su nombre. Tate, por su parte, la puso en contacto con un psicólogo amigo suyo para que la pusiera en tratamiento. Era culpable en gran medida de la huida de Cecily, pero él también tenía su buena parte de culpa.

También había recopilado toda la información disponible sobre Gabrini, lo cual no había resultado ser nada tranquilizador. El tipo llevaba metiéndose en líos desde que era un mocoso, y se las había arreglado para salir de dos acusaciones de asesinato. Tenía un temperamento violento y era conocido por su amor a la venganza y por no renunciar a terminar algo una vez empezado.

Llamó al aeropuerto para hacer la reserva a Nashville. Entonces se dio cuenta de que, cuando encontrase a Cecily, no iba a saber qué decirle. Bueno, ya encontraría el modo de disculparse. Lo importante era llegar hasta ella cuanto antes. El primer avión para Nashville salía a la mañana siguiente, así que se sentó en el sofá e hizo recuento de sus pecados más recientes.

Pensó en el bebé y el corazón le dio un vuelco. ¿Se parecería a él, o a ella? ¿Sería niño o niña? Cómo le gustaban a Cecily los niños... Qué madre tan llena de ternura iba a tener su hijo. Llevaba tanto tiempo queriéndolo a él...

Su gemido fue audible. Eso debía ser pasado. Él mismo se había encargado de destruirlo. Se levantó del sofá y empezó a pasearse por la habitación. Ojalá supiera qué decirle. De pronto, pensó en un hombre que estaba en el ojo del huracán de todo aquel fiasco y que podía darle alguna idea. Al fin y al cabo, había conseguido que una mujer volviese a sus brazos tras treinta y seis años de ausencia y mucho dolor. Se puso el abrigo y salió.

14

Tate llamó al senador Holden de camino hacia su casa. Habían vuelto la noche anterior de su luna de miel. No quiso hablar con su madre ni con él, pero necesitaba consejo y su padre le parecía la persona más adecuada para dárselo en aquel caso, a pesar de sus diferencias. Condujo hasta Maryland pensando en Cecily en Tennessee y preocupado por cómo iba a poder recuperarla sin perder todo su orgullo. Pero lo que le preocupaba por encima de todo era Gabrini, ya que sin duda conseguiría localizarla.

El ama de llaves de Matt le dejó entrar con una mueca de disgusto.

—Hoy soy inofensivo, créame —le dijo mientras le conducía hasta la puerta del estudio donde su padre le esperaba de pie.

—Ya. Tú y dos especies de cobra más —murmuró Matt con sarcasmo—. ¿Qué has venido a buscar? ¿Otro moretón que haga juego con el primero?

Tate levantó las dos manos.

—No empieces.

Ambos entraron en el estudio y Matt cerró la puerta.
–Tu madre está de compras.
–Me alegro. Aún no quiero hablar con ella.
Matt se sorprendió.
–¿Ah, no?
Tate se sentó en la mecedora que había frente al voluminoso sillón del senador.
–Necesito consejo.
Matt se llevó la mano a la frente.
–Me parece que ese whisky de malta me ha producido alucinaciones –se dijo.
Tate lo miró frunciendo el ceño.
–No eres precisamente mi alma gemela, pero pareces conocer a Cecily mejor que yo últimamente.
–Cecily te quiere –dijo sin más, acomodándose en el sillón.
–Ese no es el problema –contestó, inclinándose hacia delante con las manos entrelazadas–, aunque parece que he hecho todo lo posible para que deje de hacerlo.
El senador tardó un par de minutos en volver a hablar.
–El amor verdadero no muere con tanta facilidad. Tú madre y yo somos un ejemplo en ese sentido. No nos habíamos visto durante treinta y seis años, pero en cuanto volvimos a encontrarnos, esos años desaparecieron y volvimos a ser jóvenes y a estar enamorados.
–Yo no puedo esperar tanto –bajó la mirada y suspiró–. Cecily está embarazada.
El senador estuvo callado durante tanto tiempo que Tate tuvo que levantar la mirada.
–¿Es tuyo? –preguntó inquisitivamente.
Tate frunció el ceño.
–¿Qué clase de mujer crees que es Cecily? ¡Por supuesto que es mío!
Matt se echó a reír y, recostándose en su sillón, se dejó llevar por la necesidad de mirar largamente a su hijo, de buscar todos los parecidos y las diferencias en aquel rostro como una versión más joven del suyo.

—Nos parecemos —dijo su hijo—. Es curioso que no me hubiera dado cuenta antes.

Matt sonrió.

—Es que no nos llevábamos demasiado bien.

—Los dos somos testarudos e inflexibles.

—Y arrogantes.

Entonces fue Tate quien se rio.

—Quizás.

—Ya se lo he dicho a Leta, pero quizás también debería decírtelo a ti. Siento lo que tuviste que pasar de niño y...

Tate levantó una mano.

—Nadie puede cambiar lo que pasó —dijo—. Ha sido casi un alivio saber que Jack Winthrop no era mi padre. Me ayudó a comprender por qué me odiaba tanto y no te culpo de nada. A mi madre se le da muy bien guardar secretos.

—Demasiado bien —corroboró—. Ojalá este no lo hubiera mantenido. Hay tantas cosas que he echado de menos... —añadió, mirando hacia otro lado. Era duro decir aquellas cosas, pero tenía que hacerlo—. ¡Si hubiera tenido la más remota idea de que eras mi hijo, hace años que habría barrido el suelo con tu padrastro!

Tate se rozó la mejilla y sonrió.

—No debería haberte subestimado por la edad. ¡Menudos puños!

—Es que alguien me provocó —puntualizó.

—Es cierto —suspiró—. Estaba fuera de mí. Siento haberle dicho esas cosas a mi madre. Cuando esté preparada para escuchar, me disculparé con ella.

—No está enfadada contigo. Comprende perfectamente lo que estabas pasando, y yo también.

—A Cecily también se lo he hecho pasar mal —añadió, dibujando la raya de sus pantalones.

—Era la que menos se lo merecía. Se vio involucrada en todo esto solo porque no quería que te hicieran daño. Habría hecho lo que fuera por ahorrártelo todo.

—La vida es dolorosa —dijo él—. No hay modo de evitarlo.

—Eso dicen.

—Cecily ha estado ingresada en el hospital, ¿lo sabías? —le preguntó tras un instante.

—¿Qué?

Matt se incorporó en su asiento inmediatamente.

—Un coche intentó atropellarla en el aparcamiento del museo.

—¡Dios mío! ¿Quién ha sido?

—Un tipo llamado Gabrini, del sindicato del juego.

—¿Está bien Cecily?

—Sufrió una conmoción y un esguince de muñeca, pero está bien —lo miró brevemente—. En el hospital dijo que no tenía familia —añadió, ocultando el dolor que le producía ese hecho—. Ella y el niño podrían haber muerto y ninguno de nosotros lo sabría.

Matt comprendía bien lo doloroso que era todo aquello.

—¿Fuiste a verla?

—Sí —suspiró—. Pero fue peor que si no hubiera ido. Entonces no sabía lo del niño. Ha dejado el trabajo y su casa y se ha ido a vivir a Tennessee sin decírselo a nadie. Me ha costado mucho encontrarla, pero ahora que sé dónde está, no sé qué decirle o cómo conseguir que vuelva. No quiero asustarla con lo de Gabrini, pero está en peligro. No puedo protegerla si no estoy allí, pero con mis últimas actuaciones respecto a ella —añadió con humor negro—, no sé si conseguiré ir más allá de la puerta. He venido para ver si puedes hacerme alguna sugerencia.

Matt se sintió tremendamente conmovido por el hecho de que su hijo acudiese a él para pedirle consejo, pero no iba a demostrárselo, claro. Un hombre tenía su orgullo.

—Comprendo.

Tate se levantó y, con las manos metidas en los bolsillos, se acercó a la ventana.

–No sé qué hacer. Se marchó convencida de que yo iba a casarme con Audrey.

Matt se dio la vuelta para mirar su figura.

–Supongo que a estas alturas ya sabrás que fue ella quien filtró a la prensa lo de Cecily y lo de vuestra supuesta boda. Y además llevaba un anillo como el tuyo.

Tate se miró la mano.

–¿Por qué te llamó la atención este anillo aquel día en tu despacho?

–Tu madre me lo regaló la noche antes de que le dijera que me había casado –confesó–. Se lo devolví. Ella lleva uno igual.

Así que aquel era el misterio del anillo, pensó Tate, contemplándolo.

–Cecily sabe lo del anillo de Audrey –añadió Matt–. Y has salido fotografiado con ella en todos los periódicos y revistas.

Tate apretó los dientes.

–Ella preparó la mayoría de las ocasiones, aunque no todas. Yo estaba muy enfadado con todo el mundo, y hubo un tiempo en que ella fue mi salvavidas. Ahora siento haber salido con ella. De todas formas, es una mujer tenaz, especialmente ahora que los medios me persiguen dondequiera que vaya.

–A ti y a todos nosotros –suspiró Matt–. Todo esto ha pasado como un huracán por nuestras vidas, pero afortunadamente los criminales están siendo procesados y Tom Cuchillo Negro vuelve a estar en el lugar que le correspondía. No sé de dónde habrá sacado Colby ese testigo presencial del asesinato que le ha librado de todos los cargos.

–Mejor no quieras saberlo –musitó Tate–. Colby es un hombre de recursos.

–Antes erais buenos amigos.

–Lo éramos, hasta que empezó a revolotear sobre Cecily –replicó–. Ya no estoy tan enfadado con él como antes, pero parece que siempre necesita una mujer en la que apoyarse para salir adelante.

–No necesariamente. A veces una mujer buena puede salvar a un hombre malo. Es un viejo refrán que funciona de vez en cuando. Colby iba derecho al infierno de no haberse cruzado con Cecily, que ha vuelto a ponerle en el buen camino. Lo que siente por ella es gratitud, pero no creo que se haya dado cuenta todavía –volvió a recostarse–. Siento lástima por él. Es hombre de una sola mujer, pero la ha perdido.

Tate volvió a sentarse.

–Pues no va a sustituirla con Cecily porque es mía, aunque no quiera admitirlo.

Matt lo miró fijamente.

–¿Es que no sabes nada de mujeres enamoradas?

–No mucho –confesó–. Me he pasado la mejor parte de mi vida evitándolas.

–Especialmente a Cecily –añadió Matt–. Ha sido para ti como una sombra, a la que no se echa de menos hasta que dejas de verla detrás de ti.

–Se ha alejado tanto que ahora no sé cómo vadear el abismo que nos separa. Sé que sigue sintiendo algo por mí, pero no ha querido quedarse y luchar por ello –miró a Matt a los ojos–. Lleva un hijo mío en su interior, y quiero recuperarlos a ambos, cueste lo que cueste. Cecily es la única mujer a la que he querido de verdad.

Matt abrió las manos.

–Pues yo no puedo sacarte de este lío –dijo–. Si Cecily te quiere, claudicará más tarde o más temprano. Si yo estuviese en tu lugar, iría a buscarla y le diría lo que siento de verdad. Supongo que te escuchará.

Tate clavó la mirada en sus zapatos. No iba a encontrar las palabras necesarias para expresar lo que sentía.

–Tate –volvió a hablar su padre–, has tenido muchas cosas nuevas que asimilar últimamente. Tómatelo con calma. He descubierto que la vida, si le damos la oportunidad, termina por arreglarse sola.

–Puede ser –contestó–. No es tan malo como yo pensaba lo de tener un pie en cada mundo. Estoy empezando a acostumbrarme.

—Sigues siendo portador de una herencia única —puntualizó Matt—. No muchos hombres pueden presumir de tener en sus antepasados revolucionarios bereberes y guerreros lakota.

—Por cierto —recordó—, ¿por qué el nombre de Tate?

—Así se llamaba mi padre —reveló Matt con orgullo—. Estaba emparentado con la familia real de Marruecos, y su mujer, mi madre, era la nieta de un miembro de la aristocracia francesa.

—¿Tienes fotografías de ellos?

—Montones —confirmó con una sonrisa—. Cuando tu madre vuelva, las sacaremos después de la cena para verlas. Deberías irte y traer a Cecily a casa. Creo que a ella también le gustaría verlas.

—Tendré que ir a Tennessee.

—Ya me lo imagino. ¿Quieres tomar un café?

—Claro.

Le gustaba que no insistiera. También le gustaba de él su temperamento e incluso su forma de hacer las cosas. Estaba empezando a sentirse orgulloso de su padre. Lo que no sabía era que a su padre le pasaba lo mismo.

Estaban tomando café y hablando cuando Leta volvió a casa. Se detuvo en la puerta del salón sin saber qué hacer.

El cambio obrado en ella era impresionante, pensó Tate, levantándose del sofá para recibirla. Parecía feliz, radiante, años más joven.

—He venido a cenar —mintió con una sonrisa.

Leta dejó la bolsa que llevaba en el suelo y miró a Matt, que sonreía de oreja a oreja.

—Me alegro de tenerte aquí —dijo al fin.

Tate tomó sus manos. Estaban heladas.

—Me alegro de verte —le dijo en lakota antes de darle un beso en la mejilla.

Leta se echó a llorar y lo abrazó.

–¡Creía que no ibas a querer volver a verme!

Tate tuvo que contener también las ganas de llorar y sin dejar de abrazarla, la besó en lo alto de la cabeza. Había soportado tanto por él cuando era pequeño... nunca podría pagarle el sacrificio. ¿Cómo podía haberse portado así con ella?

–Es que tenía que hacerme a la idea –dijo–, pero ahora ya lo he comprendido todo. No te preocupes más, mamá. Todo va a ir bien.

–Pero Cecily está embarazada –intervino Matt, y el gesto exasperado de Tate y la sorpresa de Leta le hicieron sonreír.

–¿Qué quieres decir con que Cecily está embarazada? –preguntó Leta, y golpeó a su hijo en el brazo con la mano abierta–. ¿Cómo has podido, bribón? ¿Cómo le has hecho algo así?

Tate intentó zafarse.

–¿Y cómo sabes que he sido yo? –bromeó.

–¿Quién iba a ser si no? –rabió–. ¿Es que crees que mi niña dejaría que otro hombre la tocase? ¿Crees que se acostaría con otro hombre que no fueses tú? ¿Es que estás loco?

Los ojos de Tate se iluminaron con una nueva luz y Matt, tras verlos juntos, se marchó en dirección a la cocina para dejarlos solos.

–Si todavía no has terminado de pegarme, aún te quedan un par de sitios o tres por probar –bromeó.

–Hijo, cuánto te he echado de menos –suspiró Leta.

–No me fue fácil al principio, pero ahora comprendo mucho mejor el pasado. Yo no podía querer a Jack Winthrop y él no podía quererme a mí, y ahora entiendo por qué.

–Siempre fuiste un buen hijo, y yo quise tantas veces hablarte de Matt... pero sabía lo que ibas a pensar de mí –dijo, bajando la mirada–. Matt te habría querido.

Tate no supo qué decir. Últimamente le pasaba con

demasiada frecuencia. Tomó a su madre por los hombros y la besó en la frente.

–No le digas a Matt lo que voy a decirte, porque ya es bastante arrogante, pero yo también le habría querido.

Letta lo abrazó y se quedaron así, abrazados y en silencio, un instante.

–¿Te gusta ser la mujer de un senador? –preguntó Tate.

–Me he casado con Matt Holden. Lo de que sea senador es algo a lo que me está costando un poco acostumbrarme. Pero ahora me escuchan cuando hablo, así que, aun viviendo aquí, puedo conseguir mucho para nuestra gente en Wapiti.

Tate se echó a reír.

–¿Sabe mi padre que te estás aprovechando de tu apellido de casada?

–Tu padre –paladeó las palabras–. ¿Qué te parece Matt?

–Siempre le he admirado, aunque no fuésemos de la misma opinión. Apenas me conocía cuando surgió todo esto y, aun así, intentó protegerme por todos los medios. Me siento orgulloso de tener a un hombre así como padre.

Matt, que se había quedado en la puerta, oyó las palabras de su hijo y tuvo que escabullirse para secarse las lágrimas. Su hijo no lo odiaba. Era más de lo que se merecía, seguramente, pero sintió algo tan grande en el corazón que dio por bien empleada la angustia de aquellas últimas semanas.

–Me alegro de que ya no estés enfadado conmigo –dijo Leta, acariciando el pelo corto de su hijo–. Los dos os habéis cortado el pelo –musitó con tristeza–. Un pelo tan bonito. Qué pena.

–Estaba sufriendo –dijo.

–Ella también. No la has tratado como se merece. Sé que quizás no sea yo la más indicada para hablar, pero sé muy bien lo que es estar casada con un hombre y que–

rer y esperar el hijo de otro –miró a los ojos a su hijo–. Colby ha querido casarse con ella. ¿Lo sabías?

–El único hombre con que se va a casar es conmigo –replicó.

–¿De verdad? Pero si Audrey le dijo que ya había encargado el vestido y que...

–Audey tenía problemas con las drogas, y yo he tardado un poco en darme cuenta de por qué se había comportado así. Va a ingresar en un centro de rehabilitación, y espero que puedan hacer algo por ella. Es una lástima, pero me ha complicado mucho las cosas.

Leta suspiró aliviada.

–Menos mal. Pero ahora Cecily está sola y embarazada...

–Aún peor. Intentaron atropellarla mientras vosotros estabais de luna de miel –confesó.

–¿Cuándo? ¿Está bien de verdad? –preguntó, angustiada.

–Tuvo una conmoción leve y un esguince de muñeca, y la tuvieron ingresada un par de días en el hospital en observación –hizo una pausa y sonrió con tristeza–. Les dijo en el hospital que no tenía familia. No te imaginas lo que me dolió.

–Sí que me lo imagino –se sentó en el sofá y su hijo en el sillón–. ¿La has visto estos últimos días?

–Ha huido –le explicó–. Como pensaba que iba a casarme con Audrey, pensó que lo mejor sería abandonarlo todo y cambiar de ciudad para que el niño no interfiriera en mi vida. ¿Te suena la historia?

Leta se cubrió la cara con las manos.

–¡Mi pobre niña!

–La ironía del caso es que Audrey nunca ha sido para mí más que un adorno, alguien que podía utilizar para...

–¿Para qué?

Tate bajó la mirada.

–Cecily se me estaba metiendo muy dentro, y tenía que encontrar la forma de mantenerla a distancia.

–Pobre Cecily.

–Hasta ahora he hecho lo que he querido: he viajado, he realizado trabajos peligrosos, he corrido riesgos... nunca he tenido que pensar en nadie excepto en mí mismo. Llevo la mayor parte de mi vida adulta siendo independiente. Acepté la responsabilidad de Cecily, pero también de lejos en cierto modo. No quería compartir mi vida con nadie.

–Eso era lo que querías, ¿no?

–Pero no es lo que quiero ahora. No me importa renunciar a los trabajos más peligrosos, o a mi independencia. Quiero tener a mi hijo. Quiero tener a Cecily. Solo espero ser capaz de encontrar la forma de que ella lo comprenda. Tengo que pensar qué le voy a decir antes de presentarme en Tennessee. Hay demasiado en juego.

Se levantó del sillón y se acercó de nuevo a la ventana.

Matt entró entonces en la habitación seguido por el mayordomo, que llevaba una gran bandeja con una tetera de plata y todo lo necesario.

–Intermedio –anunció, invitando a Tate a acercarse a la mesa–. El café soluciona la mayoría de problemas, así que he traído otra cafetera.

Y se sentó junto a Leta y la besó en la mejilla con amor.

Tate se sentó también, pero a regañadientes. Se sentía perdido.

–¿Has decidido ya lo que vas a hacer? –le preguntó.

Tate tomó la taza de café solo que su madre le ofrecía y negó con la cabeza.

–Necesitas un plan de ataque –le aconsejó Matt–. Yo nunca salía de casa sin un detallado reconocimiento del terreno y un plan de batalla. Así es como siempre he vuelto vivo.

Tate se sonrió a pesar de todo.

–Es una mujer, no el enemigo.

–Eso es lo que tú te crees. La mayoría de mujeres son

peores que el peor enemigo –declaró, mirando a su mujer con una sonrisa–. Aunque se cazan más moscas con miel que con vinagre, tienes que preparar bien el asalto.

–Me parece que de eso ya lo sabe todo –contestó su madre–. Si no, no estaríamos esperando un nieto. Nuestro nieto –añadió, mirando entusiasmada a Matt.

–Eso lo cambia todo, hijo –contestó Matt, y la palabra le salió con tanta naturalidad que no sorprendió a ninguno de los tres.

15

Tomar la decisión de ir a Tennessee era fácil, pero lo difícil era hacerlo porque convencer a Cecily de que quería casarse con ella por sí misma y no por el niño no iba a ser tarea fácil y pidió una semana de vacaciones en Pierce Hutton.

Pero antes de marcharse tenía que ir a ver a Colby, y no solo por arreglar las cosas con él, sino porque había propuesto su nombre como la persona más indicada para ocuparse de su trabajo mientras él estuviera fuera.

Colby se quedó atónito no solo por encontrárselo a su puerta a la mañana siguiente, sino por verlo sonreír.

—Estoy aquí con una oferta de trabajo bajo el brazo.

—No vendrá acompañada de una cápsula de cianuro, ¿verdad?

Tate le dio una palmada en el hombro.

—Tengo que pedirte disculpas por cómo me he portado contigo. Tenía el entendimiento nublado. En realidad, debería haberte dado las gracias por decirme lo de Cecily.

—Supongo que sabes que el niño es tuyo.
Tate asintió.
—Me voy a buscarla a Tennessee.
—¿Lo sabe ella?
—Todavía no. Es una sorpresa.
—Me parece que tú vas a ser el sorprendido. Ha cambiado mucho en las últimas semanas.
—Ya me he dado cuenta —Tate se apoyó en la pared junto a la puerta—. Tengo un trabajo para ti.
—¿Es que quieres que vaya yo a Tennessee?
—Ni lo sueñes, Lane. No, no es eso. Quiero que te ocupes de mi departamento de seguridad en Pierce Hutton mientras yo esté fuera.
Colby miró a su alrededor
—Debo estar alucinando.
—Deja de decir tonterías —murmuró—. He cambiado, Colby.
—¿Y quién eres ahora?
—Vamos, hombre, escucha: es un buen trabajo. Tendrás un horario fijo, aprenderás a vivir sin un arma bajo la almohada y conservarás el brazo que te queda. No he sido un buen amigo —añadió—. He estado celoso de ti.
—¿Por qué? Cecily es una persona muy especial y yo me he limitado a cuidar de ella. Punto. Desde el día en que la conocí, ha estado enamorada de ti.
Tate sintió un enorme consuelo al oírle aquello.
—Se lo he hecho pasar muy mal, y puede que ahora haya cambiado de opinión.
—El amor no es algo que se puede matar tan fácilmente. Lo sé. Yo ya he pasado por ello.
Tate sentía lástima por su amigo, pero no supo cómo decírselo.
Colby se encogió de hombros.
—De todas formas, he aprendido a vivir con mis fantasmas, gracias la psicóloga a la que fui por consejo de Cecily —frunció el ceño—. ¿Sabes que tiene serpientes en casa?

–Puede que sea alérgica al pelo –comentó Tate, y Colby se echó a reír.
–Quién sabe. ¿Cuándo empiezo?
–Hoy –sacó un teléfono móvil del bolsillo y marcó un número–. Colby Lane va para allá –dijo a quien le contestó–. Ocupará mi puesto mientras yo esté fuera. Si tenéis algún problema, hablad con él.
Y tras una respuesta de la otra persona, colgó.
–Bien. Voy a ponerte en antecedentes...

Dos horas más tarde, tomaba un avión para Nashville. El vuelo se había retrasado por la nieve y estaba ya impaciente, y sin pensárselo dos veces, alquiló un vehículo todo terreno y, a pesar de la nieve, salió para Cullenville.
El museo fue fácil de encontrar. Fue allí donde pidió su dirección a la secretaria.
–¿Es usted familia de su difunto marido? –le preguntó, mirándolo embobada.
Él abrió los ojos de par en par.
–¿Cómo dice?
–Ha debido ser tan duro para ella quedarse viuda tan joven y embarazada –continuó la mujer–. Hemos hecho todo lo que hemos podido para que se sienta bien aquí. El señor Johnson, el director del museo, también es viudo, y se ha tomado un interés personal en ayudarla a adaptarse. Pero mejor no le entretengo más con mi charla. ¿Quiere que llame a la señora Peterson y le avise de que va usted para allá?
–No –contestó Tate con cortesía, a pesar de que le salían chispas por los ojos–. Quiero darle una sorpresa.
Dejó el coche donde lo había aparcado y caminó hasta casa de Cecily. ¡Su marido muerto iba a resucitar delante mismo de su puerta!
Llamó a la puerta y, un momento después, oyó el ruido de cerrojos al abrirse. La puerta se abrió y se en-

contró frente a Cecily, pero tuvo que arreglárselas para entrar a toda prisa para poder evitar que cayera al suelo desmayada.

La llevó hasta el sofá y se sentó junto a ella. Cecily sintió que las náuseas le llegaban a la garganta, pero afortunadamente se pararon allí, y lo miró maravillada tras tantas semanas de soledad que ojalá fuese capaz de ocultar.

Tate no habló. Se limitó a acariciar su pelo, su frente, su nariz, sus ojos, su boca, decidido a recordarlo todo. Luego bajó la mano hasta la bata que se había abrochado sin cuidado sobre el camisón de algodón y la apoyó sobre su vientre. Lo que experimentó fue algo inexplicable.

—¿Cuándo lo hicimos? —preguntó sin más.

Cecily sintió que la tierra se hundía bajo sus pies. Había ido hasta allí porque sabía lo del niño. Esa era la única razón.

—Habría venido aunque no supiera lo del niño —dijo inmediatamente.

—El niño es mío.

—Y mío.

—¡Audrey no va a poner sus manos sobre mi hijo mientras yo...!

—No voy a casarme con Audrey —la interrumpió—. Ni loco. Está en un centro de desintoxicación. Me confesó que había estado tomando drogas y que había sido ella quien había filtrado todas aquellas historias a la prensa.

—¿Cómo? —balbució, horrorizada.

Tate suspiró.

—Cecily, es una mujer desequilibrada. Yo nunca había pensado casarme con ella, a pesar de lo que te hiciera pensar a ti, y decidió vengarse por ello.

Qué extraño era el peso de su mano en el vientre. Iba a hablar cuando de pronto el bebé se movió, y Tate apartó la mano como si le hubieran pinchado.

Cecily se echó a reír a carcajadas.

-¿Es... normal? –preguntó, asustado.

-Sí, es normal. Los niños se mueven, y este es bastante inquieto.

-¿Y te duele cuando...? –fue a preguntarle, apoyando de nuevo la mano en su vientre–. ¿Inquieto? ¿Es que es un niño?

Ella asintió.

-¿Tan pronto pueden decírtelo?

-Sí, con una ecografía.

Un hijo. Iba a tener un hijo. Tragó saliva. No había ido más allá de la idea del embarazo, pero en aquel momento se dio cuenta de que iba a haber una copia en miniatura de sí mismo y de Cecily, un niño que llevaría en sí mismo a todos sus ancestros. A todos sus ancestros. La idea le hizo sentirse pequeño.

-¿Cómo me has encontrado?

-¡Pues no gracias a tu ayuda, desde luego! –replicó, mirándola a los ojos–. Me ha costado un triunfo encontrar al conductor que te trajo hasta Nashville. Había estado de baja por enfermedad.

Ella bajó la mirada.

-Es que no quería que me encontraran.

-Ya me he dado cuenta. Pero ahora te he encontrado, y te vas a venir conmigo a casa –añadió, furioso–. ¡No pienso dejarte aquí a merced de esa gente!

Cecily se levantó como golpeada por un rayo.

-¡No pienso ir contigo ni a la vuelta de la esquina! ¡Me he forjado una nueva vida aquí, y me quedo!

-Eso es lo que tú te crees –replicó, entró en el dormitorio, sacó las maletas y empezó a llenarlas.

-No me voy a marchar contigo –le advirtió–. Puedes llenar las maletas y llevártelo todo, pero te irás sin mí. Mi vida está aquí, y tú no tienes sitio en ella.

Tate se dio la vuelta inmediatamente. Estaba furioso.

-¡Ese niño que llevas dentro es mi hijo!

Verlo la estaba matando. Seguía queriéndolo como siempre, le deseaba, le necesitaba, pero estaba allí por su sentido del deber, puede incluso que por la culpa. Y ella sabía perfectamente que él no quería lazos ni compromisos. Y, por encima de todo, que no la quería.

–Colby me pidió que me casara con él por el bien del niño –le dijo con amargura–. Quizás debí haber aceptado.

–Por encima de mi cadáver.

–Esta es la razón de que no quisiera que te enterases –dijo en voz baja–. Estás haciendo exactamente lo que esperaba que hicieras. ¡Vuelvo a ser tu responsabilidad, un deber, una obligación!

Cecily no era una persona que llorase con asiduidad, pensó Tate al ver cómo las lágrimas caían por sus mejillas en silencio.

–Vete, por favor –le dijo, y Tate dejó de hacer la maleta y se acercó a ella–. Déjame en paz.

–Cecily...

–Por favor, Tate –le rogó–. Vuelve a casa y olvídate de que sabes dónde estoy. He roto todos mis lazos con Washington y lo he dejado todo atrás. Ahora solo somos el niño y yo...

–El niño, tú y tu marido muerto, ¿no? –espetó–. ¿Qué tengo que hacer para llegar a ti?

–No hay nada que puedas hacer –contestó, mirándolo a los ojos–. No tienes ni idea de las limitaciones que te impondría un bebé, cómo cambiaría tu vida. Estás acostumbrado a vivir a tu aire, y no compartes sentimientos, temores o sueños con nadie. Vives solo y te gusta. Los niños lloran a todas horas, hay que estar con ellos y cuidarlos constantemente. Acabarías por no aguantar el ruido, las imposiciones, la falta de intimidad –se dio la vuelta–. En poco tiempo, nos odiarías a ambos por estorbarte.

Tate se sintió terriblemente mal cuando la vio salir de la habitación y volver al salón.

–¿Es que crees que no os quiero a ti y al bebé?
Ella se sonrió.

—Todo lo que has dicho y hecho durante los últimos ocho años me ha demostrado que tú no quieres tener una relación estable con una mujer, y mucho menos conmigo.

Tate se guardó las manos en los bolsillos del pantalón e intentó encontrar las palabras correctas.

—Tú sabes perfectamente por qué te aparté de mí, Cecily —le dijo con serenidad—. No era solo que perteneciésemos a razas distintas, sino que yo había sido tu guardián y habría sido como aprovecharme de unos sentimientos que tú no podías evitar tener.

Ella estaba de pie junto a la ventana, viendo caer la nieve.

—Yo no era lo bastante guapa para ti.

Nada podría haberle hecho tanto daño como ese comentario. Para él, ella era la mujer más hermosa de la tierra, por dentro y por fuera, y sobre todo estando embarazada.

Cecily se dio la vuelta con una sonrisa triste.

—Si estás preocupado por quienquiera que intentase atropellarme, he de decirte que no he tenido ningún problema desde que estoy aquí y que no creo que vuelvan a intentarlo. Quedándome aquí estaré a salvo, Tate. Te llamaré cuando el niño nazca —añadió—. Podrás estar con él tanto como quieras.

Las puertas se estaban cerrando. Los muros crecían en torno a ella. Tate apretó los dientes.

—Te deseo —dijo, lo cual no era ni mucho menos lo que quería decir.

—Yo a ti no —mintió ella, y es que no estaba dispuesta a ser de nuevo una obligación para él—. Gracias por haber venido a verme. Llamaré a Leta cuando Matt y ella vuelvan de Nassau.

—Ya están en casa. Y yo he hecho al fin las paces con ellos.

—¿Ah, sí? —sonrió—. Me alegro. Leta estaba destrozada.

–¿Y qué crees que va a pensar cuando sepa que no quieres casarte con el padre de tu hijo?

–¿Es que... lo sabe?

–Lo saben los dos, Cecily –replicó–. Esperaban con ansia que llegases para mimarte –echó a andar hacia la puerta, herido en su orgullo por su rechazo–. Llama tú misma a mi madre para decirle que no vas a volver, y quédate aquí a vivir entre extraños –abrió la puerta y la miró con sus ojos negros–. ¡Y en cuanto a mí, no volveré a acercarme a ti jamás!

Y de un portazo, cerró. Cecily lo vio alejarse con el corazón en la garganta. ¿Cómo podía estar tan enfadado, cuando en realidad le estaba descargando de posibles obligaciones respecto al niño? No podía albergar ningún sentimiento por ella ya que, de ser así, se habrían casado hacía años. Era solo por el niño.

Dejó que las lágrimas la ahogasen mientras oía rugir el motor del cuatro por cuatro. Inconscientemente se llevó la mano al vientre y recordó con angustia la expresión de su cara al poner la mano sobre su hijo. Le había alejado de ella por su propia felicidad, ¿es que no se daba cuenta? Ojalá no hubiese ido. Así no tendría el recuerdo de haberle visto en aquellas habitaciones, porque sabía que no volvería.

Tate llegó al final de la calle, se bajó y golpeó el techo del coche con el puño cerrado. La nieve salió disparada en todas direcciones, igual que lo había hecho él con su maldito temperamento. Había perdido los estribos cuando eso era precisamente lo último que debía hacer con una mujer embarazada que ya se sentía rechazada y carente de atractivo. Con un suspiro, se volvió a mirar la casa. No podía hacerle sufrir ya más de lo que lo había hecho, al menos en un mismo día. Se buscaría habitación en un hotel, dejaría allí su equipo y volvería andando. Había vivido dejándose guiar por el instinto durante mucho tiempo, y tenía la sensación de que Cecily estaba en peligro; que Gabrini andaba por allí cerca, acechando, y no iba a moverse de allí hasta que ella estuviera segura. Ella y su hijo.

Cabía la posibilidad de que se hubiera equivocado, se dijo. Estaba acurrucado tras una caja de cartón cerca de la puerta trasera de Cecily. Volvía a nevar y hacía frío.

Un ruido llamó su atención. Fue apenas un débil crujido, el sonido que haría el hielo al ser pisado. Echó mano al cuarenta y cinco automático que llevaba en la funda y esperó a que el ruido de un camión que se acercaba pasara para quitar el seguro y cargarla. Se había vestido de negro, tapándose incluso la cara con una máscara también negra, y desde su escondite vio a un hombre de corta estatura, vestido también de oscuro que se acercaba a la casa con un objeto en la mano, que solo podía ser un arma.

Era bueno, pensó Tate. Se movía como un animal, dando pasos cortos y desiguales, pasos que no habrían alertado a un ciervo en el bosque y que no parecían los de una persona.

El hombre no se molestó en comprobar si la puerta trasera estaba abierta, sino que se dirigió a la ventana de la cocina, forzó el cierre y la abrió sin hacer ruido. En una noche sin luna como aquella, la única luz era la que se reflejaba en el hielo y que provenía de unas farolas distantes, de modo que el hombre era prácticamente invisible.

El corazón le latía violentamente. Quería disparar ya, evitar que hubiese la más mínima posibilidad de que Cecily pudiera resultar herida. Pero tenía que tener pruebas, y lo único que había hecho aquel tipo por el momento era forzar una ventana. Tenía que estar en la casa para que pudiera actuar, y entonces, tendría que actuar rápidamente si no quería que pudiese costarle la vida a Cecily. La idea espoleó su determinación. Todo su entrenamiento, su experiencia y sus habilidades se habían combinado para conducirle a aquel instante en el que solo él podía salvar la vida de la madre de su hijo.

Dentro de la casa, Cecily estaba en la cama despierta, con los ojos enrojecidos de tanto llorar. Tate había ido a buscarla y justo cuando ella empezaba a pensar que podía haber una oportunidad para ellos, había admitido que estaba allí solo por su sentido de la responsabilidad. Él no la quería. Quería quizás al niño, y se sentía obligado a ocuparse también de ella. Era la misma historia de siempre. Tate no quería compartir su vida con nadie y punto. No iba a cambiar, y cuanto antes lo asimilase, antes...

Se quedó de pronto inmóvil. Había oído un ruido. Era como si se hubiese roto algo de madera. Se incorporó en la cama con el corazón en la garganta. ¿Podría ser que Tate hubiera vuelto? Se levantó y salió al pasillo. No se oía nada, pero tuvo la sensación de percibir un movimiento en la oscuridad, y la boca se le quedó seca al recordar el incidente del aparcamiento. ¿La habrían encontrado? Si Tate lo había hecho, ellos también podían...

Tragó saliva y se llevó las manos al vientre. No debería haber permitido que el orgullo la convenciese de cometer aquella estupidez. Nunca había huido, y debería haberse quedado donde pudieran protegerla. En circunstancias normales podía cuidarse sola, pero frente a un asesino profesional no tenía nada que hacer. Cerró un instante los ojos e intentó oír algo más.

Tate debía estar de vuelta a Washington, pensó angustiada. Él la habría protegido, a ella y al niño, pero le había despachado de allí. ¡Qué bien lo estaba haciendo todo! En ese instante oyó el ruido de algo al desplazarse. Quizás el intruso, porque estaba segura de que había alguien dentro de la casa, se había tropezado con la mesita del teléfono en el rincón en que el salón se unía al comedor. Hubo otro sonido, casi imperceptible, de una clavija al soltarse. Se había quedado incomunicada, pensó, muerta de miedo. ¿Qué podía hacer?

No había nada en el dormitorio que pudiera servirle para defenderse. Estaba junto a la pared, junto a una de las ventanas bajas que no le habían gustado demasiado cuando alquiló la casa; en concreto aquella tenía el cierre estropeado, y el propietario había adaptado un listón de madera a la medida de la ventana para que no pudiera abrirse desde fuera. Podía bastar quizás para, de un golpe, quitarle el arma de la mano a un hombre, si es que ella era capaz de quitarlo de la ventana rápidamente y sin hacer ruido. Estaba sola, y tenía que defenderse como fuera. «¡Dios mío!», rezó en silencio. «¡Dame fuerza!».

Se acercó a la ventana, tiró del listón y suspiró. Tenerlo en la mano le daba confianza. Era resistente y firme, y si lo usaba bien, podía salvarle la vida.

Volvió a colocarse junto a la puerta y se mordió un labio para mantener a raya el miedo. Oyó el ruido de unos pasos amortiguados acercándose. La puerta estaba abierta de par en par y el corazón le latía con tanta fuerza que temió que el atacante fuese a oírlo. Cerró los ojos y tragó saliva. Tenía que hacerlo. Podía hacerlo.

Una sombra se movió en el pasillo y pareció dudar. Cecily apretó los dientes y esperó. Le sudaban las manos y apretó con más fuerza el listón.

La sombra volvió a moverse. Se acercaba y ella levantó el listón, esperando, esperando, esperando...

Una pistola apareció dentro del marco de la puerta y no se lo pensó dos veces. Bajó el listón con todas sus fuerzas y el arma salió volando. Hubo un grito de dolor, un juramento y sintió que le sujetaban las manos con enorme fuerza, le arrebataban el listón y lo levantaban en alto para golpear.

Una segunda sombra se abalanzó sobre su atacante y lo lanzó al suelo. Hubo un forcejeo. El hombre más bajo de los dos fue levantado casi en vilo y volvió a caer al suelo en un movimiento feroz. Eran dos, y el que quedaba de pie iba hacia ella.

Cecily gritó. Todo su valor la había abandonado. No tenía nada con que defenderse. ¡Iba a morir!

—¡Cecily!

¡Esa voz! Un estremecimiento la recorrió de arriba abajo al reconocerla y sintió que unos brazos la rodeaban abrazándola con fuerza contra un cuerpo firme y duro. Estaba a salvo. Se abrazó a su cintura y empezó a llorar.

—Tate —susurró con voz rota—. ¡Tate...!

Él la besó con ímpetu. Tenía los labios fríos del tiempo que había pasado fuera.

—Temía no llegar a tiempo —dijo—. Casi no consigo entrar por la ventana. ¡Dios, Cecily, le has desarmado!

—Le di con un listón de la ventana —dijo casi ahogándose—. Tenía un arma.

—Sí.

La soltó y encendió la luz. La habitación se iluminó hasta el último rincón. En el suelo, un hombre de corta estatura estaba hecho un guiñapo, con la mano junto al pecho y gimiendo de dolor.

Tate recogió el arma y desde su teléfono móvil llamó a la policía y pidió una ambulancia.

—¿Crees que le he roto la muñeca? —preguntó Cecily, rodeándose con los brazos.

—Es posible —replicó Tate con voz de acero—, pero he llamado a la ambulancia porque yo le he roto varias costillas.

No parecía lamentarlo. Se arrodilló junto al intruso y le quitó la máscara, dejando al descubierto un rostro enjuto y sin rasgos destacables, sobre todo desfigurado como estaba por aquella mueca de dolor, y agarró un puñado de pelo.

—¿Conoces a Marcus Carrera?

El otro hombre pareció quedarse inmóvil. Todo el mundo conocía a Marcus Carrera. Era una leyenda en los círculos al margen de la ley.

—Sí, sé quién es.

–Pues tiene tu dirección.

El hombre ya estaba pálido, pero palideció aún más.

–¡No puedes... hacerme eso!

–Ya lo he hecho –contestó Tate, soltándole–. Si le tocas a Cecily aunque solo sea un pelo de la ropa, no tengo que decirte lo que te espera. Y puedes decirles a tus amigos del sindicato que no eres el único al que he investigado.

–Es... un farol.

–Mucha gente me debe favores, y algunos están en la cárcel. Ni te enterarás de por dónde te viene.

–¡Estás... loco... maldito indio! –boqueó–. Me llamo... Gabrini. ¡Tengo familia... por todas partes!

Tate se volvió a Cecily.

–Yo también –dijo, mirándola fijamente.

La ambulancia llegó al mismo tiempo que la policía. Iban acompañados por un hombre de traje oscuro que se dirigió directamente a Tate y le llevó a un aparte.

Mientras uno de lo sanitarios examinaba a Cecily, Gabrini, al que ya habían colocado en una camilla, permanecía bajo la custodia de dos policías.

–Pueden llevárselo al hospital –dijo el hombre del traje oscuro a los sanitarios–, pero dispondremos transporte para llevarlo a New Jersey bajo la custodia de dos agentes.

–¿A New Jersey? –preguntó Gabrini, sujetándose un costado.

–Parece ser que se le busca en Jersey por cargos mucho más serios que el de allanamiento y asalto con arma de fuego, señor Gabrini.

–No es en Jersey –contestó–. Esos cargos se presentaron en Washington.

–E irá a Washington... más adelante –murmuró el agente y el hombre del traje oscuro sonrió. Y Gabrini supo inmediatamente que aquel hombre no tenía relación alguna con el gobierno.

Mientras sacaban la camilla, Gabrini empezó a pedir ayuda y protección a gritos, pero nadie le prestó atención. Cecily y Tate cumplimentaron los datos que necesitaba la policía mientras tomaban una taza de café en la cocina y mientras uno de los agentes cerraba y aseguraba la ventana.

Tate la miró por encima del borde de su segunda taza, y había orgullo en su mirada.

—Has sabido mantener la calma —le dijo—. Estoy orgulloso de ti. ¿Has tenido miedo?

—¿Miedo? ¡Estaba aterrorizada! Pero no sabía que estabas aquí todavía.

—Pensé que iba a tardar más tiempo en llegar a ti. Podría haberle disparado, pero tenía que considerar la posibilidad de que le diese tiempo a dispararte también a ti.

—Me has salvado.

—Gracias a ti.

Cecily tomó un sorbo de café.

—Ese hombre ha tenido miedo de ti.

—Hace bien. Tengo conexiones que él desconoce —añadió—. No le pasará nada mientras que no se acerque a ti.

Cecily sonrió.

—Gracias.

—El peligro ya ha pasado, pero preferiría que vinieras conmigo a Washington para poder tenerte vigilada.

Ella dudó. Aquella noche la había salvado, sí, y estaba claro que, a su modo, se preocupaba por ella. Pero si volvía, se sentiría obligado a cuidar de ella constantemente. Sabía lo que pensaba sobre el matrimonio, y aquella noche había presenciado una prueba del mundo en el que vivía, un mundo de violencia y gente peligrosa, un mundo que él dominaba a la perfección. Un mundo al que no iba a renunciar para que ella no se preocupase. ¿Y qué clase de vida tendrían su hijo y ella viviendo siempre en el filo de la navaja? Irse con él sería un error.

–Quiero quedarme aquí –dijo con calma.

–Mis padres quieren que vuelvas a casa para poder estar cerca de su nieto –dijo tras un momento de silencio.

–Ese ángulo es nuevo –contestó ella, arqueando las cejas–. Estás utilizando todos los recursos, ¿eh?

Él la miró con el ceño fruncido.

–No pienses que no puedo vivir sin ti, aunque seas la madre de mi hijo.

Ella se encogió de hombros. No podía permitir que viera su dolor.

–Nunca he pensado tal cosa, Tate. ¿Cómo iba a pretender una mujer competir con tus operaciones?

–Ya no hago esas cosas –murmuró.

–Las haces todos los días –replicó–. Lo has hecho hace menos de media hora, y lo haces bien –añadió, con cierta fascinación–. Nunca me había imaginado lo bueno que podías ser hasta esta noche. No habías estado nunca tan feliz como cuando volviste de rescatar a Pierce Hutton y a su mujer del Medio Oriente. Y crees que podrías renunciar a todo eso para casarte conmigo...

–¿Casarme contigo?

–Lo siento –dijo rápidamente–. Sé que no lo harías. Yo tampoco quiero casarme –mintió–, y mucho menos educar a mi hijo en zona de combate con un posible asesino a cada vuelta de la esquina. Aquí me siento a salvo.

Tate se había quedado pensando en cómo había rechazado la posibilidad del matrimonio. Siempre había querido casarse con él, y ahora que esperaba un hijo, ¿no quería?

–Pensé que el matrimonio era la forma de vida que te gustaba –dijo, rozando el borde de la taza con los dedos.

–Estás equivocado –dijo sin mirarlo a los ojos–. Me gusta mi vida tal y como está. Querré con todo mi corazón al niño y tú podrás verlo cuando quieras... ¿Tate?

Se había marchado incluso antes de que terminase la

frase. Oyó cerrarse la puerta de un golpe y cuando llegó a mirar por la ventana, Tate estaba en la calle hablando con un policía y señalando la casa. El otro hombre asintió. Al parecer, iba a tener vigilancia.

Volvió a entrar y recogió la cocina. Bueno, ahora él tenía lo que andaba buscando: una excusa para no casarse con ella. Se sentía sola y vacía, pero no podía enredarle en un matrimonio que él no quería y con un hijo que no había deseado. Iba a ser una vida solitaria, pero tendría a su hijo, y Tate tendría su trabajo y una nueva libertad tras ocho años de sus interferencias.

A la mañana siguiente, un policía fue con un técnico de teléfonos para instalarle de nuevo el suyo. Según el oficial, el señor Winthrop había contratado los servicios de una empresa de seguridad para que la vigilasen. No le sorprendía que no hubiera pasado a despedirse. No esperaba que lo hiciera. Pensó en los años de soledad que le esperaban por delante, pero se consoló pensando que su hijo y el nuevo trabajo la compensarían de lo que había perdido.

16

Colby Lane y Pierce Hutton consiguieron que el conserje del edificio en el que vivía Tate les abriera la puerta. Sabían que había vuelto de Tennessee y que había salvado a Cecily de Gabrini, pero nadie le había visto desde hacía casi una semana. Tenía el contestador permanentemente puesto y no abría la puerta. Era un comportamiento tan extraño que su compañero y su jefe estaban verdaderamente preocupados.

Pero aún lo estuvieron más al verlo dormido en el sofá en medio de una selva de latas de cerveza y cajas de pizza. Ni se había afeitado ni, al parecer, se había lavado desde que volvió.

–Dios mío –murmuró Pierce.

–Esta imagen me resulta familiar –murmuró Colby–. Se ha transformado en mí.

Pierce lo miró con el ceño fruncido.

–No digas tonterías –dijo, y se acercó al sofá para zarandear a Tate–. ¡Despierta!

Tate no abrió los ojos. Solo gruñó entre dientes.

–No va a venir –murmuró–. No quiere saber nada de mí.

Y eso fue todo. Pierce y Colby intercambiaron una mirada, y sin decir palabra, se pusieron manos a la obra, primero con el apartamento y después con Tate.

A la mañana siguiente, Tate estaba tumbado en la cama en bata cuando oyó a lo lejos que la puerta de su casa se abría. A pesar del baño, de las varias tazas de café y un puñado de aspirinas que dos hombres a los que creía amigos le habían obligado a tomar, la cabeza le seguía dando unas palpitaciones horribles. No quería serenarse. Solo quería olvidar que Cecily había dejado de quererlo.

Se obligó a levantarse de la cama y salió al salón, justo a tiempo de oír que la puerta volvía a cerrarse.

Cecily y su maleta estaban delante de ella. Llevaba abrigo, botas y gorro, tenía la cara enrojecida y murmuraba entre dientes unas palabras que Tate nunca le había oído emplear.

–¿Qué haces aquí? –preguntó, frunciendo el ceño.

–¡Me ha obligado tu jefe! –rabió–. ¡Él, ese chaquetero de Colby Lane y dos guardaespaldas y, para más señas, una de ellas era la versión femenina de Iván el Terrible! Me obligaron a vestirme, me hicieron la maleta y me trajeron aquí en el avión de Hutton. ¡Y como me negué a salir del coche, el guardaespaldas ese me trajo a cuestas! ¡Tengo ganas de matar a alguien y me parece que voy a empezar contigo!

Tate se apoyó contra la pared. Aún no estaba completamente despejado. Cecily estaba preciosa, con su barriguita y los ojos echándole chispas desde detrás de las gafas.

–¿Se puede saber qué te pasa a ti? –preguntó, tras un momento.

Él no contestó. Solo se llevó la mano a la frente.

–¡Estás borracho! –exclamó, atónita.

–Lo he estado –corrigió él–. Durante una semana,

más o menos. Pierce y Colby convencieron al conserje de que les abriera la puerta –sonrió de medio lado–. Después de las palabras que tuvimos cuando dejó entrar a Audrey, no estaba dispuesto a volverle a abrir a nadie, pero no hay nada que intimide más a la gente que un carné de la CIA, aunque ya esté caducado.

–¿Y por qué te has emborrachado? Pero si tú no bebes –añadió.

–Ahora sí. Es que la madre de mi hijo no quiere casarse conmigo.

–Te dije que podrías ver al niño cuando quisieras.

La miró de arriba abajo como si la acariciase. La había echado tanto de menos... solo verla era un bálsamo para él.

–Ya lo sé.

¿Por qué demonios se tenía que sentir ella culpable?

–¡Me han secuestrado! –se quejó, intentando recuperar su indignación.

–Eso parece, pero a mí no me mires. Hasta hoy, no he podido ni levantar la cabeza –miró a su alrededor–. Supongo que han debido hacer limpieza –murmuró–. Qué pena. Me parece que quedaba un trozo de pizza. Tengo hambre. Me parece que no he comido desde ayer.

–¿Desde ayer?

Después de todo lo que había pasado, su irritación desapareció de pronto. Se quitó el abrigo, el gorro, entró en la cocina y abrió el frigorífico.

–La leche está caducada desde hace tiempo –dijo, haciendo una mueca–, el pan está enmohecido y creo que vas a tener que llamar a los del servicio contra plagas para dejar esta nevera en condiciones.

–Pide una pizza –sugirió–. Hay un sitio aquí al lado que todavía me debe diez pizzas. Las pagué por adelantado.

–¡No se puede desayunar pizza!

–¿Por qué no? Llevo una semana desayunándola.

–¿Y por qué no te has preparado tú el desayuno?

—Porque no estaba lo bastante sobrio para hacerlo.

—Bueno —dijo, de nuevo con la cabeza dentro de la nevera—, los huevos todavía están comestibles y hay un paquete de beicon. Te prepararé una tortilla.

Tate se dejó caer, en lugar de sentarse, sobre la silla de la cocina mientras ella ponía la cafetera y empezaba con los huevos.

—Pareces una mujer de tu casa —comentó, sonriendo—. ¿Por qué no te vienes a la cama conmigo después del desayuno?

Ella lo miró sorprendida.

—Estoy embarazada —le recordó.

Él asintió sonriendo.

—Lo sé, y nunca has estado más sexy que ahora.

—¿Có... cómo? —preguntó, con la cuchara en el aire.

—Se te van a quemar los huevos —contestó él con suavidad.

Cecily los movió rápidamente y le dio la vuelta al beicon que se estaba friendo en la otra sartén. ¿Que su estado le parecía sexy? No podía estar hablando en serio.

Pero al parecer sí, porque la observó con tanta intensidad mientras desayunaba que no debió ni darse cuenta de lo que comía.

—El señor Hutton le dijo al director del museo de Tennessee que no iba a volver, y pagó el alquiler de la casa —dijo—. Ahora ni siquiera tengo donde vivir...

—Eso no es cierto —respondió él—. Yo soy tu hogar. Siempre lo he sido.

Cecily bajó la mirada. Era un asco que el embarazo la pusiera siempre al borde de las lágrimas.

—Ya estamos otra vez —murmuró.

—¿Qué?

—Pues que pretendes aceptarme bajo tu responsabilidad por puro sentido del deber.

Tate se recostó en su silla y la bata se entreabrió sobre su pecho.

—Esta vez no, Cecily —replicó, y había tanta ternura

en su voz que ella sintió un escalofrío–. Esta vez es por amor.

No podía creer lo que estaba oyendo.

–Lo sé –dijo él muy serio–. No me crees, pero es la verdad –añadió, mirándola a los ojos–. Te he querido desde que tenías diecisiete años, pero no tenía nada que ofrecerte. Solo una aventura –suspiró–. Las razones que te daba para no querer casarme no eran las más importantes. Lo que más pesaba en mi decisión era el matrimonio de mi madre. Era algo que me bloqueaba, y he necesitado pasar por todo este escándalo para darme cuenta de que un matrimonio de verdad no tiene nada que ver con lo que yo viví en mi infancia. He tenido que ver a Matt y a mi madre juntos para comprender lo que podía ser.

–Tu infancia fue mi dura, lo sé...

–La tuya también. Creo que no te he dicho nunca que hice pagar a tu padrastro por lo que te hizo, ¿no?

–No. La verdad es que no sé qué habría sido de mí de no haber estado tú. Mi vida era una pesadilla desde que murió mi madre.

La mirada de Tate estaba perdida en los recuerdos.

–Aquella noche, mientras dormías, te desabroché la chaqueta del pijama para ver lo que te había hecho, me monté en el coche y fui a su casa. Le habría matado si no hubiera empezado a llorar pidiéndome que le dejara –suspiró–. Fue entonces cuando me di cuenta de lo que sentía por ti –añadió, mirándola a los ojos–. Todo empezó aquella noche.

–Aquella noche... ¿me miraste?

No podía creérselo.

Él asintió.

–Tenías unos pechos pequeños y preciosos, cubiertos de moretones. Hubiera querido llevarte a mi cama y tenerte abrazada junto a mí toda la noche para que te sintieras segura, pero, por supuesto, no me atreví –añadió con una sonrisa–. Mi madre me hubiera hecho arrastrar por un caballo.

—Nunca me lo habría imaginado —contestó, sorprendida.

—Estar contigo era una verdadera tortura, y cuanto mayor te hacías, más difícil se me hacía. Era inevitable que un día me volviese loco y te hiciera el amor —suspiró—. Lo más difícil de todo era saber que lo único que tenía que hacer era tocarte para que tú me hubieses dejado hacer lo que quisiera.

Cecily trazó el borde de su taza.

—Yo te quería —dijo.

—Lo sé.

Había todo un mundo de dolor en aquellas palabras.

—Nunca me habías hablado de esto.

—No podía. Hasta hace muy poco, no estaba seguro de ser capaz de casarme con nadie. Y no era solo por cuestión de sangre —puntualizó con una sonrisa burlona—. Leta no te lo había dicho porque yo le hice prometer que no lo haría, pero uno de mis bisabuelos lakota se casó con una mujer blanca y rubia a finales del siglo pasado. Perteneció al grupo de Bigfoot.

Cecily se quedó boquiabierta.

—¡El grupo que fue diezmado en 1890!

Él asintió.

—Después de aquello, se fueron a vivir a Chicago. Durante un tiempo, renegó de su cultura y trabajó como detective, pero más adelante recuperó su orgullo e hizo público su origen. Se casó con la hija del médico que le atendió después de la masacre y tuvieron un hijo y una hija. Ella hablaba lakota como una nativa y sabía montar y disparar como una verdadera guerrera. Por ella fue por quien le pusieron el nombre a mi madre. De modo que lo de la sangre era una excusa, como todas las otras. Me gustaba mi vida tal y como estaba y no quería tener lazos con nadie, mucho menos la clase de lazos que hubiera tenido contigo —la miró y sus ojos brillaron como estrellas—. Sabía que si alguna vez llegábamos a hacer el amor, no habría marcha atrás, y tenía razón. Como, respiro y duermo pensando en ti, sobre todo ahora, que llevas a mi hijo dentro de ti.

Cecily lo miró a los ojos, y era una mujer que acababa de salir de una pesadilla para entrar en un sueño.

Tate se levantó y se quitó la bata sin un ápice de pudor, y ella apenas se dio cuenta de lo que estaba haciendo hasta que se encontró desnuda y en sus brazos. Tate la besó tiernamente en la tripa antes de llevarla a su habitación.

–Tendré cuidado –susurró al ver cierto temor en sus ojos–. No hay prisa. Tenemos el resto de nuestras vidas para amarnos.

Y eso fue: amor. Cada beso, cada caricia fue una declaración de lo que sentía por ella.

–Tate –gimió ella, al sentirle temblar por intentar controlarse.

–No –replicó él–. Quiero que sea así. Quiero que sea lento, dulce y más profundo que nunca, tan lleno de... ternura que llores cuando termine.

No estaba segura de poder sobrevivir. El placer llegó despacio, en pálpitos poderosos como las olas al romper en la playa. Se aferró a él y tembló de pies a cabeza al sentirle alcanzar a él también el orgasmo.

–Siente, amor mío –gimió él–. Siente cómo te lleno... completamente... ¡Dios, Cecily, te quiero!

Cuando por fin la abandonó el último temblor que la había sacudido por completo, lloró, y él la abrazó acariciándole el pelo, consolándola con palabras y besos.

–Ha sido... increíble.

–Absolutamente –repitió con voz pensativa–. No le habremos hecho daño al niño, ¿verdad?

–No. Tiene ya casi cinco meses, y no ha sido violento, sino...

–Profundo –susurró.

–Eso es.

Pero dejándose llevar por un repentino ataque de miedo, la abrazó con fuerza. Ese había sido el verdadero motivo de no querer que se acercase a él: el miedo a sentirse así y perderla.

—Tate... —susurró—, estoy bien, de verdad.

Había estado muy cerca de perderla en Tennessee aquella noche, y no había nada en el mundo a lo que temiera excepto a perder a aquella mujer.

—No puedo perderte, Cecily —dijo con los ojos cerrados.

—¡Pero si no vas a perderme nunca! —contestó, sorprendida, y se separó de él para mirarlo a los ojos—. Te quiero más que a mi vida. Nunca podría dejarte.

—Ya lo has hecho una vez —contestó él.

—No creía que me quisieras, y solo pretendía que fueses feliz. ¿Es que no lo comprendes?

—Pero no era eso lo que necesitaba para ser feliz. Mi vida estaba vacía porque parte de mí se había muerto con tu marcha. ¡Y luego, cuando supe que estabas embarazada y no podía encontrarte...! —ocultó la cara en su cuello—. Te quiero tanto, Cecily.

Y ella le sintió estremecerse.

—Y, sin embargo, viniste a buscarme, a salvarme —susurró—. Yo también te quiero. No he podido dejar de hacerlo no sé por qué.

—Estaré contigo cuando nazca el niño —dijo él tras un instante—. No te dejaré ni un segundo.

—Yo estoy bien, y el niño también. Si hubiese algún problema, te lo diría, y no lo hay, excepto...

—¿Excepto qué?

—Pues que tengo mucho sueño —sonrió.

—Ah —contestó él. Eso no era un problema. Tiró de la ropa de la cama y la besó en la frente—. ¿Algún pensamiento profundo?

—Solo estaba pensando que me alegro de haberte esperado —dijo, besándole en el hombro que estaba utilizando de almohada.

—Yo también me alegro, pero si quieres volverlo a hacer, vas a tener que casarte conmigo —replicó, acariciando la pierna de Cecily con la suya.

Ella se incorporó para mirarlo a los ojos.

—¿Qué?

—Ya me has oído —contestó, y la luz pareció bailar en el fondo de sus ojos negros—. No pienso permitir que me seduzcas y me abandones después. Ya no sirvo para ninguna otra mujer. Has echado a perder mi reputación, así que ahora no te queda más remedio que casarte conmigo.

Cecily se echó a reír.

—Pues a mí no me parece que estés echado a perder —murmuró, mirándolo de arriba abajo.

—Hacerme la pelota no te va a servir para nada —le aseguró—. No te queda otra solución más que casarte conmigo.

—Quiero hacerlo, pero no estoy segura —contestó tras un instante.

—Lo sé. ¿Qué es lo que te hace dudar?

—Pues que eres un hombre solitario, y el niño y yo te impondremos limitaciones que no sé si tú vas a poder soportar.

Él se encogió de hombros.

—Nuestro hijo ya las ha impuesto —dijo, sonriendo—. Le he dicho a Pierce Hutton que tendrá que buscarse a otro hombre para las misiones peligrosas. Quiero seguir siendo el director de seguridad, pero para esas otras cosas he contratado a Colby —la expresión sorprendida de Cecily le hizo sonreír—. Es la clase de trabajo que le gusta, y correrá menos riesgos que con lo que hace ahora.

—Me gusta Colby.

—Y a mí también, ahora que ya sé que es solo un amigo.

—¿Y cómo lo sabes? —preguntó con malicia.

Tate volvió a sonreír.

—Pues, entre otras razones, porque hace un momento estabas hambrienta.

—Tú también.

—Yo siempre tengo hambre de ti –se rio, estirándose con pereza–. Ya te deseaba cuando tenías diecisiete años –confesó, acariciando su pelo–, pero era responsable de ti, y no podía aprovecharme.

—¿Sabías lo que sentía yo? –quiso saber.

—Sí, y al principio lo ignoré. Pero el día que te llevé a Oklahoma... menos mal que estábamos en un sitio público, que si no...

—Qué pena.

—Nada de qué pena. Los dos necesitábamos tiempo para asimilar los cambios que iba a haber en nuestras vidas, Cecily. Todo lo que yo tenía era la ilusión de una herencia y un trabajo que cualquier día me podía haber costado la vida, y por otro lado sabía que si se muestran los sentimientos, alguien puede aprovecharse. Mi padre... mi padrastro –corrigió–, sabía que yo quería a mi madre, y me castigaba a mí maltratándola a ella, hasta que me hice lo bastante mayor para pararle los pies.

—Matt se siente muy mal por todo eso.

—Lo sé, pero él no sabía nada de nuestra relación. Mi madre nos hizo una injusticia a todos por protegernos de la verdad.

—Solo estaba intentando ahorrarte sufrimiento.

—También lo sé, pero no se le hace ningún favor a una persona mintiéndole, sea cual sea la razón para hacerlo.

—¿Dónde vamos a vivir? –preguntó tras un instante.

Él se rio.

—Supongo que vamos a necesitar una casa, porque el niño tendrá que tener un jardín donde poner todos esos enormes y horribles juguetes de plástico. Podríamos buscar algo en Maryland, cerca de Matt y mi madre –sugirió, enroscándose un mechón de pelo de Cecily en el dedo–. Ya han empezado a comprarle cosas a su primer nieto. Se van a volver locos de alegría al vernos juntos.

Ella cerró los ojos con una sonrisa soñadora.

—Todo lo que necesita nuestro hijo es a nosotros.

Tate le tiró un poco del pelo.

–¡Y tú no ibas a decírmelo!

–Habría terminado por hacerlo –suspiró, sonriendo–. Me gustaría que el niño tuviera tus ojos –dijo, dibujando sus cejas con los dedos–. Son tan bonitos...

–Va a tener una buena mezcla. Entre mis antepasados hay bereberes y nobleza francesa.

Había una nota de orgullo en su voz.

–¿Te lo ha dicho Matt?

–Sí. Le encantará tener un nieto al que contarle todas esas historias.

–A Leta también –murmuró ella.

–Fui a verlos antes de ir a buscarte e hicimos las paces, lo que me recuerda –añadió, mirándola con severidad–, que no he oído la disculpa que me merezco por que me vaciases toda una sopera de crema de cangrejo en los pantalones ¡delante de una audiencia de no sé cuántos millones de personas! Ese no es modo de tratar a tu futuro marido.

–Tienes toda la razón –contestó, y con un solo dedo empezó a recorrer el camino de su pecho–. Tate, siento muchísimo lo de la crema de cangrejo.

El pulso se le aceleró antes incluso de que deslizase una pierna entre las suyas.

–¿Exactamente cuánto lo sientes? –preguntó.

Ella sonrió.

–Exactamente, esto... –susurró en su boca.

17

Al día siguiente, Tate llevó a Cecily a casa de Leta y Matt. Había hielo en el camino de entrada, así que Tate la tomó en brazos desde el coche como si fuera un frágil tesoro y la llevó hasta la puerta principal.

–Llama al timbre –le dijo, frotándole la nariz con la suya.

–No –contestó ella, sonriendo.

Él suspiró.

–Está bien. Voy a pedírtelo por la vía dura –murmuró, rozando su boca con sus labios–. Ríndete y llama al timbre.

Pero Cecily respondió besándolo con tanto entusiasmo que Tate no pudo reprimir un gemido.

Ninguno de los dos oyó que la puerta se abría.

–¿No preferiríais sentaros en el sofá para seguir con eso?

Inmediatamente se separaron, sonriendo como tontos. Matt miró primero a su hijo y después a Cecily. Estaba preciosa y muy embarazada con aquel vestido y botas beis debajo de un abrigo de cuero negro. Regalo de Tate de la Navidad anterior, por cierto.

—¿Hay algo que quieras decirnos a tu madre y a mí? —le preguntó a Tate.

—Pues que vamos a casarnos —respondió.

—¡No! —exclamó Matt, fingiendo sorpresa mientras se hacía a un lado para invitarlos a entrar—. ¿Ves como lo que te dije de la sartén funciona, hijo? —preguntó sonriendo encantado.

—Sí, ya; menuda sartén —murmuró él—. Fui a Tennessee para traerla de vuelta a casa, pero ella se negó, así que volví solo, me encerré en mi piso y me emborraché. Y así me encontraron Pierce y Colby, y fue Pierce quien se encargó de traérmela a casa como si fuese un regalo de Navidad.

—Eso es un jefe —declaró, riéndose—. ¡Leta, tenemos compañía! —la llamó.

Tate llevó su preciada carga al salón, y cuando Leta entró, estaba dejándola en el sofá.

—¡Mi niña! —exclamó, abrazándola—. Mi pobre niña. ¿Estás bien?

Cecily estaba tan sensible que su preocupación le llenó los ojos de lágrimas.

—¡Soy tan feliz...!

Leta miró a su hijo y su sonrisa desbordaba felicidad. Exactamente igual que la de su hijo.

Tate contó la historia del asalto de Gabrini y el orgullo que le había inspirado la defensa de Cecily la hizo enrojecer. Una vez concluyeron las explicaciones, Matt y Leta los dejaron solos un instante en la mesa mientras tomaban tarta y café, ya que había llegado inesperadamente un compañero de Matt en el senado. Tate parecía encontrar fascinante a Cecily porque no dejaba de mirarla ni un instante.

—Vas a terminar por desgastarme —murmuró.

—El embarazo es una experiencia mística para un hombre —contestó—. Me tiene hipnotizado.

Ella sonrió.

–Ya, ya me he dado cuenta.

Tate se echó a reír.

–Tanta tontería con lo de no mezclar culturas, y la primera vez que estuvimos juntos ni se me ocurrió pensar en utilizar algo para evitar el embarazo. Qué falta de responsabilidad, ¿no te parece?

–Sí, pero tú no sabías que yo carecía de experiencia.

–Sí que lo sabía –contestó–. Lo sabía sin ningún género de dudas, mucho antes de que tu cuerpo me lo confirmara. Y hablando de cuerpos, estás muy sexy con esa barriguita.

–Pues se supone que el embarazo no lo es –replicó.

–Pues se equivocan. Estás radiante. Tienes como una aureola a tu alrededor –sonrió–. Me alegro de que hayas querido tener el niño, Cecily. Yo también deseo tenerlo. Siento haberte puesto las cosas tan difíciles –bajó la mirada–. Es que mi mundo estaba patas arriba, y yo no estaba preparado para asimilarlo. Nada era como yo creía. Todo había resultado ser una mentira, y era difícil encajarlo.

Cecily dejó el tenedor sobre la mesa.

–Lo sé. Ninguno de nosotros quería hacerte daño. Lo que pasa es que no encontrábamos una forma fácil de decírtelo –Tate la miró y ella contuvo la respiración. Qué ojos tan preciosos tenía. ¿Se parecería a él el niño?–. Las mentiras son peligrosas, incluso con las que se pretende hacer un bien.

Él asintió y tras mirarla un instante más, sonrió.

–Me preguntó a cuál de los dos se parecerá el niño.

–Yo me estaba preguntando lo mismo. Los ojos oscuros son dominantes –recordó–. Tú eres moreno y yo rubia, así que seguramente tendrá el pelo castaño. Espero que saque tus ojos. Y tu estatura.

–¿Estás segura de que es un niño?

–Sí. Teniendo en cuenta que en la familia de tu padre eran tres hermanos, supongo que habría sido difícil que fuese niña. ¿Te ha hablado Matt de sus hermanos?

Eso era interesante.

–No.

–Uno de ellos era mucho mayor que él. Se llamaba Philippe y murió luchando en la segunda guerra mundial. Michael murió de un infarto hace tres años. Era el único miembro de su familia que quedaba vivo, o al menos eso pensaba Matt –añadió con una sonrisa llena de ternura–. De todas formas, los chicos son mayoría en su familia y es el padre, no la madre, quien determina el sexo.

–Mientras que esté sano, no me importa el sexo que tenga. Lo que sí quiero es que nos casemos cuanto antes porque, aunque me habría casado contigo aunque no existiera el niño, quiero que tenga nuestros apellidos y un padre y una madre que le críen y le quieran.

–De acuerdo –sonrió–. Nos casaremos cuando quieras.

Él suspiró.

–Podríamos casarnos por el juzgado y...

–No. Quiero casarme por la iglesia.

Tate sonrió.

–Bien. Y cuanto antes, mejor –añadió, mirando una vez más y con inconfundible orgullo, la dilatada línea de su cintura.

Se casaron una semana más tarde, con Leta, Matt y Colby como testigos. Pierce Hutton y Brianne, su mujer, asistieron también con su hijo, y parecían verdaderamente felices.

Cecily miró a Tate cuando él levantó el velo corto de su sombrero color ostra, el mismo tono de su vestido, y pensó que no había visto jamás algo tan hermoso como la expresión de sus ojos en aquel momento. Luego la besó en los labios con tanta ternura que las lágrimas se le escaparon de los ojos.

La recepción se celebró en casa de Matt, y fue larga

y bulliciosa. Entre los invitados había unos cuantos extraños, hombres sombríos y con trajes oscuros que miraban a su alrededor como si esperasen un ataque terrorista. Un par de hombres de aspecto desaliñado que a pesar de los trajes se movían como lobos, y un tercero, alto y rubio, lo observaba todo con cierto desdén.

Brianne, con su niño dormido en los brazos, se acercó a Cecily con una sonrisa picarona.

—Esos dos de allí son del gobierno —le susurró, dirigiendo la mirada hacia dos hombres más tiesos que escobas—. Aquellos otros dos que están junto al ponche eran mercenarios, y aquel tipo tan alto y rubio es Micah Steele. Es el último hombre del mundo que deberías elegir como enemigo. Y aquella chica de allí —señaló a una mujer delgada y de pelo castaño—, es su hermanastra. No se llevan bien. Por eso se evitan.

—Eso me suena —murmuró Cecily.

—¿Ah, sí? ¿A ti también te ha pasado?

—Sí. Tate me ha estado manteniendo a distancia durante años.

—Vaya, vaya —comentó, cambiando al niño de posición—. ¡Qué habilidad para hacerte una cosa así a distancia! —dijo, mirando su cintura.

Cecily se echó a reír y al oírla, Tate se acercó a ellas, y un segundo después, Matt se unió también al trío.

—Un niño muy guapo —dijo, mirando al pequeño de Brianna—. El mío también lo es, ¿no os parece? No sé a quién se parece...

Tate le dio con el codo en las costillas.

—No te pases —le dijo, sonriendo—, que soy una copia tuya, pero en guapo.

—¿En guapo?

—En guapo y con mejor carácter.

—Solo de vez en cuando.

—Es maravilloso que se lleven tan bien, ¿verdad, Cecily? —preguntó Leta, colgándose del brazo de su marido.

—Sí que lo es. Estoy empezando a acostumbrarme a la paz y la tranquilidad.

—¿Ah, sí? —contestó Tate, mirando a su padre—. Pues estamos ultimando los trámites para la apertura del casino en Wapiti.

—Podéis ultimar lo que os dé la gana, pero yo me opondré con uñas y dientes.

—Me parece que esta vez no vas a poder hacer nada, porque se va a someter a votación en la reserva.

—¿Que no? ¡Pienso plantarme delante del colegio electoral con una pancarta y todos los detractores que pueda encontrar! ¡Es más, pienso...!

—¡Tate, por favor! —intervino Cecily—. ¡No puedo creer lo que estoy viendo! —Tate miró a su padre con una sonrisilla picarona. Había caído en la trampa—. Es increíble que no...

—Tengo que hablar con Steele —dijo Tate rápidamente.

—Yo no lo conozco, pero seguro que también tengo que hablar con él.

Y los dos se marcharon riéndose como los diablos que eran y dejando a Cecily echando humo por la nariz.

Leta la abrazó, riendo.

—Te estaban tomando el pelo, Cecily —le dijo—. Los dos han llegado a un acuerdo. Ya veremos lo que ocurre, pero yo creo que vamos a tener casino. La verdad es que es más un bingo. Nada de ruleta rusa ni de máquinas tragaperras. Puede que eso lo pongamos más adelante, pero estamos empezando poco a poco. Y esta vez, vamos a hacerlo casi todo en la tribu.

Cecily la abrazó.

—Qué regalo de bodas tan maravilloso.

—Tenemos algo aún mejor. Matt y yo vamos a regalaros la habitación para el niño. Cómo me alegro de que vayamos a vivir tan cerca.

—Podremos tomar café juntas y planear nuevas estrategias para la autonomía —sugirió Cecily con una sonrisa—. Porque ahora sí que soy de la familia.

Leta suspiró.

–Sí, hija. Eres de la familia.

Volvió junto a Matt, y Brianne miró a Cecily.

–Espero que perdones a Pierce por lo que te hizo. Es para matarlos. No tenían que haberte dado un susto así, sobre todo estando embarazada.

–No estaba asustada. Estaba indignada. Me trajeron a Washington como si fuese un paquete postal con la dirección del padre de mi hijo –suspiró–. Pero menudo envío ha resultado ser. Tu marido se merece el título de casamentera del año.

–A mí también me gusta –se rio Brianne, y su marido al verla mirarlo, sonrió. Tenía los ojos oscuros como Tate, y el amor por su mujer le rebosaba por los cuatro costados–. Tate está encantado con lo del niño, ¿verdad? Antes, hablando con Pierce, le he oído decir que ya había mirado unas cuantas universidades.

–Será un buen padre. Y un buen marido.

–Quién lo habría dicho, ¿verdad? Parecía tan independiente. Supongo que nunca se llega a conocer del todo a la gente.

–En eso reside parte del atractivo: en llegar a conocer los pequeños detalles que nos conforman. Cuanto más lo conozco, más me doy cuenta de lo poco que sabía de él. Es muy introvertido.

–Pierce también lo es. Pero ya sabes –se burló Brianne–, los hombres nos compensan de todos los quebraderos de cabeza que nos dan.

Cecily se echó a reír.

–¡Brindo por ello!

El niño nació en verano, el día más caluroso de toda la estación. Casi no llegaron a tiempo al hospital.

El pequeño Joseph Matthew Winthrop nació nada más entrar su madre al paritorio, mientras la sala de espera estaba llena de personalidades, tantas que Pierce

Hutton le dijo a su mujer al oído que todos los estamentos oficiales de Washington estaban representados allí. Una enfermera interrumpió el murmullo general de las conversaciones al presentarse en la sala para decirles a Matt y a Leta que acababan de ser abuelos. Era un niño sano y regordete, y en cuanto llevasen a la señora Winthrop a una habitación, podrían entrar a verlo. Antes de volver a marcharse, echó un vistazo a la concurrencia. Había un grupo de hombres muy serios con gafas de sol, de frente a otro grupo que miraba por la ventana como si pensara escapar. Y aquel otro, ¿no se parecía a un mafioso que había salido en las noticias? Aquel niño iba a tener unas visitas bien raras.

En una habitación privada, Cecily, cansada pero loca de alegría, estaba observando a su marido con su hijo. Cecily había creído que la expresión de su marido el día de la boda no iba a poder verse duplicada, pero cuando pusieron en sus brazos aquel pequeño ser en la sala de partos, la expresión de su rostro fue indescriptible. Se había acercado a ella con lágrimas en los ojos.

—Generaciones de nuestras familias están aquí, en esta carita —dijo, sin avergonzarse de sus lágrimas.

Ella se había secado las suyas con el extremo de la sábana e hizo lo mismo con Tate en un momento en que estuvieron solos.

Ahora ya los habían limpiado, a ella y al bebé, y tumbada en sábanas limpias y blanquísimas, observaba a Tate con el recién nacido.

—¿A que es guapo? —murmuró él—. La próxima vez tendremos que traer una niña para que se pueda parecer a ti.

Con el corazón lleno de felicidad, miró el rostro de su marido y el de su hijo, tan parecidos.

—Mi corazón se alegra cuando te veo —le susurró en lakota.

Él se echó a reír. Había olvidado que le enseñó a decirlo.

–El mío también –replicó, tomando su mano.

Sobre la mesilla, había un precioso ramo de rosas rojas de suave perfume, y recordó la primera rosa que le había regalado Tate cuando tenía diecisiete años: una preciosa rosa de papel que le había traído de Japón. Ahora las rosas eran verdaderas, no una imitación. Igual que su amor, que había llegado a convertirse en realidad.

–¿En qué estás pensando? –quiso saber Tate.

–Me estaba acordando de la rosa de papel que me trajiste de Japón, nada más irme a vivir con Leta –sonrió.

–Y ahora, estás rodeada de rosas de verdad por todas partes –concluyó él.

Cecily asintió, sorprendida de ver que comprendía exactamente la línea de sus pensamientos, aunque eso era algo que les había ocurrido siempre. Pero en aquel momento más que nunca, con el niño como prueba viva de su amor.

–Sí –contestó ella–. Ahora las rosas son de verdad.

TÍTULOS DE LA COLECCIÓN

DIANA PALMER

Corazones heridos
Antes del amanecer

Secretos
Inesperada atracción

Secretos entre los dos
Para siempre

Una vez en París
Rosa de papel

Corazones en peligro
Entre el amor y el odio

Entre el amor y la venganza
Sueños de medianoche

Lacy
Trilby

Nora
Magnolia

www.ingramcontent.com/pod-product-compliance
Lightning Source LLC
LaVergne TN
LVHW091611070526
838199LV00044B/761